BREVES ENTREVISTAS COM
HOMENS HEDIONDOS

DAVID FOSTER WALLACE

Breves entrevistas com homens hediondos
Contos

Tradução
José Rubens Siqueira

3ª reimpressão

COMPANHIA DAS LETRAS

Copyright © 1999 by David Foster Wallace

Grafia atualizada segundo o Acordo Ortográfico da Língua Portuguesa de 1990, que entrou em vigor no Brasil em 2009.

Título original
Brief Interviews with Hideous Men: Stories

Capa
Kiko Farkas/ Máquina Estúdio
Elisa Cardoso/ Máquina Estúdio

Preparação
Otacílio Nunes Jr.

Revisão
Cecília Ramos
Marise Simões Leal
Cláudia Cantarin

Atualização ortográfica
Patricia Calheiros

Dados Internacionais de Catalogação na Publicação (CIP)
Câmara Brasileira do Livro, SP, Brasil

Wallace, David Foster
   Breves entrevistas com homens hediondos : Contos
/ David Foster Wallace ; tradução José Rubens Siqueira.
— 1ª ed. — São Paulo : Companhia das Letras, 2005.

   Título original: Brief Interviews with Hideous
Men: Stories.
   ISBN 978-85-359-0622-6

   1. Contos norte-americanos. I. Título.

05-1254   CDD-813

Índice para catálogo sistemático:
1. Contos : Literatura norte-americana 813

Todos os direitos desta edição reservados à
EDITORA SCHWARCZ S.A.
Rua Bandeira Paulista, 702, cj. 32
04532-002 — São Paulo — SP
Telefone: (11) 3707-3500
www.companhiadasletras.com.br
www.blogdacompanhia.com.br
facebook.com/companhiadasletras
instagram.com/companhiadasletras
twitter.com/cialetras

Para Beth-Ellen Siciliano e Alice R. Dall, ouvidos hediondos sine pari.

Sumário

Uma história radicalmente condensada da vida
pós-industrial 9

A morte não é o fim 10

Para sempre em cima 14

Breves entrevistas com homens hediondos 28

Mais um exemplo da porosidade de certas fronteiras (XI) ... 48

A pessoa deprimida 50

O diabo é um homem ocupado 86

Pense 88

Sem querer dizer nada 91

Breves entrevistas com homens hediondos 99

Datum centurio 147

Octeto 155

Adult World (I) 188

Adult World (II) 213

O diabo é um homem ocupado 221

Igreja não feita com mãos 225

Mais um exemplo da porosidade de certas fronteiras (VI) ... 244

Breves entrevistas com homens hediondos 246

TriStan: eu vendi Sissee Nar para Ecko 271

Em seu leito de morte, segurando sua mão, o pai do
novo aclamado jovem autor da Off-Broadway implora
uma bênção 295

Suicídio como uma espécie de presente 328

Breves entrevistas com homens hediondos 333

Mais um exemplo da porosidade de certas fronteiras (XXIV) .. 369

Agradecimentos 373

Uma história radicalmente condensada da vida pós-industrial

Quando foram apresentados, ele fez uma piada, esperando ser apreciado. Ela riu extremamente forte, esperando ser apreciada. Depois, cada um voltou para casa sozinho em seu carro, olhando direto para a frente, com a mesma contração no rosto.

O homem que apresentou os dois não gostava muito de nenhum deles, embora agisse como se gostasse, ansioso como estava para conservar boas relações a todo momento. Nunca se sabe, afinal, não é mesmo não é mesmo não é mesmo.

A morte não é o fim

O poeta americano de cinquenta e seis anos, prêmio Nobel, um poeta conhecido nos círculos literários americanos como "o poeta dos poetas" ou, às vezes, simplesmente "o Poeta", está ao ar livre, no deque, de peito nu, moderadamente acima do peso, numa espreguiçadeira parcialmente reclinada, ao sol, lendo, meio supino, moderadamente mas não gravemente acima do peso, vencedor de dois National Book Awards, um National Book Critics Circle Award, um Lamont Prize, duas bolsas da National Endowment for the Arts, um Prix de Rome, uma Lannan Foundation Fellowship, uma MacDowell Medal e um Mildred and Harold Strauss Living Award da Academia e Instituto Americano de Artes e Letras, presidente emérito do PEN, um poeta que duas diferentes gerações de americanos saudaram como a voz de sua geração, agora com cinquenta e seis anos, deitado com uma sunga de banho marca Speedo tamanho XL seca em uma espreguiçadeira de lona de inclinação progressiva sobre o deque de ladrilhos ao lado da piscina doméstica, um poeta que esteve entre os dez primeiros americanos a receber uma "Genius Grant" da prestigiosa Fundação John D. and Catherine T. MacArthur, um dos únicos três americanos agraciados com o prêmio Nobel de literatura ainda vivos, 1,75 m, 82 kg, castanhos/castanhos, calva irregular devido à variável aceitação/rejeição de diversos transplantes da categoria Sistemas de Aumento Capilar, está sentado, ou deitado — ou talvez, mais exatamente, apenas "reclinado" — com uma sunga de banho Speedo preta ao lado da piscina doméstica em forma de rim,[1] no deque de ladrilhos da piscina, numa espreguiçadeira portátil cujo encosto está agora reclinado quatro cliques a um ângulo de $35°$ em relação ao piso de ladrilho de mosaico do deque, às 10:20 da manhã de 15 de maio de 1995, o quarto poeta mais frequente nas antologias na história americana das *belles lettres*, junto a um guarda-sol mas não de fato à sombra do guarda-sol, lendo a revista *Newsweek*,[2] usando a modesta projeção do abdome como suporte inclinado para a revista, usando também sandália de dedo, uma mão atrás da cabeça, a outra mão pendurada do lado e acompanhando a filigrana parda e ocre do caro ladrilho cerâmico espanhol do deque, umedecendo de vez em quando o dedo para virar a página, usando óculos de sol de grau cujas lentes foram quimicamente tratadas para escurecer imperceptivelmente em proporção à intensidade luminosa da luz a que são expostas, usando na mão que brinca no chão um

1. Também o primeiro poeta americano nato, nos honrosos 94 anos de história do prêmio Nobel de literatura, a recebê-lo, o cobiçado prêmio Nobel de literatura.
2. Nunca agraciado com uma John Simon Guggenheim Foundation Fellowship, porém: três vezes rejeitado no início da carreira, tinha razão para acreditar que havia algo de pessoal e/ou político no comitê da Guggenheim Fellowship, e resolvera que podia se danar, morrer de fome, antes de jamais contratar de novo um assistente graduado para preencher o cansativo formulário em três vias da Guggenheim Foundation Fellowship e nunca mais enfrentar a cansativa e desprezível farsa da avaliação "objetiva".

relógio de pulso de qualidade e preço médios, sandália de dedo de imitação de borracha nos pés, as pernas cruzadas na altura do tornozelo e os joelhos ligeiramente separados, o céu sem nuvens e luminoso à medida que o sol da manhã subia e se deslocava para a direita, umedecendo o dedo não com saliva ou transpiração, mas com a condensação que deixava fosco o esguio copo cheio de chá gelado que estava agora bem na beirada da sombra de seu corpo à esquerda superior da cadeira e teria de ser deslocado para continuar naquela sombra fresca, passando o dedo preguiçosamente pelo lado do copo antes de levar o dedo umedecido preguiçosamente até a página, virando de vez em quando as páginas da edição de 19 de setembro de 1994 da revista *Newsweek*, lendo sobre a reforma do sistema de saúde americano e sobre o trágico Voo 427, lendo um sumário e uma resenha favorável dos livros de não ficção populares *Hot Zone* e *The Coming Plague*, virando às vezes diversas páginas em sucessão, pulando certos artigos e resumos, um eminente poeta americano agora a quatro meses de completar cinquenta e sete anos, um poeta que a principal concorrente da revista *Newsweek*, a *Time*, uma vez um tanto absurdamente chamara de "a coisa mais próxima de um genuíno imortal literário hoje vivo", as canelas quase sem pelos, a sombra elíptica do guarda-sol aberto se estreitando ligeiramente, as sandálias de imitação de borracha texturizada em ambos os lados da sola, a testa do poeta pontilhada de transpiração, o bronzeado profundo e intenso, o lado interno das coxas quase sem pelos, o pênis dobrado sobre si mesmo dentro da sunga de banho apertada, o cavanhaque bem aparado, um cinzeiro em cima da mesa de ferro, não bebendo o chá gelado, de vez em quando limpando a garganta, mexendo-se ligeiramente a intervalos na espreguiçadeira de deque pastel para coçar preguiçosamente o arco de um pé com o dedão do outro pé sem tirar as sandálias nem olhar para nenhum dos dois pés, parecendo concentrado na revista, a piscina azul à sua direita e a porta de correr de vidro grosso da casa numa linha oblíqua à sua esquerda, entre ele e a piscina uma mesa redonda de ferro batido branca com um grande guarda-sol de praia empalado no centro cuja sombra não toca mais a piscina, um poeta indiscutivelmente dotado, lendo sua revista em sua espreguiçadeira no deque da piscina nos fundos de sua casa. A piscina doméstica e a área do deque são cercadas de três lados por árvores e arbustos. As árvores e os arbustos, plantados anos antes, densamente entrelaçados e fechados, servem à mesma função essencial de uma cerca de privacidade de sequoia ou de um muro de boa pedra. É o auge da primavera, as árvores e os arbustos estão em plena foliação, intensamente verdes e imóveis, com sombras complexas, o céu inteiramente azul e parado, de forma que todo o tableau formado por piscina, deque, poeta, espreguiçadeira, mesa, árvores e fachada de trás da casa está muito imóvel, composto, quase inteiramente silencioso, o suave gorgolejar da bomba da piscina e dos ralos e o som ocasional do poeta limpando a garganta ou virando as páginas da revista *Newsweek* são os únicos sons — nem um pássaro, nem distantes cortadores de grama ou tesouras de cerca ou dispositivos para eliminar pragas, nenhum jato no céu nem ruídos abafados e distantes das piscinas das casas de ambos os lados da casa do poeta — nada a não ser a respiração do poeta e o limpar da garganta ocasional do poeta, inteiramente imóvel, composto, fechado, nem mesmo um sopro de brisa para mexer as folhas das árvores e dos arbustos, o viver silencioso envolvendo o imóvel verde da flora vivo e inescapável, igual a nada neste mundo nem em aparência nem em sugestão.[3]

3. Isto não é inteiramente verdade.

Para sempre em cima

Feliz aniversário. Treze anos é muito importante. Talvez seu primeiro dia realmente público. Treze anos é a chance de as pessoas reconhecerem que coisas importantes estão acontecendo com você.

Coisas vêm acontecendo com você faz meio ano. Você agora tem sete pelos debaixo do braço esquerdo. Doze debaixo do direito. Perigosas espirais duras de grossos pelos pretos. Pelos fortes, animais. Agora, em torno das suas partes há mais pelos duros e crespos do que você consegue contar sem perder a conta. Outras coisas. Sua voz está grossa e rouca e muda de tom sem aviso. Seu rosto começou a ficar brilhante quando você não o lava. E duas semanas de uma dor profunda e assustadora esta última primavera o deixaram com uma coisa pendurada lá de dentro do corpo: seu saco agora está cheio e vulnerável, um bem a ser protegido. Suspenso e preso em um apertado suporte atlético que deixa uma marca vermelha em suas nádegas. Você desenvolveu uma nova fragilidade.

E sonhos. Há meses tem havido sonhos como nunca antes:

molhados, movimentados, distantes, cheios de curvas fechadas, pistons furiosos, calor e uma grande queda; e com as pálpebras tremulando você acorda com um ímpeto, um jorro e um tranco de enrolar os dedos do pé e arrepiar os cabelos que vem lá de dentro de tão fundo que você nunca pensou, espasmos de uma dor funda e doce, a luz da rua que entra pela veneziana explodindo em estrelas nítidas no teto preto do quarto e aquela densa geleia branca que chia entre as pernas, escorre e gruda, esfria em cima de você, endurece e fica transparente até não sobrar nada senão os pelos animais embaraçados e duros no chuveiro de manhã e no emaranhado molhado um cheiro doce e limpo que não dá para acreditar que vem de uma coisa fabricada dentro de você.

O cheiro é, mais que qualquer outra coisa, como esta piscina: clorado salgado e doce, uma flor com pétalas químicas. A piscina tem um forte cheiro azul transparente, embora você saiba que o cheiro nunca é tão forte quando você está mesmo dentro da água azul, como está agora, todo nadado, descansando do lado raso, a água até o quadril lambendo onde está tudo mudado.

Em volta do deque desta velha piscina pública na borda oeste de Tucson há uma cerca Cyclone cor de estanho, decorada com um brilhante emaranhado de bicicletas com cadeado. Mais adiante disso um estacionamento preto quente cheio de faixas brancas e carros cintilantes. Um campo sem graça de grama seca e ervas daninhas duras, cabeças felpudas de dentes-de-leão velhos explodindo e nevando no vento que sobe. E além disso tudo, avermelhadas por um redondo e lento sol de setembro, estão as montanhas, recortadas, os ângulos duros dos picos escurecendo definidos contra o vermelho profundo de uma luz cansada. Contra o vermelho seus duros picos ligados formam uma linha cheia de pontas, um ECG do dia que morre.

As nuvens estão ficando coloridas na borda do céu. A água é de lantejoulas azul-claras, com a mornidão das cinco horas e o cheiro da piscina, como o outro cheiro, se liga a uma neblina química dentro de você, uma penumbra interior que dobra a luz para seus próprios fins, abranda a diferença entre o que termina e o que começa.

Sua festa é hoje à noite. Esta tarde, no seu aniversário, você pediu para vir à piscina. Quis vir sozinho, mas aniversário é um dia familiar, sua família quer estar com você. Isso é bom e você não pode falar por que queria vir sozinho, de verdade verdade mesmo você talvez não quisesse vir sozinho, então eles estão aqui. Tomando sol. Pai e mãe, sol. As espreguiçadeiras deles estiveram marcando o tempo toda a tarde, girando, acompanhando a curva do sol por um céu deserto aquecido até virar uma película como de ovo. Sua irmã joga cabra-cega perto de você no raso com um grupo de meninas magras da classe dela. Está vendada agora, a cabra dela cegada. Está de olhos fechados e girando aos diversos gritos, rodopiando no centro de uma roda de meninas estridentes de touca de banho. Nasceram flores de borracha na touca de sua irmã. São pétalas pink molengas que se sacodem quando ela investe contra o som cego.

Lá do outro lado da piscina ficam o tanque de mergulho e a torre do trampolim alto. Lá no fim do deque fica a LAN HONETE e, dos dois lados, pendurados acima da entrada de cimento para os chuveiros escuros e molhados e os armários, há alto-falantes portáteis de metal cinzento que tocam a música de rádio da piscina, o estrépito rachado e metálico.

Sua família gosta de você. Você é inteligente e quieto, respeitoso com os mais velhos — embora não seja frouxo. Você no geral é bom. Cuida da sua irmãzinha. É aliado dela. Tinha seis anos quando ela tinha zero e estava com caxumba quando a trouxeram para casa em um cobertor amarelo muito macio; você deu um beijo de alô nos pés dela cuidando para ela não pegar sua caxumba. Seus pais dizem que isso foi um bom augúrio. Isso deu o tom. Eles agora sentem que estavam certos. Em tudo se orgulham de você, satisfeitos, e retiraram-se para aquela cálida distância de onde viajam o orgulho e a satisfação. Vocês se dão muito bem.

Feliz aniversário. É um grande dia, grande como o teto de todo o céu do sudoeste. Você pensou bem. Lá está o trampolim alto. Eles vão querer ir embora cedo. Você sobe e faz o que tem de fazer.

Sacode o azul limpo. Está meio desbotado, solto e mole, amaciado, as almofadas dos dedos enrugadas. A névoa do cheiro limpo demais da piscina entra nos olhos; quebra a luz em cores suaves. Você bate na cabeça com o calcanhar da mão. Um lado faz um eco frouxo. Inclina a cabeça de lado e pula — súbito calor na orelha, delicioso, e a água aquecida no cérebro esfria na concha de fora do seu ouvido. Você pode ouvir música metálica mais dura, gritos mais próximos, muito movimento em muita água.

A piscina está lotada para tão tarde. Aqui crianças magras, homens animais peludos. Meninos desproporcionais, inteiros pescoço, pernas e juntas nodosas, peito afundado, vagamente parecidos com pássaros. Como você. Aqui velhos andando no raso com cuidado em cima de pernas finas, sentindo a água com as mãos, fora de todos os elementos ao mesmo tempo.

E meninas-mulheres, mulheres, cheias de curvas como instrumentos ou frutas, pele lustrosa marrom brilhante, os tops dos biquínis presos por delicados nós de frágeis cordões coloridos segurando pesos misteriosos, a parte de baixo montada em suaves saliências de quadris totalmente diferentes dos seus, inchaços e curvas exagerados que derretem em luz num espaço circundante que colhe e acomoda as curvas macias como coisas preciosas. Você quase entende.

A piscina é um sistema em movimento. Aqui agora há: colos, lutas na água, mergulhos, pegador, mergulho-bomba, Peixinho & Tubarão, grandes saltos, cabra-cega (sua irmã ainda está no centro, meio em lágrimas, demorando demais no centro, a brincadeira já beirando a crueldade, você não tem nada com isso, não pode salvar nem atrapalhar). Dois menininhos brancos-brilhantes cobertos com toalhas de algodão correm ao lado da piscina até o guarda paralisar os dois com um grito no alto-falante. O guarda é marrom como uma árvore, pelos loiros numa linha vertical pela barriga, na cabeça um chapéu de explorador da selva, no nariz um triângulo de creme branco. Uma menina está com o braço em volta de uma perna da torrinha dele. Ele está entediado.

Saia agora e passe por seus pais, que estão tomando sol e lendo, sem levantar a cabeça. Esqueça a toalha. Parar para pegar a toalha quer dizer conversar e conversar quer dizer pensar. Você concluiu que ficar apavorado é resultado principalmente de pensar. Passe direto, para o tanque do lado fundo. Acima do tanque uma grande torre de ferro branco sujo. Uma prancha se projeta do alto da torre como uma língua. O piso de concreto do deque da piscina é áspero e quente contra as solas de seus pés desbotados. Cada pegada que você deixa é mais fina e mais tênue. Atrás de você, cada uma se encolhe na pedra quente e desaparece.

Fileiras de salsichas plásticas boiam no tanque, que é inteiramente isolado, vazio do balé convulso de cabeças e braços do resto da piscina. O tanque é azul como energia, pequeno, fundo e perfeitamente quadrado, cercado pelos lava-pés, a LAN HONETE, o áspero e quente deque e a sombra tardia e curva da torre e da prancha. O tanque está quieto e parado, liso entre mergulhos. Há um ritmo nele. Como respiração. Como uma máquina. A fila para o trampolim se curva na direção da escada da torre. A linha avança em sua curva, endireita ao chegar perto da escada. Uma a uma, as pessoas chegam à escada e sobem. Uma a uma, espaçadas pelo bater de corações, chegam à língua da prancha no alto. E uma vez na prancha, param, cada uma exatamente na minúscula pausa de um bater de coração. E as pernas as levam à ponta, onde dão uma espécie de pulinho batendo os pés, os braços curvados adiante como quem descreve alguma coisa circular, total; descem pesadamente sobre a ponta da prancha e fazem com que ela os jogue para cima e para fora.

É uma máquina de cair, linhas de movimento gaguejante em uma doce névoa de cloro tardia. Dá para ver do deque quando elas chegam no frio lençol azul do tanque. Cada queda forma um branco que se empluma e cai sobre si mesmo, se espalha, chia. Então o azul limpo emerge no meio do branco e se espalha como pudim, renovando tudo. O tanque se cura. Três vezes enquanto você vai.

Você está na fila. Olha em torno. Parece entediado. Poucos falam na fila. Todo mundo parece sozinho. A maioria olha a escada, parece entediada. Você e quase todos estão com os braços cruzados, resfriados por um vento de fim de tarde seco que sobe nas constelações de contas cloradas azuis, claras, que cobrem suas costas e ombros. Parece impossível que todo mundo esteja realmente tão entediado. A seu lado o limiar da sombra da torre, a língua negra inclinada da imagem da prancha. O sistema de sombra é imenso, comprido, sai para o lado, ligado à base da torre em um ângulo duro.

Quase todo mundo na fila para a prancha olha a escada. Meninos mais velhos olham os bumbuns de meninas mais velhas quando elas sobem. Os bumbuns estão dentro de pano fino e macio, náilon elástico justo. Os bons bumbuns sobem a escada como pêndulos em líquido, um suave código indecifrável. As pernas das meninas fazem você pensar em gazelas. Parecem entediadas.

Olhe adiante. Olhe através. Você pode ver tão bem. Sua mãe está na espreguiçadeira do deque, lendo, olhos apertados, o rosto voltado para cima para receber luz nas bochechas. Não olhou para ver onde você está. Ela bebe alguma coisa doce de uma lata brilhante. Seu pai está deitado em cima da sua grande barriga, as costas sugerindo uma corcova de baleia, ombros curvados com espirais animais, pele coberta de óleo e empapada vermelha-marrom de sol demais. Sua toalha está pendurada na cadeira e um canto do pano agora se move — sua mãe bateu nela ao espantar uma abelha de mel que gosta do que ela tem dentro da lata. A abelha volta imediatamente, parecendo parar imóvel sobre a lata em um doce borrão. Sua toalha é uma cara grande do Urso Yogi.

Em algum momento tem de haver mais fila atrás de você do que na frente. Ninguém na frente a não ser três na escada estreita. A mulher bem à sua frente está nos primeiros degraus, olhando para cima, com um maiô preto de náilon justo que é uma peça só. Ela sobe. Lá de cima vem um rumor, depois uma grande queda, depois uma pluma e o tanque cicatriza. Agora dois na escada. As regras da piscina dizem um de cada vez na escada, mas o guarda nunca grita por causa disso. O guarda cria as regras de verdade gritando ou não gritando.

Essa mulher acima de você não devia usar maiô tão apertado quanto o maiô que está usando. É tão velha quanto sua mãe e tão grande quanto ela. Ela também é grande e branca demais. O maiô está cheio dela. A parte de trás de suas coxas está apertada pelo maiô e parece queijo. As pernas dela têm abruptos rabisquinhos azuis de veias desfeitas por baixo da pele branca, como se alguma coisa estivesse quebrada, machucada, em suas pernas. As pernas dela parecem doer por causa do aperto, cheias de linhas arábicas curvas de frio azul quebrado. As pernas dela fazem você sentir as suas pernas doendo.

Os degraus são muito estreitos. Isso é inesperado. Finos degraus de ferro redondo cobertos de escorregadio feltro Safe-T molhado. Você sente gosto de metal no cheiro de ferro molhado à sombra. Cada degrau afunda nas solas de seus pés e as marca. As marcas parecem fundas e doem. Você se sente pesado. Como a mulher grande acima de você deve se sentir. Os corrimãos ao longo dos lados da escada também são muito finos. É como se não desse para segurar neles. Você tem de esperar que a mulher também vá segurar. E é claro que de longe pareciam menos degraus. Você não é burro.

Chega a meio caminho, lá no alto, aberto, mulher grande acima de você, um homem sólido musculoso e careca na escada abaixo de seus pés. A prancha ainda lá no alto, invisível daqui. Mas ela estremece e faz um som pesado de bate e volta e um menino que você só vê durante uns poucos centímetros contidos entre os finos degraus cai num flash de linha, um joelho dobrado no peito, fazendo um splash. Um grande ponto de exclamação de espuma entra em seu campo de visão, depois se espalha e cai num grande borbulhar. Então o som silencioso do tanque cicatrizando em novo azul outra vez.

Mais degraus finos. Segure bem. O rádio é mais alto aqui, um alto-falante no nível da orelha acima da entrada de concreto do vestiário. Um bafo frio e úmido do interior do vestiário.

Agarre forte as barras de ferro e vire, olhe para baixo, para trás, e dá para ver as pessoas comprando salgadinhos e refrigerantes lá embaixo. Dá para ver direitinho lá dentro: o alto branco e limpo do gorro do vendedor, tigelas de sorvete, refrigeradores de latão soltando vapor, tanques comprimidos de xarope de refrigerante, serpentes de mangueira de refrigerante, gordas caixas de pipoca salgada mantida quente ao sol. Agora que está em cima dá para ver a coisa toda.

O vento sopra. Quanto mais alto, mais venta. O vento é fraco: na sombra ele é frio em sua pele molhada. Na escada na sombra sua pele parece muito branca. O vento assobia fininho em seus ouvidos. Mais quatro degraus até o alto da torre. Os degraus machucam seus pés. São finos e você sabe bem quanto pesa. Você pesa de verdade na escada. O chão quer você de volta.

Agora você vê por cima do alto da escada. Pode ver a prancha. A mulher está lá. Ela tem dois montinhos de calosidade vermelha, de aparência dolorida, na parte de trás dos tornozelos. Está parada no começo da prancha e seus olhos nos tornozelos dela. Agora você está acima da sombra da torre. O homem sólido abaixo de você está olhando pelos degraus para o espaço contido por onde a queda da mulher passará.

Ela faz uma pausa de uma pulsação. Não há nada de lento naquilo. Deixa você frio. Num segundo ela está na ponta da prancha, sobe, baixa nela, a prancha se curva como se não quisesse a mulher. Depois se movimenta, volta e a joga violentamente para cima e para fora, os braços dela se abrindo para englobar aquele círculo e foi-se. Ela desaparece em uma piscada escura. E agora um tempo até você ouvir o impacto lá embaixo.

Escute. Não parece bom, o jeito como ela desaparece num tempo que passa antes de ela soar. Como uma pedra caindo num poço. Mas você pensa que ela não achou isso. Ela era parte de um ritmo que exclui o pensamento. E agora você fez de você mesmo parte disso também. O ritmo parece cego. Como formigas. Como uma máquina.

Você conclui que precisa pensar a respeito disso. Afinal, tudo bem fazer uma coisa apavorante sem pensar, mas não quando o apavorante é o não pensar em si. Não quando o não pensar se revela errado. Em algum ponto o erro foi se acumulando cego: tédio fingido, peso, degraus finos, pés doendo, espaço cortado em partes escalonadas que só se fundem em um desaparecimento que leva tempo. O vento na escada algo que ninguém poderia esperar. O jeito como a prancha se projeta da sombra para a luz e não dá para ver além da ponta. Quando tudo acaba sendo diferente você devia pensar. Devia ser exigido.

A escada está cheia abaixo de você. Empilhados, todos separados por alguns degraus. A escada é alimentada pela sólida fila que se estende para trás e curva-se no escuro da sombra em ângulo da torre. As pessoas estão de braços cruzados na fila. Os que estão na escada sentem dor nos pés e estão todos olhando para cima. É uma máquina que só anda para a frente.

Suba para a língua da torre. A prancha se revela longa. Tão longa quanto o tempo que você fica ali parado. O tempo ralenta. Engrossa em torno de você enquanto seu coração aumenta mais e mais as batidas a cada segundo, a cada movimento do sistema da piscina lá embaixo.

A prancha é longa. De onde você está ela parece estender-se para o nada. Vai jogar você em algum lugar que a própria extensão dela o impede de ver, que parece errado aceitar sem sequer pensar.

Olhada por outro lado, a mesma prancha é só uma coisa fina e chata coberta com um negócio plástico branco e áspero. A superfície branca é muito áspera, pintalgada, contornada por um pálido vermelho aguado que mesmo assim é vermelho e não rosa ainda — gotas de água de piscina velha que captam a luz do sol da tarde acima das montanhas duras. O negócio áspero e branco da prancha está molhado. E frio. Seus pés estão doendo por causa dos degraus finos e têm uma grande capacidade de sentir. Eles sentem seu peso. O começo da prancha tem corrimãos de ambos os lados. Não são como os corrimãos da escada eram há pouco. São grossos e colocados muito baixo, de forma que você tem quase de se curvar para se apoiar neles. Estão ali só para se ver, ninguém se apoia neles. Segurar toma tempo e altera o ritmo da máquina.

É uma prancha comprida, áspera e fria de plástico ou fibra de vidro branca, com veias da cor triste do quase rosa de balas ruins.

Mas no fim da prancha branca, na beirada, onde você vai se abaixar com seu peso para fazer ela jogar você longe, existem duas áreas de escuro. Duas sombras chatas na luz ampla. Dois vagos ovais escuros. O fim da prancha tem duas manchas de sujeira.

De todas as pessoas que foram antes de você. Seus pés quando você para ali estão macios e marcados, doem por causa da superfície áspera e você vê que as duas manchas escuras são da pele das pessoas. São pele raspada dos pés pela violência com que as pessoas de peso real desaparecem. Mais gente do que se pode contar sem perder a conta. O peso e a abrasão de seu desaparecimento deixam pedacinhos de pés macios para trás, pedacinhos, lascas e flocos de pele que são sujos, escurecem e se bronzeiam ao jazer minúsculos e espalhados ao sol no fim da prancha. Eles se empilham, se espalham, se misturam. Eles escurecem em dois círculos.

Fora de você não passa tempo nenhum. É incrível. O balé da tarde lá embaixo é em câmara lenta, os movimentos lá em cima de mímicos em geleia azul. Se quisesse você podia facilmente ficar ali para sempre, vibrando por dentro tão depressa que flutuaria imóvel no tempo, como uma abelha sobre alguma coisa doce.

Mas deviam limpar a prancha. Qualquer pessoa que pense a respeito por um segundo que seja veria que deviam limpar a pele das pessoas do fim da prancha, os dois acúmulos pretos do que restou do antes, manchas que lá de trás parecem olhos, olhos cegos e vesgos.

Onde você está agora é calmo e quieto. Vento rádio gritos água esguichando aqui não. Sem tempo e sem som real a não ser seu sangue guinchando dentro de sua cabeça.

Lá em cima aqui significa visão e olfato. O cheiro é íntimo, recém-clareado. O cheiro da flor especial de cloro, mas dele outras coisas sobem para você como uma neve semeada de pragas. Você sente cheiro de pipoca amarela. Óleo de bronzear doce como óleo de coco. Ou hot dogs ou salsicha empanada. Um tênue vestígio cruel de Pepsi muito escura em copos de papel. E o cheiro especial de toneladas de água vindo de toneladas de pele, subindo como vapor de um banho novo. Calor animal. Lá de cima é mais real que tudo.

Olhe só. Você pode ver a complicação toda, azul, branca, marrom e branca, mergulhada num brilho aquoso de vermelho profundo. Todo mundo. Isso é o que as pessoas chamam de vista. E você sabia que de baixo você não olharia assim tão alto lá em cima. Você agora vê o quanto você está lá em cima. Você sabia que lá de baixo não dava para dizer.

Ele fala atrás de você, os olhos dele nos seus tornozelos, o homem careca sólido, E aí, menino. Eles querem saber. Seus planos aqui em cima são para o dia inteiro ou qual é exatamente a história. E aí, menino, você está bem.

O tempo existiu esse tempo todo. Não dá para matar o tempo com seu coração. Tudo toma tempo. As abelhas têm de se mexer muito depressa para ficar paradas.

E aí menino ele diz E aí menino você está bem.

Flores de metal se abrem na sua língua. Nenhum tempo mais para pensar. Agora que existe tempo você não tem tempo.

E aí.

Lentamente agora, através de tudo, há um olhar que se espalha como os anéis da água atingida. Olhe como se espalha a partir da escada. Sua irmã avistada e o pacotinho branco dela, apontando. Sua mãe olha o raso onde você costumava ficar, depois faz uma viseira com a mão. A baleia se mexe e se sacode. O guarda olha para cima, a menina em volta da perna dele olha para cima, ele pega o megafone.

Para sempre lá embaixo é o deque áspero, salgadinhos, música metálica fina, lá embaixo onde você costumava ficar; a fila é sólida e não tem marcha a ré; e a água, claro, só é macia quando você está dentro dela. Olhe para baixo. Agora ela se mexe ao sol, cheia de duras moedas de luz que brilham vermelhas enquanto somem em uma névoa que é seu próprio sal doce. As moedas racham em luas novas, lascas de luz compridas dos corações de estrelas tristes. O tanque quadrado é um frio lençol azul. Frio é só uma espécie de duro. Uma espécie de cego. Você foi apanhado desprevenido. Feliz aniversário. Você pensou melhor. Sim e não. E aí menino.

Duas manchas pretas, violência, e desaparece em um poço

de tempo. Altura não é o problema. Tudo muda quando você volta para baixo. Quando você bate, com seu peso.

Então qual é a mentira? Dura ou mole? Silêncio ou tempo?

A mentira é que é uma ou outra. Uma abelha parada, flutuando, está se mexendo mais depressa do que se pode pensar. Lá de cima a doçura a deixa louca.

A prancha vai abaixar, você irá, olhos de pele podem se cruzar cegos para dentro de um céu manchado de nuvens, perfurações de luz se esvaziando por trás da pedra dura para sempre. Isso é para sempre. Pise na pele e desapareça.

Olá.

Breves entrevistas com homens hediondos

B.E. nº 14 08-96
ST. DAVIDS PA

"Me custa todas as relações sexuais que eu já tive. Não sei por que eu faço isso. Não sou uma pessoa política, não me considero. Não sou daqueles tipo América em Primeiro Lugar, leio o jornal, será que Buchanan vai pegar o pessoal que abaixa a cabeça. Estou lá fazendo com uma menina, não importa quem. É quando eu começo a gozar. Que acontece. Não sou democrata. Eu nem voto. Uma vez pirei por causa disso e telefonei para um programa de rádio, um médico no rádio, anônimo, e ele diagnosticou como gritos descontrolados de palavras ou frases involuntárias, frequentemente ofensivas ou escatológicas, que é coprolalia é o termo oficial. Só que quando eu começo a gozar e sempre começo a gritar isso aí não é ofensivo, não é obsceno, é sempre a mesma coisa, e é sempre muito estranho, mas não acho que seja ofensivo. Acho só que é estranho. E incontrolável. Sai do mesmo jeito que sai a porra, a sensação é essa. Não sei o que é isso e não posso fazer nada."

P.

"'Vitória para as Forças da Liberdade Democrática!' Só que muito mais alto. Berrando mesmo. Incontrolável. Não estou nem pensando nisso e de repente escuto. 'Vitória para as Forças da Liberdade Democrática!' Só que mais alto que isso: 'VITÓRIA...'"

P.

"Bom, deixa elas piradas, o que você acha? E eu quase morro de vergonha. Nunca sei o que dizer. O que você diria se gritasse 'Vitória para as Forças da Liberdade Democrática!' bem na hora de gozar?"

P.

"Não seria tão embaraçoso se não fosse tão totalmente estranho, porra. Se eu tivesse a menor ideia do que quer dizer. Você sabe?"

P. ...

"Nossa, agora estou morrendo de vergonha."

P.

"Mas só acontece *uma* vez mesmo. É isso que quero dizer com o quanto me custa. Não dá nem para dizer como elas ficam piradas, eu fico com vergonha e não telefono de novo. Mesmo que eu tente explicar. E essas que se fazem de compreensivas tipo não ligo para isso e tudo bem e eu entendo e não tem importância essas que me deixam com mais vergonha, porque é tão esquisito, porra, gritar 'Vitória para as Forças da Liberdade Democrática!' na hora que você está gozando que eu posso dizer que toda vez elas ficam totalmente piradas e são condescendentes comigo, fingem que entendem, e são essas que eu de verdade mesmo eu de verdade mesmo acabo ficando quase puto da vida e não fico nem com vergonha de não telefonar nem de evitar totalmente essas, as que dizem 'acho que podia amar você mesmo assim'."

B.E. nº 15 08-96
MCI-BRIDGEWATER DEPARTAMENTO DE OBSERVAÇÃO & AVALIAÇÃO BRIDGEWATER MA

"É uma tendência e uma vez que haja um mínimo de coerção e nenhum dano real é essencialmente benigna, acho que vão ter de concordar. E note-se que há um número surpreendentemente pequeno que requer qualquer coerção."

P.

"De um ponto de vista psicológico as origens parecem óbvias. Vários terapeutas concordam, posso acrescentar, aqui e em outros locais. De forma que está bem definido."

P.

"Bem, meu próprio pai era, pode-se dizer, um homem que era por tendência natural não um bom homem, mas que mesmo assim tentava diligentemente ser um bom homem. Temperamento e tal."

P.

"Quer dizer, eu não estou torturando nem queimando ninguém."

P.

"A tendência de meu pai para raiva, principalmente [ininteligível ou distorcido] a Sala de Emergência pela enésima vez, temendo seu próprio temperamento e tendência a violência doméstica, isso foi aumentando durante um período de tempo e ele por fim recorreu, depois de um período de tempo e períodos de aconselhamento malsucedidos, à prática de algemar os próprios pulsos atrás das costas sempre que perdia a paciência com qualquer um de nós. Em casa. Domesticamente. Pequenos incidentes domésticos que perturbam o temperamento da pessoa e assim por diante. Essa autocontenção acabou progredindo ao longo de um período de tempo de tal forma que, quanto mais enraivecido ele ficava com qualquer um de nós, mais coercivo começou a ser na contenção de si mesmo. Muitas vezes o dia terminava com o pobre homem de mãos e pés amarrados no chão da sala, gritando furiosamente conosco para colocar a porra da filha da puta da mordaça nele. Seja qual for o interesse possível que essa pequena história possa ter para qualquer um que não teve o privilégio de estar lá. Tentar colocar a mordaça sem ser mordido. Mas, claro, podemos agora explicar minhas tendências e definir suas origens e encerrar tudo bem certinho e arrumadinho para você, não é."

B.E. nº 11 06-96
VIENNA VA

"Tudo bem, eu estou, ok, é, mas espere um pouquinho, certo? Preciso que você tente entender isto aqui. Certo? Olha. Eu sei que eu sou difícil. Eu sei que eu sou meio retraído às vezes. Eu sei que eu sou difícil de estar junto nisto, certo? Tudo bem? Mas isso de toda vez que eu fico assim difícil ou retraído você pensar que eu estou indo embora ou querendo largar você — isso eu não aguento. Essa coisa de você ficar com medo o tempo todo. Me cansa. Faz eu me sentir como se eu tivesse de, tipo, esconder qualquer coisa que eu sinta porque você na mesma hora vai pensar que é com você e que eu estou querendo largar de você e ir embora. Você não confia em mim. Não confia. Não que eu esteja dizendo que dada a nossa história eu merecesse muito mais confiança de cara. Mas você não tem nem um pouco. Tem assim tipo zero de segurança por mais que eu faça. Certo? Eu falei que eu prometia que não ia embora e você falou que acreditava que dessa vez eu estava nessa para ficar, mas você não acreditou. Certo? Admita, tudo bem? Você não confia em mim. Eu estou pisando em ovos o tempo inteiro. Sabe? Não posso continuar prometendo para você o tempo inteiro."

P.

"Não, não estou dizendo que *isto* é promessa. *Isto* aqui é só para tentar ver se eu consigo fazer você ver — certo, olhe, as coisas vêm e vão, certo? Às vezes as pessoas estão mais dentro do que outras vezes. É assim que é. Mas você não aguenta flutuação. Parece que flutuação é proibido. E eu sei que em parte é culpa minha, certo? Eu sei que as outras vezes não fizeram você se sentir muito segura. Mas isso eu não posso mudar, certo? De uma coisa eu sei. E agora eu sinto que toda hora que eu simplesmente não falar ou ficar meio difícil ou quieto você vai pensar que eu estou conspirando para largar você. E isso me machuca o coração. Certo? Machuca o meu coração, só. Quem sabe se eu amasse você um pouco menos ou me importasse com você um pouco menos desse para aguentar. Mas não posso. Então é isso, sim, é isso que são essas malas, eu estou indo embora."

P.

"E eu estava — isto é só o jeito que eu tinha medo que você fosse reagir. Eu sabia, que você ia achar que isso aqui quer dizer que você tinha razão de ter medo o tempo todo e nunca se sentir segura nem confiar em mim. Eu sabia que ia ouvir 'Está vendo, você está indo embora afinal, quando prometeu que não ia'. Eu sabia mas estou tentando explicar mesmo assim, certo? E eu sei que o mais provável é que você não vá entender isto também, mas — espere aí — tente escutar e quem sabe absorver isto, certo? Pronto? Eu ir embora *não* é a confirmação de todos os seus medos a meu respeito. *Não é. É a consequência* deles. Certo? Você não consegue ver isso? É o seu medo que eu não aguento. É a sua desconfiança e o seu medo que eu venho tentando combater. E não consigo mais. Acabou meu gás. Se eu amasse você um pouquinho menos que fosse eu aguentava. Mas isso está me matando, esse medo constante de estar sempre apavorando você e nunca fazendo você se sentir segura. Dá para enxergar isso?"

P.

"É irônico do seu ponto de vista, eu entendo. Certo. E entendo que você me odeia totalmente agora. E passei um longo tempo me preparando para chegar aonde eu cheguei pronto para encarar você me odiando totalmente por isso e esse ar de total confirmação de todos os seus medos e suspeitas na sua cara se você pudesse ver, certo? Juro se você pudesse ver sua cara agora qualquer um ia entender por que eu estou indo embora."

P.

"Desculpe. Não estou querendo colocar tudo em cima de você. Desculpe. Não é você, certo? Quer dizer, tem de ser alguma coisa comigo se você não consegue confiar em mim depois de todas essas semanas ou aguentar um pouquinho que seja do vaivém normal da vida sem pensar sempre que eu estou me aprontando para ir embora. Não sei o quê, mas deve ser. Certo, e eu sei que a nossa história não é uma maravilha, mas juro para você que era verdade tudo o que eu disse e que eu tentei mil por cento. Juro por Deus que eu tentei. Eu sinto muito mesmo. Daria qualquer coisa no mundo para não machucar você. Eu te amo. Sempre vou te amar. Espero que você acredite nisso, mas estou desistindo de tentar fazer você acreditar. Só por favor acredite que eu tentei. E não pense que isso tem a ver com alguma coisa errada em você. Não faça isso com você mesma. É por nossa causa, por nós dois que eu estou indo embora, certo? Dá para entender isso? Que não é o que você sempre teve medo que fosse? Certo? Dá para entender isso? Será que você não podia talvez entender que você *podia* estar errada, que *talvez*? Será que podia me dar isso, podia? Porque isto aqui não é muito divertido para mim também, não, certo? Ir embora assim, vendo a sua cara assim como a minha última imagem mental de você. Dá para entender que eu também vou ficar bem acabado com isso? Dá para entender? Que você não está sozinha nessa?"

B.E. nº 3 11-94
TRENTON NJ [OUVIDO POR ACASO]

R...: "Então eu fui a última a sair como sempre e todo aquele negócio lá."

A...: "É só esperar e relaxar no lugar e ser o último a sair porque todo mundo na mesma hora tem sempre de levantar no minuto que para e se amontoar no corredor de forma que você tem de ficar de pé lá com as malas tudo amontoado suando em bicas no corredor cinco minutos só para ser..."

R...: "Só esperar e afinal sair daquele negócio do jato e sair naquela sabe sala de saída sala de recepção como sempre achando que ia pegar um táxi para..."

A...: "Mesmo assim mas é sempre triste nessas viagens comerciais chegar na área de desembarque e ver todo mundo com alguém esperando e gritos e abraços e os caras das limusines segurando aquelas placas de papelão com o nome que nunca é o seu nome e aquel..."

R...: "Só cale a boca um segundo porra tá legal porque escute um pouco porque só que estava quase vazio quando eu saí de lá."

A...: "As pessoas nessa altura já quase todas se dispersaram você está dizendo."

R...: "Só que ali está essa garota que sobrou na corda olhando espiando esperando ali naquele negócio do jato lá e quando ela me vê como eu estou olhando para ela ao sair porque está vazio só tem ela, os olhos da gente se cruzam e aquela coisa toda ali e o que que ela faz ela pega e cai de joelhos chorando e chorando muito e aquela coisa toda batendo no tapete e arranhando arrancando uns tufinhos e umas fibras do produto barato que eles compram onde a cola sintética começa o forro separando quase na mesma hora e acaba triplicando os custos de manutenção claro que nem preciso dizer para você e tudo dobrada para a frente lá batendo arranhando o produto com as unhas, dobrada para a frente de um jeito que dava sabe quase para ver os peitos dela. Totalmente histérica e com aquela choradeira e aquela coisa toda lá."

A...: "Mais uma alegre boas-vindas a Dayton para a porra das suas viagens comerciais, temos o prazer de rec..."

R...: "Não mas a história que acabou a história quando eu sabe eu vou até ela para perguntar você está bem algum problema e tal e dar uma olhada melhor nos vou te contar uns peitos incríveis lindos debaixo daquele top justo pequenininho tipo maiô de ginástica por baixo do casaco ela abaixada e dobrada para a frente se batendo na cabeça e ainda fazendo aquela coisa com as mãos naquele produto da sala do portão e ela diz que o cara por quem ela estava apaixonada e essa história toda lá disse que estava apaixonado por ela só que já era noivo de antes quando eles se conheceram e se apaixonaram ardentemente de forma que tem todo esse negócio de vai e volta e chuvas e trovoadas e tal e eu estou ali ouvindo ela falar parado ali mas afinal ela fala mas afinal que o cara desce do muro e afinal fala que está se rendendo ao amor dessa garota ali com os peitos e se compromete com ela e fala como ele vai ir e falar para essa outra garota em Tulsa onde o cara mora com quem ele está noivo sobre esta garota aqui e acabar com aquela de Tulsa e afinal se render e se comprometer com esta garota histérica com os peitos que ama ele mais que a própria vida e sente que a 'alma' dele se funde com a dela e aquela história toda de violino tocando e sente que afinal pelamordedeus depois de tantos babacas obsessivos ela consegue dar a volta por cima ela afinal ela sente que ali afinal ela encontrou um cara em quem dá para confiar e amar e fundir a 'alma' com ele tipo violinos e corações e fo..."

A...: "E blá-blá-blá."

R...: "Blá e fala que lá se vai o cara para Tulsa para afinal acabar com o noivado com a garota de antes já que tinha se comprometido que ia e aí pega o avião de volta para os braços dessa garota ali parada com o Kleenex com os peitos em Dayton aqui na área de desembarque chorando que era um rio dos olhos e tchau e bênção."

A...: "Ah nem precisa dizer no que deu a coisa."

R...: "Vá se foder e que ele pôs a mão em cima do coração e tudo mais e jurou que voltava para ela e que ia estar naquele avião com aquele número de voo e horário e ela jura que ela vai estar lá com os peitos para encontrar com ele e aí conta para os amigos dela todos que afinal está apaixonada por um cara de verdade e que ele vai romper o noivado e voltar direto e ela limpa o lugar para ele ficar lá quando voltar e arruma o cabelo todo penteado com spray do jeito que elas fazem e passa perfume naquelas sabe zonas e aquela coisa toda a história de sempre e coloca o melhor jeans cor-de-rosa eu falei que ela estava com essa calça jeans cor-de-rosa e sapato alto que diz me foda em todas as principais línguas do mundo..."

A...: "Hê *hê*."

R...: "Nessa altura agora a gente já está naquele café ali em frente ao portão da USAir aquele que é uma merda sem cadeira que você tem de com seu café de dois dólares ficar de pé nas mesas com a sua maleta de amostras e a mala e a sua merda toda no chão de ladrilho barato nem plastificado não é o chão deles que já está até começando a enrolar nas emendas e entregando Kleenex para ela e escutando e aquela coisa toda lá depois ela passa o aspirador no carro e até troca aquela coisinha refrescante de pendurar no retrovisor e se mata para chegar na hora no aeroporto para esperar o voo que aquele cara que parecia confiável jurou pela vida da porra da mãe dele que ele ia pegar."

A...: "O cara é um babaca da velha guarda."

R...: "Cala a boca e aí ela pega e diz que ele até telefonou para ela ela recebeu um telefonema quando estava passando a última gota de perfume lá naquele lugar e passou spray no cabelo de todo lado como elas fazem para se matar para chegar até o aeroporto o telefone toca e é o cara esse e tem um monte de estática e chiado no telefone e ela diz que ele diz que está ligando do céu é assim romântico que ele fala telefonando para ela do voo de dentro do avião naquele telefoninho de bordo que você tem de enfiar o cartão assim nas costas da poltrona da frente e dizendo que..."

A...: "O marcador dessas coisas roda seis dólares por minuto é uma roubalheira e todas as sobretaxas que cobram na região onde você está sobrevoando ainda dobrado se a região que eles dizem fica junto na grade do pad..."

R...: "Mas isso não interessa quer saber o que interessa é que essa garota diz que chega cedo ali na sala do portão sala de desembarque e já meio chorando por causa do amor e dos violinos do compromisso afinal e da confiança e fica ali diz que toda contente confiando feito uma pateta ela disse enquanto o voo chega afinal e a gente eles começam a se juntar todo mundo na correria saindo do negócio do jato e ele não está na primeira leva e não está na segunda leva eles vão saindo em levas em bolotas como se a coisa estivesse assim meio que cagando sabe como é..."

A...: "Nossa eu tenho de saber pela quantidade de vezes que eu pego a porra de um jato n..."

R...: "E diz que ela feito uma pateta uma idiota total sem perder a confiança espiando olhando junto daquela corda oitavada marrom oitavada com aquele acabamento bonito de veludo falso a corda da área ali do lado durante aqueles abraços todos todo mundo se encontrando ou saindo para a Bagagem e esperando o tempo todo esse cara na próxima leva, e na outra e na outra desse jeito, esperando."

A...: "Coitadinha que bobinha."

R...: "Que aí no fim lá venho eu o último a descer como sempre e ninguém mais depois a não ser os tripulantes puxando aquelas malinhas idênticas aqueles malinhas legais que sempre me deixam encanado não sei por quê e aí eu sou o último e ela..."

A...: "Então você está explicando é que não era para você que ela estava gritando e arranhando o chão era só porque você era o último a descer e você não é esse cara babaca. O filho da puta deve de ter até falsificado o telefonema, a estática se você liga o Remington ele faz estática que o som é igual a..."

R...: "Estou te dizendo você você nunca viu ninguém assim que a expressão dor de coração a gente acha que é só palavras blá-blá-blá mas aí você vê essa garota com a mão se batendo na cabeça porque foi tão boba chorando tanto que quase não conseguia respirar e essa coisa toda, abraçando o corpo e balançando e batendo na mesa com tanta força que eu tinha de levantar o café para não virar e como os homens são uns merdas e não dá para confiar em nenhum as amigas diziam e ela afinal encontrou um em quem ela achava que afinal podia confiar de verdade se entrega e se rende e se compromete para fazer o certo e elas têm razão, ela é uma tonta, os homens são só merda."

A...: "Os homens são quase todos merdas, tem razão, hê, hê."

R...: "E eu estou lá então, estou parado segurando o café eu nem está ficando tarde eu nem quero descafeinado estou ouvindo e meu coração confesso que o meu coração meio que bateu mais forte por essa garota com essa dor de coração. Juro cara você nunca viu uma coisa como o que estava sentindo essa menina com os peitos e eu vou e digo para ela que tem razão que o cara é um merda e não merece nem e que é verdade que quase todos são merda e o que eu estou sentindo por ela e essa coisa toda."

A...: "Hê hê. E aí o que que aconteceu?"

R...: "Hê hê."

A...: "Hê hê *hê*."

E...: "Você tem mesmo de perguntar?"

A...: "Seu filho da puta. Seu babaca."

R...: "Bom você sabe como é quer dizer o que que eu podia fazer."

A...: "Babaca."

R...: "Bom você sabe."

B.E. nº 30 03-97
DRURY UT

"Eu tenho de admitir que era uma boa razão para casar com ela, pensei que não ia ser fácil conseguir melhor que ela por causa do jeito que ela tem um corpo bom mesmo depois de ter tido filho. Em forma, bom, boas pernas — ela teve um filho mas não ficou toda estourada, cheia de veias, caída. Pode parecer grosso, mas é a verdade. Sempre tive o maior horror de casar com uma mulher bonita e aí a gente ter filho e isso acabar com o corpo dela mas ainda ter de fazer sexo com ela porque foi com essa que eu assinei o papel para fazer sexo o resto da minha vida. Isso deve parecer horrível, mas no caso dela era como se ela já estivesse pré-testada — o filho não estourou com o corpo dela, então eu entendi que ela seria uma boa para assinar o papel e ter filhos e ainda tentar fazer sexo. Parece grosso? Me diga o que você acha. Ou será que falar a verdade nesse tipo de coisa sempre parece grosso, entende, as razões verdadeiras de todo mundo? O que você acha? Parece assim?"

B.E. nº 31 03-97
Roswell GA

"Mas você quer saber como ser grande de verdade? Como seu Grande Amante agrada mesmo uma mulher? Agora, todos esses caras tipo cara legal vão sempre dizer que sabem, que são autoridade e tal. Não é cigarro, meu bem, tem de segurar lá dentro. A maioria desses caras, eles não fazem a menor ideia de como agradar de verdade uma mulher. Não mesmo. Uma porção desses não está nem ligando, para falar a verdade. O primeiro tipo, esse tipo Joe Cervejeiro tipo o bom, um porco básico. Esse cara não é nem semiconsciente da vida e quando se fala de fazer amor aí ele é egoísmo puro. Quer tudo o que conseguir para ele e contanto que ele consiga é o que interessa para ele. O tipo que rola para cima da mulher e come ela e no minuto que goza rola de volta e começa a roncar. Cuidado com esses. Porque eu acho que esse é o tipo do cara macho antiquado, mais velho, o cara que ficou casado vinte anos e nem sabe se a mulher goza nem nada. Nunca nem pensou em perguntar para ela. *Ele* goza e é isso que interessa para ele."

P.

"Não é desses caras que eu estou falando. Esses são mais como animais, rolam pra cima, rolam pra baixo e é isso aí. Segure mais na pontinha assim e não chupe a fumaça tanto como se fosse cigarro comum. Tem de segurar lá dentro e deixar absorver bem. Esta é minha, eu que planto, tenho uma sala forrada de plástico Mylar com luzes acesas, meu bem, você não imagina quanto custa por aqui. Esses caras são animais, não são nem o tipo que a gente está falando aqui. Não, porque esses que a gente está falando aqui são o tipo básico secundário de cara, o cara que pensa que é o Grande Amante. E para esses caras é muito importante eles pensarem que são Grandes. Isso preocupa o maior tempão deles, pensar que são Grandes e que sabem como agradar a mulher. Esses aqui são do tipo homem sensível que é o bom. Agora, eles vão parecer completamente diferentes do cara tipo lixo limpo que não está nem aí. É isso aí, mas vá com calma. Não vá pensando que esses caras são melhores do que o porco básico, não. Eles acharem que são o Grande Amante não quer dizer que eles olham um isto de uma porra a mais para ela do que os porcos e lá no fundo eles não são nem um pouquinho menos egoístas na cama. Só que com esse tipo de cara o que excita eles na cama é a imagem que eles fazem deles mesmos como Grande Amante que é capaz de fazer uma dama perder a cabeça na cama. O que interessa para eles é o prazer da mulher e dar prazer para ela. Essa que é a viagem desse tipo."

P.

"Ah assim ah deixa ver ficar lá no yin-yang dela horas e horas, segurar o gozo dele mesmo para poder continuar fazendo durante horas, entender de ponto G e de Posição do Êxtase e essas coisas. E correr na Barnes & Noble para ver todas as novidades nos livros sobre sexualidade feminina para ficar sempre bem informado sobre o que está acontecendo. Estou vendo pelo seu jeito assim que você já deve ter encontrado algum desse tipo o bom uma vez ou outra, com aquela loção de barba de feromônio, óleo de morango, massagem manual, aperto e toque, que sabe tudo do lóbulo da orelha e do que quer dizer cada jeito que a mulher fica vermelha, da parte de trás do joelho, daquele pontinho novo ultrassensível que dizem que descobriram agora bem atrás do ponto G, esse tipo de cara sabe tudo e pode ter certeza absoluta que ele vai fazer *você* saber que ele sabe — me dê, me dê aqui. Vou mostrar para você. Bom e agora, meu bem, você pode apostar que *esse* tipo de cara quer saber quando ela goza e quantas vezes e se foi o melhor que ela já teve na vida — e essas coisas. Está vendo aqui? Quando você solta a fumaça tem de nem dar para ver nada. Aí quer dizer que você absorveu tudo. Pensei que você disse que já tinha fumado antes. Isso aqui não é essa palha que tem por aí. É que nem o cara fazer uma marca no cabo da arma cada vez que faz ela gozar. É assim que ele pensa na coisa. É bom demais para soprar metade para fora, é igual ter um Porsche e só usar para ir na igreja. Não, ele é não é dos que marcam o cabo da arma, esse cara. É uma boa comparação talvez. Os dois tipos. O porco pode fazer uma marca para cada uma que pega, as marcas dele são assim, ele não está nem ligando. Mas o cara que se acha tipo Grande Amante faz uma marca para cada vez que cada uma goza. Mas os dois não passam de uns marcadores. No fundo, os dois são o mesmo tipo de cara. A viagem de cada um é diferente, mas é sempre só a viagem dele que conta, na cama e a dama lá no fundo vai sentir é que foi usada do mesmo jeito. Quer dizer, isso se a dama tiver cabeça e isso é outra história. E agora meu bem quando fica menorzinho você guarda, não pisa com a bota como faz com cigarro comum. Você pega e molha a ponta do dedo e dá uma batidinha assim na ponta, apaga e guarda, eu tenho uma coisa para guardar eles. Eu, eu tenho uma coisinha especial mas o mais comum é uma dessas latinhas de filme de fotografia que é como todo mundo faz para não jogar fora esses aí. Veja, se você encontrar uma latinha de filme no lixo em qualquer lugar."

P.

"Não, mas aí o sintoma clássico para dizer se ele é um desses caras Grande Amante é que eles passam o maior tempão na cama em cima do yin-yang da dama uma vez e mais uma fazendo ela gozar dezessete vezes seguidas e tal, mas depois pode ver que não vai ter jeito nesta boa terra verde de Deus mas ele vai cobrar que é a vez *dela* virar e cuidar da preciosa cacetinha dele. E aí ele vai de Ah, baby, deixa eu cuidar de você quero ver você gozar de novo baby ah baby você deite aí e deixe eu te mostrar a magia do amor e essas coisas todas. Ou então ele sabe toda aquela porra de massagem especial coreana e faz uma massagem do tecido profundo nas costas dela ou tira um óleo especial de cereja negra e massageia os pés e as mãos dela — que olha, meu bem, tenho de admitir que se você nunca recebeu uma massagem manual de qualidade você ainda não viveu de verdade, acredite — mas acha que ele vai deixar a dama dele retribuir e fazer uma massagem nas costas dele? Nãossenhor não vai não. Porque a viagem do cara desse tipo é *ele* ser o único que está dando prazer aqui muito obrigado madame. Olhe, é diferente, tem uma tampinha de rosquear selada à prova de ar para não cheirar no bolso, essas coisinhas fedem, e quando você põe aqui dentro dessa coisa dobradinha aqui, bom, pode ser qualquer coisa. Porque é aí que o seu cara tipo o bom é burro. Isso que me faz desprezar essas caras que andam por aí achando que eles são a bênção de Deus para a raça das mulheres. Porque pelo menos o tipo grosso é até meio honesto no assunto, o que eles querem é pegar a mulher, depois rolar e acabou-se. Enquanto esse tipo o bom acha que é todo sensível e que sabe agradar uma dama só porque entende de sucção de clitóris e shiatsu, e olhar eles na cama é igual a olhar um desses mecânicos metidos de macacão branco trabalhar num Porsche todo inchado porque sabe tudo. Eles acham que são O Grande Amante. Acham que são generosos na cama. Não, mas o negócio é que eles são *egoístas* com a generosidade. Não são nada melhor do que o porco, só são mais espertos. Agora você vai ficar com sede, agora você vai querer uma Evian. Essa porra seca a boca que é fogo. Eu levo essa Evian portátil comigo aqui nesta parte de dentro, está vendo? Mandei fazer. Vai, pegue uma que você vai precisar. Vai."

P.

"Sem problema, meu bem, fique com isso, você vai querer mais um pouco daqui a meio minuto. Eu podia jurar que você disse que já tinha usado antes. Espero não estar corrompendo uma mórmon de Utah, estou? Mylar é melhor que folha de alumínio, reflete mais a luz de forma que vai tudo direto para a planta. Eles agora produzem sementes especiais para a planta não crescer mais do que esta aqui, mas é letal, é a morte do cara. Atlanta principalmente está cheia desses caras. O que eles não entendem é que o tipo deles é mais chato ainda para uma dama que tem cabeça do que o porco liga e desliga nunca foi. Por que será que você ia gostar de só ficar lá deitada e trabalharem em você feito um Porsche e não poder sentir nunca que *você* é generosa, sexy e boa de cama e uma Grande Amante também? Hã? Hã? É aí que o cara tipo o bom sempre perde o jogo. Eles querem ser os únicos Grandes Amantes na cama. Esquecem que uma dama também tem sentimentos. Quem quer ficar lá deitada se sentindo toda não generosa e gananciosa enquanto um yuppie que tem um Porsche exibe as Nuvens Tântricas e a Chuva Meio-Lótus para você marcando na cabeça quantas vezes você gozou? Se você bochechar um pouco a boca fica molhada mais tempo, a Evian é boa para isso, não interessa se é uma porra de uma água yuppie mas é boa, entende? O negócio é ver se o cara quando está lá fazendo em você se ele fica com a mão na parte baixa da sua barriga para ter certeza absoluta que você gozou aí então você sabe. Quer ter certeza. Esse filho da puta não é um Amante, está só fazendo um show. Não liga a mínima para você. Quer saber o que eu acho? Quer saber como faz para ser Grande de verdade quando você quer agradar a mulher, uma coisa que nem um homem em mil nunca pensou?"

P. ...

"Quer?"

P.

"O segredo é que você tem ao mesmo tempo de dar prazer para a dama e também ser capaz de receber, com técnica igual para os dois e prazer igual. Ou pelo menos você tem de fazer *ela* achar isso. Não esqueça *dela*. Vá e chupe a yin-yang dela até ela gemer, claro, vá em frente, mas também deixe ela cair de boca no seu pixoxó também e mesmo que ela não seja nenhuma campeã na coisa você vá e deixe e faça ela pensar que é. E se ela pensa que massagem nas costas é só aquelas porradinhas chatas de caratê na coluna, você vá e deixe, e continue como se você não soubesse que um golpe de caratê podia ser assim. Quer dizer, isso se o cara quer ser um Grande Amante de verdade e pegar e pensar *nela* por um segundo."

P.

"Não comigo, meu bem, não. Quer dizer, eu geralmente gosto mas já perdi o interesse por eles, acho. O problema de verdade desses caras que acham que são o Grande Amante é que

45

eles pensam que uma dama é, no final das contas, burra. Como se tudo que a dama quer é só deitar lá e gozar. O segredo mesmo é: pense que ela sente igual. Que ela quer se ver como uma Grande Amante que é capaz de destampar a cabeça do homem na cama. Dê espaço para ela. Ponha a imagem que você tem de você mesmo na porra do banho-maria uma vez na vida. Os que acham que são os bons acham que se destampam a cabeça da mulher ela está conquistada. Besteira total."

P.

"Mas você não vai querer só um, meu bem, pode acreditar. Tem um shopping pequeno a uns dois quarteirões se a gente — nossa, cuidado com..."

P.

"Não, você siga em frente e faça ela pensar que está destampando a *sua* cabeça. É isso que elas querem. Aí é que você conquista ela de verdade, se ela achar que você nunca vai esquecer dela. Nunca jamais. Está entendendo?"

B.E. nº 36 05-97
Atendimento Metropolitano
Comunitário à Violência Doméstica,
Aconselhamento e Anexo
do Centro de Serviços
Aurora IL

"Então resolvi procurar ajuda. Admiti o fato de que o problema real não tinha nada a ver com ela. Entendi que ela ia ficar se fazendo de vítima para o vilão para sempre. Não tinha como fazer ela mudar. Ela não era a parte do problema que eu podia, entende, trabalhar. Então tomei uma decisão. Procurar ajuda para *mim*. Agora eu sei que foi a melhor coisa que eu já fiz e a mais difícil. Não tem sido fácil, mas minha autoestima está muito mais alta agora. Pus um fim na espiral da vergonha. Aprendi a perdoar. Eu *gosto* de mim mesmo."

P.

"Quem?"

Mais um exemplo da porosidade de certas fronteiras (XI)

Como em todos aqueles outros sonhos, eu estou com alguém que conheço mas não sei como conheço e agora a pessoa de repente me mostra que eu estou cego. Literalmente cego, sem visão etc. Ou então é na presença dessa pessoa que eu de repente me dou conta de que estou cego. O que acontece quando eu entendo isso é que eu fico triste. Me deixa incrivelmente triste eu estar cego. A pessoa de alguma forma sabe como eu fiquei triste e me avisa que chorar vai machucar meus olhos de alguma forma e fazer a cegueira ficar ainda pior, mas eu não consigo evitar. Sento e começo a chorar muito mesmo. Acordo chorando na cama e chorando tanto que não consigo enxergar nada nem distinguir nada, nada. Isso me faz chorar ainda mais. Minha namorada fica preocupada, acorda, me pergunta o que foi, e passa um minuto ou mais antes de eu entender pelo menos que estava sonhando e que estou acordado e que não estou cego de verdade mas só chorando sem nenhuma razão, daí conto o sonho para a minha namorada e faço ela entender. Aí o dia inteiro no trabalho estou incrivelmente consciente da minha visão, dos meus olhos e de como é bom ser capaz de ver cores, a cara das pessoas e saber exatamente onde eu estou e como isso tudo é frágil, o mecanismo do olho humano e a capacidade de ver, como se pode perder isso com facilidade, como estou sempre vendo gente cega por aí com suas bengalas e caras estranhas e fico sempre pensando que seria interessante passar uns segundos olhando para elas e nunca pensando que elas têm nada a ver comigo ou com os meus olhos e agora é apenas uma coincidência uma sorte eu enxergar em vez de ser um daqueles cegos que vejo no metrô. E o dia inteiro no trabalho cada vez que essa história me volta começo a lacrimejar de novo, pronto para chorar e só não choro porque a divisão entre os cubículos é baixa e todo mundo ia me ver, iam ficar preocupados e o dia inteiro depois do sonho é assim, cansativo para danar e eu bato o ponto cego e vou para casa, tão cansado, com tanto sono que nem consigo abrir os olhos e quando chego em casa vou direto para a cama e durmo sei lá às quatro da tarde e apago mais ou menos.

A pessoa deprimida

A pessoa deprimida estava com uma dor terrível e incessante e a impossibilidade de repartir ou articular essa dor era em si um componente da dor e fato de contribuição para o seu horror essencial.

Desistindo, portanto, de descrever a dor emocional ou expressar o seu alcance absoluto para aqueles à sua volta, a pessoa deprimida descrevia em vez disso as circunstâncias, tanto passadas quanto presentes, relacionadas de alguma forma à dor, à sua etiologia e causa, esperando ao menos conseguir expressar para outros alguma coisa do contexto da dor, a sua — por assim dizer — forma e textura. Os pais da pessoa deprimida, por exemplo, que se divorciaram quando ela era criança, a tinham usado como peça nos jogos doentios que jogavam. A pessoa deprimida havia, em criança, exigido tratamento ortodôntico e os dois pais reclamavam — não sem alguma razão, dadas as maquiavélicas ambiguidades legais do arranjo de divórcio, a pessoa deprimida sempre mencionava quando descrevia o doloroso conflito entre seus pais para ver quem pagava as despesas do ortodontista

— que o outro é que devia pagar. E a raiva venenosa de cada um dos pais diante da mesquinha, egoísta recusa do outro era comentada com a filha, que tinha de aguentar sempre e sempre ouvir de cada um dos pais como o outro era pouco amoroso e egoísta. Ambos os pais tinham dinheiro e cada um deles expressava à pessoa deprimida que ele/ela estava, claro, se não tivesse outro jeito, disposto/a a pagar por todo o tratamento ortodôntico que a pessoa deprimida precisava e mais e que aquilo era, no fundo, uma questão não de dinheiro nem de dentição, mas de "princípio". E a pessoa deprimida sempre tomava cuidado, quando, em adulta, tentava descrever para uma amiga de confiança as circunstâncias do conflito a respeito do custo de seu tratamento ortodôntico e a herança de dor emocional dessa luta para ela, tomava o cuidado de admitir que na verdade podia muito bem parecer para cada um dos pais que era, de fato, apenas isso (i.e., uma questão de "princípio"), embora, infelizmente, não um "princípio" que levasse em conta as necessidades ou os sentimentos da filha quanto à mensagem emocional de que marcar mesquinhos pontos um contra o outro era mais importante para seus pais do que sua própria saúde maxilofacial e assim constituiu, se considerado de uma certa perspectiva, uma forma de negligência paterna ou de abandono ou mesmo de abuso propriamente dito, um abuso claramente ligado — nesse ponto a pessoa deprimida quase sempre acrescentava que o terapeuta havia contribuído com essa avaliação — ao desespero adulto crônico, sem fundo, que ela sofria todo dia e no qual sentia-se presa sem esperança. Isso era apenas um exemplo. A pessoa deprimida enfileirava uma média de quatro desculpas cada vez que contava esse tipo de condição dolorosa e prejudicial do passado para os amigos que a apoiavam por telefone, assim como uma espécie de preâmbulo no qual tentava descrever como era doloroso e assustador não se sentir capaz de articular a dor excruciante da depressão crônica em si, mas ter de recorrer a exemplos descritivos que provavelmente soavam, ela sempre teve o cuidado de reconhecer, melancólicos ou autopiedosos ou como uma daquelas pessoas narcisistamente obcecadas com suas "infâncias dolorosas" e "vidas dolorosas" que chafurdam em seu sofrimento e insistem em contar tudo com todos os detalhes cansativos aos amigos que tentam dar apoio e estímulo, e os cansam e afastam.

As amigas que a pessoa deprimida procurava para apoio e com quem tentava se abrir e repartir pelo menos a forma contextual de sua incessante agonia psíquica e sentimento de solidão contavam cerca de meia dúzia e havia entre elas certa rotatividade. A terapeuta da pessoa deprimida — que havia conquistado tanto um diploma graduado terminal como um diploma de médico e que era a autointitulada expoente de uma escola de terapia que reforçava o cultivo e uso regular de uma comunidade de pares incentivadora na jornada para a cura de qualquer adulto endogenamente deprimido — referia-se a essas amigas como o Sistema de Apoio da pessoa deprimida. A cerca de meia dúzia de membros desse Sistema de Apoio tendia a ser ou de antigas conhecidas da infância da pessoa deprimida ou então garotas com quem ela havia repartido o quarto em estágios diversos de sua carreira escolar, mulheres animadoras e comparativamente menos danificadas que agora moravam em todo tipo de cidades diferentes e que a pessoa deprimida não via em pessoa havia anos e anos e para quem sempre telefonava tarde da noite, chamadas interurbanas, para repartir e pedir apoio ou simplesmente para ouvir umas poucas palavras bem escolhidas para ajudá-la a adquirir uma perspectiva algo realista do desespero do dia e achar o centro e juntar as forças para combater a agonia emocional do dia seguinte e a quem, quando telefonava, a pessoa deprimida sempre começava por dizer que se desculpava de puxar essas amigas para baixo ou de ser tediosa ou autopiedosa ou repulsiva ou afastá-las de suas distantes vidas ativas, vibrantes, em grande parte livres de dor.

A pessoa deprimida também fazia questão de, ao recorrer aos membros do Sistema de Apoio, nunca citar circunstâncias como a infindável batalha de seus pais a respeito do tratamento ortodôntico como *causa* de sua incessante depressão adulta. O "Jogo de Culpa" era fácil demais, dizia ela; era patético e desprezível; e, além disso, já estava cheia do "Jogo de Culpa" só de ouvir a porra de seus pais esses anos todos, o jogo de culpa e recriminação que os dois faziam em torno dela, através dela, usando os próprios sentimentos e necessidades da pessoa deprimida (i.e., a pessoa deprimida em criança) como munição, como se os sentimentos e necessidades válidos dela fossem nada mais que um campo de batalha ou campo de conflito, armas que os pais sentiam que podiam mobilizar um contra o outro. Eles demonstravam muito mais interesse, paixão e disponibilidade emocional em seu ódio um pelo outro do que qualquer um dos dois demonstrava pela própria pessoa deprimida quando criança, confessou a pessoa deprimida sentir ainda às vezes.

A terapeuta da pessoa deprimida, cuja escola de terapia rejeitava a relação de transferência como recurso terapêutico e assim deliberadamente evitava o confronto e as afirmações do gênero "deveria" e toda teoria normativa, de julgamento, baseada na "autoridade", em favor de um modelo bioexperimental mais neutro-valorativo e do uso criativo da analogia e da narrativa (inclusive, mas não necessariamente delegando, fazendo uso de fantoches de mão, objetos e brinquedos de poliestireno, desempenho de papéis, escultura humana, espelhamento, psicodrama e, nos casos apropriados, Reconstruções da Infância meticulosamente roteirizadas com storyboard), havia mobilizado as seguintes medicações em uma tentativa de ajudar a pessoa deprimida a achar alívio para seu agudo desconforto afetivo e progredir em sua (i.e., da pessoa deprimida) jornada em direção ao gozo de alguma semelhança de vida adulta normal: Paxil, Zoloft, Prozac, Tofranil, Welbutrin, Elavil, Metrazol combinados com ECT unilateral (durante um tratamento de internação voluntária de duas semanas num clínica regional de Desordens de Humor), Parnate com e sem sais de lítio, Nardil com e sem Xanax. Nenhum forneceu nenhum alívio significativo à dor e aos sentimentos de isolamento emocional que tornavam cada hora desperta da pessoa deprimida um indescritível inferno na terra e muitos dos próprios medicamentos tiveram efeitos colaterais que a pessoa deprimida considerou intoleráveis. A pessoa deprimida estava atualmente tomando apenas doses muito pequenas de Prozac, para seus sintomas de Distúrbio de Déficit de Atenção, e de Ativan, um tranquilizante suave não gerador de dependência, para os ataques de pânico que tornavam as horas em seu toxicamente disfuncional e insuportável local de trabalho um inferno em vida. A terapeuta dela, devagarinho mas repetidamente, comunicava à pessoa deprimida a sua (i.e., da terapeuta) convicção de que o melhor remédio para a depressão endógena dela (i.e., da pessoa deprimida) era cultivar e usar regularmente o Sistema de Apoio ao qual a pessoa deprimida sentia que podia recorrer para desabafar e contar com incondicional cuidado e apoio. A composição exata desse Sistema de Apoio e de seus um ou dois membros "centrais" mais especiais e mais confiáveis foram submetidos a certa medida de mudanças e de rotação com o passar do tempo, coisa que a terapeuta encorajou a pessoa deprimida a encarar como perfeitamente normal e ok, uma vez que só assumindo riscos e expondo as vulnerabilidades necessárias para aprofundar as relações de apoio é que pode um indivíduo descobrir quais amizades podem atender a suas necessidades e até que ponto.

A pessoa deprimida sentia que confiava na terapeuta e fez o devido esforço para ser tão completamente aberta e honesta com ela quanto fosse capaz. Ela admitiu à terapeuta que era sempre extremamente cuidadosa em desabafar com qualquer pessoa a quem se desse ao trabalho de fazer um telefonema interurbano durante a noite a sua convicção (i.e., da pessoa deprimida) de que seria um patético choramingo atribuir a culpa de sua constante, indescritível dor adulta ao divórcio traumático de seus pais ou ao cínico uso que fizeram dela enquanto hipocritamente fingiam que cada um deles se preocupava com ela mais do que o outro. Os pais dela tinham, afinal — como a terapeuta ajudara a pessoa deprimida a perceber —, feito o melhor de que eram capazes com os recursos emocionais de que dispunham na época. E ela havia, afinal, acrescentava sempre a pessoa deprimida, rindo debilmente, acabado por receber o tratamento ortodôntico de que necessitava. As ex-conhecidas e colegas de quarto que compunham o Sistema de Apoio sempre diziam para a pessoa deprimida que gostariam que ela pudesse ser um pouco menos dura consigo mesma, ao que a pessoa deprimida sempre respondia caindo involuntariamente em prantos e dizendo que sabia muito bem que era uma pessoa daquele tipo de conhecida intragável que todo mundo tem e que liga em horários inconvenientes e não para de falar de si mesma e com quem é preciso fazer várias tentativas cada vez mais estranhas de desligar o telefone. A pessoa deprimida dizia que estava horrivelmente consciente do peso infeliz que constituía para suas amigas e durante os longos telefonemas interurbanos fazia sempre questão de expressar a enorme gratidão que sentia por possuir uma amiga a quem podia telefonar e desabafar e dela receber estímulo e apoio, por mais breve que fosse, antes das exigências da vida cheia, alegre, ativa da amiga assumirem compreensível precedência e exigirem que ela (i.e., a amiga) deixasse o telefone.

Os sentimentos excruciantes de vergonha e inadequação que a pessoa deprimida experimentava por fazer telefonemas interurbanos tarde da noite aos membros apoiadores de seu Sistema de Apoio e sobrecarregá-los com suas desajeitadas tentativas de articular ao menos o contexto geral de sua agonia emocional eram um ponto sobre o qual a pessoa deprimida e sua terapeuta estavam atualmente trabalhando muito no tempo que passavam juntas. A pessoa deprimida confessou que quando qualquer das suas amigas empáticas com quem estava desabafando por fim confessava que ela (i.e., a amiga) sentia muitíssimo, mas não podia absolutamente evitar desligar o telefone e, finalmente, soltava os dedos necessitados da pessoa deprimida do cós de suas calças e desligava o telefone, voltando a sua vida distante, cheia e vibrante, a pessoa deprimida quase sempre ficava lá sentada ouvindo o vazio zumbido apícola do ruído da linha, sentindo-se ainda mais isolada, inadequada e desprezível que antes de ligar. Esses sentimentos de vergonha tóxica ao pedir aos outros proximidade e apoio eram itens com que a terapeuta encorajava a pessoa deprimida a tentar entrar em contato e explorar de forma a poderem ser processados em detalhe. A pessoa deprimida admitia à terapeuta que sempre que ela (i.e., a pessoa deprimida) pedia auxílio interurbano a um membro do Sistema de Apoio, quase sempre visualizava o rosto da amiga assumindo, ao telefone, uma expressão mista de tédio, piedade, repulsa e culpa abstrata e quase sempre imaginava que ela (i.e., a pessoa deprimida) podia detectar nos silêncios cada vez mais longos e/ou nas tediosas repetições de clichês encorajadores, o tédio e a frustração que as pessoas sempre sentem quando alguém está se agarrando a elas e sendo pesado. Ela confessou que podia muito bem imaginar cada amiga agora estremecendo quando o telefone tocava tarde da noite ou durante a conversa olhando impacientemente para o relógio ou dirigindo gestos e expressões faciais de impotente enredamento a todas as outras pessoas que estavam na sala com ela (i.e., as outras pessoas na sala com a "amiga"), esses gestos e expressões inaudíveis se tornando mais e mais extremos e desesperados à medida que a pessoa deprimida continuava falando, falando e falando. O hábito ou tique pessoal inconsciente mais notável da terapeuta da pessoa deprimida consistia em colocar as pontas de todos os dedos juntos no colo e ouvir atentamente a pessoa deprimida, manipulando os dedos ao acaso de forma que suas mãos juntas formavam variadas figuras envolventes — cubo, esfera, pirâmide, cilindro reto —, parecendo depois estudar ou contemplar essas formas. A pessoa deprimida não gostava desse hábito, embora fosse a primeira a admitir que isso ocorria principalmente porque atraía a atenção dela para os dedos e unhas da terapeuta e fazia com que os comparasse com os seus.

A pessoa deprimida revelou tanto à terapeuta quanto ao seu Sistema de Apoio que se lembrava, com toda clareza, de, uma vez, em seu terceiro colégio interno, observar uma colega de quarto conversar com um garoto desconhecido ao telefone do quarto enquanto ela (i.e., a colega de quarto) fazia caretas e gestos de repulsa e tédio com o chamado, a popular e linda colega de quarto finalmente dirigindo à pessoa deprimida uma exagerada pantomima de alguém batendo numa porta, prosseguindo com a pantomima com expressão desesperada até a pessoa deprimida entender que devia abrir a porta do quarto, sair e bater forte na porta aberta para dar à colega de quarto uma desculpa para sair do telefone. Quando estudante, a pessoa deprimida nunca havia falado do incidente do telefonema do rapaz e da encomendada pantomima com aquela colega de quarto em particular — uma colega de quarto com quem a pessoa deprimida não tinha estabelecido nenhuma relação ou proximidade e de quem se ressentia de um jeito amargo, repulsivo, que fizera a pessoa deprimida desprezar a si mesma, e não fizera nenhuma tentativa de manter contato depois de aquele infindável segundo semestre do segundo ano terminar — mas ela (i.e., a pessoa deprimida) tinha desabafado a agonizante lembrança do incidente com muitas de suas amigas do Sistema de Apoio e revelado também o quão insondavelmente horrível e patético sentira que teria sido ser aquele rapaz sem nome, desconhecido, na outra ponta do telefone, o rapaz que tentava de boa-fé assumir um risco emocional e buscar estabelecer contato com a colega de quarto confiante, sem saber que era um peso indesejado, pateticamente inconsciente do tédio e desprezo silencioso manifestado em pantomima no outro extremo do telefone, e como a pessoa deprimida abominava mais que tudo ver-se um dia na posição de ser alguém a respeito de quem se tem de apelar silenciosamente à ajuda de outra pessoa na sala para inventar uma desculpa que a remova do telefone. A pessoa deprimida então implorava sempre a qualquer amiga com quem estava no telefone que lhe dissesse no *segundo* mesmo em que ela (a amiga) estivesse ficando entediada, frustrada, incomodada ou sentisse que tinha coisas mais urgentes ou interessantes a fazer, para, pelo amor de Deus, ser absolutamente sincera e franca e não deixar passar nem um segundo mais no telefone com a pessoa deprimida que ela (i.e., a amiga) não estivesse absolutamente contente de passar. A pessoa deprimida sabia perfeitamente bem, claro, garantiu à terapeuta, como essa necessidade de consolação podia parecer patética para alguém, como tudo aquilo podia ser ouvido não como um convite aberto a desligar o telefone, mas, na verdade, como um pedido carente, autopiedoso, desprezivelmente manipulativo para a amiga *não* desligar o telefone, *nunca* desligar o telefone. Sempre que a pessoa deprimida falava de sua preocupação sobre o como alguma palavra ou ação podia "ser" ou "parecer", a terapeuta[1] era diligente em apoiar a pessoa deprimida na exploração do como a faziam sentir-se essas convicções a respeito do como ela "parecia" ou "se mostrava" aos outros.

Era aviltante; a pessoa deprimida sentia-se aviltada. Ela disse que se sentia aviltada de fazer telefonemas interurbanos tarde da noite para amigas de infância quando elas claramente tinham outras coisas para fazer e vidas para viver e relações de parceria vibrantes, saudáveis, motivadoras, íntimas, protetoras a gozar; era aviltante e patético estar constantemente se desculpando por incomodar alguém ou sentir que tinha de agradecer efusivamente a elas simplesmente por serem suas amigas. Os pais da pessoa deprimida tinham acabado por repartir o custo de seu tratamento ortodôntico; um árbitro profissional havia sido finalmente contratado pelos advogados deles para estruturar o compromisso. A arbitração era necessária também para negociar o pagamento repartido dos colégios internos da pessoa deprimida e dos acampamentos de verão da Modos de Vida e Alimentação Saudável e das lições de oboé e do seguro do carro e de colisões, assim como da cirurgia cosmética necessária para corrigir uma má formação da crista anterior da cartilagem alar do nariz da pessoa deprimida que lhe dava o que ela sentia como um focinho de cachorro excruciantemente pronunciado que, associado a seu aparelho ortodôntico externo que tinha de usar vinte e duas horas por dia, fazia com que olhar-se nos espe-

---

1. As formas múltiplas que os dedos enlaçados da terapeuta assumiam quase sempre pareciam à pessoa deprimida formas variadas de jaulas geometricamente diversas, uma associação que a pessoa deprimida não havia revelado à terapeuta porque seu significado simbólico parecia aberto e simplório demais para perderem tempo juntas com aquilo. As unhas da terapeuta eram compridas, bem formadas e bem cuidadas, enquanto as unhas da pessoa deprimida eram compulsivamente roídas tão curtas e irregulares que a carne viva às vezes aparecia e começava a sangrar espontaneamente.

lhos dos quartos em seus colégios internos fosse mais doloroso do que qualquer um poderia suportar. E além disso, no ano em que o pai da pessoa deprimida casou pela segunda vez, ele — fosse num gesto de raro carinho descomprometido, fosse num *coup de grâce* que a mãe da pessoa deprimida dissera ser destinado a tornar completos seus próprios sentimentos de humilhação e superfluidade — havia pagado a totalidade de suas lições de equitação, culotes e absurdamente caras botas de que a pessoa deprimida precisava para ser admitida no Clube de Equitação de seu penúltimo colégio interno, dentre cujos membros algumas poucas meninas eram as únicas nesse colégio em particular que a pessoa deprimida sentia que, confessara ela ao pai pelo telefone em lágrimas bem tarde numa noite realmente horrível, as únicas que a haviam aceitado remotamente e demonstrado até um mínimo de empatia ou compaixão e junto de quem a pessoa deprimida não se sentia tão totalmente focinhuda e aparelhada, inadequada e rejeitada a ponto de parecer um ato diário de enorme coragem pessoal chegar a sair do quarto para ir comer no refeitório.

O árbitro profissional dos advogados que os pais haviam finalmente selecionado para ajudar a estruturar os compromissos sobre os custos das necessidades da infância da pessoa deprimida era um Especialista em Resolução de Conflitos altamente respeitado cujo nome era Walter D. ("Walt") DeLasandro Jr. Em criança, a pessoa deprimida nunca havia encontrado nem visto Walter D. ("Walt") DeLasandro Jr., embora tivessem lhe mostrado seu cartão de visitas — completo, com os parênteses convidando à informalidade — e seu nome havia sido invocado diante dela em incontáveis ocasiões de sua infância, ao lado do fato de ele ter cobrado por seus serviços a estonteante taxa de 130 dólares por hora mais despesas. Apesar do opressivo sentimento de relutância de parte da pessoa deprimida — que sabia muito bem como aquilo podia soar como "Jogo de Culpa" — a terapeuta dela a havia apoiado fortemente a assumir o risco de desabafar com membros de seu Sistema de Apoio uma importante conquista emocional a que ela (i.e., a pessoa deprimida) havia chegado durante um Retiro Terapêutico Experiencial de Fim de Semana Focalizado na Criança Interior, que a terapeuta a havia aconselhado a assumir o risco de fazer e de entregar-se de mente aberta a experimentá-lo. Na Sala de Psicodrama de Pequenos Grupos do Retiro T.E.F.S.F.C.I., outros membros de seu Pequeno Grupo haviam desempenhado os papéis dos pais da pessoa deprimida e de outros significantes dos pais, de advogados e de uma miríade de outras figuras emocionalmente tóxicas da infância da pessoa deprimida e, na fase crucial do exercício de psicodrama, haviam lentamente cercado a pessoa deprimida, avançando para ela e pressionando-a constantemente de forma que não pudesse escapar, evitar, nem minimizar, e havia (i.e., o pequeno grupo havia) recitado dramaticamente falas especialmente pré-roteirizadas destinadas a evocar e despertar traumas bloqueados, o que quase imediatamente provocara na pessoa deprimida uma onda de memórias emocionais agônicas, traumas havia muito sepultados, e resultara na emergência da Criança Interior da pessoa deprimida e num acesso catártico em que a pessoa deprimida golpeara repetidamente uma pilha de almofadas de veludo com um bastão feito de espuma de poliestireno e gritara obscenidades e experimentara reviver feridas emocionais purulentas havia muito reprimidas, uma das quais[2] era uma profunda raiva vestigial pelo fato de Walter D. ("Walt") DeLasandro Jr. ter sido capaz de cobrar de seus pais 130 dólares por hora mais despesas para ser colocado no meio e desempenhar o papel de mediador e absorvedor de

2. (i.e., uma das quais feridas purulentas)

merda de ambos os lados enquanto ela (i.e., a pessoa deprimida, em criança) tinha de desempenhar em essência os mesmos serviços coprófagos em base mais ou menos diária *gratuitamente*, por *nada*, serviços que era não apenas grosseiramente injusto e inadequado uma criança emocionalmente sensível ser levada a se sentir solicitada a desempenhar, mas a respeito dos quais seus pais haviam dado as costas e tentado fazer com que *ela*, a pessoa deprimida *ela mesma*, em *criança*, sentisse *culpa* pelo estonteante custo dos serviços de Walter D. DeLasandro Jr., o Especialista em Resolução de Conflitos, como se os repetidos incômodos e despesas de Walter D. DeLasandro Jr. fossem culpa *dela* e encomendados apenas em prol do focinhozinho banguela *dela* e não simplesmente por causa da porra da absoluta e *doentia* incapacidade de seus pais de se comunicarem, repartirem honestamente e trabalharem um com o outro suas próprias questões doentias e disfuncionais. Esse exercício e a raiva catártica permitiram que a pessoa deprimida entrasse em contato com algumas questões de ressentimento realmente profundas, disse o Facilitador do Pequeno Grupo do Retiro Terapêutico Experiencial de Fim de Semana Focalizado na Criança Interior, e podia representar uma verdadeira virada na jornada da pessoa deprimida em direção à cura, não fosse a raiva e o ataque às almofadas de veludo deixarem a pessoa deprimida tão emocionalmente abalada, esgotada, traumatizada e envergonhada que sentiu não ter escolha senão fugir de volta para casa essa noite e perder o resto do Retiro T.E.F.S.F.C.I. e a avaliação de todos os sentimentos e questões exumados no Pequeno Grupo.

O acordo final que a pessoa deprimida e sua terapeuta elaboraram juntas ao processarem o ressentimento não sepultado e a consequente culpa e vergonha por aquilo que muito facilmente podia parecer apenas um pouco mais do autopiedoso "Jogo de Culpa" que apareceu na experiência da pessoa deprimida no Retiro de Fim de Semana foi que a pessoa deprimida assumiria o risco emocional de se expor e repartir os sentimentos e conquistas da experiência com seu Sistema de Apoio, mas só com uma elite de dois ou três membros "centrais" que a pessoa deprimida sentia estarem disponíveis a ela da maneira mais empática e irrestritamente apoiadora. A disposição mais importante do acordo era que a pessoa deprimida teria a permissão de revelar a elas a sua relutância em repartir esses ressentimentos e realizações e informá-las de que tinha consciência do quanto elas (i.e., as mágoas e conclusões) deviam soar patéticas e chantagistas e revelar que estava repartindo essa "superação" talvez patética com elas só por firme e explícita sugestão de sua terapeuta. Ao concordar com essa providência, a terapeuta havia objetado apenas ao uso da palavra "patética" proposto pela pessoa deprimida ao se abrir com o Sistema de Apoio. A terapeuta disse que sentia que podia apoiar o uso da palavra "vulnerável" por parte da pessoa deprimida com muito maior empenho do que apoiaria o uso de "patética", uma vez que sentia em suas vísceras (i.e., as vísceras da terapeuta) que o uso de "patética" proposto pela pessoa deprimida soava não apenas odioso consigo mesma, mas também carente e até um tanto manipulativo. A palavra "patética", confessou a terapeuta com sinceridade, sempre lhe parecia um mecanismo de defesa que a pessoa deprimida usava para se proteger de possíveis juízos negativos da parte de quem a escutava, deixando claro que a pessoa deprimida já estava julgando a si mesma com muito maior severidade do que qualquer ouvinte poderia pretender. A terapeuta teve o cuidado de indicar que não estava julgando, nem criticando, nem rejeitando o uso de "patética" por parte da pessoa deprimida, mas apenas tentando, aberta e honestamente, repartir os sentimentos que o uso da palavra lhe trazia no contexto do relacionamento de ambas. A terapeuta, que por essa época tinha menos de um ano de vida pela frente, se deteve um momento nesse ponto para mais uma vez revelar à pessoa deprimida a sua (i.e., dela, terapeuta) convicção de que ódio a si mesmo, culpa tóxica, narcisismo, autopiedade, carência, manipulação e muitos dos outros comportamentos baseados na vergonha com que adultos endogenamente deprimidos se apresentam tipicamente eram melhor entendidos como defesas psicológicas erigidas por um vestígio da Criança Interior ferida contra a possibilidade de trauma e abandono. Os comportamentos, em outras palavras, eram profilaxias emocionais primitivas, cuja função real era impedir a intimidade; eram couraças psíquicas destinadas a manter os outros à distância de forma que eles (i.e., os outros) não pudessem se aproximar o suficiente da pessoa deprimida para lhe infligir quaisquer feridas que pudessem repercutir ou espelhar vestígios de feridas profundas da infância da pessoa deprimida, feridas que a pessoa deprimida estava inconscientemente determinada a manter reprimidas a qualquer custo. A terapeuta — que durante os meses frios do ano, quando a abundante fenestração do seu escritório em casa mantinha a sala fria, usava uma peliça de couro de gamo curtida à mão por nativos americanos que formava um pano de fundo de aparência um tanto desagradavelmente úmida para as formas cerradas de suas mãos cruzadas no colo enquanto falava — a terapeuta garantiu à pessoa deprimida que não estava tentando lhe passar um sermão nem impor a ela (i.e., a pessoa deprimida) um modelo pessoal de etiologia depressiva. Ao contrário, apenas parecia adequado em um nível "visceral" intuitivo nesse momento particular a terapeuta expor uma parte de seus próprios sentimentos. Na verdade, quando a terapeuta afirmou que se sentia à vontade para postular nesse ponto do relacionamento terapêutico entre ambas que a aguda perturbação crônica de humor da pessoa deprimida podia de fato ser considerada como um mecanismo de defesa emocional: i.e., na medida em que a pessoa deprimida tinha o agudo desconforto afetivo da depressão para preocupá-la e ocupar sua atenção emocional, ela conseguia evitar sentir ou entrar em contato com as feridas de infância residuais que ela (i.e., a pessoa deprimida) ainda parecia estar determinada a manter reprimidas.[3]

Muitos meses depois, quando a terapeuta da pessoa deprimida morreu de repente e inesperadamente — como resultado

---

3. A terapeuta da pessoa deprimida era sempre extremamente cuidadosa, evitando parecer julgar ou culpar a pessoa deprimida por agarrar-se a suas defesas, ou sugerir que a pessoa deprimida havia de qualquer maneira consciente *escolhido* ou *escolhido agarrar-se a* uma depressão crônica cuja agonia tornava cada hora desperta dela (i.e., da pessoa deprimida) quase demais para se suportar. Essa renúncia a juízo ou imposição de valor era considerada, na escola terapêutica em que a filosofia curativa da terapeuta havia evoluído ao longo de quase quinze anos de experiência clínica, como parte integrante da combinação de apoio incondicional e completa honestidade acerca dos sentimentos que compunham o profissionalismo exigido para uma jornada terapêutica produtiva em direção a autenticidade e inteireza profissional. As defesas contra a intimidade, sustentava a teoria experiencial da terapeuta da pessoa deprimida, eram quase sempre mecanismos de sobrevivência reprimidos ou residuais, i.e., haviam sido, em determinado momento, ambientalmente apropriados e necessários e serviram provavelmente para escudar uma indefesa psique infantil contra um trauma potencialmente insuportável, mas em quase todos os casos eles (os mecanismos de defesa) passaram a ser inadequadamente gravados e reprimidos e não eram mais agora, na idade adulta, ambientalmente apropriados e, de fato, agora, paradoxalmente, causavam na verdade muito mais trauma e dor do que preveniam. No entanto, a terapeuta deixou claro desde o início que não ia de forma alguma pressionar, intimidar, induzir, argumentar, persuadir, desconcertar, enganar, discutir, envergonhar, nem manipular a pessoa deprimida para que abandonasse suas defesas reprimidas ou residuais antes de ela (i.e., a pessoa deprimida) sentir-se pronta e capaz para arriscar o salto de fé em seus próprios recursos internos, autoestima, crescimento pessoal e cura para fazer tal coisa (i.e., deixar o ninho de suas defesas e voar livre e alegremente).

do que foi determinado pelas autoridades como uma combinação tóxica "acidental" de cafeína e supressor de apetite homeopático, mas que, dada a extensa formação médica da terapeuta e seu conhecimento de interações químicas, só uma pessoa em negação muito profunda poderia deixar de constatar como, em algum nível, intencional — sem deixar nenhum tipo de bilhete, nem fita cassete, nem palavras finais animadoras para qualquer pessoa e/ou clientes em sua vida que haviam, apesar de todo seu medo debilitador, isolamento, mecanismos de defesa e feridas residuais de traumas passados, vindo a se ligar intimamente a ela, permitindo sua entrada emocional, mesmo que isso significasse deixá-los vulneráveis à possibilidade de traumas de perdas e abandono, a pessoa deprimida achou o trauma dessa perda e desse abandono recentes tão abalador, a agonia, o desespero e o abandono dele resultantes tão insuportáveis, que se viu, ironicamente, forçada agora a recorrer freneticamente e repetidamente, todas as noites, ao Sistema de Apoio, fazendo às vezes três ou até quatro ligações interurbanas para amigas à noite, às vezes ligando para as mesmas amigas duas vezes na mesma noite, às vezes muito tarde, às vezes até — a pessoa deprimida tinha uma enjoativa certeza — acordando-as ou interrompendo-as no meio de uma saudável e alegre intimidade sexual com seus parceiros. Em outras palavras, a mera sobrevivência, na trilha turbulenta de seus sentimentos de choque, dor, perda e abandono e amarga traição consequente à morte da terapeuta, agora compelia a pessoa deprimida a pôr de lado seus sentimentos inatos de vergonha, inadequação e embaraço por ser um peso patético e se apoiar completamente na empatia e no alimento emocional de seu Sistema de Apoio, apesar do fato de esta ter sido, ironicamente, uma das duas áreas em que a pessoa deprimida mais vigorosamente resistiu ao aconselhamento da terapeuta.

Além de todas as questões de perturbador abandono que provocou, a morte inesperada da terapeuta também não podia ter acontecido em pior momento da perspectiva da jornada da pessoa depressiva em direção à sua cura interna, ocorrendo como ocorreu (a morte suspeita) exatamente no momento em que a pessoa deprimida estava começando a trabalhar e processar parte de suas questões essenciais de vergonha e ressentimento relativas ao processo terapêutico em si e ao impacto do íntimo relacionamento terapeuta-paciente sobre o intolerável isolamento e a dor dela (i.e., a pessoa deprimida). Como parte de seu processo doloroso, a pessoa deprimida revelou a membros apoiadores de seu Sistema de Apoio o fato de que ela sentia que havia, dava-se conta disso, experienciado significativos trauma, angústia e sentimentos de isolamento mesmo durante a própria relação terapêutica, conclusão que, dizia, ela e a terapeuta estavam trabalhando juntas intensamente para explorar e processar. Só como exemplo, a pessoa deprimida revelou interurbanamente, havia descoberto na terapia e lutado para elaborar sua sensação de que era irônico e degradante, dada a doentia preocupação de seus pais com dinheiro e tudo o que essa preocupação lhe custara em criança, que ela agora, adulta, tivesse de pagar noventa dólares por hora a uma terapeuta para ela ouvi-la pacientemente e reagir com honestidade e comiseração; i.e., era degradante e patético sentir-se forçada a *comprar* paciência e comiseração, confessara a pessoa deprimida a sua terapeuta, e isso era uma reverberação torturante exatamente da mesma dor que ela (i.e., a pessoa deprimida) estava tão ansiosa para deixar para trás. A terapeuta — depois de atender rigorosa e imparcialmente àquilo que a pessoa deprimida depois admitiu a seu Sistema de Apoio poder muito bem ser interpretado como mesquinho choramingo pela despesa da terapia, e depois de uma longa e ponderada pausa durante a qual tanto a terapeuta quanto a pessoa deprimida ficaram olhando a jaula ovoide que as mãos da terapeuta juntas no colo compunham naquele momento[4] — a

4. A terapeuta — que era substancialmente mais velha que a pessoa deprimida, porém mais jovem que a mãe da pessoa deprimida e que, a não ser pelo estado das unhas, não parecia com essa mãe sob nenhum aspecto físico ou estilístico — às vezes incomodava a pessoa deprimida com seu hábito de fazer uma jaula digiforme em seu colo, mudando as formas da jaula e observando as diversas jaulas geométricas durante o trabalho conjunto delas. Ao longo do tempo, porém, à medida que o relacionamento terapêutico se aprofundava em termos de intimidade, abertura e confiança, a visão das jaulas digiformes irritava cada vez menos a pessoa deprimida, acabando por se tornar pouco mais que uma distração. Muito mais problemático em termos das questões de confiança e autoestima da pessoa deprimida era o hábito da terapeuta de de tempos em tempos olhar muito rapidamente o grande relógio em forma de sol na parede atrás da poltrona em que a pessoa deprimida costumava sentar durante o tempo que passavam juntas, olhando (i.e., a terapeuta olhando) muito rapidamente e quase furtivamente o relógio, de tal forma que o que veio a incomodar a pessoa deprimida mais e mais ao longo do tempo foi não o fato de a terapeuta olhar o relógio, mas de a terapeuta aparentemente tentar *esconder* ou *disfarçar* o fato de que estava olhando o relógio. A pessoa deprimida — que era torturantemente sensível, ela própria admitia, à possibilidade de que qualquer pessoa que procurasse e com quem se abrisse ficasse secretamente entediada, repugnada ou desesperada para se livrar dela o mais rápido possível e ficava comensuravelmente hipervigilante a qualquer ligeiro movimento ou gesto que pudesse insinuar que um ouvinte estava consciente do tempo ou ansioso para o tempo passar e nunca deixava de notar quando a terapeuta muito rapidamente levantasse os olhos para o relógio de parede ou os baixasse para o fino e elegante relógio de pulso cujo mostrador ficava escondido dos olhos da pessoa deprimida debaixo do fino pulso da terapeuta — a pessoa deprimida havia por fim, no final do primeiro ano do relacionamento terapêutico, caído em prantos e revelado que se sentia totalmente depreciada e invalidada sempre que a terapeuta parecia tentar esconder o fato de que queria saber a hora exata. Grande parte do trabalho da pessoa deprimida com a terapeuta no primeiro ano de sua jornada (i.e., da pessoa deprimida) em direção à cura e à inteireza intrapessoal dizia respeito a seus sentimentos de ser especialmente e repulsivamente tediosa, ou enrolada, ou pateticamente autocentrada e de não ser capaz de confiar que houvesse genuínos interesse, compaixão e cuidados da parte de uma pessoa que estava procurando para

terapeuta respondera que, se num nível puramente intelectual ou "de cabeça" podia respeitosamente discordar da substância

---

apoio; e, de fato, a primeira conquista significativa do relacionamento terapêutico, contou a pessoa deprimida a membros de seu Sistema de Apoio no torturante período seguinte à morte da terapeuta, ocorrera quando a pessoa deprimida, ao final do segundo ano de relacionamento terapêutico, entrara suficientemente em contato com seus próprios valor e recursos interiores ao ponto de conseguir revelar com firmeza à terapeuta que ela (i.e., a respeitosa, mas firme pessoa deprimida) preferiria que a terapeuta simplesmente olhasse abertamente o seu relógio helioforme ou abertamente virasse o pulso para olhar o lado de baixo do relógio de pulso em vez de aparentemente acreditar — ou pelo menos se empenhar num comportamento que, do ponto de vista confessamente hipersensível da pessoa deprimida, fazia parecer que a terapeuta acreditava — que a pessoa deprimida podia ser enganada pelo fato de ela desonestamente disfarçar a olhada para o relógio em algum gesto que tentava parecer um olhar sem nenhum significado para a parede ou uma distraída manipulação da forma de jaula digiforme em seu colo.

Outro importante ponto de trabalho terapêutico que a pessoa deprimida e sua terapeuta haviam conquistado juntas — um ponto que a própria terapeuta havia pessoalmente confessado sentir que constituía um salto de crescimento seminal e um aprofundamento na confiança e no nível de franqueza entre elas — ocorreu no terceiro ano do relacionamento terapêutico, quando a pessoa deprimida finalmente confessou que também se sentia diminuída quando a terapeuta se dirigia a ela de uma determinada maneira, i.e., que a pessoa deprimida sentia-se paternalizada, alvo de condescendência e/ou tratada como criança nos momentos de seu trabalho conjunto em que a terapeuta começava a repetir e repetir e repetir quais eram as suas filosofias, objetivos e desejos para a pessoa deprimida; sem falar ainda, já que estavam no assunto, que ela (i.e., a pessoa deprimida) também se sentia às vezes diminuída e ressentida cada vez que a terapeuta levantava os olhos da jaula de mãos em seu colo para a pessoa deprimida e o seu rosto (i.e., da terapeuta) assumia novamente a costumeira expressão de calma e ilimitada paciência, uma expressão que a pessoa deprimida confessava saber destinada a comunicar atenção imparcial, interesse e apoio, mas que mesmo assim, às vezes, do ponto de vista da pessoa deprimida, parecia-lhe mais alheamento emocional, distância cínica, mero interesse profissional que a pessoa deprimida estava comprando em vez de um interesse intensamente *pessoal*, empatia e compaixão que muitas vezes sentia ter passado a vida inteira ansiando por receber.

ou do "conteúdo proposicional" daquilo que a pessoa deprimida estava dizendo, ela (i.e., a terapeuta) mesmo assim apoiava
inteiramente a pessoa deprimida na atitude de revelar quaisquer
sentimentos que o relacionamento terapêutico em si produzisse
nela (i.e., na pessoa deprimida)[5] de forma a poderem processar

---

Isso a deixava furiosa, confessava a pessoa deprimida; muitas vezes sentia-se
zangada e ressentida em ser nada além de objeto da compaixão profissional
da terapeuta ou da culpa e da caridade abstratas das "amigas" putativas do
Sistema de Apoio.

5. Embora a pessoa deprimida tivesse, ela depois admitiu a seu Sistema de
Apoio, observado intensamente o rosto da terapeuta em busca de provas de
uma reação negativa quando ela (i.e., a pessoa deprimida) se abriu e vomitou
todos esses sentimentos potencialmente repulsivos sobre o relacionamento
terapêutico, ela mesmo assim beneficiava-se nesse ponto da sessão de uma
espécie de intensificação da honestidade emocional ao ponto de poder se
abrir ainda mais e chorosamente revelar à terapeuta que parecia também
depreciativo e até um tanto abusivo saber que, por exemplo, hoje (i.e., o dia
do trabalho conjunto seminalmente honesto e importante da pessoa deprimida com sua terapeuta), no momento em que a hora da pessoa deprimida com
a terapeuta se encerrou e as duas se levantaram de suas respectivas poltronas
e se abraçaram rígidas numa despedida até o próximo compromisso conjunto,
que nesse exato momento toda a atenção aparentemente intensamente focalizada, o apoio e o interesse na pessoa deprimida por parte da terapeuta seriam
retirados e depois transferidos sem nenhum esforço para o próximo patético
desprezível choramingão autocentrado *comedor de merda* de dente quebrado
nariz de porco e coxas grossas que estava esperando ali fora lendo uma revista
usada e esperando para mergulhar e se pendurar pateticamente na barra da
peliça da terapeuta durante uma hora, tão desesperado por um amigo pessoalmente interessado que seria capaz de pagar mensalmente pela patética ilusão
temporária de um amigo quase tanto quanto pagava pela porra do *aluguel*.
A pessoa deprimida sabia muito bem, admitiu — levantando uma mão de
unhas roídas para impedir que a terapeuta a interrompesse —, que aquele
distanciamento profissional da terapeuta não era inteiramente incompatível
com verdadeira preocupação e que o fato de a terapeuta manter cuidadosamente um nível de preocupação, apoio e compromisso profissional, mais do
que pessoal, significava que a pessoa deprimida podia contar que esse apoio
e essa preocupação estariam Sempre Lá e não seriam vítimas das vicissitudes

juntas esses sentimentos e explorar ambientes adequados e seguros e contextos para a sua expressão.

As lembranças que a pessoa deprimida tinha das respostas pacientes, atenciosas e imparciais da terapeuta, respostas até mesmo a suas (i.e., da pessoa deprimida) mais maliciosas e

normais de conflitos inevitáveis de relacionamentos interpessoais menos profissionais e mais pessoais e dos mal-entendidos ou das flutuações naturais do humor, da disponibilidade emocional e da capacidade de empatia da própria terapeuta em qualquer dia determinado; sem mencionar que o distanciamento profissional dela (i.e., da terapeuta) significava que pelo menos dentro dos limites do consultório doméstico frio, mas atraente, da terapeuta e das três horas marcadas que passavam juntas toda semana, a pessoa deprimida podia ser totalmente honesta e aberta sobre seus próprios sentimentos sem nunca ter de temer que a terapeuta tomasse esses sentimentos pessoalmente, ficasse zangada, fria, crítica, depreciativa, rejeitadora, ou viesse jamais a envergonhar, depreciar ou abandonar a pessoa deprimida; na verdade, ironicamente, sob muitos aspectos, como a pessoa deprimida disse estar sabendo muito bem, a terapeuta era na verdade a amiga pessoal absolutamente *ideal* da pessoa deprimida — ou, pelo menos, da parte isolada, agoniada, carente, patética, egoísta, mimada, Criança-Interior-ferida da pessoa deprimida: i.e., ali estava, afinal de contas, uma pessoa (ou seja, a terapeuta) que sempre Estaria Ali para ouvir e realmente se preocupar e simpatizar e estar emocionalmente disponível, para alimentar e apoiar a pessoa deprimida e que não solicitaria absolutamente nada em troca da pessoa deprimida em termos de empatia, suporte emocional, ou em termos de a pessoa deprimida jamais se preocupar de fato ou mesmo levar em conta os sentimentos válidos e as necessidades da terapeuta como ser humano. A pessoa deprimida sabia também perfeitamente bem, ela admitiu, que eram, de fato, os noventa dólares por hora que tornavam o simulacro de amizade do relacionamento terapêutico tão idealmente unilateral: i.e., a única expectativa ou solicitação que a terapeuta colocava para a pessoa deprimida eram os combinados noventa dólares; uma vez satisfeita essa solicitação, tudo no relacionamento girava em torno da pessoa deprimida. Num nível racional, intelectual, "de cabeça", a pessoa deprimida estava plenamente consciente de todas essas realidades e compensações, disse ela à terapeuta, e portanto sentia, claro, que ela (i.e., a pessoa deprimida) não tinha razão racional ou desculpa para experimentar os sentimentos vaidosos, carentes, infantis que assumira o risco emocional sem precedentes de assu-

infantis reclamações reprimidas, davam a sensação de trazer ainda maiores e mais intoleráveis sentimentos de perda e abandono, assim como novas ondas de ressentimento e autopiedade que a pessoa deprimida sabia muito bem serem repelentes ao extremo, garantiu ela a amigas que compunham o Sistema de

mir que sentia; e, no entanto, a pessoa deprimida confessou à terapeuta que mesmo assim ainda sentia, em um nível mais básico, mais emocionalmente intuivo, mais "visceral", que era realmente depreciativo, insultuoso e patético que sua dor emocional crônica, seu isolamento e sua incapacidade de se abrir, a forçassem a gastar 1080 dólares por mês para comprar o que era, sob muitos aspectos, uma espécie de amigo fantasma que pudesse preencher suas fantasias narcisistas infantis de ter suas próprias necessidades emocionais satisfeitas por outra pessoa sem ter de reciprocamente atender ou simpatizar, ou nem mesmo considerar as necessidades emocionais da outra pessoa, uma empatia pelo outro e uma consideração que a pessoa deprimida confessou chorosamente ter algumas vezes perdido a esperança de possuir para dar. A pessoa deprimida aqui acrescentou que muitas vezes se preocupava, apesar dos numerosos traumas que sofrera nas tentativas de relacionamentos com homens, que fosse de fato a sua própria incapacidade de sair de sua carência tóxica e de Estar Lá para outra pessoa e realmente *dar* emocionalmente, coisa que tornava essas tentativas de relacionamento de parceria íntimo, mutuamente alimentador com homens, um fracasso torturantemente depreciativo além dos limites.

A pessoa deprimida acrescentou ainda ao seu seminal contato com a terapeuta, disse ela depois a uma seleta elite "central" do Sistema de Apoio, depois da morte da terapeuta, que os ressentimentos dela (i.e., da pessoa deprimida) sobre o custo de 1080 dólares mensais pelo relacionamento terapêutico eram, na verdade, menos sobre a despesa em si — que ela admitiu abertamente que podia fazer — do que sobre a depreciativa *ideia* de pagar por uma amizade artificialmente unilateral e um preenchimento de fantasia narcisista, depois deu um riso cavo (i.e., a pessoa deprimida dera um riso cavo durante sua explanação à terapeuta) para indicar que tinha ouvido e registrado o involuntário eco de seus frios, mesquinhos, emocionalmente não disponíveis pais ao estipularem que o que era questionável não era a despesa em si, mas a ideia ou o "*princípio*" da despesa. A sensação que dava de fato, a pessoa deprimida admitiu depois a amigos apoiadores ter confessado à compassiva terapeuta, era que se os noventa dólares por hora da remuneração

Apoio, amigas confiáveis a quem a pessoa deprimida por essa época telefonava quase constantemente, às vezes agora mesmo durante o dia, de seu local de trabalho, discando os números inter-rurbanos do trabalho de suas amigas mais próximas e solicitando que lhe dessem algum tempo de suas instigantes, estimulantes

---

terapêutica eram quase uma espécie de resgate ou "dinheiro de proteção" comprando para a pessoa deprimida a isenção da fervorosa vergonha interna e mortificação de telefonar para antigas amigas distantes que ela nem *via*, porra, fazia anos e não tinha nenhum direito de considerar mais amizades e telefonar para elas sem convite à noite, se impondo a suas funcionais e abençoadamente ignorantemente alegres, mesmo que talvez um pouco rasas, vidas, dependendo desavergonhadamente delas, procurando-as constante-mente e tentando articular a essência da terrível e incessante dor da depressão mesmo quando eram exatamente essa dor, esse desespero e solidão que a tornavam, sabia disso, excessivamente esfaimada emocionalmente, carente e autocentrada para poder verdadeiramente Estar Lá em retribuição para suas amigas interurbanas poderem contactar, se abrir e contar com ela em troca, i.e. que a sua (da pessoa deprimida) onicarência era tão desprezivelmente gananciosa e narcisista que só um completo idiota não acharia que os mem-bros de seu chamado "Sistema de Apoio" não eram capazes de facilmente detectar isso nela, de sentir total repulsa por isso, de ficar ao telefone com ela apenas pela mais básica e abstrata caridade humana, o tempo todo rolando os olhos, fazendo caretas, olhando o relógio e esperando que o telefonema terminasse ou que ela (i.e., a pateticamente carente pessoa deprimida ao telefone) tivesse escolhido outra pessoa para ligar que não ela (i.e., a "amiga" putativa entediada, avertiva, rolando os olhos), ou que jamais tivesse no passa-do sido designada para o mesmo quarto da pessoa deprimida, ou nem tivesse ido para o mesmo colégio interno, ou mesmo que a pessoa deprimida nunca tivesse nascido e não existisse, de forma que a coisa toda dava a sensação de ser totalmente, insuportavelmente patética e depreciativa "*para dizer a verda-de*", se a terapeuta realmente queria "*uma abertura totalmente honesta e sem censura*" que estava sempre "alegando querer", a pessoa deprimida depois confessou a seu Sistema de Apoio que havia dado um assobio de gozação à terapeuta, seu rosto (i.e., o rosto da pessoa deprimida durante a sessão de ter-ceiro ano seminal, mas cada vez mais feia e humilhante) se torcendo no que imaginava devia ser uma grotesca mistura de raiva, autopiedade e completa humilhação. Foi a visualização imaginária do aspecto que seu próprio rosto

carreiras para ouvir, apoiar, repartir, dialogar e ajudar a pessoa deprimida a achar algum jeito de processar essa dor e perda e encontrar alguma forma de sobreviver. Suas desculpas por sobrecarregar essas amigas durante as horas diurnas em seus locais de trabalho eram elaboradas, envolventes, vociferantes,

---

enfurecido devia ter que fez com que a pessoa deprimida começasse, neste momento tardio da sessão, a chorar, gemer, choramingar, fungar e soluçar de verdade, confessou ela depois a amigas de confiança. Pois não, se a terapeuta queria realmente a verdade, a verdade real, "visceral" por baixo da raiva e da vergonha infantilmente defensivas, a pessoa deprimida revelara de uma posição encolhida e quase fetal debaixo do relógio solar, soluçando, mas fazendo a escolha consciente de não se dar ao trabalho de enxugar nem os olhos nem o nariz, a pessoa deprimida *realmente* sentiu que o que era *realmente* injusto era ela se sentir capaz — mesmo aqui na terapia com a terapeuta confiável e compassiva — era ela se sentir capaz de revelar apenas circunstâncias dolorosas e insights sobre o passado de sua depressão, sua etiologia, textura e sintomas diversos em vez de se sentir realmente capaz de comunicar, articular e exprimir a terrível incessante agonia da depressão *em si*, uma agonia que constituía a realidade predominante e insuportável de cada minuto negro de sua vida na terra — i.e., não sendo capaz de revelar a verdadeira *sensação*, como a depressão a fazia *sentir-se* diariamente, ela havia se lamuriado histericamente, batendo repetidamente no braço de camurça da poltrona — ou se abrir, comunicar e expressar para alguém que pudesse não apenas ouvir, entender e se preocupar, mas que pudesse ou quisesse efetivamente *sentir* com ela (i.e., sentir o que a pessoa deprimida sentia). A pessoa deprimida confessou à terapeuta que aquilo de que ela *realmente* sentia falta e o que realmente *verdadeiramente* fantasiava era ter a capacidade de, de alguma forma, realmente verdadeiramente literalmente "*se abrir*" sobre aquilo (i.e., o tormento incessante da depressão crônica). Ela disse sentir que a depressão era tão central e inescapável à sua identidade e a quem era como pessoa que não ser capaz de revelar a sensação interna da depressão ou sequer descrever qual era a sensação de verdade dava a sensação por exemplo de sentir uma desesperada necessidade de vida ou morte de descrever o sol no céu e, no entanto, só ser capaz ou só poder apontar as sombras no chão. Ela estava tão absolutamente cansada de apontar sombras, soluçara. Ela (i.e., a pessoa deprimida) havia então imediatamente se calado e dado um riso cavo a respeito de si mesma e se desculpado com a terapeuta por empregar uma analogia

barrocas, impiedosamente autocríticas e quase constantes, assim como suas expressões de gratidão ao Sistema de Apoio só por Estar Lá para ela, só por permitir que ela começasse de novo a ser capaz de confiar e assumir o risco de se abrir, mesmo só um pouco, porque a pessoa deprimida revelou que tinha a sensação de estar descobrindo tudo novamente e com uma nova clareza abaladora como consequência do abandono abrupto e sem palavras da terapeuta, revelou ela pelo telefone de cabeça do computador, como eram desesperadoramente poucas e afastadas as pessoas com quem ela podia jamais ter a esperança de se comunicar e se abrir, forjando relacionamentos saudáveis, abertos, confiantes, mutuamente alimentadores com que contar. Por exemplo, seu ambiente de trabalho — como a pessoa deprimida reconhecera prontamente choramingando cansati-

---

tão floreadamente melodramática e autopiedosa. A pessoa deprimida revelou tudo isso mais tarde ao seu Sistema de Apoio, em grande detalhe e às vezes mais de uma vez por noite, como parte de seu processo de luto após a morte da terapeuta por cafeinismo homeopático, inclusive a sua (i.e., da pessoa deprimida) reminiscência de que a demonstração por parte da terapeuta de atenção compassiva e imparcial a tudo o que a pessoa deprimida finalmente revelara, ventilara, chiara, vomitara, choramingara, gemera durante a traumática sessão de conquista seminal havia sido tão formidável e decisivo que ela (a terapeuta) havia piscado muito menos vezes do que qualquer ouvinte não profissional com quem a pessoa deprimida jamais se abrira face a face. Os dois mais confiáveis e apoiadores dos atuais membros internos do Sistema de Apoio da pessoa deprimida haviam respondido, quase literalmente, que parecia que a terapeuta da pessoa deprimida devia ter sido muito especial e que a pessoa deprimida evidentemente sentia muita falta dela; e a mais especialmente valiosa, simpatizante, de elite, das amigas "centrais", fisicamente adoentada, com quem a pessoa deprimida contou mais pesadamente do que com qualquer outra durante o processo de luto, sugeriu que o único jeito mais amoroso e adequado de homenagear tanto a memória da terapeuta quanto a própria dor da pessoa deprimida por sua perda seria a pessoa deprimida tentar se transformar em uma amiga tão especial, tão dedicada, tão infalivelmente alimentadora para si mesma quanto a terapeuta havia sido.

vamente muitas vezes antes — era totalmente não funcional e tóxico e a atmosfera emocional totalmente não apoiadora que lá havia fazia a ideia de tentar se ligar de qualquer maneira mutuamente alimentadora com os colegas de trabalho parecer uma piada grotesca. E as tentativas da pessoa deprimida de abrir-se em seu isolamento emocional para tentar cultivar e desenvolver amigos envolvidos e relacionamentos na comunidade através de grupos da igreja ou aulas de nutrição e de alongamento holístico ou conjuntos de sopro comunitários e coisas semelhantes resultaram todas tão atormentadoras, revelou ela, que havia praticamente implorado à terapeuta para retirar sua gentil sugestão de que a pessoa deprimida devia tentar ao máximo fazer essas coisas. E quanto à ideia de engalanar-se mais uma vez e aventurar-se lá fora no mercado de carne emocionalmente hobbesiano do "cenário do namoro" e tentar mais uma vez encontrar e estabelecer qualquer relacionamento saudável, atencioso, funcional, com homens, fosse numa parceria fisicamente íntima ou mesmo como amigos próximos e apoiadores — nesse momento de suas revelações, a pessoa deprimida deu um riso cavo no telefone de cabeça que usava no terminal dentro de seu cubículo em seu local de trabalho e perguntou se era realmente necessário, com uma amiga que a conhecia tão bem quanto qualquer membro do Sistema de Apoio com quem atualmente se abria, entrar no porquê de a intratável depressão da pessoa deprimida e suas questões de autoestima e confiança altamente carregadas tornarem essa ideia um voo de Ícaro ilusório de capricho e negação. Para dar apenas um exemplo, a pessoa deprimida revelou de seu computador, no segundo semestre do seu primeiro ano na faculdade tinha havido um incidente traumático no qual a pessoa deprimida estava sentada sozinha na grama perto de um grupo de rapazes estudantes populares e seguros de si em um jogo interfaculdades de lacrosse e ouvira nitidamente um dos homens dizer rindo, a respeito de uma estudante que a pessoa deprimida conhecia ligeiramente, que a única diferença substancial entre essa mulher e um vaso de privada era que o vaso de privada não ficava seguindo pateticamente você por aí depois que você o tinha utilizado. Abrindo-se com amigas apoiadoras, a pessoa deprimida viu-se agora súbita e inesperadamente inundada de lembranças emocionais da remota sessão em que havia contado esse incidente à terapeuta: as duas vinham fazendo um trabalho básico de sentimentos durante esse desajeitado estágio inicial do processo terapêutico e a terapeuta havia desafiado a pessoa deprimida a identificar se o insulto ouvido a havia feito (i.e., a ela, a pessoa deprimida) sentir-se primordialmente mais zangada, solitária, assustada ou triste.[6, 6(a)]

6. A pessoa deprimida, tentando desesperadamente se abrir e permitir que seu Sistema de Apoio a ajudasse a honrar e processar seus sentimentos pela morte da terapeuta, assumiu o risco de revelar a constatação de que ela própria raramente, se é que alguma vez isso acontecera, havia usado a palavra "triste" nos diálogos do processo terapêutico. Ela usara geralmente as palavras "desespero" e "agonia" e a terapeuta havia, na maior parte, concordado com essa escolha declaradamente melodramática de palavras, embora a pessoa deprimida desconfiasse havia muito que a terapeuta provavelmente sentisse que a sua (i.e., dela, pessoa deprimida) escolha de "agonia", "desespero", "tormento" e que tais era ao mesmo tempo melodramática — portanto carente e manipulativa — por um lado e minimizadora — portanto baseada na vergonha e tóxica — por outro. A pessoa deprimida revelou também a amigas interurbanas durante o perturbador processo a dolorosa constatação de que nunca havia de fato perguntado diretamente à terapeuta o que ela (i.e., a terapeuta) estava pensando ou sentindo em qualquer momento durante o tempo que passaram juntas, nem perguntara, uma única vez que fosse, o que ela (i.e., a terapeuta) realmente pensava dela (i.e., da pessoa deprimida) como ser humano, i.e., se a terapeuta gostava dela pessoalmente, não gostava dela, achava que era uma pessoa basicamente decente ou repelente etc. Esses eram apenas dois exemplos.

6(a). Como parte natural do processo de luto, detalhes sensuais e memórias emocionais inundavam a psique agoniada da pessoa deprimida ao total acaso

Nesse estágio do processo de luto que se seguiu à morte da terapeuta talvez por sua própria (i.e., da terapeuta) mão, os sentimentos de perda e abandono da pessoa deprimida haviam se tornado tão intensos e dominantes e haviam eliminado tão completamente seu mecanismo de defesa residual que, por exemplo, quando qualquer das amigas interurbanas que a pessoa deprimida procurara finalmente confessava que ela (a "amiga") sentia muitíssimo mas não podia evitar *tinha* absolutamente de desligar o telefone e voltar para as exigências de sua própria vida cheia, vibrante, não deprimida, um instinto primal que parecia nada mais que sobrevivência emocional básica agora levava a pessoa deprimida a engolir todo e qualquer remanescente de orgulho e implorar desavergonhadamente dois ou mesmo apenas um minuto mais do tempo e da atenção da

---

e de maneiras impossíveis de prever, impondo-se a ela e exigindo expressão e processamento. A peliça de couro de gamo da terapeuta, por exemplo, embora a terapeuta parecesse ter um apego quase de fetiche pela roupa nativa americana e a usasse, ao que parece, diariamente, estava sempre imaculadamente limpa e sempre se apresentava como um pano de fundo imaculadamente cru e de aparência úmida, cor da pele, para as variadas formas de jaula que as inconscientes mãos da terapeuta compunham — e a pessoa deprimida revelou a membros do seu Sistema de Apoio, depois da morte da terapeuta, que nunca lhe ficara claro como ou por meio de que processos a pele de gamo da peliça mantinha-se tão limpa. A pessoa deprimida confessou que às vezes imaginava, narcisisticamente, que a terapeuta usava sua roupa cor de carne imaculada apenas para os compromissos particulares delas duas. O frio consultório doméstico da terapeuta continha também, na parede oposta ao relógio de bronze e atrás da poltrona da terapeuta, um deslumbrante conjunto de escrivaninha e suporte de computador pessoal de molibdênio, do qual uma prateleira, de ambos os lados da cafeteira Braun de luxe, era cheia de fotografias emolduradas do falecido marido da terapeuta, das irmãs e do filho; e a pessoa deprimida muitas vezes caiu em pranto de perda, desespero e autoescoriação ao telefone de cabeça de seu cubículo ao confessar a seu Sistema de Apoio que nunca, nem uma vez, havia perguntado os nomes dos entes queridos da terapeuta.

amiga; e se essa "amiga solidária", depois de expressar sua esperança de que a pessoa deprimida encontrasse um jeito de ser mais suave e compassiva consigo mesma, se mantivesse firme e graciosamente encerrasse a conversa, a pessoa deprimida agora não perdia mais quase nenhum tempo ouvindo tolamente o ruído do telefone, ou roendo a cutícula do dedo indicador, ou esfregando loucamente o calcanhar da mão na testa, ou sentindo qualquer coisa muito diferente de mero desespero primal enquanto discava apressadamente o próximo número de dez dígitos da Lista Telefônica do Sistema de Apoio, uma lista que a essa altura do processo de luta havia sido xerografada diversas vezes e colocada na agenda de endereços da pessoa deprimida, no arquivo FONE.VIP do computador, na carteira de dinheiro, no compartimento de segurança dentro de sua bolsa, no miniarmário do Centro de Nutrição e Alongamento Holístico e em um bolso especial feito em casa na face interna do Diário de Sentimentos encadernado em couro que a pessoa deprimida — por sugestão de sua falecida terapeuta — levava consigo a todos os momentos.

A pessoa deprimida revelava a cada membro disponível do seu Sistema de Apoio alguma porção da onda de lembranças emocionalmente sensuais da sessão durante a qual se abrira pela primeira vez e contara à falecida terapeuta o incidente em que o homem que ria comparara a colega de faculdade a uma privada e revelara que nunca havia conseguido esquecer o incidente e que, mesmo não tendo um grande relacionamento ou ligação pessoal com a estudante que o homem comparara a uma privada, nem a conhecesse muito bem, a pessoa deprimida havia, no jogo de lacrosse interfaculdades, se enchido de horror e desespero solidário ao patos da ideia de aquela moça estudante ser objeto de tal derrisão e risonho desprezo intersexual sem que ela (i.e., a estudante, com quem a pessoa deprimida novamente admitiu ter muito pouco contato) nem mesmo ficasse sabendo. A pessoa deprimida achava muito provável que todo seu (i.e., dela, pessoa deprimida) desenvolvimento emocional recente e sua habilidade de confiar, se abrir e relacionar-se haviam sido profundamente marcados por esse incidente; ela escolheu tornar-se aberta e vulnerável ao revelar — muito embora apenas a um único dos membros "centrais" mais confiáveis, especiais e de elite do Sistema de Apoio — ao revelar que havia admitido à terapeuta que sempre se preocupara, mesmo hoje, como adulta putativa, com a ideia de que grupos risonhos de pessoas eram sempre escarnecedores e depreciativos com ela (i.e., a pessoa deprimida) sem o seu conhecimento. A falecida terapeuta, a pessoa deprimida revelou a sua confidente interurbana mais chegada, havia apontado a lembrança do incidente traumático na faculdade e a suposição reativa de escárnio e ridículo por parte da pessoa deprimida como um exemplo clássico do modo como os mecanismos de defesa emocional residuais reprimidos de um adulto podem se tornar tóxicos e disfuncionais, mantendo o adulto emocionalmente isolado e privado de comunidade e alimento, até de si mesmo, e podiam (i.e., as defesas residuais tóxicas podiam) negar ao adulto deprimido acesso aos seus próprios recursos e ferramentas internos preciosos tanto para buscar apoio como para ser gentil, compassivo e afirmativo consigo mesmo e que assim, paradoxalmente, mecanismos de defesa reprimidos acabavam contribuindo para as próprias dor e tristeza contra as quais foram originalmente construídos.

Foi ao revelar esta pura e vulnerável reminiscência de quatro anos a um membro "central" particular do Sistema de Apoio em quem a pessoa deprimida em luto sentia agora que mais podia confiar e com quem mais podia contar, além de poder realmente se comunicar pelo telefone de cabeça, que ela (i.e., a pessoa deprimida) de repente experimentou o que mais tarde descreveria como uma constatação emocional quase tão traumática e valiosa quanto a constatação que experimentara nove meses antes no Retiro Terapêutico Experiencial de Fim de Semana Focalizado na Criança Interior antes que se sentisse simplesmente catarticamente esgotada e nervosa demais para continuar e voado de volta para casa. I.e., a pessoa deprimida disse a sua amiga interurbana mais confiável e apoiadora que, paradoxalmente, ela (i.e., a pessoa deprimida) parecia ter descoberto, de alguma forma, no extremo de seus sentimentos de perda e abandono posteriores à overdose de estimulantes naturais da terapeuta, os recursos e o respeito íntimo para a sua própria sobrevivência emocional que eram necessários para ela finalmente sentir-se capaz de assumir o risco de tentar seguir a segunda das duas mais desafiadoras e difíceis sugestões da falecida terapeuta e começar abertamente a pedir a outras pessoas comprovadamente honestas e apoiadoras que lhe dissessem diretamente se alguma vez haviam sentido desprezo, escárnio, crítica ou repulsa por ela. E a pessoa deprimida revelou que ela agora, por fim, depois de quatro anos de chorosa e truculenta resistência, propunha-se finalmente a realmente começar a fazer de fato a pessoas confiáveis esta pergunta seminalmente honesta e possivelmente perturbadora e que por estar muito alerta a suas próprias fraqueza essencial e capacidades defensivas de negação e anulação, ela (i.e., a pessoa deprimida) estava escolhendo começar agora esse processo interrogatório inauditamente vulnerável, i.e., com o membro "central" do Sistema de Apoio de elite, incomparavelmente honesto e compassivo com quem ela vinha se abrindo via telefone de cabeça do computador precisamente neste momento.[7] A pessoa deprimida fez

7. A amiga interurbana singularmente valiosa e apoiadora a quem a pessoa deprimida achou que seria menos mortificante fazer uma pergunta tão envol-

aqui uma pausa momentânea para acrescentar o fato adicional de que estava firmemente decidida a fazer essa pergunta potencialmente profundamente traumatizante sem os mecanismos de defesa patéticos e irritantes de sempre que eram o preâmbulo, a apologia, ou a autocrítica interpolada. Ela queria ouvir, sem nenhuma restrição, asseverou a pessoa deprimida, da parte de sua mais valiosa e íntima amiga em seu atual Sistema de Apoio, a opinião brutalmente honesta sobre ela como pessoa, tanto as partes potencialmente negativas, críticas e dolorosas quanto as partes positivas, apoiadoras e alimentadoras. A pessoa deprimida insistiu que estava falando muito sério: soasse melodramático ou não, a avaliação brutalmente honesta dela feita por uma pessoa objetiva, mas profundamente preocupada com ela, parecia-lhe nesta altura quase literalmente uma questão de vida ou morte.

Porque estava com medo, confessou a pessoa deprimida à amiga convalescente e confiável, um medo profundo e sem precedentes pelo que estava começando a sentir que estava vendo, aprendendo e entrando em contato consigo mesma no processo de luto seguinte à súbita morte da terapeuta que durante quase quatro anos fora a confidente mais próxima e mais confiável da pessoa deprimida e fonte de apoio e afirmação e — sem nenhuma intenção de ofender nenhum membro do Sistema de Apoio

---

ta em abertura, vulnerabilidade e risco emocional era uma aluna de um dos primeiros colégios internos da infância da pessoa deprimida, uma mulher extremamente generosa e alimentadora, divorciada, mãe de dois filhos, de Bloomsfield Hills, Michigan, que havia recentemente concluído sua segunda sequência de quimioterapia em virtude de um neuroblastoma virulento que havia reduzido grandemente o número de responsabilidades e atividades de sua vida adulta cheia, funcional, vibrantemente voltada aos outros e que portanto não apenas estava agora em casa quase sempre, mas gozava também de uma disponibilidade livre de conflitos quase ilimitada e de tempo para dedicar ao telefone, e por quem a pessoa deprimida cuidava sempre de registrar uma oração diária de gratidão em seu Diário Emocional.

— sua melhor amiga no mundo. Porque o que ela havia descoberto, a pessoa deprimida confidenciou interurbanamente, ao fazer agora seu importante Momento de Quietude[8] diário, durante o processo de luto, e ficou sossegada e centrada, olhou profundamente para dentro, era que não conseguia sentir nem identificar dentro dela mesma nenhum sentimento real pela terapeuta, i.e., pela terapeuta como pessoa, uma pessoa que havia morrido, uma pessoa que só alguém realmente mergulhado em estupidificante negação poderia deixar de perceber que havia provavelmente tirado a própria vida e portanto uma pessoa que, afirmou a pessoa deprimida, possivelmente sofria ela própria de algum nível de agonia emocional, isolamento e desespero comparável a ou talvez — embora fosse apenas num nível puramente "cabeça" ou puramente intelectual abstrato que ela parecia ser capaz de aventar essa possibilidade, confessou a pessoa deprimida pelo telefone de cabeça — talvez até superior ao da própria pessoa deprimida. A pessoa deprimida revelou que a consequência mais assustadora disso (i.e., do fato de que, mesmo quando se centrava e olhava fundo dentro de si mesma, ela sentia que não conseguia localizar nenhum sentimento real pela terapeuta como um ser humano válido autônomo) parecia ser que toda a sua torturante dor e desespero desde o suicídio da terapeuta havia sido de fato totalmente e apenas para *ela própria*, i.e., para a perda *dela*, o abandono *dela*, a dor *dela*, o trauma *dela* e a dor e a sobrevivência afetiva primal *dela*. E, a pessoa deprimida revelou que estava assumindo mais um risco ao revelar, ainda mais assustadoramente, que este

---

8. (i.e., arranjando cuidadosamente seu horário matinal para permitir os vinte minutos que a terapeuta havia muito sugerira para se centrar calada e entrar em contato com sentimentos e se apossar deles e registrá-los, olhando para dentro de si mesma com um distanciamento compassivo, não crítico, quase clínico)

perturbador e aterrorizante conjunto de conclusões, em vez de despertar nela agora sentimentos de compaixão, empatia e outras dores dirigidas à terapeuta como pessoa — e aqui a pessoa deprimida esperou pacientemente passar um episódio de vômito da amiga confiável especialmente disponível para poder assumir o risco de revelar isto a ela — que essas conclusões perturbadoramente assustadoras pareciam ter, aterrorizantemente, meramente trazido à tona e desenvolvido ainda outros sentimentos sobre *si mesma* na pessoa deprimida. Nesse ponto da confidência, a pessoa deprimida gastou algum tempo jurando solenemente à sua amiga interurbana gravemente doente, vomitando com frequência, mas mesmo assim íntima e atenciosa, que não havia nenhuma autoescoriação tóxica nem pateticamente manipulativa aqui no que ela (i.e., a pessoa deprimida) estava revelando, abrindo e confessando, apenas medo profundo e sem precedentes: a pessoa deprimida estava atemorizada por si mesma, por, por assim dizer, "*si*" mesma — i.e., por seu chamado "caráter" ou "espírito" ou, por assim dizer, "alma", i.e., por sua própria capacidade de empatia humana básica, compaixão e preocupação — disse ela à amiga apoiadora com neuroblastoma. Estava perguntando sinceramente, disse a pessoa deprimida, honestamente, desesperadamente: que tipo de pessoa podia parecer não sentir nada — "*Nada*", enfatizou — por qualquer pessoa além de si mesma? Talvez *nunca*? A pessoa deprimida chorou ao telefone de cabeça e disse que ali e agora estava desavergonhadamente implorando a sua melhor amiga e confidente no mundo atualmente que revelasse a sua (i.e., da amiga com um tumor maligno na glândula suprarrenal) brutalmente sincera avaliação, que não escondesse nada, não dissesse nada confortador ou escusatório ou animador que ela não acreditasse honestamente ser verdade. Confiava nela, garantiu. Pois havia decidido, disse, que sua própria vida, por mais assolada por agonia, desespero e indescritível solidão, dependia, neste ponto de sua jornada em direção à cura verdadeira, de solicitar — mesmo se necessário deixando de lado todo orgulho e defesa possível, *implorando*, acrescentou — o julgamento de certos membros confiáveis e muito cuidadosamente selecionados de sua comunidade de apoio. Então, a pessoa deprimida disse, a voz fraquejando de emoção, que estava implorando à sua única e mais confiável amiga agora que revelasse seu mais particular julgamento sobre a capacidade do "caráter" ou do "espírito" da pessoa deprimida para a atenção humana. Precisava dessa informação, chorou a pessoa deprimida, mesmo que essa informação fosse em parte negativa, ou dolorosa, ou traumática, ou tivesse o potencial de lançá-la além dos limites emocionais definitivamente — mesmo, implorou ela, que essa informação se apoie em nada mais que um nível friamente intelectual ou "cabeça" de descrição verbal objetiva; ela aceitaria até isso, prometeu, curvada e tremendo em posição quase fetal em cima da cadeira ergonômica do cubículo do computador — e portanto insistiu com sua amiga doente terminal para que fosse em frente, não guardasse nada, lhe dissesse tudo: que palavras e termos poderiam ser aplicados para descrever e avaliar um tal vácuo e uma tal esponja solipsista, autoconsumida, infinitamente emocional que ela parecia agora para si mesma? Como decidir e descrever — mesmo para si mesma, olhando para dentro e se encarando — o que ela tão dolorosamente descobrira que todos diziam a seu respeito?

O diabo é um homem ocupado

Aí quando ele tinha alguma coisa que era nova ou quando limpava o barracão das máquinas ou o porão o Pai muita vez achava um negócio que não queria mais e que queria se livrar e como era muito longe pra levar no caminhão até o depósito de lixo ou pra Boa Vontade na cidade ele só telefonava e botava um anúncio no jornal *Trading Post* na cidade para dar o negócio grátis. Umas merdas feito um sofá, um freezer, uma semeadora velha. O anúncio dizia assim Grátis Pegue e Leve. Mesmo assim sempre levava um tempo até alguém aparecer e o negócio ficava na entrada do Pai, deixando ele louco até um cara ou outro da cidade acabar aparecendo lá pra dar uma olhada. E o pessoal chegava bem arisco com a cara toda franzida igual quem joga baralho e andava em volta do negócio e cutucava com o pé e falava assim De onde que veio isso daí qual é o problema com isso daí que você quer tanto se livrar desse negócio. Sacudia a cabeça e precisava falar com a patroa e enrolava por ali e deixava o Pai maluco porque ele só queria era dar uma semeadora a troco de nada e tirar dali da entrada perdendo todo aquele tempo zanzando ali com os caras para fazer eles levarem. Aí então agora o que ele pega e faz quando quer se livrar de um negócio é que ele bota o anúncio no *Trading Post* e bota aí um preço besta que ele inventa no telefone mesmo para o cara do *Trading Post*. Um preço besta quase nada. Harrow velha com dentes um pouco enferrujados $5, Sofá-cama JCPenny verde e amarelo $10 assim. Aí muita vez aparecia um pessoal logo no primeiro dia que o anúncio aparecia no *Trading Post* e pegava e vinha da cidade e até se mandava de alguma outra cidadinha mais longe que recebia o *Trading Post* e brecava espalhando o cascalho e nem olhava direito o negócio e fazia o Pai pegar logo os $5 ou $10 antes de algum outro pegar e se era coisa pesada que nem aquele sofá eu ajudava os caras a carregar e eles pegavam e se mandavam na mesma hora. Eles tinham cara diferente e as caras das mulheres deles dentro do caminhão, bonitas mostrando os dentes e ele com o braço em volta da patroa e dava adeus pro Pai quando estava indo. Contentes pra burro de ter conseguido uma Harrow velha por quase nada. Perguntei pro Pai que lição era pra tirar disso daí e ele falou assim que achava que era que a gente não deve de tentar ensinar um porco a cantar e disse pra eu ir rastelar o cascalho pra fora da valeta pra ele não foder com o encanamento.

Pense

O fecho de estalo do sutiã dela fica na frente. A testa dele estala, clara. Ele pensa em ajoelhar. Mas sabe o que ela vai pensar se ele ajoelhar. O que clareou as rugas de sua testa foi uma espécie de revelação. Os seios dela surgiram livres. Ele imagina a esposa e filho. Os seios dela não estão presos agora. A manta da cama tem um babado de tule, como um saiotinho de tule de bailarina. Ela é a irmã mais nova da ex-colega de quarto da esposa dele. Todo mundo foi para o shopping, alguns para fazer compras, alguns para ir ao cinema no multiplex do shopping. A irmã com os seios ao lado da cama mantém o olhar à frente e sorri de leve, um sorriso leve e enfumaçado, aprendido na revista. Ela vê que ele fica vermelho e que sua testa fica lisa em uma espécie de revelação — o porquê de ela recusar ir ao shopping, o sentido de certos comentários, olhares, momentos relaxados no fim de semana que ele achou que eram vaidade sua, imaginação. A gente vê essas coisas dúzias de vezes por dia na televisão, mas imagina que com a gente mesmo é imaginação, é maluquice. Um homem diferente poderia ter dito que o que ele viu foi a mão dela ir para o sutiã e *libertar* os seios. As pernas dele podem tremer um pouco quando ela pergunta o que ele acha. A expressão dela é a da página 18 do catálogo da Victoria's Secret. Ela é, ele acha, o tipo da mulher que ficaria com o sapato de salto alto nos pés se ele pedisse. Mesmo que ela nunca tivesse ficado antes de sapato de salto ela daria um sorriso sabido, enfumaçado, página 18. Em rápido perfil quando ela se volta para fechar a porta, seu seio é uma semiesfera por baixo, uma rampa de esqui por cima. A lânguida meia-virada e o empurrão na porta intumescidos de algum tipo de significado; ele se dá conta de que ela está reproduzindo uma cena de algum filme que adora. No quadro de sua imaginação a mão da esposa está no ombro do filho pequeno num gesto quase paternal.

Não é nem que ele tenha resolvido ajoelhar — ele simplesmente descobre que sente um peso nos joelhos. Sua posição pode levá-la a pensar que ele está querendo que tire a calcinha. O rosto dele está na altura da calcinha dela quando ela vai até ele. Ele pode sentir contra os joelhos a trama do tecido da calça, a textura do tapete abaixo dele. A expressão dela é uma mistura de sedução e excitação, com uma camada de ligeiro divertimento que pretende mostrar sofisticação, a perda de todas as ilusões há muito tempo. É o tipo de expressão que parece arrasadora numa fotografia, mas que fica esquisita quando mostrada em tempo real. Quando ele junta as mãos na frente do peito fica claro que se ajoelhou para rezar. Agora não dá mais para não entender o que está fazendo. Está muito vermelho. Os seios dela param de tremer ligeiramente e balançam quando ela para. Ela agora está do mesmo lado da cama, mas ainda não exatamente junto dele. O olhar que ele lança ao teto do quarto é de súplica. Os lábios dele se movem sem som. Ela fica confusa. A consciência da própria nudez se transforma em um outro tipo de consciência. Ela não sabe como se portar, que cara fazer enquanto ele olha com tanta intensidade para cima. Os olhos dele não estão fechados. A irmã dela, o marido e os filhos e a esposa do homem e o filhinho pequeno foram para o shopping na minivan Voyager desse homem. Ela cruza os braços e olha brevemente para trás: a porta, a blusa e o sutiã, a penteadeira antiga da esposa pintalgada de sol que entra pelas folhas da janela. Ela podia tentar, por um momento apenas, imaginar o que está acontecendo na cabeça dele. Uma balança de banheiro espiando por baixo do pé da cama, sob o barrado de gaze da colcha. Por um momento que seja, colocar-se no lugar dele.

A pergunta dela faz a testa dele se franzir quando ele estremece. Ela cruzou os braços. É uma pergunta de três palavras.

"Não é o que você está pensando", ele diz. Os olhos dele nunca baixam além da meia distância entre o teto e eles próprios. Ela agora toma consciência de como está parada, como aquilo deve parecer bobo pela janela. Não é excitação que endureceu seus mamilos. Uma linha intrigada se forma em sua testa.

Ele diz: "Não é do que você está pensando que eu tenho medo".

E se ela se ajoelhasse no chão do lado dele, assim mesmo, as mãos postas em súplica: bem assim.

Sem querer dizer nada

Agora uma esquisita para você. Foi uns dois anos atrás, eu tinha dezenove, estava me preparando para mudar da casa dos meus pais, morar sozinho e um dia estava me aprontando, de repente tenho essa lembrança do meu pai sacudindo o pau na minha cara uma vez quando eu era pequeno. A lembrança aparece do nada, mas é tão detalhada e parece tão sólida que eu sei que é totalmente verdadeira. De repente, eu sei que aquilo aconteceu de verdade, que não foi um sonho, mesmo tendo aquela estranheza dos sonhos. Ali está aquela lembrança repentina. Eu tinha uns oito ou nove anos e estava na sala de jogos sozinho, depois da escola, assistindo televisão. Meu pai desceu e entrou na sala de jogos, parou na minha frente, tipo entre eu e a televisão, sem dizer nada e eu não disse nada. E sem dizer nada, ele tirou o pau para fora e começou a tipo sacudir o pau na minha cara. Lembro que não tinha mais ninguém em casa. Acho que era inverno porque eu me lembro que estava frio na sala de jogos e eu estava enrolado no xale de lã da minha mãe. Uma parte da estranheza do incidente do meu pai sacudir o pau para mim é que, o tempo todo, ele não disse nada (eu lembraria se ele tivesse dito alguma coisa), e eu não tinha a menor lembrança de como estava a cara dele, como era a expressão dele. Só me lembro do pau. O pau tipo ocupava toda a minha atenção. Ele só estava sacudindo o pau na minha cara, sem dizer nada nem fazer nenhum tipo de comentário, sacudindo tipo como a gente faz na privada, como quando a gente sacode para enxugar, mas também tinha alguma coisa ameaçadora e um pouco agressiva no jeito que ele fazia aquilo, me lembro também que o pau era como um punho fechado que ele estava pondo na minha cara me desafiando a contar qualquer coisa e me lembro que eu estava enrolado no xale, não podia levantar nem sair da frente do pau, só me lembro é de mexer a cabeça para todo lado, tentando tirar aquilo (o pau) da minha cara. Foi um desses incidentes totalmente bizarros que são tão estranhos que parece que não estão acontecendo na hora mesmo em que está acontecendo. As únicas vezes que eu tinha visto de relance o pau do meu pai tinham sido em vestiários. Me lembro da minha cabeça tipo virando para todo lado em cima do pescoço e o pau tipo me seguindo para todo lado e eu com todo tipo de pensamento bizarro me passando pela cabeça enquanto ele fazia aquilo, "estou mexendo a cabeça feito uma cobra" etc. Ele não estava de pau duro. Me lembro que o pau dele era um pouquinho mais escuro que o resto do corpo dele e grande, com uma veia grande e feia de um lado. A parte do buraquinho na ponta parecia rachada e brava e abria e fechava um pouco quando meu pai sacudia o pau, mantendo o pau ameaçadoramente na minha cara por mais que eu revirasse a cabeça. É essa a lembrança. Depois que tive a lembrança, fiquei zanzando pela casa dos meus pais meio enevoado, meio, tipo, tonto, completamente pirado, não contei nada para ninguém e não perguntei nada. Sei que essa foi a única vez que meu pai fez uma coisa dessas. Isso foi quando eu estava empacotando tudo, indo a lojas para conseguir caixas para mudar. Às vezes, eu andava perdido pela casa dos meus pais, em choque, me sentindo totalmente estranho. Ficava pensando nessa lembrança repentina. Entrei no quarto dos meus pais e fui até a sala de jogos. A sala de jogos tem um sistema de entretenimento novo, em vez da velha televisão, mas o xale de TV da minha mãe ainda está lá, estendido nas costas do sofá quando não está em uso. Era o mesmo xale na minha lembrança. Eu ficava pensando por que o meu pai havia de fazer uma coisa dessas e no que ele podia estar pensando, tipo, o que queria dizer aquilo, tentava lembrar se havia algum tipo de expressão ou de emoção na cara dele durante a coisa.

Agora, a coisa ficou ainda mais esquisita porque eu, finalmente, no dia que meu pai tirou meio dia de folga e nós dois fomos alugar uma van para eu carregar e mudar, eu finalmente, na van, voltando para casa da locadora de carros, eu perguntei para ele sobre a lembrança. Perguntei direto. Quer dizer, não tem nenhum jeito de ir chegando num assunto desses aos poucos. Meu pai tinha pagado o aluguel da van com o cartão dele e ele é que estava dirigindo de volta. Me lembro que o rádio da van não funcionava. Na van, assim do nada (do ponto de vista dele), eu de repente conto para meu pai que eu tinha acabado de lembrar do dia em que ele desceu e sacudiu o pau na minha cara quando eu era pequeno e meio tipo descrevi o que eu lembrava e perguntei para ele: "Que porra era *essa?*". Ele continuou simplesmente dirigindo a van e não disse nada nem teve nenhuma reação, então eu insisti e descrevi o incidente de novo e fiz a mesma pergunta tudo de novo. (Fingi que ele talvez não tivesse ouvido quando eu falei da primeira vez.) E então o que o meu pai faz — a gente está na van, numa reta pequena no caminho para a casa dos meus pais, para eu poder me aprontar para mudar e morar sozinho — ele, sem tirar as mãos da direção nem mexer um músculo além do pescoço, vira a cabeça para mim e me dá aquele *olhar*. Não um olhar de quem está puto nem um olhar confuso de quem tipo acha que não entendeu direito. E não é como se ele dissesse assim: "O que é que está acontecendo com você", ou "Vá se foder", ou qualquer coisa assim que ele fala quando está puto. Ele não diz nada, mas esse *olhar* que ele me dá diz tudo, que, tipo, ele não pode acreditar que escutou essa merda saindo da minha boca, tipo, fica completamente passado, chateado, como se não só nunca na vida tivesse sacudido o pau para mim a troco de nada quando eu era pequeno, mas só pelo fato da porra de eu ter sequer *imaginado* que ele podia sacudir o pau para mim e aí, tipo, *acreditar* nisso e aí chegar na presença dele dentro dessa van de aluguel e, tipo, *acusar*. Etc. etc. O olhar que ele virou e me deu na van enquanto dirigia, depois que eu contei da lembrança e perguntei direto para ele a respeito — foi isso que me deixou pirado de uma vez, com relação a meu pai. O olhar que ele virou e deu para mim mostrava que ele estava com vergonha por mim e com vergonha por ele por ter qualquer tipo de relação comigo. Imagine que você vai com seu pai num grande jantar ou banquete elegante de terno e gravata e aí você, tipo, de repente levanta da mesa de banquete, abaixa e caga bem ali na mesa, na frente de todo mundo do jantar — esse seria o olhar que o seu pai estaria dando para você se você fizesse uma coisa dessas (cagasse assim). Mais ou menos, foi nessa hora, na van, que eu senti que era capaz de matar ele. Por um segundo, senti que eu queria que a van abrisse e me engolisse inteiro, de tanta vergonha que eu estava sentindo. Mas segundos depois o que eu senti foi que eu estava tão totalmente puto que era capaz de matar ele. Era estranho — a lembrança em si não tinha, na hora, me deixado puto, só me pirou, feito uma tontura de choque. Mas na van alugada aquele dia, o jeito como o meu pai nem disse nada, mas simplesmente continuou dirigindo para casa em silêncio, com as duas mãos na direção e aquele ar na cara dele porque eu tinha perguntado — agora eu estava totalmente puto. Sempre pensei que essa coisa de você enxergar tudo "vermelho" quando fica bravo era uma figura de linguagem, mas é verdade. Depois que eu carreguei toda a minha tralha na van, mudei de casa e não entrei em contato com meus pais por mais de um ano. Nem uma palavra. Meu apartamento, na mesma cidade, ficava talvez a uns três quilômetros só, mas não dei nem meu número de telefone para eles. Fingi que eles não existiam. De tão infeliz e puto que eu estava. Minha mãe não fazia a menor ideia de por que eu não entrava em contato, mas claro que eu não ia dizer uma palavra para ela a respeito daquilo e eu sabia, porra, como eu tinha certeza, que meu pai não ia dizer nada para ela a respeito. Tudo o que eu via ficou ligeiramente vermelho durante meses, depois que eu mudei e rompi o contato, ou pelo menos com um tom rosado. Não pensava muitas vezes na lembrança do meu pai sacudindo o pau para mim quando pequeno, mas não passava um dia sem que eu lembrasse o olhar que ele me deu naquela van quando eu toquei no assunto de novo. Eu queria matar meu pai. Durante meses, pensei em voltar para casa quando não tivesse ninguém, para chutar a bunda dele. Minhas irmãs não tinham a menor noção de por que eu não entrava em contato com meus pais e diziam que eu devia estar louco, que estava magoando o coração da minha mãe e quando telefonei eles ficaram me fazendo a maior merda por romper contato sem nenhuma explicação, mas eu estava tão puto que eu sabia que ia morrer sem nunca falar mais nem uma porra de uma palavra a respeito. Não que eu tivesse me acovardado de falar a respeito, mas estava com o saco tão cheio que sentia que se um dia mencionasse aquilo de novo e me dessem um olhar de qualquer tipo alguma coisa muito terrível ia acontecer. Quase todo dia, eu imaginava que, quando fosse para casa e chutasse a bunda dele, meu pai ia ficar perguntando por que eu estava fazendo aquilo e o que queria dizer aquilo, mas eu não diria nada e a minha cara também não teria nenhuma expressão, nenhuma emoção enquanto eu continuasse batendo nele.

Então, com o passar do tempo, eu, pouco a pouco, fui superando a coisa toda. Ainda sabia que a lembrança do meu pai sacudindo o pau para mim na sala de jogos era verdadeira, mas, pouco a pouco, comecei a perceber que, só porque *eu* lembrava do incidente, isso não queria dizer, necessariamente, que meu *pai* lembraria. Comecei a ver que talvez ele tivesse esquecido todo o incidente. Era possível que o incidente todo fosse tão esquisito e inexplicável que meu pai bloqueara psico-logicamente aquilo na memória dele e que quando eu, do nada (do ponto de vista dele), puxei o assunto com ele na van, ele não se lembrasse de nunca ter feito uma coisa tão bizarra e inexpli-cável quanto descer e sacudir ameaçadoramente o pau para um menininho e tivesse achado que eu tinha pirado de vez e me dado um olhar que dizia que ele estava totalmente incomoda-do. Não que eu acreditasse totalmente que meu pai não tinha lembrança daquilo, mas eu tipo fui admitindo, pouco a pouco, que era possível que ele tivesse bloqueado aquilo. Depois de um ano, cheguei a uma posição em minha atitude que, se meu pai estivesse disposto a esquecer a coisa toda de eu trazer à tona a lembrança do incidente na van e nunca mais tocar no assunto, eu estaria disposto a esquecer a coisa toda. Sabia que eu, com a mais fodida e absoluta certeza, eu nunca mais tocaria no assun-to de novo. Quando cheguei a essa atitude a respeito da coisa toda, era começo de julho, antes do 4 de julho, que também é aniversário da minha irmã menor e então, assim do nada (para eles), telefonei para a casa dos meus pais e perguntei se podia ir junto no aniversário da minha irmã e encontrei com eles num restaurante especial onde eles tradicionalmente levam minha irmã no aniversário dela, porque ela adora tanto aquele restaurante. Esse restaurante, que fica no centro da nossa cidade, é italiano, tipo caro, tem decoração de madeira quase toda escura e o menu em italiano. (Nossa família não é italiana.) Era irônico que fosse nesse restaurante, num aniversário, que eu retomaria o contato com meus pais, porque, quando era menino, a tradição da nossa família era que esse era o "meu" restaurante especial, onde eu sempre ia no meu aniversário. Quando criança, de algum jeito fiquei com a ideia de que o restaurante era da Máfia, pela qual eu tinha total fascinação, quando menino, e sempre amolava meus pais até eles me levarem pelo menos no meu aniversário — até que, pouco a pouco, à medida que eu crescia, superei aquilo e depois, de alguma maneira, passou a ser o restaurante especial da minha irmã menor, como se ela tivesse herdado o restaurante. A toalha das mesas era xadrez de preto e vermelho, todos os garçons pareciam agentes da Máfia e nas mesas do restaurante havia sempre garrafas de vinho vazias com velas enfiadas no buraco, que haviam derretido, as várias cores de cera escorrida e endurecida nos lados da garrafa formando linhas e diversos padrões. Quando pequeno, eu lembrava de ter uma estranha fascinação pelas garrafas de vinho com toda aquela cera seca em volta delas e de meu pai ter me pedido insistentemente para não ficar descascando a cera. Quando cheguei ao restaurante, de paletó e gravata, eles já estavam lá, em uma mesa. Lembro que minha mãe parecia totalmente entusiasmada e contente só de me ver e eu sabia que ela estava disposta a esquecer todo o ano em que não entrei em contato com eles, tão contente estava de se sentir como uma família de novo.

Meu pai disse: "Está atrasado". O rosto dele não tinha nenhuma expressão.

Minha Mãe disse: "Nós já pedimos, tudo bem?".

Meu pai disse que já tinham pedido para mim, uma vez que eu estava um pouco atrasado.

Sentei e perguntei sorridente o que tinham pedido para mim.

Meu pai disse: "Um prato rápido de galinha sua mãe pediu para você".

Eu disse: "Mas eu detesto galinha. Sempre detestei. Como vocês puderam esquecer que eu detesto galinha?".

Ficamos todos olhando para a cara um do outro durante um segundo, em volta da mesa, até minha irmãzinha e o namorado dela com aquele cabelo. Houve um longo segundo de todo mundo olhando para todo mundo. Isso enquanto o garçom estava trazendo a galinha de todo mundo. Então meu pai sorriu e esticou um punho fechado de brincadeira e disse: "Vá se foder, suma daqui". E minha mãe pôs a mão no alto do peito, como faz quando fica com medo de rir alto demais, e riu. O garçom colocou o prato na minha frente e eu fingi que olhava e fazia uma careta, nós todos demos risada. Foi bom.

Breves entrevistas com homens hediondos

B.E. nº 40 06-97
BENTON RIDGE OH

"É o braço. Você não ia pensar no braço como um pertence assim, ia? Mas é o braço. Quer ver? Não vai ficar com nojo? Bom, está aqui. Está aqui o braço. Por isso que eu sou chamado de Johnny Bracinho. Eu que inventei, já que ninguém é, tipo, durão — eu. Estou vendo que você está sendo bem educado e não está olhando. Pode olhar, sim. Não me incomoda. Dentro da minha cabeça eu não chamo isso de braço, chamo de Pertence. Como é que você ia descrever: Vá em frente. Acha que vai me ofender? Quer ouvir como eu descrevo? Parece um braço que mudou de ideia já no começo do jogo quando ainda estava na barriga da Mama junto com o resto de mim. É mais como uma nadadeirinha pequenininha, é pequeno, parece molhado e é mais escuro que o resto do meu corpo. Parece molhado até quando está seco. Não é bonito de olhar. Eu guardo sempre dentro da manga até chegar a hora de tirar para fora e usar como

Pertence. Note que o ombro é normal, igualzinho ao outro ombro. É só o braço. Só vai até o biquinho do meu peito aqui, está vendo? É besta. Não é bonito. Mexe bem, consigo mexer bem. Se olhar de perto aqui na ponta tem esses negocinhos que dá para ver que começaram querendo ser dedos, mas não formaram. Quando eu estava na barriga dela. O outro braço — está vendo? É um braço normal, meio musculoso porque uso ele o tempo inteiro. É normal, comprido e da cor certa, é o braço que eu mostro o tempo todo, a maior parte do tempo eu deixo a outra manga presa com alfinete então nem parece que tem um braço aqui. Mas é forte. O braço. É duro de olhar, mas é forte, às vezes eu tento e consigo tirar um braço de ferro com ele para verem como é forte. É uma barbataninha forte e besta. Se eles acham que têm coragem de tocar aqui. Se eles acham que aguentam tocar. Eu sempre digo que se eles acham que não conseguem tocar, tudo bem, não fere os meus sentimentos. Quer tocar?"

P.

"Tudo bem. Tudo bem."

P.

"O que é é — bom sempre tem umas meninas em volta. Sabe como é? Na fundição lá, no Lanes. Tem uma taverna bem no ponto de ônibus lá. O Jackpot — é o meu melhor amigo — o Jackpot e o Kenny Kirk — Kenny Kirk é o primo dele, do Jackpot, os dois em cima de mim lá na fundição porque eu terminei a escola e só entrei no sindicato depois — os dois são bonitos mesmo, normais e levam jeito com mulher, entende o que eu quero dizer?, tem sempre umas meninas em volta. Como um grupo, uma turma, um grupo a gente tudo, a gente ficava lá, tomava umas cervejas. Jackpot e Kenny sempre iam com uma ou com outra e aí essas que saíam com eles ficavam amigas. Sabe como é. Um grupo todo, é, a gente lá. Está acompanhando o quadro aí? E eu começo a ficar com esta, com aquela e depois de um tempinho o primeiro passo é que eu começo a contar como é que eu ganhei o nome de Johnny Bracinho e conto do braço. É um estágio da coisa. De conseguir uma xoxota usando o Pertence. Descrevo o braço que ainda está dentro da manga e faço parecer que é a coisa mais feia que alguém já viu na vida. As pessoas ficam com uma cara assim de Ah, Coitadinho, Não Seja Tão Duro Com Você Mesmo Não Devia Ter Vergonha Do Braço. E tal. Como eu sou um cara legal e é de partir o coração me ver falar desse jeito de uma parte de mim mesmo principalmente porque não foi culpa minha nascer com o braço. Nessa hora que eles começam com o estágio que é o estágio seguinte aí eu pergunto se querem ver o braço. Digo que tenho vergonha do braço, mas que confio neles, que eles parecem legais mesmo e se quiserem eu levanto a manga e tiro o braço para fora e deixo eles olharem o braço se eles acham que aguentam. Fico falando do braço até eles não conseguirem mais aguentar ouvir falar daquilo. Às vezes é uma ex do Jackpot que é quem começa a ficar comigo no Frame Eleven no Lanes e fala que eu sou bom ouvinte e sensível ao contrário de Jackpot e Kenny e que ela não acredita de jeito nenhum que o braço seja tão ruim como eu estou falando e coisa e tal. Ou então a gente está na casa dela na quitinete ou por aí e eu pego e falo Está Tanto Calor Que Acho Que Eu Queria Tirar A Camisa Mas Não Tiro Por Causa Da Vergonha Do Braço. Assim. Tem uma porção de, tipo, estágios. Eu nunca chamo em voz alta de Pertence pode crer. Pode tocar a hora que quiser. Um dos estágios é que eu sei que depois de um tempo a garota começa a ter medo de mim, dá pra dizer, porque só consigo falar do braço e como é molhado e parece uma barbatana, mas que é forte e que eu era capaz de pegar e morrer se uma garota boa, linda, perfeita como eu acho que ela é visse e sentisse nojo, e dá para ver que a conversa começa a deixar elas apavoradas por dentro e elas começam a pensar por dentro que eu sou um derrotado, mas não podem me largar depois de tudo que elas ficaram dizendo essa merda legal toda que eu sou um cara sensível e que não devia ter vergonha e que de jeito nenhum o braço deve ser tão mau. Nesse estágio é igual se elas estivessem encurraladas num canto e que se não querem mais ficar comigo agora bom é porque elas sabem que eu posso pegar e dizer Foi Por Causa Do Braço."

P.

"No geral dura duas semanas, por aí. Em seguida, é o estágio crítico quando eu mostro o braço para elas. Espero até ficar eu e ela sozinhos em algum lugar e tiro o besta pra fora. Faço parecer que eles que me convenceram a fazer isso e que agora confio neles que com eles eu sinto que posso tirar de dentro da manga e mostrar. E mostro para ela do jeito que mostrei para você. Tem mais umas coisas que eu posso fazer pra ficar parecendo pior, fazer ficar parecendo — está vendo isto aqui? Está vendo isto bem aqui? É porque não tem nem um osso de cotovelo direito, é só..."

P.

"Ou um desses unguentos aí ou gel tipo vaselina para deixar ainda mais molhado e brilhante. O braço não é nada bonito de olhar quando eu pego e tiro pra fora na cara delas isso eu garanto pra você. Faz elas quase vomitarem, o jeito que eu tiro pra fora. Ah e um casal sai correndo, outro voa pra fora da porta. A maioria? A maioria deles engole em seco uma ou duas vezes e pega e diz Ah Não É Não É Não É Assim Tão Ruim, mas todo mundo olhando de lado e tentando não olhar na minha cara que eu faço que estou bem envergonhado, com medo uma cara confiante o tempo todo assim deste jeito que eu faço consigo até tremer o lábio um pouco. 'á 'endo? 'á? E toda vez, mais cedo ou mais tarde, dentro, assim, de cinco minutos eles pegam e começam a chorar. Estão enfiados na coisa até aqui, saca. Eles ficam, tipo, encurralados num canto porque falaram que não podia ser tão feio e que eu não devia ter vergonha e quando veem e veem que é feio mesmo, feio feio feio, vão fazer o quê agora? Fingir? Porra menina a maioria das meninas por aqui acha que Elvis está vivo em algum lugar. Umas meninas que não são nenhuma maravilha de crânio. Elas choram toda vez. E ainda ficam pior se eu pergunto pra elas assim Ai, Nossa O Que É Que Foi?, por que que elas estão chorando, É Por Causa Do Braço, e elas têm de dizer Não É Por Causa Do Braço, Não, têm de dizer, têm de tentar fingir que não é o braço que é porque elas ficam tristes de eu ter vergonha de uma coisa que não é nenhuma grande coisa elas têm de dizer. Muitas vezes com a cara escondida nas mãos e chorando. O clímax é quando eu pego e chego até a menina e sento do lado e aí sou eu que estou consolando elas. Uma coisa que eu, tipo, demorei para descobrir do jeito mais difícil é quando eu vou abraçar a menina e consolar eu abraço com o lado bom. Não mostro mais o Pertence. O Pertence está escondido de novo com toda segurança dentro da manga. Elas estão lá chorando e eu segurando com meu braço bom e pego e falo Tudo Bem Não Chore Não Fique Triste Eu Poder Acreditar Que Você Não Tem Nojo Do Meu Braço É Tão Importante Para Mim Não Está Vendo Que Você Me Livrou Da Minha Vergonha Do Braço Muito Obrigado Muito Obrigado e coisa e tal e elas enfiam a cara no meu pescoço e choram, choram. Tem vez que me fazem chorar também. Está acompanhando isto aqui?"

P. ...

"Mais boceta que assento de privada, cara. Não estou zoando, não. Vá perguntar pro Jackpot e pro Kenny se não acredita. Kenny Kirk foi que batizou o braço de Pertence. Pode ir lá."

B.E. nº 42 06-97
Peoria Heights IL

"Os plops macios. Os leves chiados de gás. Os pequenos gemidos involuntários. O suspiro especial de um homem mais velho no mictório, o jeito como ele se instala ali e coloca os pés, faz pontaria e aí solta um suspiro intemporal que é evidente que nem sabe que soltou.

"Era o ambiente dele. Seis dias por semana parado ali. Sábados, dois turnos. A qualidade aguda e perfurante da urina na água. O invisível roçar de papel na pele nua. Os cheiros."

P.

"Hotel histórico mais importante do estado. O melhor saguão, o melhor banheiro masculino de costa a costa, com toda certeza. Mármore importado da Itália. Portas das cabines de cerejeira maturada. Desde 1969 ele ali. Torneiras rococós e pias em forma de concha. Opulento e ressonante. Uma grande sala opulenta e ressonante para homens de negócios, homens substanciosos, homens com lugares para ir e pessoas para ver. Os cheiros. Nem me pergunte dos cheiros. A diferença de cheiros de alguns homens, a igualdade de cheiros de todos os homens. Todos os sons amplificados por ladrilho e pedra florentina. Os gemidos dos prostáticos. O chiado das pias. As dilacerantes extrações de catarros profundos, o estalo explosivo na porcelana. O som de sapatos bons sobre pisos de dolomita. Os rumores inguinais. As infernais e dilacerantes explosões de gás e o som de matéria atingindo a água. Meio atomizados por pressões voluntárias. Sólido, líquido, gasoso. Todos os odores. Odores como meio ambiente. O dia inteiro. Nove horas por dia. Parado ali de pé vestido de branco Bom Humor. Todos os sons ampliados, reverberando ligeiramente. Homens entrando, homens saindo.

Oito cabines, seis mictórios, dezesseis pias. Faça as contas. O que eles estavam pensando?"

P. ...

"É onde ele fica. O centro sonoro. Onde ficava antes a banca do engraxate. No espaço construído entre o final das pias e o começo das cabines. O espaço designado para ele ficar. O vórtice. Bem ao lado da moldura do longo espelho, junto às pias — uma pia contínua de mármore florentino, dezesseis bacias em forma de concha, folhas douradas em torno das torneiras, espelhos de bom vidro dinamarquês. Nos quais homens de substância removem matéria do canto dos olhos e espremem os poros, assoam o nariz nas pias e vão embora sem lavar. Ele ficava o dia inteiro com suas toalhas e estojinhos de artigos de toalete tamanho individual. Um vestígio de bálsamo no sussurro dos três ventiladores. A trenodia dos ventiladores é inaudível a menos que o lugar esteja vazio. Ele fica ali parado quando está vazio também. É a sua ocupação, a sua carreira. Vestido de branco, como um massagista. Camiseta Hanes branca simples, calça branca e tênis que tinha de jogar fora se tivesse uma manchinha. Ele pega as pastas e casacos, guarda, sem perguntar lembra qual é de quem. Falando o mínimo possível com toda aquela acústica. Surge ao lado dos homens para lhes dar toalhas. Uma impassividade que é anulamento. Essa é a carreira do meu pai."

P. ...

"As portas bonitas das cabines ficam a uns trinta centímetros do chão — por que isso? Por que essa tradição? Será que vem das cabines de animais? Será que a palavra *stall* [cabine] tem relação com *stable* [estábulo]? As cabines fornecem alguma privacidade visual e nada mais. No mínimo amplificam os sons de dentro, como alto-falantes. Ouve-se tudo. O bálsamo piora tudo porque adocica os cheiros. As cabines cheias depois do almoço. Uma longa caixa de sapatos retangular. Alguns estalam. Alguns cantarolam, falam consigo mesmos, esquecem que não estão sozinhos. Os flatos, pigarros e grossas escarradas. Defecação, egestão, extrusão, dejeção, purgação, esvaziamento. O inconfundível rumor dos suportes de papel higiênico. O ocasional clique de um cortador de unhas ou de uma tesoura depilatória. Emanação. Emissão. Eliminação, micturição, transudação, feculência, catarse — tantos sinônimos: por quê? o que estamos tentando dizer a nós mesmos de tantas maneiras?"

P. ...

"O choque olfativo das diferentes colônias, desodorantes, tônicos capilares, cera de bigodes dos homens. O cheiro intenso dos estrangeiros sem banho. Alguns sapatos nas cabines tocando o par, hesitantes, incertos, como se farejassem. O cicio úmido de nádegas se acomodando em assentos acolchoados. A minúscula pulsação da água de cada privada. Os respingos que sobrevivem à descarga. O incessante redemoinho a escorrer nos mictórios. O cheiro de indol de comida putrefata, os laivos excrementais dos paletós, a brisa urêmica depois de cada descarga. Homens que dão a descarga com os pés. Homens que só tocam nas torneiras com papel. Homens que arrastam o papel das cabines, como suas próprias caudas de cometa, o papel instalado em seus ânus. Ânus. A palavra *ânus*. Os ânus dos ricos pairando sobre a água da privada, se flexionando, se enrugando, se distendendo. Rostos macios apertados no esforço. Velhos que precisam de todo tipo de horrenda ajuda — sentar e acomodar as canelas de outro homem, limpar outro homem. Em silêncio, sem palavras, impassível. Espanar os ombros de outro homem, sacudir a roupa de outro homem, remover um pelo púbico da dobra da calça de outro homem. Em troca de moedas. O gesto diz tudo. Homens que dão gorjeta, homens que não dão gorjeta. O anulamento não pode ser completo demais, senão esquecem que ele está ali na hora da gorjeta. O truque de seu comportamento é só aparecer ali oportunamente, existir só e apenas quando necessário. Ajuda sem intromissão. Serviço sem servente. Nenhum homem quer saber que outro homem sente seus cheiros. Milionários que não dão gorjeta. Homens garbosos que sujam as pias e dão cinco centavos. Herdeiros que roubam toalhas. Magnatas que limpam o nariz com o polegar. Filantropos que jogam tocos de charuto no chão. Homens que se fizeram por esforço próprio e cospem na pia. Homens loucamente ricos que não dão descarga e sem pensar deixam aquilo para outra pessoa cuidar porque é literalmente o que estão acostumados a fazer — o velho ditado *Você faria isso em casa?*

"Ele mesmo alvejava a roupa de trabalho, passava a ferro. Nunca uma palavra de reclamação. Impassível. O tipo de homem que fica parado em pé no mesmo lugar o dia inteiro. Às vezes, as próprias solas dos sapatos visíveis ali embaixo, nas cabines, dos homens que vomitam. A palavra *vômito*. A mera palavra. Homens passando mal em uma sala com acústica. Todos os sons mortais que ele suportava todo dia. Tente imaginar. As moles expectorações de homens congestionados, homens com colite, com íleo, bexiga irritada, lienteria, dispepsia, diverticulite, úlceras, fluxo sanguíneo. Homens com colostomias dando-lhe o saco plástico para esvaziar. Um cavalariço do humano. Ouvir sem ouvir. Vendo só necessidades. O ligeiro aceno de cabeça que no banheiro masculino é saudação e gentileza ao mesmo tempo. Os odores horrendamente metastasificados de cafés da manhã e jantares de negócios. Duplo turno quando podia. Comida na mesa, um teto, filhos para criar. O arco dos pés inchava de ficar em pé. Sem sapatos pareciam manjar branco. Tomava três banhos por dia e se esfregava até ficar em carne viva, mas o emprego ficava grudado nele. Nunca uma palavra.

"A porta diz tudo. *HOMENS*. Não vejo meu pai desde 1978 e sei que ele ainda está lá, todo de branco, de pé. Desviando os olhos para preservar a dignidade deles. Mas a dele? Os cinco sentidos dele? Como é o nome daqueles três macacos? O trabalho dele é ficar ali como se não estivesse ali. Não de fato. Tem um truque. Um nada especial que você fica olhando."

P.

"Não foi num banheiro de homens que aprendi, pode ter certeza."

P. ...

"Imagine você não existir até um homem precisar de você. Estar ali e não estar ali. Uma transparência voluntária. Providencial ali, contingencial ali. O velho ditado *Viver para servir*. A carreira dele. Provedor do pão. Toda manhã às seis, dava um beijo de despedida, um pedaço de torrada para o ônibus. Podia comer direito no intervalo. Um atendente ia até a lanchonete. Pressão produz pressão. Os ricos arrotos dos jantares pagos pela empresa. No espelho os restos de sebo, de pus, detritos de espirros. Vinte e seis, não, sete, anos na mesma posição. O aceno sério com que ele recebia uma gorjeta. O obrigado inaudível aos frequentadores constantes. Às vezes um nome. Toda aquela matéria saindo de todos aqueles grandes moles quentes gordos úmidos brancos ânus, se abrindo. Imagine. Cuidar de tanta passagem. Ver homens de substância no seu mais elementar. A carreira dele. Um homem de carreira."

P.

"Porque ele trazia trabalho para casa. A cara que usava no banheiro dos homens. Não conseguia tirar. O crânio assumiu aquela forma. A expressão dele, ou melhor, a falta de expressão. Atencioso e nada mais. Alerta, mas ausente. A cara dele. Além da reserva. Como se estivesse para sempre se preservando para algum problema vindouro."

P. ...

"Eu não uso nada branco. Nem uma coisa branca. Isso eu garanto. Eu me alivio em silêncio ou então não faço nada. Dou gorjeta. Nunca esqueço que tem alguém ali.

"É, se eu admiro a fortaleza desse mais humilde dos trabalhadores? O estoicismo? Essa grei de Velho Mundo? Ficar lá de pé todos esses anos, nenhuma falta por doença, servindo? Ou será que tenho desprezo por ele, você está pensando, sinto nojo, desprezo por qualquer homem que se anula nos miasmas e entrega toalha em troca de moedas?"

P.

"..."

P.

"Quais eram mesmo as duas opções?"

B.E. nº 2 10-94
Capitola CA

"Benzinho, a gente precisa conversar. Já está precisando faz um tempo. Eu tenho de, quer dizer, eu quero. Pode sentar?"

P.

"Bom, eu prefiro quase qualquer coisa, mas penso muito em você e prefiro qualquer coisa a deixar você magoada. Isso me preocupa muito, pode crer."

P.

"Porque eu gosto de você. Porque eu te amo. A ponto de ser sincero mesmo."

P.

"Que eu às vezes fico achando que você vai se machucar. E que você não merece. Se machucar, eu digo."

P, P.

"Porque, para falar a verdade, minha ficha não é boa. Quase toda relação íntima que eu começo com uma mulher acaba com ela se machucando de algum jeito. Pra falar a verdade, às vezes eu penso que eu posso ser um desses caras que usa as pessoas, as mulheres. Eu penso que às ve... não, droga, eu vou ser sincero com você porque eu gosto de você e você merece. Benzinho, a minha ficha de relações mostra um cara que é um perigo. E cada vez mais ultimamente eu fico com medo achando que você vai se machucar, que você vai se machucar do jeito que parece que eu machuquei outras que..."

P.

"Que eu tenho uma história, uma regra digamos, de, por exemplo, atacar muito depressa e duro no começo de uma relação e ir atrás muito duro, muito intenso e namorar muito intenso e ficar louco de paixão logo no comecinho, dizendo Eu Te Amo desde muito cedo na relação, de começar a falar no futuro desde o comecinho, de achar que nada é demais para dizer ou fazer para demonstrar o quanto eu gosto, o que é claro tem o efeito, naturalmente, de, parece, fazer elas acreditarem de verdade que eu estou realmente apaixonado — coisa que eu estou — o que, aí, eu acho, faz elas se sentirem bem amadas e, digamos, bem seguras para elas se permitirem dizer Eu Te Amo de volta e admitir que elas também estão apaixonadas por mim. E não é que — eu quero frisar bem isto aqui porque é a verdade juro por Deus — não é que eu não seja sincero quando eu digo."

P.

"Bom, não que não seja uma pergunta ou uma preocupação compreensível saber para quantas eu disse isso, mas se tudo bem é só que não é disso que eu estou tentando falar, então se tudo bem eu não quero entrar nessa coisa de números, de nomes, para tentar ser totalmente sincero com você sobre o que me preocupa, porque eu me preocupo. Me preocupo muito com você, benzinho. Muito mesmo. Sei que é um negócio inseguro, mas é muito importante para mim você acreditar e aceitar nessa nossa conversa aqui, que o que eu estou dizendo ou o que eu tenho medo que eu possa fazer de algum jeito acabe te machucando não diminui em nada nem quer dizer que eu não goste de você e que eu não era sincero absolutamente toda vez que te dizia eu te amo. Toda vez. Espero que você acredite nisso. Você merece. Além do mais, é verdade."

P. ...

"Mas o que acontece é que parece que durante um tempo tudo o que eu digo e faço tem o efeito de levar elas a pensar na coisa como uma relação muito — muito séria e quase se pode dizer que eu de algum jeito meio que *levo* elas a pensar em termos do futuro."

P.

"Porque então o digamos assim o negócio parece é que eu *conquistei* você, digamos, e você está tão dentro da relação como eu, então é quase como se a minha constituição fosse incapaz de de algum jeito ir até o fim e ir em frente e assumir um... como é a palavra..."

P.

"Isso, isso mesmo, essa é a palavra, só que eu tenho de confessar que do jeito que você fala a palavra me enche de horror de você já estar se sentindo magoada e não levando a sério o que eu estou tentando te dizer sobre isso aí, que é que eu gosto de verdade bastante de você a ponto de abrir uns pensamentos que estão me incomodando sobre a possibilidade de você se magoar, coisa que pode crer é a última coisa que eu quero no mundo."

P.

"Que, olhando a minha ficha para tentar entender alguma coisa dela, parece que tem alguma coisa em mim que entra numa espécie de marcha rápida logo na parte intensa do começo e me leva ao ponto do sim de compromisso e aí mas aí parece que não consegue me levar até o fim e chegar de verdade ao compromisso de fazer um compromisso sério mesmo, de futuro com elas. Como diria mister Chitwin eu não sou um *fechador*. Isso tudo faz algum sentido? Acho que não estou colocando muito bem. A mágoa mesmo de verdade parece que aparece é porque essa incapacidade parece entrar em ação só depois que eu faço, digo e me comporto de todo jeito que em algum nível eu decerto devo saber que vai levar elas a achar que eu quero uma coisa de compromisso futuro de verdade tanto quanto elas. De forma que, para falar a verdade, essa é a minha ficha com esse tipo de coisa e pelo que eu posso dizer parece apontar um cara que é uma má notícia para qualquer mulher, o que me preocupa. Muito. Que eu pareça talvez poder parecer o cara completamente ideal para uma mulher até um certo ponto na relação onde elas baixaram todas as resistências e defesas e ficam completamente apaixonadas, o que é claro parece ser o que eu queria desde o começo e trabalhei muito e seduzi tanto para conseguir, do jeitinho que eu sei muito bem que fiz com você, levar a sério e pensar em termos do futuro com a palavra *compromisso* e aí — olha, benzinho, isto aqui é difícil de explicar porque eu mesmo estou longe de entender direito — mas aí bem neste ponto da história, pelo que eu consigo entender é como se alguma coisa em mim por assim dizer meio que mudasse de marcha e aí colocasse toda a sobremarcha de algum jeito em marcha a ré."

P.

"O que eu consigo entender é só que eu piro e sinto que tenho de voltar para trás e sair fora, só que geralmente não tenho certeza, não sei dizer se eu quero sair ou se estou simplesmente pirando de algum jeito e mesmo que esteja pirando e querendo sair fora mesmo assim não quero perder a menina, parece, então minha tendência é emitir uma porção de sinais misturados e dizer e fazer uma porção de coisas que parece que deixa elas confusas e dá um safanão e machuca, coisa que, pode crer, acaba me deixando sempre me sentindo horrível, na hora mesmo que estou fazendo a coisa. Que é o que vou te dizer a verdade está me pirando aqui com você e eu, porque machucar você e fazer você sofrer é a última coisa que eu..."

P, P.

"A verdade verdadeira juro por Deus é que eu não sei. Eu não sei. Não consegui entender ainda. Acho que o que eu estou tentando fazer aqui nessa nossa sentada para conversar a respeito é realmente cuidar de você e ser franco a meu respeito e da minha ficha de relacionamentos e fazer isso no meio de uma coisa em vez de no fim. Porque a minha ficha é que na minha vida inteira parece que só no fim do relacionamento que eu pareço estar disposto a me abrir sobre alguns dos meus medos sobre mim mesmo e a minha ficha de fazer as mulheres que me amam sofrerem. O que, é claro, faz elas sofrerem, essa sinceridade de repente faz e serve para me jogar para fora da relação, coisa que depois eu fico pensando que podia ter sido o meu subconsciente o tempo todo em termos de levantar o assunto e afinal ser sincero com elas, talvez. Não tenho certeza."

P. ...

"Então, seja como for a verdade é que eu não tenho certeza de nada disso. Estou só tentando ser honesto com a minha ficha e honestamente ver qual é o padrão e qual a possibilidade de eu continuar esse padrão com você, coisa que eu, acredite, preferia qualquer coisa a fazer isso. Por favor acredite que causar qualquer dor para você é a última coisa que eu quero, benzinho. Essa coisa de sair fora e incapacidade de ir até o fim e como diria mister Chitwin *fechar o assunto* — é sobre isso que eu quero tentar ser sincero com você."

P. ...

"E quanto mais duro e depressa eu fui para cima delas no começo, namorando, procurando e me apaixonando total, a intensidade dessa atitude parece ser diretamente proporcional à intensidade e urgência com a qual parece que eu quero encontrar algum jeito de sair fora, de volta para trás. Minha ficha mostra que esse tipo de mudança de marcha repentina acontece justo quando eu tenho a sensação de que *consegui* a menina. Seja o que for que queira dizer a palavra *conseguir* — para falar a verdade, não tenho certeza. Parece que quer dizer que na hora que eu tenho certeza e sinto que agora elas estão tão dentro da relação e do papo de futuro como eu. Estava. Estive. Acontece tão depressa. É apavorante quando acontece. Às vezes, eu nem sei o que aconteceu até depois que terminou e estou relembrando e tentando entender como ela chegou a ficar tão magoada, se ela era louca ou anormalmente grudada e dependente ou eu é que sou má notícia quando se fala de relacionamentos. Incrível como acontece depressa. Parece depressa e lento ao mesmo tempo, feito uma trombada de carro, quando parece quase que você está assistindo acontecer e não que está envolvido na coisa. Isso tudo faz algum sentido?"

P.

"Parece que eu preciso ficar admitindo que estou morrendo de medo de você não entender. De que eu não saiba explicar direito ou você de algum jeito sem querer interpretar errado o que eu estou dizendo e virar a coisa ao contrário e se machucar. Estou sentindo um incrível terror aqui, pode crer."

P.

"Tudo bem. Essa é a parte ruim. Dezenas de vezes. Pelo menos. Quarenta, quarenta e cinco vezes talvez. Para ser honesto, talvez mais. Bastante mais, acho. Acho que eu nem tenho certeza mais."

P. ...

"Na superfície, em termos específicos, muitas delas pareciam bem diferentes, os relacionamentos e o que exatamente acabava acontecendo. Benzinho, mas eu comecei a perceber de algum jeito que por baixo da superfície elas todas eram no geral iguais. A mesma regra básica. De certo modo, benzinho, o fato de eu ver isso me deu uma certa esperança, porque talvez queira dizer que eu estou ficando mais capaz de entender a mim mesmo e de ser mais honesto comigo mesmo. Parece que eu estou desenvolvendo mais uma espécie de consciência nessa área. Que uma parte de mim acha aterrorizante, pra falar a verdade. O começo tão intenso, quase em marcha forçada, e sentir como se tudo dependesse de conseguir fazer elas baixarem as defesas, mergulharem de cabeça e me amarem tão totalmente quanto eu amo a elas, depois a piração ataca e inverte a marcha. Admito que tem um certo horror na ideia de ter consciência nessa área, como se parecesse assim que vai tomar todo o espaço de manobra de algum jeito. O que é esquisito, sabe, porque no começo da história eu *não quero* espaço de manobra, a *última* coisa que eu quero é espaço de manobra, o que *quero* é mergulhar e fazer elas mergulharem junto comigo, acreditarem em mim e os dois ficarmos juntos para sempre. Juro, realmente toda vez quase parece que eu acreditei que isso era mesmo o que eu queria. Que é porque para mim não parece tanto que eu fui mau nem nada, ou que eu estava mentindo para elas nem nada — mesmo que no fim, quando parece que eu mudei de marcha e de repente saltei fora de uma vez, elas quase sempre acharem todas que eu tinha mentido para elas, como se se eu tivesse sido sincero não tinha como eu mudar de rumo como estava mudando. Coisa que eu ainda, juro mesmo, não acho mesmo que eu fiz nunca: mentir. A não ser que eu esteja só racionalizando. A não ser que eu seja algum tipo de psicopata que pode racionalizar qualquer coisa e não consegue nem ver o tipo mais óbvio de mal que está perpetrando, ou que não está nem aí, mas quer se iludir e acreditar que se preocupa para poder continuar se vendo basicamente como um cara legal. A coisa toda é incrivelmente confusa e essa é uma das razões de eu hesitar tanto em puxar o assunto com você, por medo de que eu não consiga ser claro e que você me entenda mal e fique magoada, mas resolvi que se eu gosto de você tenho de ter a coragem de realmente agir como se gostasse de você, para colocar o carinho por você na frente das minhas preocupações e confusões."

P.

"Benzinho, esteja à vontade. Espero que não esteja sendo sarcástica. Estou tão confuso e tão aterrorizado agora que não consigo nem dizer."

P.

"Sei que eu devia ter contado pelo menos uma parte disso tudo para você antes e a história toda. Antes de você mudar para cá, coisa que, acredite, eu queria que você fizesse — isso me fez sentir que você realmente estava a fim, de nós, de estar comigo e eu quero ser tão carinhoso e honesto com você como você foi comigo. Principalmente porque eu sei que você mudar para cá foi uma coisa que eu batalhei muito pra acontecer. Escola, seu apartamento, ter de se livrar do gato — só, por favor, não entenda mal — você fazer tudo isso só para ficar comigo significa muito para mim e é uma boa parte da razão pela qual eu sinto de verdade que eu amo você e me preocupo tanto com você, demais para não ficar com medo de te dar um safanão ou te machucar em algum ponto do caminho, coisa que, pode crer, dada a minha ficha nessa área, é uma possibilidade que eu teria de ser um psicopata total para não levar em conta. É isso que eu quero deixar bem claro para você entender. Está pelo menos fazendo algum sentido?"

P.

"Não é assim tão simples. Pelo menos, não do jeito que eu vejo. E pode crer que no meu jeito de ver não é que eu me ache um cara totalmente legal que nunca faz nada errado. Um cara melhor provavelmente teria contado para você desse padrão e prevenido você antes mesmo de a gente dormir juntos, para falar a verdade. Porque eu sei que me senti culpado depois. De dormir junto. Apesar de como foi um êxtase, incrivelmente mágico e foi *certo*, você foi. Provavelmente eu me senti culpado porque fui eu que insisti tanto para a gente dormir junto tão cedo e mesmo você sendo tão completamente sincera sobre o quanto você estava incomodada porque a gente foi para a cama junto tão cedo e eu já naquela hora respeitar você e me preocupar muito com você e querer respeitar seus sentimentos, mas eu ainda estava incrivelmente atraído por você, um desses irresistíveis raios de atração, e fiquei tão tomado com aquilo que mesmo sem ter necessariamente a intenção eu sei que mergulhei depressa demais e provavelmente fiz pressão sobre você e te apressei a mergulhar nessa de dormir juntos, apesar de agora eu achar que em algum nível eu provavelmente sabia o quanto eu ia me sentir culpado e incomodado depois."

P.

"Não estou conseguindo me explicar bem. Não estou passando o que eu quero. Tudo bem, agora eu estou pirando mesmo de você estar começando a ficar magoada. Por favor, acredite. A razão de eu querer que a gente conversasse sobre a minha ficha e sobre o meu medo do que podia acontecer é que eu não *quero* que aconteça, entende? que eu não *quero* de repente inverter a marcha e começar a tentar me safar depois de você ter deixado tanta coisa para trás e mudado para cá e agora eu — agora que a gente está tão envolvido. Estou rezando para você conseguir entender que eu ter contado para você o que sempre acontece é uma espécie de prova de que com você eu *não quero* que aconteça. Que eu *não quero* ficar todo impaciente, ou hipercrítico, ou me mandar e sumir durante dias de uma vez, ou ser descaradamente infiel de um jeito que você vai descobrir com certeza, ou de qualquer dos outros jeitos covardes que eu usei antes para sair fora de alguma coisa que eu tinha passado meses de intenso esforço e dedicação para conseguir fazer a outra pessoa mergulhar comigo nela. Isso faz algum sentido? Você acredita que eu estou honestamente tentando te *respeitar* alertando você a meu respeito, de certa forma? Que eu estou tentando ser honesto em vez de desonesto? Que eu resolvi que o melhor jeito de sair desse padrão dentro do qual você pode se machucar e se sentir abandonada e eu me sentir um merda é tentar ser honesto uma vez na vida? Mesmo que eu devesse ter feito isso antes? Mesmo eu admitindo que talvez seja possível até que você interprete o que eu estou dizendo *agora* como desonesto, como se estivesse tentando de algum jeito talvez pirar você a ponto de você ir embora e eu saltar fora dessa? Coisa que *não é* o que eu acho que estou fazendo, mas para ser totalmente franco não posso ter cem por cento de certeza? De arriscar isso com você? Entende? Que eu estou tentando o máximo que eu posso amar você? Que estou apavorado de não conseguir amar? Que tenho medo de talvez a minha constituição ser incapaz de fazer qualquer coisa além de procurar, seduzir e depois correr, mergulhar e aí mudar de marcha, sem ser nunca sincero com ninguém? Que eu nunca vou ser um fechador? Que eu posso ser um psicopata? Pode imaginar o quanto me custa dizer isto para você? Que estou apavorado de, depois de ter falado tudo isso para você, me sentir tão culpado, com tanta vergonha que não vou ser capaz nem de olhar para você, ou ficar perto de você, sabendo que você sabe tudo isso a meu respeito e agora estou permanentemente com medo do que você está pensando o tempo todo? Que é até possível que eu estar aqui honestamente tentando sair do padrão de enviar sinais confusos e saltar fora seja só mais um outro jeito de saltar fora? Ou de fazer *você* saltar fora, agora que consegui você e talvez no fundo eu seja um bosta tão covarde que não quero nem assumir o compromisso de saltar fora eu, que eu quero de alguma forma forçar você a fazer isso?"

P. P.

"Essas perguntas são válidas, totalmente compreensíveis, benzinho, e juro para você que vou fazer o melhor possível para responder com a maior sinceridade que eu puder."

P. ...

"Só tem mais uma coisa que eu acho que tenho de dizer para você antes, porém. Pra limpar a barra de início e ficar tudo às claras. Estou morrendo de medo de te dizer, mas vou dizer. Aí, é a sua vez. Mas escute: isto não é bom. Tenho medo de machucar você. Não vai soar nada bem, eu acho. Pode me fazer um favor e se preparar e me prometer que vai tentar não reagir durante uns segundos quando eu te contar? Podemos conversar a respeito antes de você reagir? Você promete?"

B.E. nº 48 08-97
APPLETON WI

"É no terceiro encontro que eu vou convidar para elas virem ao apartamento. É importante entender isso, para acontecer um terceiro encontro tem de haver algum tipo de afinidade palpável entre nós, alguma coisa que me faça sentir que elas vão se dar bem. Talvez *se dar bem* (flexão de dedos levantados para indicar aspas) não seja uma expressão fortuita para isso. Quer dizer, talvez (flexão de dedos levantados para indicar aspas), *jogar*. Com o sentido de se juntar comigo no contrato e na atividade subsequente."

P.

"Não posso explicar também como é que sinto essa misteriosa afinidade. Essa sensação de que uma disponibilidade para acompanhar não estaria fora de questão. Alguém me contou uma vez de uma profissão conhecida como (flexão de dedos levantados) *sexuamento de galinhas* em..."

P.

"Me acompanhe um momento agora. Sexuamento de galinhas. Como as galinhas têm valor comercial muito maior que machos, frangos, galos, parece que é vital determinar o sexo de um pintinho que acabou de sair da casca. Para saber se será preciso gastar capital criando o pintinho ou não, entende. Um frango não vale quase nada, parece, no mercado aberto. As características sexuais do pintinho recém-nascido, porém, são totalmente internas e é impossível dizer a olho nu se um determinado pinto é galinha ou frango. Foi isso o que me disseram, pelo menos. Um sexuador de galinhas profissional, porém, é capaz de dizer. O sexo. Ele é capaz de examinar uma ninhada inteira de pintos recém-nascidos, examinar cada um apenas a olho nu e dizer para o criador de frangos quais pintos manter e quais vão ser frangos. Os frangos devem ser eliminados. 'Galinha, galinha, frango, frango, galinha' e assim por diante. Parece que é assim na Austrália. A profissão. E eles quase sempre acertam. Estão corretos. As aves determinadas como galinhas crescem e são galinhas e dão retorno ao investimento do criador. Mas o que o sexuador de galinhas não consegue fazer é explicar como ele sabe. O sexo. Aparentemente é uma profissão herdada por linha paterna, passa de pai para filho. Austrália, Nova Zelândia. Ele pega o pintinho recém-nascido, um franguinho digamos e alguém pergunta como ele sabe que vai ser um frango e o sexuador de galinhas profissional encolhe os ombros, diz 'Pra mim parece um frango'. Acrescentando, sem dúvida, 'cara', do mesmo jeito que você ou eu acrescentaríamos 'meu amigo' ou 'meu senhor'."

P. ...

"Essa é a melhor analogia que eu posso citar para explicar isso. Algum misterioso sexto sentido, talvez. Não que eu acerte cem por cento das vezes. Mas você iria se surpreender. A gente estará na otomana, tomando um drinque, ouvindo música, conversa ligeira. Isso agora no terceiro encontro, tarde da noite, depois do jantar e talvez um filme e dançar um pouco. Eu gosto muito de dançar. Não estamos sentados pertinho na otomana. Geralmente eu fico numa ponta e ela na outra. Embora seja uma otomana de um metro e meio apenas. Não é uma peça de mobília muito grande. Porém, não estamos em uma postura de grande intimidade. Muito à vontade e tal. Uma linguagem corporal muito complexa acontece e aconteceu antes no tempo que passamos juntos um na companhia do outro, que não vou cansar você tentando contar. Então. Quando sinto que é o momento certo — na otomana, confortável, com drinques, talvez um pouco de Ligeti tocando no som — eu direi, sem nenhum contexto discernível ou introdução que se possa identificar: 'Como você se sentiria se eu amarrasse você?'. Essas oito palavras. Bem assim. Algumas vão recusar ali na hora. Mas é uma porcentagem pequena. Muito pequena. Talvez chocantemente pequena. Eu vou saber se vai acontecer no momento que eu perguntar. Quase sempre eu sei. De novo, não sei explicar plenamente como. Sempre haverá um momento de completo silêncio, pesado. Você sabe, claro, que os silêncios sociais têm texturas variadas e essas texturas informam muita coisa. Esse silêncio vai ocorrer quer eu seja recusado ou não, quer eu esteja errado a respeito da (flexão de dedos levantados para indicar aspas) *galinha* ou não. O silêncio dela e o peso desse silêncio — uma reação perfeitamente natural a uma tal mudança de textura em uma conversa até então bem casual. E traz de repente à tona todas as tensões românticas, as dicas e a linguagem corporal dos três primeiros encontros. Encontros da fase inicial ou prévia são fantasticamente ricos do ponto de vista psicológico. Você sem dúvida sabe disso. Qualquer tipo de corte ritual, de jogo de avaliação do outro, de aferição. Depois, vem sempre aquele silêncio de oito tempos. Elas têm de deixar a pergunta (flexão de dedos) *assentar*. Essa expressão é da minha mãe, por sinal. Deixar tal e tal coisa (flexão de dedos) *assentar* e acontece de ser uma descrição quase perfeita do que ocorre."

P.

"Forte e rija. Mora com minha irmã, o marido e os dois filhos pequenos deles. Muito viva, sim. Nem eu... pode ter certeza que eu não me iludo que a baixa percentagem de recusas seja devida a qualquer fascínio especial de minha parte. Não é assim que funciona uma atividade como esta. Na verdade, é uma das razões por que eu proponho a possibilidade de um jeito tão ousado e aparentemente desgracioso. Recuso qualquer tentativa de charme ou de tranquilização. Porque sei, perfeitamente bem, que a reação delas à proposta depende de fatores internos a elas. Algumas vão querer jogar. Umas poucas não. É só isso. O único real (flexão de dedo) *talento* que eu declaro é a capacidade de pegar na mão, examinar, de forma que no... de forma que a preponderância do terceiro encontro é, se quiser, (flexão de dedo) de *galinhas* em vez de (flexão de dedo) *frangos*. Uso esse tropo avícola como metáfora, não de forma alguma para caracterizar as pessoas, mas sim para enfatizar a minha inanalisável capacidade de saber, intuitivamente, já no primeiro encontro, se elas estão, se quiser, (f.d.) *maduras* para a proposta. De amarrar. E é assim mesmo que eu coloco. Não enfeito, nem tento fazer parecer mais (f.d. prolongada) *romântico* ou *exótico* do que isso. Agora, quanto às recusas. As recusas raramente são hostis, muito raramente. E só quando o sujeito em questão realmente quer de fato jogar, mas entra em conflito ou não apresenta equipamento emocional para aceitar esse desejo e precisa, portanto, usar de hostilidade à proposta como um meio de garantir a si que não existe nenhum desejo ou afinidade. Isso às vezes é conhecido como (f.d.) *codificação da aversão*. É muito fácil de discernir e decifrar e enquanto tal é totalmente impossível tomar a hostilidade como pessoal. Os raros sujeitos a respeito de quem eu simplesmente estava incorreto, por outro lado, muitas vezes se divertem, às vezes manifestam curiosidade e, assim, fazem perguntas, mas em todos os casos no final simplesmente declinam a proposta em termos claros e diretos. São os frangos que tomei por galinhas. Acontece. Na minha última avaliação, fui recusado um pouco acima de quinze por cento das vezes. No terceiro encontro. Essa proporção é, na verdade, um pouco alta, porque compreende as recusas hostis, histéricas e ofendidas que não são resultado — pelo menos na minha opinião — que não são resultado de uma avaliação errada de um (f.d.) *frango*."

P.

"De novo, por favor note bem que não possuo nem pretendo possuir conhecimento especializado sobre aves, nem gerenciamento de reprodução profissional. Uso as metáforas só para passar a aparente inefabilidade da minha intuição a respeito de possíveis jogadores do (f.d.) *jogo* que eu proponho. Note também, por favor, que também não toco nem flerto com elas de forma nenhuma antes do terceiro encontro. Nem, nesse terceiro encontro, me atiro em cima delas ou avanço para elas de nenhuma forma quando jogo para elas a proposta. Eu proponho direto, mas sem ameaça da minha ponta da otomana de um metro e meio. Não me imponho a elas de forma nenhuma. Não sou um Lotário. Sei qual é o objetivo do contrato e não se trata de sedução, conquista, coito ou algolagnia. Trata-se é de meu desejo de trabalhar simbolicamente certos complexos internos consequência de minhas relações de infância bastante irregulares com minha mãe e minha irmã gêmea. Não se trata de (f.d.) *S e M*, e eu não sou (f.d.) *sádico*, nem estou interessado em pessoas que desejam ser (f.d.) *machucadas*. Minha irmã e eu somos gêmeos fraternos, por sinal, e na idade adulta quase não parecemos um com o outro. O que eu pretendo, quando pergunto de repente, a propósito de nada, se posso levá-las ao outro quarto e amarrá-las, está descrito, pelo menos em parte, na expressão *proposta de um roteiro contratual* (sem f.d.) da teoria do simbolismo masoquista de Marchesani e Van Slyke. O fator crucial aqui é que estou interessado tanto no contrato quanto no roteiro. Daí o brusco formalismo, a mistura de agressão e decoro de minha proposta. Ela foi internada depois que sofreu uma série de pequenos derrames cerebrais, acidentes vasculares sem risco de vida, e simplesmente não conseguia mais dar conta de viver sozinha. Recusa-se sequer a considerar uma instituição. Não era nem uma possibilidade no que lhe dizia respeito. Minha irmã, claro, acorreu imediatamente em socorro. Mamãe tem o quarto dela, enquanto os dois filhos de minha irmã agora têm de repartir um quarto. O quarto fica no andar térreo para ela não ter de subir a escada, que é íngreme e não é atapetada. Tenho de lhe dizer que sei precisamente de que se trata."

P.

"É fácil saber, ali na otomana, o que vai acontecer. Se eu avaliei corretamente a afinidade. Ligeti, cuja obra, você deve saber, sem dúvida, é abstrata quase ao ponto de ser atonal, fornece a atmosfera ideal para propor o roteiro contratual. Em mais de oitenta e cinco por cento das vezes o sujeito aceita. Não existe nenhuma (f.d.) *emoção predatória* na (f.d.) *aquiescência* do sujeito, porque não se trata absolutamente de aquiescência. Absolutamente. Pergunto o que acharia da ideia de ser amarrada por mim. Há um silêncio denso, pesado, carregado, um aumento de voltagem no ar acima da otomana. Nessa voltagem em questão a pergunta fica pairando até, *comme on dit*, (f.d.) *assentar*. Na maioria dos casos, elas abruptamente mudam de posição no sofá de forma a endireitar a postura (f.d.), *a sentar direito* e tal — é um gesto inconsciente destinado a comunicar força e autonomia, a afirmar que elas sozinhas têm o poder de decidir como reagir à proposta. Isso vem da insegurança do medo de que algo ostensivamente fraco ou dócil em seu caráter possa me levar a vê-las como candidatas à (f.d. prolongada) *dominação* ou *sujeição*. A dinâmica da psicologia das pessoas é fascinante — que a primeira preocupação inconsciente de uma pessoa seja com o que nela pode levar a essa proposta pode levar um homem a pensar que uma coisa dessas seria possível. Em outras palavras, se preocupar reflexivamente com a autor-representação. Você teria quase de estar lá na sala conosco para apreciar a dinâmica muito, muito complexa e fascinante que acompanha esse silêncio carregado. Efetivamente, trata-se de uma aberta afirmação de poder pessoal, a súbita correção da postura comunica, de fato, um claro desejo de se submeter. De aceitar. De jogar. Em outras palavras, qualquer afirmação de (f.d.) *poder* significa, neste contexto carregado, uma galinha. No formalismo pesadamente estilizado do (f.d.) *jogo masoquista*, entende, o ritual é contratado e organizado de tal forma que a aparente desigualdade de poder é, de fato, plenamente autorizada e autônoma."

P.

"Obrigado. Isso mostra que você está realmente prestando atenção. Que ouvinte aguda e positiva. Eu também não coloquei com muita elegância. O que transformaria em um verdadeiro (f.d.) *jogo* o fato de você e eu, por exemplo, irmos para o meu apartamento e entrarmos em alguma atividade contratual que incluísse eu amarrar você seria o fato de que isso é inteiramente diferente de eu, de alguma forma, atrair você para a minha casa e uma vez lá pular em cima de você, dominar você e amarrar você. Não haveria jogo nisso. O jogo está em você se submeter de livre e espontânea vontade a ser amarrada. O propósito da natureza contratual do jogo masoquista ou (f.d.) *de submissão* — eu proponho, ela aceita, eu proponho algo mais, ela aceita — é formalizar a estrutura de poder. Ritualizar essa estrutura. O (f.d.) *jogo* é a submissão ao amarrar, a cessão do poder a outro, mas o (f.d.) *contrato* — as (f.d.) *regras*, por assim dizer, do jogo —, o contrato garante que toda renúncia ao poder é escolhida com liberdade. Em outras palavras, uma afirmação de que a pessoa está bastante segura do conceito de seu próprio poder pessoal para poder ritualisticamente entregar esse poder a uma outra pessoa — neste exemplo, eu — que então procederá a remover sua calça, suéter e roupas de baixo e a amarrar seus pulsos e tornozelos às guardas da cama antiga com correias de cetim. Claro que, para os propósitos desta conversa, estou meramente usando você como exemplo. Não pense que estou efetivamente propondo nenhuma possibilidade contratual a você. Mal conheço você. Sem falar da quantidade de contexto e explicações que estou lhe concedendo aqui — não é assim que eu funciono. (Risos.) Não, minha querida, não tem nada a temer de mim."

P.

"Mas claro que você é. Minha mãe era, na opinião de todos, um indivíduo maravilhoso, mas de temperamento um tanto, digamos, irregular. Excêntrica e irregular nos negócios domésticos cotidianos. Excêntrica no trato com seus dois filhos gêmeos, mais especificamente eu. Isso me transmitiu certos complexos psicológicos que têm a ver com poder e, talvez, confiança. A regularidade da aquiescência é quase inacreditável. Quando os ombros sobem e a postura geral fica mais ereta, a cabeça atirada para trás também, de forma que ela agora senta reta e parece estar quase se retirando do espaço convencional, ainda na otomana, mas se retirando o máximo possível dentro da estreiteza daquele espaço. Essa aparente retirada, mesmo tendo a intenção de comunicar choque e surpresa e, assim, definitivamente, que ela não é o tipo de pessoa a quem a possibilidade de um dia ser convidada a permitir que alguém a amarrasse jamais ocorreria, efetivamente significa uma profunda ambivalência. Um (flexão de dedos) *conflito*. Com isso quero dizer que uma possibilidade que havia até então existido apenas internamente, potencialmente, abstratamente, como parte das fantasias inconscientes ou desejos reprimidos do sujeito, foi agora repentinamente externalizada e recebeu peso consciente, tornou-se (f.d.) *real* como possibilidade factual. Daí a fascinante ironia de uma linguagem corporal destinada a comunicar choque comunicar efetivamente choque, mas um tipo muito diferente de choque na verdade. Exatamente o choque ab-reativo de desejos reprimidos rompendo suas limitações e penetrando na consciência, mas vindo de uma fonte externa, de um outro concreto que é também macho e um parceiro no ritual de acasalamento e, portanto, sempre pronto para transferência. A expressão (f.d.) *assentar* é, portanto, muito mais apropriada do que você podia originalmente imaginar. Essa penetração, evidentemente, exige tempo só quando há (f.d.) *resistência*. Ou, por exemplo, você sem dúvida conhece o velho clichê (f.d.) *não posso acreditar no que estou ouvindo*. Pense no que isso significa."

P. ...

"Minha experiência indica que o clichê não significa (f.d. prolongada) *não posso acreditar que essa possibilidade agora existe na minha consciência*, mas sim algo mais na linha de (f.d. prolongada e cada vez mais irritante) *não posso acreditar que essa possibilidade está agora se originando de um ponto externo à minha consciência*. É o mesmo tipo de choque, o atraso de vários segundos para internalizar ou processar, que acompanha más notícias repentinas ou uma súbita, inexplicável traição de uma figura de autoridade até então confiável e assim por diante. Esse intervalo de silêncio chocado é tal que enquanto ele dura mapas psicológicos inteiros estão sendo redesenhados e durante esse intervalo qualquer gesto ou pendor por parte do sujeito revelará muito mais a seu respeito do que qualquer quantidade de conversa banal ou mesmo experimento clínico poderia revelar."

P.

"Falo de mulher ou moça, não do (f.d.) *sujeito per se.*"

P.

"Os verdadeiros frangos, os raros que identifiquei errado, apresentarão brevíssimas pausas dessas. Elas sorriem delicadamente, ou até riem, depois recusam a proposta em termos muito diretos e francos. Sem estorvo, sem entrave. (Riso.) Sem trocadilho — (f.d.) *ovo, ave*. Os mapas psicológicos internos desses sujeitos têm amplo espaço para a possibilidade do uso de amarras e consideram livremente essa possibilidade e livremente rejeitam. Simplesmente não estão interessadas. Não tenho nenhum problema com isso, com descobrir que tomei um frango por galinha. Mais uma vez, não estou interessado em forçar, convencer, persuadir ninguém contra a vontade. Decerto não vou implorar a ela. Não é disso que se trata. Eu sei do que se trata. De... e não é de força que se trata. As outras — a pausa longa, pesada, de alta-tensão, o choque postural e afetivo —

quer concordem ou fiquem ofendidas, ultrajadas, essas são verdadeiras galinhas, jogadoras, essas são as que eu não avaliei errado. Quando estão com a cabeça jogada para trás — mas com os olhos em mim, fixos, olhando para mim, (f.d.) *esgazeados* e tal, com toda a intensidade associada a alguém que tenta resolver se pode ou não (f.d.) *confiar* em você. Com (f.d.) *confiança* conotando muitíssimas coisas diferentes — se você está gozando delas, se você está falando sério mas fingindo que está gozando a fim de evitar qualquer embaraço no caso de elas ficarem ultrajadas ou ofendidas, ou se você está falando sério, mas colocando a proposta abstratamente, como uma pergunta hipotética do tipo (f.d.) *O que você faria com um milhão de dólares?* com a intenção de colher informações sobre a personalidade delas na possível deliberação de um quarto encontro. E por aí vai. Ou então se é de fato uma proposta a sério. Mesmo quando... elas ficam olhando para você porque estão tentando entender você. Avaliar você, como você parece ter avaliado elas, como a proposta parece sugerir. Por isso é que eu sempre faço a proposta de um jeito direto, sem disfarces, renunciando a qualquer piadinha, transição, preparação ou coloratura na enunciação da possibilidade contratual. Quero comunicar a elas o melhor possível que a proposta é séria e concreta. Que estou abrindo minha consciência a elas e à possibilidade de rejeição ou mesmo nojo. Por isso é que retribuo o olhar intenso delas com um olhar bastante brando e não digo nada para embelezar, nem complicar, nem colorir, nem interromper o processo da reação psíquica interna delas. Forço as mulheres a reconhecer para si mesmas que tanto eu quanto a proposta somos absolutamente a sério."

P. ...

"Mais uma vez, note, por favor, que não sou de maneira nenhuma agressivo ou ameaçador. É isso que eu queria dizer com (f.d.) *olhar brando*. Não faço a proposta de um jeito assustador ou lascivo e não pareço de forma alguma ansioso, hesitante, nem conflituado. Nem agressivo, nem ameaçador. Isso é crucial. Você sem dúvida sabe, por experiência própria, que a reação inconsciente natural de uma pessoa, quando a linguagem corporal de alguém sugere recuo ou recusa a ele, é automaticamente inclinar-se para a frente, ou adiante, como forma de compensar e preservar a relação espacial original. Eu evito conscientemente esse reflexo. Isso é extremamente importante. Não dá para se agitar, ou abaixar, ou lamber os lábios, ou arrumar a gravata enquanto uma proposta dessas está assentando. Uma vez, em um terceiro encontro, eu me vi com uma daquelas incômodas contrações de um músculo isolado na cabeça que ficou indo e voltando a noite inteira e, na otomana, fazia parecer que eu estava levantando e abaixando rapidamente a sobrancelha de um jeito lascivo, o que na atmosfera psiquicamente carregada logo após a proposta simplesmente detonou a coisa toda. E esse sujeito não era nem de se imaginar que fosse um frango — era uma galinha ou eu não tinha nunca inspecionado uma galinha —, e uma pulsação involuntária da sobrancelha decapitou toda a possibilidade, de tal jeito que a pessoa não só saiu num grande frenesi de sentimentos conflitantes como esqueceu a bolsa e não só nunca voltou para buscar como recusou-se a responder a todas as mensagens telefônicas que eu deixei diversas vezes me oferecendo simplesmente para devolver a bolsa para ela em algum local público e neutro. Essa decepção mesmo assim me propiciou uma valiosa lição do quanto pode ser delicado esse período de processamento e cartografia internos pós-proposta. O problema da minha mãe é que comigo — filho mais velho, o mais velho dos gêmeos, significativamente — os instintos alimentícios dela chegavam a extremos bastante grandes de, digamos, (f.d.) *frio* e *quente*. Ela podia, em um momento, ser muito, muito, muito cálida e maternal e aí numa fração de segundo ficar zangada comigo por qualquer coisinha real ou imaginária e remover completamente a afeição dela. Ficava fria, me rejeitava, repelindo qualquer tentativa que eu fazia, como criança pequena, de obter afeição e segurança, às vezes me mandando sozinho para meu quarto, recusando permissão para eu sair por algum período rigidamente específico enquanto minha irmã gêmea continuava gozando da total liberdade de movimento pela casa e continuava também a receber calor e afeição maternos. Então, depois que o rígido período de confinamento terminava — quero dizer, no preciso instante em que o meu (f.d.) *intervalo* se completava — mamãe abria a porta, me abraçava calorosamente e enxugava minhas lágrimas com a manga, dizia que estava tudo perdoado, que estava tudo bem de novo. Essa onda de segurança e estímulo me seduzia a novamente (f.d.) *confiar* nela, reverenciar sua pessoa e atribuir poder emocional a ela, me tornando vulnerável a toda a devastação outra vez na hora que ela resolvesse esfriar e me olhar como se eu fosse algum tipo de espécime de laboratório que ela nunca havia inspecionado antes. Esse ciclo ocorreu repetidamente durante todo o nosso relacionamento infantil, eu acho."

P.

"Claro, acentuado pelo fato de que ela era, por vocação, uma clínica profissional, atendente de casos psiquiátricos que aplicava testes e exercícios diagnósticos em um hospício na cidade vizinha. Carreira que ela retomou no momento em que minha irmã e eu entramos no sistema escolar ainda bebês. A imagem de minha mãe praticamente governa toda a minha vida psicológica adulta, eu sei disso, me forçando a continuamente propor e negociar rituais contratados em que o poder é dado e tomado livremente, a submissão ritualizada, o controle cedido e depois devolvido por minha livre e espontânea vontade. (Risos.) Mais do sujeito. A vontade. É também legado de minha mãe eu saber precisamente qual é, qual a origem, de onde vem o meu interesse em cuidadosamente avaliar um sujeito e no terceiro encontro repentinamente propor que me permita imobilizar seus braços e pernas com correias de cetim. Grande parte do jargão pedante, irritante que eu uso vem de minha mãe que, muito mais que nosso gentil, mas reprimido e um tanto castrado pai, modelou discurso e comportamento para nós em crianças. Minha irmã e eu. Minha mãe era *Mestra em Serviço Social Clínico* (f.d. prolongada), um dos primeiros diplomas desse tipo conferidos a uma diagnosticista mulher no norte do Meio-Oeste. Minha irmã é dona de casa, mãe e não aspira a ser nada mais que isso, pelo menos conscientemente. Por exemplo, (f.d.) *otomana* era o termo que mamãe usava tanto para sofá como para a poltrona namoradeira dupla da nossa sala. O sofá do meu apartamento tem encosto e braços e é, evidentemente, tecnicamente um sofá ou divã, mas parece que inconscientemente eu insisto em me referir a ele como otomana. É um hábito inconsciente que eu pareço incapaz de modificar. Na verdade, parei de tentar. Alguns complexos é melhor aceitar e simplesmente submeter-se a eles do que lutar contra a imagem por mera força de vontade. Mamãe — que era, claro, afinal, você sabe, alguém cuja profissão envolvia manter as pessoas confinadas, experimentando, testando, domando, dobrando as pessoas à vontade do que as autoridades oficiais determinavam ser saúde mental — bem cedo dobrou a minha vontade sem possibilidade de remissão. Eu aceitei isso, cheguei a um acordo com isso e construí estruturas complexas para acomodar e resgatar isso. É disso que se trata. Nem o marido de minha irmã, nem meu pai jamais se envolveram com a criação de aves. Meu pai, até o derrame, era um pequeno executivo numa companhia de seguros.

Embora o termo (f.d.) *chicken* [galinha, covarde] fosse usado com frequência na nossa região — pelas crianças com quem eu brincava e representava vários rituais primitivos de socialização — para descrever um indivíduo fraco, covarde, um indivíduo cuja vontade podia ser dobrada facilmente aos propósitos dos outros. Inconscientemente, eu posso talvez empregar outras metáforas de aves para descrever os rituais contratuais como um modo simbólico de afirmar meu poder sobre aqueles que, paradoxalmente, concordam autonomamente em se submeter. Sem grande alarde passamos para o outro quarto, para a cama. Eu estou muito excitado. Meu jeito agora mudou um pouco, para uma conduta mais dominante, mais autoritária. Mas não assustada, nem assustadora. Alguns sujeitos declararam ver essa conduta como (f.d.) *ameaçadora*, mas posso garantir que não havia nenhuma intenção de ameaça. O que está sendo comunicado agora é um certo comando de autoridade baseado exclusivamente em experiência contratual quando informo ao sujeito que vou lhe dar (f.d.) *instruções*. Irradio uma experiência que pode, admito, para alguém com um perfil psicológico determinado, parecer ameaçadora. Só as avezinhas mais duras começam a me perguntar o que eu quero que elas façam. Eu, por outro lado, muito deliberadamente excluo de minhas instruções a palavra (f.d.) *quero* e suas análogas. Informo a elas que não estou expressando desejos, nem pedindo, nem exigindo, nem persuadindo. Não é disso que se trata. Estamos agora no meu quarto, que é pequeno e dominado por uma cama king-size de estilo eduardiano com quatro postes. A cama em si, que parece enorme e enganadoramente forte, pode evocar uma certa ameaça, compreensivelmente, em vista do contrato que acabamos de fazer. Sempre respondo com a fórmula (sem f.d.) *É isto que você tem de fazer, Você tem de fazer isto e aquilo*, e por aí vai. Digo a elas quando levantar, quando se virar e como olhar para mim. As peças de roupas têm de ser tiradas em uma ordem muito particular."

P.

"É, mas a ordem é menos importante do que *haver* uma ordem e a isso elas cedem. A roupa de baixo é sempre por último. Fico intensa, mas não convencionalmente excitado. Minha maneira é brusca e dominadora, mas não ameaçadora. É objetiva. Algumas poucas rolam os olhos ou fazem piadinhas secas para afirmar que estão meramente (f.d.) *representando*. Elas têm de dobrar as roupas e colocar no pé da cama, reclinar-se, deitar de costas e apagar qualquer vestígio de afeto ou expressão de seus rostos enquanto eu retiro a minha roupa."

P.

"Às vezes sim, às vezes não. A excitação é intensa, mas não especificamente genital. Meu tirar de roupa é objetivo. Nem cerimonial, nem apressado. Irradio domínio. Algumas se acovardam no meio do caminho, mas poucas, muito poucas. As que querem ir embora, vão. O confinamento é muito abstrato. As correias são de cetim preto, compradas pelo correio. Você ia se surpreender. Quando elas cumprem cada pedido, cada ordem, digo pequenas frases de reforço positivo, como por exemplo *Ótimo*, *Boa menina*. Conto a elas que são nós duplos deslizantes e que apertam automaticamente se se debaterem ou resistirem. Na verdade não são. Na verdade, não existe nenhum nó duplo deslizante. O momento crucial ocorre quando elas se deitam nuas na minha frente, fortemente amarradas pelos pulsos e tornozelos aos quatro postes da cama. Elas não sabem, mas os postes são decorativos e nada resistentes, sem dúvida se quebrariam se fizessem um determinado esforço para se soltar. Eu digo *Você agora está inteiramente em meu poder*. Lembro que ela está nua e presa aos postes da cama, braços e pernas abertos. Estou de pé, sem roupa, ao pé da cama. Então altero conscientemente a expressão do meu rosto e pergunto, *Está com medo?* Dependendo da conduta delas nesse ponto, às vezes altero isso para <u>*Não está*</u> *com medo?* É o momento crucial. Todo o ritual — talvez *cerimônia* fosse melhor, menos evocativo, porque nós — claro que a coisa toda, da proposta em diante, *tem a ver com* cerimônia — e o clímax é a reação do sujeito a essa pergunta. Ao *Está com medo?* O que é necessário é uma dupla admissão. Ela tem de admitir que está totalmente em meu poder nesse momento. E tem também de dizer que confia em mim. Tem de admitir que não está com medo que eu venha a trair ou abusar do poder que me foi concedido. A excitação está no auge absoluto durante essa conversa, atingindo e se mantendo num clímax que persiste por exatamente tanto tempo quanto me custar extrair dela essa admissão."

P.

"Como é?"

P.

"Já disse. Eu choro. É então que eu choro. Está prestando um mínimo de atenção com todo esse relaxamento aí? Deito ao lado delas na cama e choro, explico a elas as origens psicológicas do jogo e as necessidades que ele supre dentro de mim. Abro o mais íntimo da minha psique para elas e imploro compaixão. Raro é o sujeito que não demonstra profunda, profunda comoção. E me confortam o melhor que podem, restringidas como estão pelas correias que coloquei."

P.

"Se termina em coito de fato depende. É imprevisível. Simplesmente não há como dizer."

P. :...

"Às vezes, a pessoa tem simplesmente de seguir a sensação."

B.E. nº 51 11-97
FORT DODGE IA

"Eu sempre penso: 'E se eu não puder?'. Aí eu penso: 'Ah, merda, nem pense nisso'. Porque pensar na coisa pode fazer acontecer. Não que tenha acontecido tantas vezes. Mas tenho medo. Todo mundo tem. Quem disser que não tem está mentindo. Todo mundo tem medo que possa acontecer. Aí, eu sempre penso: 'Eu não ia nem me preocupar com isso se ela não estivesse aqui'. Aí eu fico puto. Eu meio que penso que ela está esperando alguma coisa. Que se ela não estivesse lá deitada esperando, pensando e, assim, avaliando, eu nem ia pensar nisso. Aí eu quase fico bem puto. Fico tão puto que até paro de me importar se eu posso ou não posso. É assim como se eu quisesse mostrar pra ela. É assim como 'Ok, vaca, você que pediu'. Aí fica tudo bem."

B.E. nº 19 10-96
NEWPORT OR

"Por quê? Ora. Bom, não é só porque você é bonita. Mesmo que você seja. É só que você é tão *esperta*. Então. Por isso. Mulher bonita é uma dúzia por um tostão, mas não — ah, vamos encarar, gente esperta de verdade é raro. De qualquer sexo. Você sabe disso. Eu penso comigo, é a sua esperteza mais que qualquer outra coisa."

P.

"Ha. Pode ser, acho, do seu ponto de vista. Acho que pode ser. Só que pense um pouquinho: acha que alguém ia *pensar* nisso se não fosse uma garota tão esperta? Uma garota burra ia ter cabeça pra desconfiar de uma coisa dessas?"

P.

"Então, de certa maneira você está confirmando o que eu penso. Então pode acreditar que estou falando sério e não pôr de lado como se fosse um tipo de ora, ora. Certo?"

P. ...

"Então venha cá."

B.E. nº 46 07-97
Nutley NJ

"Ó eu — ou pense no Holocausto. O Holocausto foi uma coisa boa? De jeito nenhum. Alguém pensa que foi bom que aconteceu? De jeito nenhum. Já leu Victor Frankl? *O homem em busca de sentido*, de Victor Frankl? É um grande, grande livro. Frankl esteve em um campo no Holocausto e o livro vem dessa experiência, é sobre a experiência dele com o Lado Escuro da humanidade, conservando a identidade humana diante da degradação, da violência do campo e do sofrimento do total arrancamento da identidade dele. É um livro absolutamente grande e agora pense que, se não tivesse acontecido o Holocausto, não existiria o *Homem em busca de sentido*."

P.

"Ó eu estava tentando dizer é que tem de cuidar para não tomar nenhuma atitude careta quanto à violência e degradação no caso das mulheres também. Tomar uma atitude careta a respeito de qualquer coisa é um grande erro, é isso que eu estou dizendo. Mas estou dizendo especialmente no caso de mulheres, em que isso acaba se transformando nessa coisa condescendente muito limitada de dizer que elas são coisinhas frágeis, quebradiças, que podem ser destruídas com tanta facilidade. Como se a gente tivesse de embrulhar as mulheres em algodão e proteger mais do que os outros. Isso é careta e condescendente. Estou falando de dignidade e respeito, não tratando as mulheres como se elas fossem umas bonequinhas frágeis ou sei lá. Todo mundo é machucado, violado, quebrado às vezes, por que as mulheres são tão especiais?"

P.

"Ó estou dizendo é que quem somos nós para dizer que ser vítima de incesto, de abuso, violação, sei lá, qualquer coisa dessas não pode ter também seus aspectos positivos para um ser humano a longo prazo? Não que tenha o tempo todo, mas quem somos nós para dizer que *nunca* tem, de um jeito careta? Não que ninguém tenha de ser estuprado ou abusado, nem que isso não seja totalmente terrível, negativo e errado enquanto está acontecendo, nem pensar. Ninguém nunca disse isso. Mas isso enquanto está acontecendo. O estupro, a violação, o incesto, o abuso, enquanto está acontecendo. E depois? E mais adiante, no panorama geral aí, de como a cabeça dela lida com o que aconteceu com ela, se ajusta para lidar com aquilo, o jeito como o que aconteceu passa a fazer parte de quem ela é? Ó estou dizendo que não é impossível que tenha casos em que isso amplia a pessoa. Faz a pessoa ser mais do que era antes. Um ser humano mais completo. Como Victor Frankl. Ou aquele ditado de que o que não mata, engorda. Acha que quem falou isso falou foi para uma mulher que estava sendo estuprada? De jeito nenhum. A pessoa só não estava sendo careta."

P. ...

"Não estou dizendo que não exista essa coisa de vítima. Ó estou dizendo é que a gente tende às vezes a ser muito limitado com a miríade de coisas diferentes que entram em conta para fazer uma pessoa ser quem é. Estou dizendo que a gente fica tão careta e condescendente com direitos, com perfeita justiça, com proteger as pessoas que ninguém para pra lembrar que ninguém é *só* vítima e nada é *só* negativo ou *só* injusto — quase nada é desse jeito. Ó — como é possível que as piores coisas que podem acontecer com você acabem sendo fatores positivos para quem você é. O que você é, ser um ser humano completo em vez de um — pense como é ser estuprada por uma gangue, degradada, espancada até quase morrer, por exemplo. Ninguém vai dizer que isso é bom, não estou dizendo isso, ninguém vai dizer que os filhos da puta doentes que fazem isso não têm de ir para a cadeia. Ninguém está sugerindo que ela estava gostando enquanto estava acontecendo nem que devia acontecer. Mas vamos botar duas coisas no lugar aqui. Uma é que, depois, ela sabe uma coisa sobre ela mesma que não sabia antes."

P.

"O que ela sabe é que a coisa mais totalmente terrível e degradante que ela podia sequer imaginar que aconteceria com ela aconteceu de verdade com ela agora. E que ela sobreviveu. Ainda está ali. Não estou dizendo que está contente, não estou dizendo que está contente com a coisa nem que está em grande forma e pulando de contente porque aconteceu, mas ainda está ali e sabe disso, agora sabe de uma coisa. Estou dizendo que ela *sabe* de fato. A ideia que ela tem dela mesma e aquilo que ela pode viver e a que pode sobreviver é maior agora. Ampliou, cresceu, se aprofundou. Ela está mais forte do que nunca jamais pensou lá no fundo dela e agora sabe disso, ela sabe que é forte de um jeito totalmente diferente de saber só porque seus pais disseram para você ou porque alguém que faz discurso na reunião da escola faz você repetir que você é Alguém, que você é Forte, repetir, repetir. Ó estou dizendo é que ela não é a mesma e como alguns jeitos de ela não ser a mesma, exemplo, se ela ainda tem medo de ir até o carro à meia-noite num estacionamento ou sei lá de ser assaltada e estuprada por um bando, ela agora tem medo de um jeito diferente. Não que ela queira que aconteça de novo, ser estuprada por um bando, de jeito nenhum. Mas ela agora sabe que isso não mata, que ela sobrevive, que não vai eliminar quem ela é, nem fazer ela virar sub-humana."

P. ...

"E além disso ela agora sabe também mais sobre a condição humana, o sofrimento, o terror, a degradação. Quer dizer, todo mundo admite que o sofrimento e o horror fazem parte do estar vivo, do existir, ou pelo menos se fala da boca para fora que se sabe disso, da condição humana. Mas agora ela *sabe* mesmo. Não estou dizendo que está contente com isso. Mas pense como a visão de mundo dela é maior agora, como o quadro geral agora é mais amplo e mais profundo na cabeça dela. Ela é capaz de entender o sofrimento de um jeito totalmente diferente. Ela é mais do que era. Só isso que eu estou dizendo. Mais ser humano. Agora ela sabe uma coisa que você não sabe."

P.

"Essa é a reação careta, é disso que eu estou falando, pegar tudo que eu estou dizendo, pegar e filtrar pela sua visão estreita do mundo e dizer que eu estou dizendo Ah os caras que estupraram ela fizeram um *favor*. Porque não é isso que eu estou dizendo. Não estou dizendo que foi bom, ou que foi certo, ou que devia ter acontecido, ou que ela não ficou completamente fodida com aquilo, abalada, ou que devia mesmo ter acontecido. Porque em qualquer caso de uma mulher que está sendo estuprada por um bando, ou violada ou sei lá, se eu estivesse lá e tivesse o poder de dizer ou Vá em frente ou Pare, eu parava. Mas não posso. Ninguém pode. Coisas absolutamente terríveis acontecem. A existência e a vida dobram as pessoas de uma porrada de jeitos horríveis o tempo todo. Pode acreditar, eu sei, estive lá."

P.

"E eu acabo achando que é essa a verdadeira diferença. Você e eu aqui. Porque isto aqui não é de fato questão de política, de feminismo, sei lá. Para você isto é tudo ideias, você acha que estamos falando de ideias. Você não esteve lá. Não estou dizendo que nada de mau nunca aconteceu para você, você tem boa aparência e aposto que alguma degradação, sei lá, já apareceu para você na vida. Não é isso que eu estou dizendo. Mas estamos falando aqui é da violação total, do sofrimento, do terror do tipo Holocausto do *Homem em busca de sentido* de Frankl. O Lado Escuro de verdade. E, meu bem, posso dizer só de olhar para você que você nunca. Você nem vestiria o que está vestindo, pode crer."

P.

"Que você pode admitir que acredita, é, ok, que a condição humana é cheia de terríveis horríveis sofrimentos humanos e que você pode sobreviver a qualquer coisa, sei lá. Mesmo que você acredite de verdade. Você acredita, mas e se eu disser que eu não acredito só, que eu *sei*? Isso faz alguma diferença no que eu estou falando? E se eu disser para você que a minha própria esposa foi estuprada por um bando? Não tem mais tanta certeza, não é? E se eu contar para você uma historinha de uma garota de dezesseis anos que foi à festa errada com o rapaz errado e com os amigos dele e que ela acabou sendo — depois de fazer com ela quase tudo que quatro sujeitos podem fazer com você em termos de violação. Seis semanas no hospital. E se eu disser para você que ela ainda tem de fazer diálise duas vezes por semana, foi a esse ponto o que eles fizeram com ela?"

P.

"E se eu disser para você que ela de jeito nenhum pediu aquilo, sentiu prazer naquilo, gostou daquilo, ou gosta de ter só meio rim e se ela pudesse voltar e tivesse um jeito de parar aquilo ela pararia, mas se você perguntar para ela se ela pudesse entrar dentro da cabeça dela e esquecer, ou apagar a fita da coisa acontecendo na memória dela, o que você acha que ela ia dizer? Tem tanta certeza do que ela diria? Que ela gostaria de nunca ter de, assim, estruturar a cabeça dela para lidar com a coisa acontecendo com ela ou de de repente saber que o mundo pode dobrar você bem *assim*. Saber que um outro ser humano, esses sujeitos, podem olhar para você ali na cama e do jeito mais totalmente profundo entender você como uma coisa, não como uma pessoa, uma coisa, uma boneca de foda, um saco de pancada, um buraco, só como um buraco para enfiar uma garrafa de Jack Daniels tão fundo que ela explode seus rins — se ela disser depois que, mesmo sendo totalmente negativo o que aconteceu, agora pelo menos ela sabe que é possível, que as pessoas são capazes."

P.

"Ver você como uma coisa, que eles são capazes de ver você como uma coisa. Sabe o que isso quer dizer? É terrível, nós sabemos como isso é terrível enquanto ideia, que é errado, e achamos que sabemos todas essas coisas sobre direitos humanos e dignidade humana e como é terrível tirar a humanidade de alguém, é só isso que a gente diz, a humanidade de alguém, mas ver a coisa *acontecer* com você, ver, e agora você *sabe* de verdade. Não é só uma ideia ou uma causa para ficar todo careta. Faça acontecer isso e você tem um gostinho de verdade do Lado Escuro. Não só a *ideia* de escuro, o genuíno Lado Escuro. E agora você sabe o poder que isso tem. O poder total. Porque se você consegue realmente ver alguém como uma coisa você pode fazer com o outro qualquer coisa, fica tudo de fora, humanidade, dignidade, direitos, justiça — tudo de fora. Ó — e se ela dissesse que é como um pequeno e caro tour por um lado da condição humana de que todo mundo fala como se soubesse, mas que realmente ninguém consegue nem imaginar, não de verdade, não a menos que você tenha estado lá. Então o negócio é que o jeito de ela ver o mundo se *ampliou*, e se eu disser isso? O que você diria? E dela, como ela agora entendeu a si mesma. Que agora ela entendeu que pode ser entendida como uma coisa. Você consegue perceber o quanto isso ia mudar — ia dilacerar, o quanto isso ia dilacerar? De si mesma, de você, o que você costumava pensar como você? Iria dilacerar isso. Depois o que sobraria? Consegue imaginar, você acha? É o que o Victor Frankl no livro dele diz que no pior momento do campo no Holocausto, quando sua liberdade era tirada, a sua privacidade e a sua dignidade, porque você está nu num campo lotado e tem de ir ao banheiro na frente de todo mundo porque não existe mais nada como privacidade e sua mulher morta, seus filhos morrendo de fome com você olhando e não tem comida, nem aquecimento, nem cobertor, tratam vocês como ratos porque para eles realmente vocês são realmente ratos, não um ser humano, e chamam você, levam você para dentro, torturam você, assim, tortura científica para eles mostrarem para você que eles podem até tirar o seu corpo, o seu corpo nem é você mais, é o inimigo, é essa coisa que eles usam para torturar você porque para eles é só uma coisa e eles estão fazendo experimentos científicos com ele, não é nem sadismo, eles não estão sendo sádicos porque para eles não é um ser humano que estão torturando — isso quando tudo o que tem qualquer ligação com o você que você pensa que você é é arrebatado e agora tudo o que sobra é apenas: o quê?, o que sobra, sobra alguma coisa? Você ainda está vivo, então o que resta de você? O que é isso? O que *você* significa agora? Veja bem, é hora do show, agora é quando você descobre o que você até *é* para si mesmo. Coisa que a maior parte das pessoas com dignidade, humanidade, direito e tudo aquilo lá não chega nem a conhecer. O que é possível. Que nada é automaticamente sagrado. É disso que Frankl fala. Que é através do sofrimento, do terror e do Lado Escuro que o que sobra se abre e depois disso você *sabe*."

P.

"E se eu disser para você que ela disse que não foi a violação, nem o terror, nem a dor, nem nada disso, que — que a maior parte, depois, de tentar, assim, estruturar a cabeça em torno daquilo, de encaixar o que aconteceu no mundo dela, que a pior parte, a parte mais dura de tudo era agora saber que ela podia pensar em *si mesma* daquele jeito também se quisesse. Como coisa. Que é totalmente possível pensar em si mesmo não como você, nem como uma pessoa, mas apenas uma coisa, igual foi para os quatro sujeitos. E como era fácil e poderoso fazer isso, pensar isso, mesmo enquanto a violação estava acontecendo, simplesmente se dividir e flutuar assim até o teto e de lá olhar para baixo e a coisa é você, não significa nada, não há nada que aquilo automaticamente *signifique*, e é uma liberdade e um poder muito intensos de muitas formas, que agora tudo se acabou e foi tudo tirado de você e você pode fazer qualquer coisa para qualquer um, até para si mesmo se você quiser porque quem se importa que importância tem porque o que você é afinal senão essa coisa onde se enfia uma garrafa de Jack Daniels, e quem liga se é uma garrafa, que diferença faz se é um pinto, um punho, um desentupidor de pia, ou esta bengala aqui — como seria ser capaz de ser assim? Você acha que é capaz de imaginar? Acha que pode, mas não pode. Mas e se eu disser que ela agora pode? E se eu disser para você que ela pode porque com ela isso aconteceu e ela sabe totalmente que é possível ser só uma coisa, mas bem como Victor Frankl que cada minuto de então em diante minuto a minuto se você quiser você pode *escolher* ser mais se você quiser, você pode *escolher* ser um ser humano e fazer isso *significar* alguma coisa? Então o que você diria?"

P.

"Eu estou calmo, não se preocupe comigo. É como essa coisa do Frankl de aprender que não é automático, como é

uma questão de escolha ser um ser humano com direitos sagra-
dos em vez de uma coisa ou um rato e a maioria das pessoas é
tão convencida e careta e anda por aí adormecida nem sabe que
uma coisa que você tem de realmente escolher para si mesmo
que só tem sentido quando todos os, assim, objetos de cena e
cenários que fazem você andar por aí achando presunçosamente que você não é uma coisa, essas coisas são arrebatadas e quebradas porque de repente agora o mundo entende você como
uma coisa, todo mundo pensa que você é um rato ou uma coisa
e agora depende de você, você é o único que pode decidir se
você é mais. E se eu disser que nem era casado? E daí? Então é
hora do show, acredite em mim, meu bem, me acredite, todo
mundo que nunca sofreu esse tipo de ataque total e de violação
em que tudo o que eles pensavam que tinham nascido automaticamente com aquilo isso presunçosamente permite que
eles andem por aí achando que são automaticamente mais que
uma coisa acaba despido, dobrado e colocado dentro de uma
garrafa de Jack Daniels enfiada na sua bunda por quatro sujeitos
bêbados cuja ideia de divertimento é o seu sofrimento, sua violação, um jeito de matar umas horas, nada muito importante,
nenhum deles provavelmente sequer se lembra, que ninguém
que passou realmente por isso jamais consegue ser assim tão
amplo depois, sabendo sempre lá no fundo que é sempre uma
escolha, que é você que está inventando você mesmo segundo
a segundo todos os segundos de agora em diante, que a única
pessoa que pensa que você é uma pessoa a cada segundo é você
e você pode parar assim que quiser e sempre que quiser voltar a
ser apenas uma coisa que come fode caga tenta dormir vai para a
diálise e recebe garrafas quadradas enfiadas tão fundo na bunda
que ela quebra por obra de quatro sujeitos que te chutaram os
culhões para fazer você se dobrar que você nem conhecia nem
nunca tinha visto antes e nunca tinha feito nada contra para

fazer qualquer sentido eles quererem te dar uma joelhada, ou te estuprar, ou sequer pedir por esse tipo de total degradação. Que nem sabem o seu nome, que fazem isso com você e nem sabem seu nome, você nem nome tem. Você não tem automaticamente um nome, não é uma coisa que simplesmente se tem, sabe. Para conseguir descobrir você tem até de escolher até ter um nome ou ser mais do que apenas uma máquina programada com diferentes reações quando eles fazem coisas diferentes com você quando eles pensam neles para passar o tempo até se cansarem e aí é tudo com você cada segundo depois e se eu dissesse que aconteceu comigo? Que diferença faria isso? Vocês que são todos tão cheios de política careta sobre as suas ideias sobre vítimas? Tem de ser uma mulher? Você acha, talvez você ache que pode imaginar a coisa melhor se for uma mulher porque os atributos externos dela parecem mais com os seus então é mais fácil ver ela como um ser humano que está sendo violado de forma que se fosse alguém com um pau e não tetas não seria tão real para você? E se não fosse o povo judeu no Holocausto, se fosse só eu no Holocausto? Quem você acha que ia se importar? Acha que alguém se importou com Victor Frankl ou admirou a humanidade dele até ele dar a todos *O homem em busca de sentido*? Não estou dizendo que aconteceu comigo, com ele ou com minha esposa nem mesmo que aconteceu, mas e se aconteceu? E se eu fizesse isso com você? Bem aqui? Te estuprasse com uma garrafa? Acha que faria alguma diferença? Por quê? O que você é? Como você sabe? Você não sabe merda nenhuma."

Datum centurio

Do *Leckie & Webster's Connotationally Gender-Specific Lexicon of Contemporary Usage* [Léxico Conotativo Gênero-Específico de Usos Contemporâneos Leckie & Webster], um DVD de 600 gb, produto com 1.6 gb de Hot Text Hiperdisponível e 11.2 gb de Notas Conotativas Contextuais, Etimológicas, Históricas, de Uso e Gênero-Específicas, Disponível Também com Farto Suporte Ilustrativo em Todas 5 *Sense-Media** Mais Importantes, © 2096 by R. Leckie DataFest Unltd. (NYPHDC/US/4Grid).

*(*exige hardware compatível*)

ă pat / ā pay / âr care / ä father / b **bib** / ch **church** / d **deed** / ě **pet** / ē be / f **fife** / g **gag** / h **hat** / hw **which** / ĭ **pit** / ī **pie** / îr **pier** / j **judge** / k **kick** / l **lid** / m **mum** / n **no, sudden** / ng **thing** / ŏ **pot** / ō **toe** / ô **paw, for** / oi **noise** / ou **out** / o͝o **took** / o͞o **boot** / p **pop** / r **roar** / s **sauce** / sh **ship, dish** / t **tight** / th **thin** / *th* **this, bath** / ŭ **cut** / ûr **urge** / v **valve** / w **with** / y **yes** / z **zebra, size** / zh **vision** /
ǝ about, item, edible, gallop, circus /
å *Fr.* **ami** / œ *Fr.* **feu**, *Al.* **schön** / ü *Fr.*
tu, *Al.* **über** / KH *Al.* **ich**, *Esc.* **loch** / N *Fr.* **bon.**
* = Acompanha o vocabulário principal. † = De origem obscura. ‡ = De origem idiomática.
Para suporte ilustrativo pentasensorial, coloque o plugue neural e entre em: ROM\C.A.D.PAK\5MESH*.*.

date[3] (*dāt*) [encontro] *s.* [Inglês séc. XX, via Inglês Médio, via Francês Antigo, via Latim Medieval *data*, particípio passado feminino de *dare*, dar.]

1. *Informal.* (veja também **soft date** [encontro ligeiro]) **a.** Consequência de solicitação bem-sucedida de uma Licença para Gerar (link com PROCRIATIVIDADE; com GERAR (*v.*); com PATERNIDADE (*s.*); com PROLE), processo de submeter voluntariamente as próprias configurações nucleotídeas e outras Designações de Procriatividade a uma entidade autorizada por lei a identificar um complemento neurogenético feminino ótimo com finalidade de Interface Genital Procriativa (link com PROCRIATIVIDADE; com COMPLEMENTAR, OTIMIZAÇÃO NEUROGENÉTICA; com I.G.P.; com NEUROGENÉTICA, ESTATÍSTICA). **b.** Um complemento para I.G.P. feminino vivo identificado via procedimentos denotados por **date**[3]**1.a**.

---

date[3]**1.a** NOTA HISTÓRICA/DE USO: "Você está velho demais para ser o tipo de homem que confere seus níveis de replicase antes do café da manhã e tem macros de alta velocidade de informação para lugares como o Código I.G.P. de União Frutífera ou os Sistemas Intercódigos Desoxirribonucleicos

---

ă pat / ā pay / âr care / ä father / b bib / ch church / d deed / ĕ pet / ē be / f fife / g gag / h hat / hw which / ĭ pit / ī pie / îr pier / j judge / k kick / l lid / m mum / n no, sudden / ng thing / ŏ pot / ō toe / ô paw, for / oi noise / ou out / o͝o took / o͞o boot / p pop / r roar / s sauce / sh ship, dish / t tight / th thin / *th* this, bath / ŭ cut / ûr urge / v valve / w with / y yes / z zebra, size / zh vision /

ə about, item, edible, gallop, circus /

å *Fr.* ami / œ *Fr.* feu, *Al.* schön / ü *Fr.*

tu, *Al.* über / KH *Al.* ich, *Esc.* loch / N *Fr.* bon.

* = Acompanha o vocabulário principal. † = De origem obscura. ‡ = De origem idiomática.

Para suporte ilustrativo pentasensorial, coloque o plugue neural

e entre em: ROM\C.A.D.PAK\5MESH*.*.

SoftSci no deque Mo.SyS e no entanto aí está você, parado no B.D.S.F.V. do seu computador, conferindo seus níveis de replicase e engordando seu currículo genético como um calouro tarado, se preparando para o que todo mundo diria que é uma tentativa de *soft date*" (*McInerney et seq.* [*via OmniLit TRF Matrix*], 2068).

2. *Vulgar.*[‡] (veja também **hard date** [encontro pesado]) **a.** A criação e/ou uso de Banco de Dados Sensorial Feminino Virtual (link com B.D.S.F.V.; com Nota Histórica para VIRTUAL, REALIDADE; com COMPUTADOR; com DIGITAL, COITO; com POLIEROTISMO; com LITERAL, OBJETIFICAÇÃO) com propósitos de Interface Genital Simulada (link com I.G.S.). **b.** B.D.S.F.V. capturada em disco e reutilizável, à qual usuários superempenhados aplicam às vezes nomes próprios e diversas características sexuais e/ou de personalidade (link com DFX, REDE; com BABY, CYBER; com FEMININA, HARD; com SÍNDROME, B.D.S.F.V.-PERSONALIZAÇÃO).

date[3]**2.** NOTA HISTÓRICA/DE USO: R. e F. Lackie, eds., *DFX Lattice of the Monochromosomatic Psyche* [DFX da Malha da Psi-

---

ă pat / ā pay / âr care / ä father / b bib / ch church / d deed / ĕ pet / ē be / f fife / g gag / h hat / hw which / ĭ pit / ī pie / îr pier / j judge / k kick / l lid / m mum / n no, sudden / ng thing / ŏ pot / ō toe / ô paw, for / oi noise / ou out / o͝o took / o͞o boot / p pop / r roar / s sauce / sh ship, dish / t tight / th thin / *th* this, bath / ŭ cut / ûr urge / v valve / w with / y yes / z zebra, size / zh vision /

ə about, item, edible, gallop, circus /

å *Fr.* ami / œ *Fr.* feu, *Al.* schön / ü *Fr.*

tu, *Al.* über / KH *Al.* ich, *Esc.* loch / N *Fr.* bon.

* = Acompanha o vocabulário principal. † = De origem obscura. ‡ = De origem idiomática.

Para suporte ilustrativo pentasensorial, coloque o plugue neural e entre em: ROM\C.A.D.PAK\5MESH*.*.

que Monocromossomática] e outras autoridades sustentam uma definição padrão 2 de **date**[3] como originária conotativamente do (*s.*)/(*v.*) **date** [encontro, encontrar] usado por prostitutas do séc. XX para solicitar interface genital-financeira sem se exporem à perseguição da lei. As mesmas autoridades sustentam que o eufemismo **hard date** deriva do vulgarismo/idiomatismo de c. 2020 **hardware-dating** (*arc.*), gerúndio composto indicando (com a característica falta de sutileza do séc. XX) "*sexo com máquina*"/"*sexo com auxílio mecânico*" (*Webster's IX*, 2027, DVD/ROM/publicação em papel). Acredita-se que **soft date** evoluiu como antônimo natural por volta de 2030, pelo menos. Algumas autoridades afirmam que a longevidade de **soft date** se deve também à aparente capacidade coincidente de conotar os sentimentos ternos muitas vezes associados a I.G.P. e a soft prole (veja abaixo; link com SENTIMENTOS, TERNURA).

---

date[3] NOTA HISTÓRICA/DE USO: As definições 1 e 2 *supra* são ambas descendentes conotativos da definição unívoca do séc. XX para **date**[3]: "(*a*) *relacionamento social com um membro do sexo oposto*" (*Webster's V*, 1999, ROM/publicação em papel). Nash & Leckie no DVD$_2$ Condensado *História da Sexualidade Humana*

ă pat / ā pay / âr care / ä father / b bib / ch church / d deed / ĕ pet / ē be / f fife / g gag / h hat / hw which / ĭ pit / ī pie / îr pier / j judge / k kick / l lid / m mum / n no, sudden / ng thing / ŏ pot / ō toe / ô paw, for / oi noise / ou out / oŏ took / ōō boot / p pop / r roar / s sauce / sh ship, dish / t tight / th thin / *th* this, bath / ŭ cut / ûr urge / v valve / w with / y yes / z zebra, size / zh vision /
ə about, item, edible, gallop, circus /
å *Fr.* ami / œ *Fr.* feu, *Al.* schön / ü *Fr.*
tu, *Al.* über / KH *Al.* ich, *Esc.* loch / N *Fr.* bon.
* = Acompanha o vocabulário principal. † = De origem obscura. ‡ = De origem idiomática.
Para suporte ilustrativo pentasensorial, coloque o plugue neural e entre em: ROM\C.A.D.PAK\5MESH*.*.

observam que, para homens do séc. XX, **date** como "compromisso social" entre gêneros podia conotar dois comportamentos altamente distintos: (A) a mútua exploração de possibilidades de uma compatibilidade neurogenética duradoura (link com Nota Histórica (5) em RELACIONAMENTO), levando a união entre gêneros legalmente codificada e I.G.P., com soft prole; ou (B) a busca unilateral de um episódio imediato, vigoroso e não codificado de interface genital sem levar em conta a compatibilidade neurogenética, nem a soft prole, nem mesmo um chamado telefônico no dia seguinte. Como — segundo R. e F. Lackie, eds., *DFX Lattice of the Monochromosomatic Psyche* [DFX da Malha da Psique Monocromossomática] — a malha conotativa de **date**[3] como "compromisso social" para as mulheres do séc. XX era quase exclusivamente (A), sendo que um interesse implícito, mas muitas vezes não expresso e igualmente fraudulento na conotação (A), era muitas vezes empregado por homens do séc. XX com propósitos relacionados exclusivamente com a conotação (B) (link com LIBERTINAGEM; com SEXO POR ESPORTE[‡]; com MISOGAMIA; com LAGARTEAR[‡]; com PROGRAMA, GAROTOS DE[‡]; com ÉDIPO, PRÉ), sendo o resultado de estimados 86,5% dos **dates** do séc. XX um estado de severa dissonância

---

ă pat / ā pay / âr care / ä father / b bib / ch church / d deed / ĕ pet / ē be / f fife / g gag / h hat / hw which / ĭ pit / ī pie / îr pier / j judge / k kick / l lid / m mum / n no, sudden / ng thing / ŏ pot / ō toe / ô paw, for / oi noise / ou out / o͝o took / o͞o boot / p pop / r roar / s sauce / sh ship, dish / t tight / th thin / *th* this, bath / ŭ cut / ûr urge / v valve / w with / y yes / z zebra, size / zh vision /

ǝabout, item, edible, gallop, circus /

å *Fr.* ami / œ *Fr.* feu, *Al.* schön / ü *Fr.*

tu, *Al.* über / KH *Al.* ich, *Esc.* loch / N *Fr.* bon.

* = Acompanha o vocabulário principal. † = De origem obscura. ‡ = De origem idiomática.

Para suporte ilustrativo pentasensorial, coloque o plugue neural e entre em: ROM\C.A.D.PAK\5MESH*.*.

emocional entre os participantes do **date**, dissonância atribuída pela maioria das fontes a códigos psicossemânticos defeituosos (link com CÓDIGOS FALTOSOS, INTERGÊNEROS; links secundários com Notas Históricas sobre MISOGINIA, FORMAS OSTENSIVAMENTE PROJETADAS DE; com VITIMIZAÇÃO, CULTURA DA; com FEMINISMO, SEPARATISTA MALÉVOLO DO INÍCIO DO SÉC. XXI NOS E.U.A.; com REVOLUÇÕES SEXUAIS DO FINAL DO SÉC. XX, AS PATÉTICAS DECEPÇÕES DA).

A patente de 2006 D.C. e a introdução comercial em 2008 do Vídeo Digitalmente Manipulável (link com V.D.M.[2], com MICROSOFT-V.D.M. VENTURES CORP.), no qual a pornografia em vídeo podia ser editada em casa para permitir a introdução simulada do espectador nas imagens filmadas de interface genital explícita, foram retidas pela Ação Civil U.S.S.C. #181-9049, *Schumpkin et al. versus Microsoft-V.D.M. Ventures Corp.* (2009), em parte com base no fato de que se podia esperar que a disponibilidade dos consumidores masculinos norte-americanos para simulacros de interface genital inteiramente despersonalizada conseguisse aplacar 86,5% do conflito semioemocional que se aplicava ao **dating** genuinamente interpessoal; e esse raciocínio estendeu-se subsequentemente (em 2012) à introdução legal

---

ă pat / ā pay / âr care / ä father / b bib / ch church / d deed / ĕ pet / ē be / f fife / g gag / h hat / hw which / ĭ pit / ī pie / îr pier / j judge / k kick / l lid / m mum / n no, sudden / ng thing / ŏ pot / ō toe / ô paw, for / oi noise / ou out / o͝o took / o͞o boot / p pop / r roar / s sauce / sh ship, dish / t tight / th thin / *th* this, bath / ŭ cut / ûr urge / v valve / w with / y yes / z zebra, size / zh vision / əabout, item, edible, gallop, circus /

à *Fr.* ami / œ *Fr.* feu, *Al.* schön / ü *Fr.* tu, *Al.* über / KH *Al.* ich, *Esc.* loch / N *Fr.* bon.

* = Acompanha o vocabulário principal. † = De origem obscura. ‡ = De origem idiomática.

Para suporte ilustrativo pentasensorial, coloque o plugue neural e entre em: ROM\C.A.D.PAK\5MESH*.*.

dos Bancos de Dados Sensoriais de Realidade Virtual, cujo dispendioso Joysuit de corpo inteiro com quatro extensões para apêndices humanos logo cedeu lugar (em 2014) à hoje familiar pentaextensão "Joysuit Polierótico" e à primeira geração de Malhas DFX Femininas Virtuais de três dimensões (links com POLIERÓTICO, JOYSUIT; com TELEDIDDLER‡; com DFX, REDE DE; com MOLECAGEM DE‡, MODELOS; links secundários com Notas Históricas sobre DESIGN, COM AUXÍLIO DE COMPUTADOR; com VIRTUAL, FEMININO), inovações de entretenimento doméstico que, apesar dos iniciais vírus e defeitos (link com GENITAL, ELETROCUÇÃO), rapidamente evoluiu para a atual tecnologia de B.D.S.F.V. e de S.-J.R.C. (link com BANCO DE DADOS SENSORIAL FEMININO VIRTUAL; com SUPLEMENTO, JOYSUIT RESISTENTE A CHOQUES), uma tecnologia que praticamente forçou a ruptura modificatória atual para as conotações "hard" e "soft" de date[3].

---

date[3] NOTA CONOTATIVA GÊNERO-ESPECÍFICA: A maioria das autoridades em uso contemporâneo observa uma notável mudança para os homens do séc. XXI nas conotacões "romântica" e "emocional" de date[3] (link com SENTIMENTOS, SUAVES),

---

ă pat / ā pay / âr care / ä father / b bib / ch church / d deed / ĕ pet / ē be / f fife / g gag / h hat / hw which / ĭ pit / ī pie / îr pier / j judge / k kick / l lid / m mum / n no, sudden / ng thing / ŏ pot / ō toe / ô paw, for / oi noise / ou out / o͝o took / o͞o boot / p pop / r roar / s sauce / sh ship, dish / t tight / th thin / th this, bath / ŭ cut / ûr urge / v valve / w with / y yes / z zebra, size / zh vision /
əabout, item, edible, gallop, circus /
å Fr. ami / œ Fr. feu, Al. schön / ü Fr.
tu, Al. über / KH Al. ich, Esc. loch / N Fr. bon.
* = Acompanha o vocabulário principal. † = De origem obscura. ‡ = De origem idiomática.
Para suporte ilustrativo pentasensorial, coloque o plugue neural
e entre em: ROM\C.A.D.PAK\5MESH*.*.

conotações afetivas que, para a maioria dos homens, foram removidas inteiramente do **dating** *"hard"* ou S.G.I. (link com HIPERORGÁSMICA, DISFORIA; com N.G.O.S.; com SÍNDROME DE GRATIFICAÇÃO NARCISISTA, SOBRECARGA DA; com TECNOSSEXUAL, SOLIPSISMO) e, no **dating** *"soft"* ou P.G.I., tendo agora sido inteiramente transferidas para a função procriativa e de gratificação associada com o fato de os Designadores Procriativos serem considerados tanto pela cultura como pelo complemento como neurogeneticamente desejáveis (link com TECNOSSEXUAIS, PARADOXOS; com DOGMA CATÓLICO, VINGANÇA PERVERSA DO).

ă pat / ā pay / âr care / ä father / b bib / ch church / d deed / ĕ pet / ē be / f fife / g gag / h hat / hw which / ĭ pit / ī pie / îr pier / j judge / k kick / l lid / m mum / n no, sudden / ng thing / ŏ pot / ō toe / ô paw, for / oi noise / ou out / o͝o took / o͞o boot / p pop / r roar / s sauce / sh ship, dish / t tight / th thin / *th* this, bath / ŭ cut / ûr urge / v valve / w with / y yes / z zebra, size / zh vision / əabout, item, edible, gallop, circus /
å *Fr.* ami / œ *Fr.* feu, *Al.* schön / ü *Fr.*
tu, *Al.* über / KH *Al.* ich, *Esc.* loch / N *Fr.* bon.
* = Acompanha o vocabulário principal. † = De origem obscura. ‡ = De origem idiomática.
Para suporte ilustrativo pentasensorial, coloque o plugue neural e entre em: ROM\C.A.D.PAK\5MESH*.*.

Octeto

Pop Quiz 4

Dois dependentes de drogas no último estágio terminal sentam-se encostados à parede em uma viela sem nada para injetar, sem meios, sem onde ir ou ser. Só um tinha um casaco. Estava frio e um dos dependentes de drogas terminais batia os dentes, suava e tremia de febre. Parecia gravemente doente. Cheirava muito mal. Estava sentado contra a parede com a cabeça nos joelhos. Isso ocorreu em Cambridge MA em uma viela atrás do Centro Comunitário de Recuperação da Lata de Alumínio na avenida Massachusetts nas primeiras horas de 12 de janeiro de 1993. O dependente de drogas terminal que tinha o casaco tirou o casaco, chegou bem perto do dependente de drogas gravemente doente, pegou e estendeu o casaco o mais que pôde em cima dos dois, aí chegou um pouco mais perto ainda e se apertou contra ele, passou o braço em volta dele, deixou que vomitasse em seu braço e assim ficaram encostados juntos à parede a noite inteira.

P: Qual dos dois sobreviveu?

* * *

Pop Quiz 6

Dois homens, X e Y, são amigos íntimos, mas aí Y faz uma coisa que magoa, aliena e/ou enfurece X. Os dois eram muito próximos. Na verdade, a família de X havia praticamente adotado Y quando Y chegou sozinho à cidade, sem família, sem amigos, e arrumou um emprego no mesmo departamento da mesma firma onde X trabalhava; X e Y trabalham lado a lado e passam a ser *compadres* íntimos, pouco depois Y está sempre na casa de X passando ao lado da família de X quase todas as noites depois do trabalho e isso prossegue durante um bom tempo. Mas aí Y faz algum tipo de injúria contra X, como talvez escrever uma exata mas negativa Avaliação de Colega sobre X na empresa deles, ou se recusar a apoiar X quando X comete um grave erro de avaliação e se vê encrencado e Y teria de mentir para acobertá-lo de alguma forma. A questão é que Y fez alguma coisa honrada/justa que X vê como uma coisa desleal e/ou danosa, X agora está totalmente furioso com Y e agora quando Y vai à casa da família de X para passar umas horas da noite como sempre, X é extremamente frio com ele, ou o seca perversamente, ou às vezes até grita com Y na frente da esposa e filhos da família de X. Em reação a tudo isso, porém, Y simplesmente continua indo à casa da família de X, passa ali algumas horas, aceita todas as ofensas que X lhe dirige, balançando a cabeça ponderosamente, mas sem dizer nada nem de qualquer outra forma reagir à hostilidade de X. Em uma determinada ocasião, X efetivamente berra com Y para que ele dê o fora da casa de sua família e meio bate, meio empurra Y, em frente de um dos filhos da família, com tal força que os óculos de Y caem e tudo o que Y faz como reação é segurar o rosto, balançar a cabeça como quem estuda o chão enquanto se abaixa, pega os óculos, arruma uma haste entortada o melhor que pode com a mão e depois disso ainda continua indo e ficando na casa de X como um membro adotado da família, só para estar ali e receber tudo o que X atira em cima dele em retaliação ao que Y parece ter feito a ele. Não está claro por que Y faz isso (i.e., continua indo e ficando na casa dos X). Talvez Y seja basicamente frouxo, patético, não tenha nenhum outro lugar, nenhuma outra pessoa com quem ficar. Ou talvez Y seja uma daquelas pessoas caladamente rígidas internamente tão fortes que não permitem que nenhum tipo de ofensa ou humilhação as atinja, e consiga perceber (Y consiga) por baixo do atual ressentimento de X o amigo generoso e confiável que sempre fora para Y antes e tenha resolvido (Y tenha resolvido, talvez) que simplesmente vai permanecer ali, aguentar, continuar vindo e estoicamente permitir que X externe seja qual for o estado de espírito que precise externar e que X provavelmente acabe por superar sua zanga contanto que Y não reaja nem revide, nem faça nada que possa agravar ainda mais a situação. Em outras palavras, não está claro se Y é patético e frouxo ou incrivelmente forte, compassivo e sábio. Em apenas uma outra ocasião específica, quando X efetivamente pula em cima de uma mesinha lateral em frente de toda a família X e grita com Y para que "tire daqui essa bunda e esse chapéu (dele) e suma desta casa (dele, i.e., de X) e nunca mais apareça, porra", Y efetivamente vai embora por causa de alguma coisa que X disse, mas mesmo depois desse último episódio Y torna a voltar à casa dos X já na noite seguinte depois do trabalho. Talvez Y realmente goste muito da esposa e dos filhos de X, talvez por isso valha a pena continuar indo e suportar os cáusticos ataques de X. Talvez Y seja de alguma forma tanto patético *quanto* forte... embora seja difícil ligar o aspecto patético ou fraco de Y com a óbvia força que deve ter sido necessária para escrever uma Avaliação de Colega negativamente verdadeira ou se recusar a mentir ou seja lá o que for que X não o perdoa por ter feito. Além disso, não está claro como a coisa toda se desenrola — i.e., se a persistência passiva de Y é recompensada na forma de X finalmente superar sua fúria e "perdoar" Y, voltando a ser seu *compadre*, ou se Y finalmente não consegue mais aceitar a hostilidade e acaba deixando de ir à casa de X... ou se toda a situação incrivelmente tensa e não clara simplesmente continua indefinidamente. O que fez o gesto ser uma meia-bofetada foi o fato de X estar com a mão parcialmente aberta quando bateu em Y aquela vez. Há também o fator de como a franca hostilidade de X com Y e a reação passiva de Y afeta certa dinâmica intramuros da família X: a mulher e os filhos de X ficam horrorizados com o tratamento que X dispensa a Y ou concordam com X que Y fodeu com ele de alguma forma e assim estão basicamente do lado de X. Isso afetaria o que sentem diante do fato de Y continuar indo e ficando em sua casa toda noite, mesmo quando X deixa cristalinamente claro que ele não é mais bem-vindo, ou se admiram a fortaleza estoica de Y ou a acham horrível, patética e desejam que ele afinal entenda o recado e pare de agir como se ainda fizesse parte honorária da família, ou seja lá o que for. Na verdade, o resultado é que toda a *mise en scène* aqui parece imersa demais em ambiguidade para constituir uma boa Pop Quiz.

Pop Quiz 7

Uma mulher se casa com um homem de uma família muito rica e eles têm um filho e os dois amam muito o bebê, embora, com o tempo, passem a gostar cada vez menos um do outro, até por fim a mulher entrar com um pedido de divórcio do homem. A mulher e o homem querem ambos a custódia primária do bebê, mas a mulher supõe que acabará ficando com a custódia primária porque é assim que as coisas geralmente acontecem na lei de divórcio. Mas o homem realmente quer muito a custódia primária. Não está claro se isso se deve a ele ter um forte pendor paterno e querer realmente criar o bebê ou se simplesmente quer se vingar de ela ter entrado com um pedido de divórcio e quer espicaçar a mulher negando-lhe a custódia primária. Mas isso não é importante, porque o que *é* importante é que toda a família rica e poderosa do homem se põe ao lado dele no tocante a essa questão e acha que ele deve obter a custódia primária (provavelmente porque acreditam que, como ele é um rebento de sua família, deve conseguir tudo o que quiser — é uma família desse tipo). Mas então a família do homem procura a mulher e lhe diz que se ela combater o seu rebento eles retaliarão retirando o generoso Fundo Pecuniário que fizeram para o bebê ao nascer, Fundo suficiente para tornar a vida inteira do bebê financeiramente segura. Sem Custódia Primária, nada de Fundo Pecuniário, dizem eles. Então a mulher (que por sinal havia assinado um acordo pré-nupcial e não terá nenhuma remuneração, nem apoio conjugal com o arranjo de divórcio independentemente de como se resolva a questão da custódia) abandona a luta pela custódia e deixa que o homem e sua mesquinha família fiquem com a custódia do bebê para que o bebê possa ter o Fundo Pecuniário.

P: (A) Ela é uma boa mãe?[1]

---

1. (B)(*opcional*) Explique se e como a informação de que a mulher acabou em um ambiente de pobreza incrivelmente desesperada afetaria sua resposta a (A).

Pop Quiz 6(a)

Tente de novo. O pai da esposa do mesmo sujeito X da PQ6 recebe o diagnóstico de um câncer cerebral inoperável. Toda a imensa família da esposa de X é realmente próxima e entrosada e todos moram bem ali na mesma cidade que X e sua esposa, seu sogro e a esposa e desde que chegou o diagnóstico armou-se uma verdadeira ópera de Wagner de alarme, aflição e dor na família; e, mais perto do alvo, a esposa e os filhos de X estão também terrivelmente perturbados com o câncer cerebral inoperável do velho porque a esposa de X sempre foi muito próxima ao pai e os filhos de X têm loucura pelo Vovozinho, são descaradamente mimados e sua afeição é retribuída por ele; e agora o pai da esposa de X está ficando cada vez mais fraco, sofrendo e morrendo de câncer cerebral e a família inteira de X e os parentes do lado da mulher parecem estar começando a lamentar a morte real do velho, incrivelmente abalados, histéricos e tristes ao mesmo tempo.

O próprio X se vê em uma posição delicada no tocante a toda a situação do câncer cerebral inoperável do sogro. Ele e o pai de sua mulher nunca tiveram uma relação próxima ou amigável e na verdade o velho uma vez insistira com a mulher de X para se divorciar de X durante um período instável alguns anos antes quando as coisas no casamento estavam instáveis e X havia cometido alguns erros de avaliação lamentáveis e feito algumas indiscrições que uma das irmãs patologicamente ruidosas e falantes da esposa de X foi contar ao pai, a respeito das quais o velho havia sido tipicamente arbitrário, mais-rea-lista-que-o-rei e anunciado em alto e bom som a praticamente todo mundo da família que considerava o comportamento de X desagradável e completamente *infra dignitate* e insistira com a mulher de X para que o deixasse, coisas que X não esqueceu ao longo dos anos, nem de longe, porque desde aquele período instável e das condenações de dono da verdade do velho X sentiu-se um tanto dispensável, tangencial e *persona non grata* no tocante a toda a fervilhante, entrosada e unida família, família essa que por essa época compreendia os maridos e filhos das seis irmãs da esposa e vários soricídeos tias-avós e tios-avós e primos taxonomicamente disparatados, de tal forma que um Centro de Conferências local tinha de ser alugado todo verão para a tradicional Reunião Familiar (maiúsculas deles), evento anual em que sempre fazem X sentir-se dispensável e sob permanente desconfiança e julgamento e muito próximo àquele clássico forasteiro que tenta se integrar.

A sensação de alheamento à família da mulher agora intensificou-se para X também, porque toda a enorme irritante multidão deles parece agora incapaz de pensar ou falar sobre qualquer coisa que não seja o câncer cerebral do velho patriarca de olhos de aço, as sombrias opções de tratamento, o constante declínio e as chances aparentemente distantes de ele durar mais do que alguns meses na melhor das hipóteses e parecem todos falar incessantemente mas só uns com os outros sobre isso, de tal forma que sempre que X está ao lado da mulher durante um desses lúgubres concílios familiares ele se sente sempre periférico e supérfluo, sutilmente excluído, como se a família muito unida da mulher tivesse se fechado ainda mais em si mesma nesse tempo de crise, forçando X ainda mais para a periferia, sente ele. E os encontros de X com o próprio sogro, sempre que X acompanha a esposa em suas incessantes visitas ao quarto de doente do velho na opulenta casa neorromanesca dele (i.e., do velho) e de sua mulher, do outro lado da cidade (no que parece uma galáxia econômica inteiramente diferente), em relação à casa bastante modesta dos X, é sempre um momento opressivo, por todas as razões acima mais o fato de que o pai da esposa de X — que, mesmo estando nesse momento confinado a uma cama hospitalar especial ajustável de ponta de linha que a família mandou vir, e toda vez que X lá está ele estar deitado nessa cama especial high-tech assistido por um técnico hospitalar porto-riquenho, e estar mesmo assim sempre imaculadamente barbeado, limpo e vestido, com a gravata presa em um nó Windsor duplo e os óculos trifocais polidos, como se estivesse pronto para saltar a qualquer momento e mandar o porto-riquenho buscar o terno Pucci Signor e a toga jurídica para retornar à Corte de Taxações do Sétimo Distrito para baixar algumas impiedosas e bem arrazoadas decisões, uma roupa e um porte que a família abalada toda parece ver como mais um sinal da comovente dignidade do velho, *dum spero joie de vivre* e força de vontade — o sogro parece sempre conspicuamente gelado e distante em sua maneira com X durante essas visitas de obrigação, enquanto X, por sua vez, ali fica desajeitado parado atrás da mulher enquanto ela é lacrimosamente atraída a se curvar sobre a cama de doente como uma colher ou barra de metal atraída e dobrada pela horrenda força da vontade do mentalista, geralmente se vê tomado primeiro por alheamento, depois por desagrado e ressentimento, em seguida por real malevolência pelo velho de olhos de aço que, verdade seja dita, X sempre sentiu secretamente como uma besta de primeira linha e agora descobre que o mero cintilar dos trifocais do sogro o aflige e não consegue evitar a sensação de que o odeia; e o sogro, por sua vez, parece perceber o ódio involuntário secreto de X e devolve a clara impressão de não se sentir nada alegre, nem animado, nem apoiado pela presença de X desejando que X nem estivesse ali em seu quarto de doente com Mrs. X e o lustroso técnico hospitalar, desejo com que X se vê amargamente colaborando por dentro mesmo ao exibir um sorriso ainda mais amplo, mais incentivador e compassivo no espaço do quarto, de forma que

X fica sempre confuso, incomodado e enraivecido no quarto do velho com sua mulher e acaba sempre pensando no que está fazendo ali.

X, porém, é claro, fica sempre bem envergonhado por sentir tal desagrado e ressentimento na presença de um outro ser humano e parente por afinidade que está uniforme e inoperavelmente declinando e depois de cada visita à luculenta cama de doente, ao dirigir em silêncio levando sua mulher de volta para casa, X secretamente se castiga e imagina onde estão sua decência e sua compaixão básicas. Ele localiza uma fonte ainda mais profunda de vergonha no fato de, desde que chegou o diagnóstico terminal do sogro, ele (i.e., X) ter gastado tanto tempo e energia pensando só em si mesmo e em seus sentimentos de ofendida exclusão do *Drang* do clã familiar da esposa quando, afinal, o pai de sua esposa está sofrendo e morrendo bem diante de seus olhos e a amorosa esposa de X está quase prostrada de agonia e dor, os inocentes e sensíveis filhos de X também sofrendo terrivelmente. X se preocupa secretamente com a possibilidade de esse evidente egoísmo de seus sentimentos internos durante esse momento de crise familiar em que sua esposa e filhos tão claramente merecem sua compaixão e apoio possa constituir prova de algum horrendo defeito em sua constituição como ser humano, algum tipo de hediondo gelo central no lugar onde os nódulos de empatia e generosidade pelos outros deveriam estar e fica cada vez mais atormentado de vergonha e dúvidas, sentindo-se duplamente envergonhado e preocupado com o fato de a vergonha e a dúvida serem elas próprias autoenvolventes, portanto comprometendo ainda mais sua capacidade de verdadeiramente se preocupar e apoiar a esposa e os filhos; e ele guarda para si mesmo inteiramente esses sentimentos secretos de alienação, desgosto, ressentimentos, vergonha e autoflagelação até pela própria vergonha e não sente que seja capaz de ir até sua perturbada esposa e ainda mais sobrecarregá-la e horrorizá-la com seu *pons asinorum* voltado para si mesmo e fica efetivamente tão desgostoso e envergonhado com o que teme possa ter descoberto sobre a constituição de seu próprio coração que está sempre calado, reservado e distante de todos em sua vida pelos primeiros meses da doença do sogro e nada revela dos tormentos que rugem centripetamente dentro dele.

O tumor torturante, inoperável, degenerativo do sogro continua e continua durante tanto tempo, porém — seja por se tratar de uma forma especialmente lenta de câncer cerebral, seja porque o sogro é aquele tipo de durão que se agarra sombriamente à vida enquanto possível, um daqueles casos para os quais, X acredita secretamente, a eutanásia foi originalmente criada, isto é, daqueles em que o paciente sobrevive, degenerando e sofrendo horrivelmente, mas se nega a submeter-se ao inevitável e a entregar o espírito e não parece nunca pensar no coincidente sofrimento que essa horrenda demora degenerativa impõe àqueles que, por qualquer razão inescrutável, o amam ou ambas as coisas — e o conflito secreto e a vergonha corrosiva de X finalmente o esgotam a tal ponto e o tornam tão deprimido no trabalho e tão catatônico em casa que ele finalmente engole todo orgulho e vai de chapéu na mão a seu fiel amigo e colega Y e expõe toda a situação *ab initio ad mala* para ele, confiando a Y o gélido egoísmo de seus (dele, X) mais profundos sentimentos durante essa crise familiar, detalhando sua vergonha íntima pela antipatia que sente quando fica parado atrás da cadeira da mulher ao lado da cama de liga de aço totalmente ajustável de 6500 dólares do agora grotescamente abatido e incontinente sogro olhando quando a língua dele cai e o rosto se contorce em repulsivos espasmos clônicos e uma espuma amarelada se junta constantemente nos cantos de seus (do sogro) trêmulos lábios numa tentativa de falar e sua[1] cabeça agora indecentemente desproporcional e assimétrica rola em cima da fronha italiana de trezentos fios de trama e os olhos toldados mas ainda cruelmente ferrosos do velho passeiam por trás do trifocal metálico pelo rosto de Mrs. X e pousam sobre a tensa expressão de simpatia e apoio sinceros que X sempre se esforça no carro para armar e usar nessas torturantes visitas e rolam instantaneamente se desviando em direção oposta — os olhos do sogro rolam — sempre acompanhados de uma irregular exalação de desgosto, como se pudesse ler a mentirosa hipocrisia da expressão de X e discernir a antipatia e o egoísmo por baixo dela, questionando ainda uma vez a escolha da filha de permanecer ligada a esse marginal e reprovativo Contador Público Certificado; e X confessa a Y o fato de que começou, nessas visitas ao quarto de doente do babaca do velho dono da verdade incontinente, a torcer em silêncio pelo tumor, mentalmente saudando sua saúde e desejando que continuasse seu crescimento metastático, e começou secretamente a ver essas visitas como rituais de simpatia e apoio aos tecidos do velho, deixando que sua pobre mulher acreditasse que X estava ali ao lado dela por comiserada consideração pelo próprio velho... X agora vomitava as últimas gotas do conflito, da alienação e da autopunição internos dos últimos meses, implorando a Y que por favor entendesse como era difícil para X contar para qualquer pessoa a sua vergonha secreta e que se sentisse ao mesmo tempo honrado e comprometido com a confiança de X nele para encontrar em seu próprio coração a compaixão de suspender qualquer julgamento de dono da verdade de X e pelo amor do bom Deus não revelar a ninguém o tão gelado e malignamente egoísta coração que X temia ter visto revelado por seus mais secretos sentimentos durante todo esse sofrimento infernal.

1. (i.e., do sogro)

Se essa conversa catártica ocorre antes de Y ter feito o que quer que tenha feito para deixar X tão furioso com ele[2] ou se essa conversa ocorreu depois e indica assim que a estoica passividade com que Y suportou as vituperações de X valeram a pena e sua amizade foi restabelecida — ou se talvez até mesmo esta conversa em si tenha sido o que de alguma forma gerou a raiva de X contra uma suposta "traição" de Y, i.e., se X depois passou a achar que Y pode ter revelado parte do que disse a Mrs. X no tocante à autoabsorção secreta de seu marido durante o que foi provavelmente o período mais emocionalmente conturbado de sua vida até então — nada disso é claro, mas não tem importância porque o que *é* de importância central é que X, devido a uma combinação de pura dor e fadiga, finalmente se humilha e desvenda seu necrótico coração para Y e pergunta a Y o que Y acha que ele (X) deveria fazer para resolver esse conflito interior e extinguir a vergonha secreta, para ser sinceramente capaz de perdoar seu moribundo sogro por ser uma tal besta tirânica na vida e simplesmente deixar de lado a história e de alguma forma ignorar os hipócritas julgamentos e a evidente antipatia do presunçoso velho e os sentimentos periféricos de X de ser *persona non grata* e de alguma forma lá permanecer, tentar dar força ao velho e sentir pena por toda aquela massa histérica e agitada da família de sua mulher, colocando-se lá para dar apoio e ficar ao lado de Mrs. X e dos pequenos X nesse momento de crise, pensando verdadeiramente *neles* em vez de ficar todo voltado para seus próprios sentimentos secretos de exclusão, ressentimento, *viva cancrosum*, autodepreciação, autoflagelação e ardente vergonha.

Como ficou provavelmente claro na PQ6 abortada, Y é lacônico e retraído por natureza ao ponto de ser preciso quase

---

2. Veja a PQ6 abortada, acima.

lhe aplicar um *half-nelson* para levá-lo a fazer algo tão presunçoso quanto efetivamente dar conselhos. Mas X, recorrendo por fim a fazer Y realizar um experimento mental em que Y finge ser X e rumina em voz alta o que ele (querendo dizer Y, no papel de X) faria se se visse diante desse maligno e horripilante *pons asinorum*, finalmente consegue levar Y a asseverar que o melhor que ele (i.e., Y no papel de X, e assim, por extensão, o próprio X) pode fazer na situação é simplesmente ali permanecer passivamente, i.e., simplesmente Aparecer Lá, continuar Ali Presente — mesmo que só fisicamente, se nada mais — à margem dos concílios familiares e ao lado de Mrs. X no quarto de doente de seu pai. Em outras palavras, Y diz, transformar em sua penitência secreta e em presente para o velho o simples estar lá e silenciosamente submeter-se aos sentimentos de horror, hipocrisia, egoísmo e desânimo, mas não parar de acompanhar sua esposa nem de visitar o velho, nem de pairar tangencialmente nos concílios familiares, em outras palavras que X simplesmente se resumisse às meras ações e processos físicos, para conseguir deixar de sobrecarregar seu coração e parar de se preocupar com sua constituição e simplesmente Aparecer Lá...[3] coisa que, quando X replica que isso, pelo amor de Deus, isso já é o que ele vem fazendo o tempo todo, Y dá cautelosos tapinhas em seu (i.e., dele, X) ombro e arrisca dizer que X sempre lhe pareceu (a ele, Y) bem mais forte, equilibrado e mais compassivo que ele, X, sempre se dispôs a acreditar-se.

Tudo isso faz X sentir-se um tanto melhor — seja porque o conselho de Y é profundo e inspirador, seja apenas porque X aliviou-se um pouco vomitando por fim os malignos segredos

3. (A maneira como Y diz coisas como "Aparecer Lá" e "Ali Presente" faz X de alguma forma conceber os clichês em maiúsculas, não diferente do modo como ouve a família de sua mulher falar das insuportáveis Reuniões Familiares no C. C. Ramada.)

que sente que o estavam corroendo — e as coisas continuam bem iguais ao que estavam antes com o lento declínio do odioso sogro e a dor da esposa de X e os infindáveis histrionismo e concílios da família dela, com X ainda, por trás de seu tenso sorriso de coração, se sentindo cheio de ódio, confuso e autoflagelativo, mas lutando agora para tentar ver todo esse torvelinho emocional podre como um presente de coração para sua querida esposa e — arrepio — sogro, e o único outro desenvolvimento significativo ao longo dos seis meses seguintes vem a ser que a esposa de olhos fundos de X e uma de suas irmãs passam a tomar o antidepressivo Paxil e dois dos sobrinhos por afinidade de X são presos por possivelmente molestarem uma menina com problemas de desenvolvimento na ala de Educação Especial do seu primeiro ano de escola secundária.

E as coisas prosseguem assim — com X agora procurando Y de chapéu na mão em busca de um ouvido amigo e um ocasional experimento com pensamentos, colocando-se como uma presença tão passiva, mas incrivelmente constante junto ao leito patriarcal e nos absorventes concílios familiares que o mais brincalhão dos tios-avós da família da esposa de X começa a fazer piadas dizendo que vão ter de tirar o pó dele — até que, finalmente, uma manhã bem cedo, um ano depois do diagnóstico inicial, o inoperável, devastado, agonizante e não lúcido sogro entrega o espírito por fim, expirando com o forte estremecimento de um grande peixe abatido a pancada,[4] é embalsamado, maquiado, vestido (por codicilo) em sua toga jurídica e relembrado em uma cerimônia com o caixão bem acima dos presentes sobre um estrado, durante a qual os olhos da pobre

4. (Isso de acordo com um dos cunhados de X, um grande associado júnior do Big Six que jamais gostou do velho mais do que X gostava e que estava ao lado da cama com sua esposa cheia de serotonina quando a coisa ocorreu.)

esposa de X parecem duas enormes queimaduras de charuto em um cobertor de acrílico, durante a qual X a seu lado — primeiro para a desconfiança, depois para a tocada surpresa de seus numerosos e vestidos de negro parentes — chora mais tempo e mais alto que todos, sua dor tão extrema e sincera que, na saída da sacristia episcopal, é sua própria sogra que enfia o lenço na mão de X e o consola com uma breve apertada no antebraço esquerdo quando ele a ajudou a entrar na limusine, e X é convidado, mais tarde nesse mesmo dia, por meio de um telefonema pessoal do filho mais velho e de olho mais duro do sogro, a comparecer, ao lado de Mrs. X, a uma muito privada e exclusiva Reunião pós-enterro do círculo mais interno da enlutada família na biblioteca da opulenta residência do falecido juiz, um gesto de inclusão que comove Mrs. X a suas primeiras lágrimas de alegria desde muito antes de começar a tomar Paxil.

A exclusiva Reunião em si — que acaba, nos cálculos de X no local, incluindo menos de 38% dos parentes totais da família e que oferece cálices preaquecidos de Remy Martin e descarados charutos cubanos para os homens — compreende o arranjo de divãs de couro, antigas otomanas, bergères e sólidas escadinhas de biblioteca de três degraus Willis & Geiger em um grande círculo, em torno de cujo círculo os 37,5% mais internos e agora aparentemente mais íntimos da família por afinidade de X se sentam e se revezam declamando brevemente suas lembranças e sentimentos pelo sogro morto e seus relacionamentos individuais especiais e únicos com ele durante sua longa vida excepcionalmente distinta. E X — que está sentado desajeitado em uma escadinha de carvalho ao lado da poltrona da mulher e por sua posição no círculo será o quarto antes do último a falar e que está em seu quinto cálice, cujo charuto, por alguma razão misteriosa, está sempre apagando, e que sofre pontadas prostáticas de moderadas a severas devido à textura áspera do degrau superior da escada — descobre, à medida que anedotas e encômios sinceros e às vezes bem emocionantes circulam pelo círculo interno, que tem cada vez menos ideia do que irá dizer.

P: (A) Autoevidente.

(B) Ao longo de todo o ano de doença terminal de seu pai, Mrs. X não deu nenhuma indicação de saber qualquer coisa sobre o conflito interno e o autocorrosivo horror de X. X conseguiu assim manter em segredo seu estado interno, que foi o que ele professou querer todo aquele ano. Registre-se que X manteve segredos de Mrs. X em diversas outras ocasiões anteriores. Parte da confusão interior e do fluxo de todo esse intervalo pré-mortem, porém — como X confidenciou a Y depois que o velho filho da puta finalmente bateu as botas — foi que, pela primeira vez em seu casamento, a esposa de X não saber alguma coisa sobre X e X não querer que ela soubesse deixou X não aliviado nem seguro e bem, mas sentindo-se ao contrário bastante triste, alienado, solitário e aflito. O ponto crucial: X agora se vê, por trás de sua expressão comiserativa e de seus gestos solícitos, secretamente zangado com a mulher por uma ignorância que ele fez de tudo para cultivar e sustentar nela. Avalie.

Pop Quiz 9

Você é, infelizmente, um escritor de ficção. Está tentando um ciclo de peças beletristas muito curtas, peças que, por acaso, não são *contes philosophiques*, nem vinhetas, roteiros, alegorias ou fábulas, exatamente, porém não são realmente qualificáveis tampouco como "contos" (nem mesmo como aqueles supervalorizados Flash Fictions veiculados na rede que se tornaram tão populares em anos recentes — embora essas peças beletristas sejam realmente curtas, elas não funcionam como as Flash Fictions devem funcionar). Difícil descrever como as peças curtas do ciclo devem funcionar. Talvez digamos elas devam compor uma certa espécie de *"questionamento"* da pessoa que as lê, de alguma forma — i.e., apalpação, sondagens nos interstícios da sensação que ela tem de alguma coisa etc... embora o que constitua essa "alguma coisa" seja loucamente difícil de definir, mesmo só para si mesmo enquanto você está trabalhando nas peças (peças que estão tomando uma quantidade realmente grotesca de tempo, por sinal, muito mais tempo do que deveriam diante do seu tamanho e "peso" estético etc. — afinal, você é igual a todo mundo, só tem um determinado tempo à sua disposição e tem de distribuí-lo judiciosamente, principalmente quando se trata de questões de carreira [sim: as coisas chegaram a tal ponto que mesmo escritores de ficção beletrista acham que têm "carreiras"]). Você tem certeza, porém, de que as peças narrativas são realmente apenas "peças" e nada mais, i.e., que a maneira como elas se encaixam no ciclo maior que as compreende é que é crucial para a "alguma coisa" que você quer "questionar" numa "sensação" humana e assim por diante.

Então você faz um ciclo de oito partes dessas pequenas peças de porca e parafuso.[1] E resulta um fiasco total. Cinco das oito peças absolutamente não funcionam — o que quer dizer que elas não questionam nem apalpam o que você queria que elas fizessem, além de serem construídas demais, ou muito como cartuns, ou muito chatinhas ou as três coisas — e você tem de jogá-las fora. A sexta peça funciona só depois de totalmente refeita de um jeito que é proibitivamente longo e

---

1. (Desde o começo você imaginava a série como um octeto ou octociclo, embora não se dê ao trabalho de explicar isso a ninguém.)

indigesto e, você teme, talvez tão denso e voltado para si mesmo que ninguém vai nem chegar à parte da pergunta do final; além disso, na odiosa Fase de Revisão Final você se dá conta de que a reescritura da peça 6 depende tão profundamente da primeira versão da 6 que você tem de colar a primeira versão de volta ao octociclo também, embora ela (i.e., a primeira versão da peça 6) se desmanche depois de 75% do texto. Você decide salvar o desastre artístico de ter de colar a primeira versão da sexta peça colocando descaradamente que essa primeira versão não se sustenta e não funciona como uma "Pop Quiz" e tem de reescrever o começo da sexta peça com uma sucinta admissão nada apologética de que é mais uma "tentativa" de seja o que for que você está tentando apalpar como interrogabilidade na primeira versão. Essa admissão intranarrativa tem a vantagem adicional de diluir ligeiramente a presunção de estruturar essas pequenas peças como "Quizzes", mas tem também a desvantagem de flertar com uma autorreferência metaficcional — a saber, colocar dentro do próprio texto "Esta Pop Quiz não está funcionando" e "Mais uma punhalada na número 6" — coisa que no final dos anos 1990, quando até Wes Craven está capitalizando a autorreferência metaficcional, pode resultar frouxo, cansado, fácil, e corre também o risco de comprometer a estranha *urgência* sobre o que quer que você sinta que quer que as peças questionem em quem quer que as leia. Essa é uma urgência que você, o escritor de ficção, sente como muito... bem, urgente e quer que o leitor sinta também — o que equivale a dizer que de jeito nenhum você quer que um leitor saia achando que o ciclo é apenas algum engraçadinho exercício formal em estrutura interrogativa e em metatexto padrão.[2]

2. (Embora fique tudo um pouco complicado porque parte do que você quer que essas Pop Quizzes consigam é quebrar a quarta parede textual e de certa

Tudo isso estabelece um sério (e seriamente moroso) enigma. Não só você termina com apenas metade do octeto que havia concebido originalmente — e uma metade que você admite artificial e imperfeita, por sinal[3] — mas há também a

---

forma se dirigir (ou "indagar") ao leitor diretamente, desejo esse que está de alguma forma relacionado com o velho desejo do "meta"-recurso de perfurar algum tipo de pretensão realista de quarta parede, embora pareça que este último seja menos um perfurar de qualquer parede real e mais uma perfuração do véu de impessoalidade e alheamento em torno do próprio escritor, i.e., com o hoje cansado conceito padrão de "meta" é muito mais o próprio dramaturgo que entra no palco saído das coxias e lembra você que o que está acontecendo é artificial e que o artífice é ele (o dramaturgo) e ele tem pelo menos respeito suficiente por você como leitor/plateia para ser sincero quanto ao fato de que ele está ali atrás puxando as cordinhas, uma "sinceridade" que você sempre teve a sensação de ser na verdade uma pseudossinceridade destinada a fazer você gostar dele e aprová-lo (i.e., ao escritor de "meta"-tipo) e se sentir lisonjeado de ele aparentemente considerar você adulto o suficiente para lidar com o fato de ser lembrado de que aquilo em que você está envolvido é artificial [como se você ainda não soubesse, como se você precisasse ser relembrado disso insisten-temente como se fosse uma criança míope que não enxerga o que está bem na sua frente], o que mais que qualquer outra coisa parece semelhante ao tipo de pessoa do mundo real que tenta manipular você para que goste dela exagerando o quanto é aberta, sincera e não manipulativa o tempo todo, um tipo que é ainda mais irritante que o tipo de pessoa que tenta manipular você simples-mente mentindo direto, uma vez que esta última não está constantemente se congratulando a si mesma por não fazer precisamente o que a própria autocon-gratulação acaba fazendo, que é não questionar você nem estabelecer qualquer tipo de intercâmbio nem mesmo *conversar* com você, mas simplesmente *representando** de um jeito altamente voltado para si mesmo e manipulativo.

Nada disso está colocado com muita clareza e poderá muito bem ser cortado. Pode ser que nada dessa questão sinceridade-narrativa-real-versus--pseudossinceridade-narrativa possa ser abertamente discutida.)

*[Kundera aqui diria *"dançando"* e efetivamente ele é um exemplo perfeito de beletrista cuja sinceridade intermuros é ao mesmo tempo formalmente impecável e inteiramente autosserviente: um clássico retórico pós-moderno.]

3. Note — no espírito de 100% de franqueza — que não é como se algum tipo de alta estética olímpica tenha feito você jogar fora 63% do octeto original. As

questão da urgente e necessária maneira como você visualizou as oito peças beletristas originais interligadas para formar um todo óctuplo unificado, um todo que acabe interrogando sutilmente o leitor no tocante à questão proteana mas ainda única e unificada de que todas as "P" abertas e descaradamente não

---

cinco peças inaproveitáveis simplesmente não funcionavam. Uma delas tinha a ver com um brilhante psicofarmacologista que havia patenteado um tipo de antidepressivo pós-Prozac e Zoloft incrivelmente eficiente, tão eficiente que eliminava completamente até o último traço de distrofia/anedonia/agorafobia/distúrbio obsessivo-compulsivo/desespero existencial em pacientes e substituía seus desajustes afetivos por um enorme sentimento de confiança pessoal e *joie de vivre*, uma capacidade ilimitada de relações interpessoais vibrantes e uma convicção quase mística de sua união sinedóquica elementar com o universo e tudo que nele existe, assim como uma impressionante e efervescente gratidão por todos os sentimentos acima; além disso, o novo antidepressivo não tinha absolutamente nenhum efeito colateral nem contraindicações nem interações perigosas com outros produtos farmacêuticos e passou praticamente voando pelas audiências de aprovação da FDA; além disso, o produto era tão fácil e barato de sintetizar e manufaturar que o psicofarmacologista podia prepará-lo ele mesmo em seu pequeno laboratório doméstico no porão e vender a preço de custo por correio direto para profissionais licenciados em psiquiatria, passando ao largo dos extorsivos aumentos das grandes companhias farmacêuticas; e o antidepressivo significava literalmente uma nova vida para incontáveis milhares de americanos ciclotímicos, muitos dos quais eram os mais endógenos e obstinadamente deprimidos pacientes de seus psiquiatras e que agora estavam positivamente borbulhando de *joie de vivre*, energia produtiva e uma cálida e humilde sensação de sua grande sorte por isso, tendo encontrado o endereço residencial do brilhante psicofarmacologista (i.e., alguns pacientes encontraram, o que acabou se revelando bem fácil, uma vez que o psicofarmacologista despachava diretamente o antidepressivo e tudo o que se precisava fazer era olhar o endereço do remetente nos baratos envelopes acolchoados que ele usava para enviar o material) e começaram a aparecer na casa dele, primeiro um de cada vez, depois em pequenos grupos, e depois de algum tempo convergindo em números cada vez maiores à modesta residência particular do psicofarmacologista, querendo apenas dar uma olhada significativa nos olhos do grande homem, apertar sua mão e agradecer do fundo de seus corações espiritualmente recém-recuperados; e as multidões de

sutis ao final de cada Pop Quiz terminariam por palpar — se essas perguntas fossem elas próprias encaixadas no contexto orgânico do todo maior. Essa estranha urgência unívoca pode ou não fazer sentido para os outros, mas tinha de fazer sentido para você e parecer... bem, mais uma vez, urgente e valendo

---

pacientes agradecidos em frente à casa do psicofarmacologista vão ficando sempre maiores e maiores e alguns dos mais determinados dos pacientes agradecidos na multidão armaram barracas e casas móveis cujas mangueiras de esgoto têm de ser esvaziadas no ralo da rua, a campainha da porta e o telefone do psicofarmacologista tocam constantemente, o jardim de seu vizinho é todo pisado, tem carros nele estacionados, incontáveis normas municipais de saúde são quebradas; e o psicofarmacologista dentro da casa acaba tendo de pedir as coisas por telefone e instalar persianas especiais extraopacas nas janelas da frente e mantê-las fechadas todo o tempo porque sempre que a multidão lá fora enxerga uma parte dele que esteja se mexendo dentro da casa um enorme viva efervescente de gratidão e louvor se levanta entre os milhares reunidos, e há um avanço em massa quase ameaçador à varanda da modesta casinha e à campainha quando novos pacientes *en masse* são dominados pelo sincero desejo de só apertar a mão do psicofarmacologista entre as suas, para dizer que ele é um santo vivo grande, brilhante e abnegado, para dizer que se existe alguma coisa que possam fazer para ao menos em parte começar a pagar o que fez por eles, por suas famílias e pela humanidade como um todo, nossa, que ele diga, qualquer coisa; de forma que evidentemente o psicofarmacologista termina basicamente prisioneiro em sua própria casa, com as persianas especiais fechadas, o telefone fora do gancho, a campainha desligada, múltiplos fones de ouvido de espuma expandida nas orelhas o tempo todo para abafar o ruído da multidão, impossibilitado de sair da casa, já limitado à última das menos apetitosas comidas em lata do fundo da despensa, chegando mais e mais perto de ou abrir as artérias radiais ou subir por dentro da chaminé até o telhado com um megafone para dizer à enlouquecedoramente efervescente e grata multidão de cidadãos restaurados que vão se foder e o deixem em paz pelo amor de Deus, porra, porque ele *não aguenta* mais... e então, fiéis ao formato do ciclo de Pop Quiz, há algumas perguntas bastante previsíveis sobre o como e o porquê de o psicofarmacologista talvez merecer o que lhe aconteceu e se é verdade que qualquer mudança notável na taxa de alegria/depressão do mundo tem de ser sempre compensada por alguma mudança igualmente radical no outro extremo da equação relevante etc... e a coisa toda simples-

a pena correr o risco da aparência inicial de exercício formal raso ou artesania pseudometabeletrista na estrutura anticonvencional de Pop Quiz das peças. Você estava apostando que a estranha urgência emergente do todo organicamente unificado das peças duas vezes duas vezes duas do octeto (que você visua-

---

mente se prolonga demais e fica imediatamente evidente demais e obscura demais (i.e., a segunda parte da parte da "P" da Quiz usa cinco linhas para construir uma possível analogia entre a taxa de alegria/miséria do mundo e a seminal dupla equação da moderna contabilidade "$A = L + E$" como se mais de uma pessoa em mil pudesse se importar com essa merda), além disso toda a *mise en scène* é muito cartum, de forma que parece que está tentando apenas ser grotescamente engraçada em vez de tanto grotescamente engraçada quanto grotescamente séria ao mesmo tempo, de tal forma que qualquer urgência humana real no roteiro e nas apalpações da Quiz fica obscurecida pelo que parece ser apenas um pouco mais de comédia comercial cínica do tipo que nos diverte até a morte que já sugou tanto da urgência da vida contemporânea só para começar, defeito que de uma forma irônica é quase o contrário do que impele à eliminação de mais uma das oito pecinhas originais, essa uma PQ sobre um grupo de imigrantes do começo do século XX de alguma parte exótica da Europa Oriental que desembarca e passa pelos processos da Ilha Ellis, depois de passar pelo exame de tuberculose tem a má sorte de ir parar nas mãos de um certo Funcionário Processual de Admissão da Ilha Ellis que é psicoticamente nacionalista e sádico e nos documentos de admissão ao país transforma o exótico nome nativo de cada imigrante em algum tipo de ridículo, feio e indigno termo da língua inglesa com que se pareça remotamente — Pavel Shitlick [Lambemerda], Milorad Fucksalot [Fodemuito], Djerdap Snott [Ranho], sem dúvida já deu para entender — coisa contra a qual a ignorância da língua de seu novo país impede o imigrante de protestar ou de mesmo notar, mas que evidentemente logo se torna uma fonte infernal de ridículo, vergonha e discriminação para o equilíbrio de suas vidas nos Estados Unidos, uma fonte de insistente ressentimento do tipo *vendetta* da Europa Oriental que perdura até os asilos de Brooklyn, NY, onde um bom número de imigrantes onomasticamente atingidos termina em sua velhice; e, então, um dia, um velho rosto devastado, mas assustadoramente familiar, de repente aparece no asilo quando o dono do rosto é fichado, admitido e levado na maca com seu tanque de oxigênio portátil para o meio dos velhos imigrantes na sala de TV, e primeiro o olho de lince do velho Ephrosin Mydickislittle [Meu-

lizou como uma dualidade maniqueísta elevada ao poder trino de uma espécie de síntese hegeliana no tocante a questões que tanto personagens como leitores teriam de "decidir") atenuaria a aparência inicial de pós-inteligente metaformalista besteira e acabaria (você esperava) efetivamente interrogando a inclina-

---

pauépequeno] e depois, pouco a pouco, todos os outros de repente reconhecem o novo sujeito como a casca senescente, enfraquecida e totalmente indefesa do maligno funcionário da imigração da Ilha Ellis, que agora está paralisado, mudo, com enfisema e totalmente indefeso; e o grupo de uma dúzia ou quase dos imigrantes vitimados que suportaram o ridículo, a indignidade e o ressentimento quase todos os dias das últimas cinco décadas tem de decidir se eles vão explorar essa chance perfeita de exercer sua vingança, e eles realizam então um longo debate para saber se é justificado cortar a mangueira de oxigênio do sujeito paralisado ou alguma outra coisa e se poderia ser algum acidente um Deus do Leste europeu justo e misericordioso ter feito esse asilo particular ser aquele para onde o antigo funcionário da imigração é levado, ou se vingar-se de seus ridículos nomes torturando/matando uma pessoa velha e incapacitada transformaria os imigrantes em encarnações vivas da própria indignidade e mau gosto que seus nomes ingleses conotavam, i.e., se vingando o insulto de seus nomes eles viriam, finalmente, a merecer esses nomes... e essa coisa toda seria (em sua opinião) bem legal, o roteiro e o debate têm traços da estranha urgência grotesca/redentora que você quer que o octeto comunique; mas o problema é que as mesmas questões espirituais/morais/ humanas que as "perguntas Quiz" ((A), (B) e assim por diante) colocariam ao leitor já estariam mastigadas com enorme, mas narrativamente necessário excesso, no debate climáxico do tipo doze imigrantes furiosos, transformando a "P" pós-roteiro em pouco mais que um referendo de S/N; além disso, essa peça acabou não combinando com as outras, mais "viáveis", do octeto para formar uma espécie de complexo-mas-mesmo-assim-urgentemente-unificado todo que transformaria o ciclo em uma real peça de arte beletrista em vez de apenas um exercício moderno e engraçadinho de pseudovanguarda; e assim, por mais prenhe de significado e urgência que você ache a questão dos "nomes" e de os nomes "encaixarem" em vez de apenas denotarem ou conotarem, você morde o lábio e joga a peça fora do octeto... o que provavelmente significa de fato que você *tem* padrões, talvez não olímpicos, mas padrões e convicções mesmo assim, o que, por maior perda de tempo e fracasso que seja todo o octeto, deve ser pelo menos fonte de alguma consolação.

ção inicial do leitor para descartar as peças como "exercícios formais rasos" simplesmente com base em seus traços formais comuns, forçando o leitor a ver que essa dispensa seria baseada precisamente no mesmo tipo de preocupações formalistas rasas de que estava tentado (pelo menos de início) a acusar o octeto.

Só que — e aqui está o enigma — mesmo tendo jogado fora, reescrito e reinserido as peças do agora quarteto[4] quase inteiramente devido a uma preocupação com a unidade orgânica e a urgência comunicativa disso, você agora não tem mais nenhuma certeza de que qualquer outra pessoa fará a menor ideia de como as quatro[5] peças do octeto acabarão se "encaixando" ou "tendo algo em comum", i.e., como elas se somam em um autêntico "ciclo" unificado cuja urgência transcenda a suburgência das partes distintas que contém. Assim, você está agora na infeliz posição de tentar ler o semiquarteto "objetivamente" e tentar compreender se a estranha urgência ambiental que você próprio sente nas e entre as peças sobreviventes será sensível ou mesmo discernível para alguma outra pessoa, a saber para algum total estranho que está provavelmente sentado ao fim de um longo e duro dia tentando relaxar com a leitura dessa coisa beletrista do "Octeto".[6] E você sabe que é muito ruim ter pintado o chão se isolando nesse canto, como escritor de ficção. Existem meios certos e frutíferos de tentar uma relação de "empatia" com o leitor, mas ter de tentar se imaginar *como* o

4. (ou melhor, "duo-mais-dupla tentativa de um terceiro" seja qual for o latinório para isso)

5. (ou sejam lá quantas forem)

6. (Você ainda vai dar ao ciclo o título de "Octeto". Não importa se faz sentido para os outros ou não. Nesse ponto, você é intransigente. Se essa intransigência é um tipo de integridade ou simplesmente loucura é uma questão que você se recusa a gastar tempo e trabalho cozinhando. Você se comprometeu com o título "Octeto" e "Octeto" é o que será.)

leitor não é uma delas; na verdade, isso fica perigosamente perto da pavorosa armadilha de tentar prever se o leitor *"gostará"* de alguma coisa em que você está trabalhando e tanto você como os poucos outros escritores de ficção de quem você é amigo sabem que não há meio mais rápido de se amarrar com nós e matar qualquer urgência humana na coisa que você está trabalhando do que tentar calcular previamente se essa coisa será *"apreciada".* Isso é simplesmente letal. Uma analogia poderia ser a seguinte: imagine que você foi a uma festa onde conhece muito pouca gente e no caminho de volta para casa depois você de repente se dá conta de que passou a festa inteira tão preocupado em descobrir se as pessoas lá pareciam gostar ou não de você que agora não faz a menor ideia se *você* gostou de alguma delas ou não. Qualquer pessoa que tenha passado por esse tipo de experiência sabe como é totalmente letal assumir uma atitude desse tipo em uma festa. (Além do que, é claro, quase sempre acontece de as pessoas da festa realmente *não terem* gostado de você, pela simples razão de que ficaram com a assustadora sensação subliminar de que você estava usando a festa apenas como uma espécie de palco para se exibir, mal tendo notado a presença delas, e que você provavelmente foi embora sem ter nenhuma ideia de se gostava ou não delas, o que fere os sentimentos delas e faz com que desgostem de você (elas são, afinal, apenas humanas e têm as mesmas inseguranças que você).)

Mas depois do tempo exigido de preocupação, medo e procrastinação, de aflição-Kleenex e de roer as unhas, de repente lhe ocorre que é muito possível que a estrutura formal interrogativo/"dialógica" do semiocteto — a mesma estrutura que de início pareceu urgente porque era um modo de flertar com a aparência de uma bobagem metatextual por razões que emergiriam (você esperava) como profundas e muito mais urgentes do que a cansada e velha rotina do "Ei-olhe-para-mim-olhando-para-você-olhar-para-mim" da cansada e velha metaficção padronizada, mas que então o levou a uma questão exigindo que você jogasse fora as Pop Quizzes que não funcionavam e eram em última análise padronizadas e tímidas em vez de urgentemente sinceras e a reescrever a PQ6 de um jeito que parecia perigosamente meta-ista e deixou você com um meio octeto mutilado, descaradamente insubstancial, cuja urgência originalmente ambiente, mas unívoca, você absolutamente não tem mais certeza de que será percebida por qualquer um depois que todos os cortes, segundas tentativas e bagunça geral, se isolando no canto do mortal chão pintado beletrista de tentar prever o funcionamento da cabeça e do coração dos leitores — que essa mesma forma heurística de aparência potencialmente desastrosa na aparência vanguardista pode fornecer a você uma saída para o sufocante enigma, uma chance de resgatar o potencial fiasco de sentir que as $2+(2(1))$ peças somam algo urgente e humano e que o leitor não vai absolutamente sentir assim. Porque agora ocorre a você que podia simplesmente perguntar a ele. O leitor. Que você pode espetar o nariz para fora do buraco mural que as frases "A 6 não está funcionando como Pop Quiz" e "Mais uma punhalada nela" etc. já fizeram e se dirigir diretamente ao leitor para perguntar se ele está sentindo algo parecido com o que você está sentindo.

O truque para esta solução é que você teria de ser 100% honesto. O que quer dizer não apenas sincero, mas quase nu. Pior que nu — mais como desarmado. Indefeso. "Esta coisa que eu sinto, não consigo achar um nome para ela, mas parece importante, você sente também?" — esse tipo de pergunta direta não é para os fracos. Por um lado, chega perigosamente perto de *"Você gosta de mim? Por favor, goste de mim"* e você sabe muito bem que 99% de toda a manipulação inter-humana e dos jogos idiotas que acontecem acontecem precisamente porque a ideia de dizer esse tipo de coisa com franqueza é vista como um tanto obscena. Na verdade, um dos últimos poucos tabus interpessoais que temos é esse tipo de interrogação direta obscenamente nua a uma outra pessoa. Parece uma coisa patética e desesperada. É assim que vai parecer ao leitor. E vai ter de ser assim. Não há como evitar. Se você vai para fora e pergunta ao leitor se ele está sentindo e o que está sentindo, não pode haver nada tímido, representado ou pseudossimpático-para-ele-gostar-de-você nessa atitude. Isso mataria a coisa imediatamente. Está vendo? Qualquer coisa menos que sinceridade completamente nua, desamparada e patética e você se vê de volta ao pernicioso enigma. Vai ter de chegar ao leitor 100% de chapéu na mão.

Em outras palavras, o que você poderia fazer é construir mais uma Pop Quiz — no sentido geral a nona, mas em outro sentido apenas a quinta ou mesmo a quarta e efetivamente talvez nenhuma dessas porque essa será menos uma Quiz do que (gulp) uma espécie de metaQuiz — na qual você tenta o máximo que pode descrever o enigma e o potencial fiasco do semiocteto e sua própria sensação de que as partes sobreviventes viáveis parecem todas estar tentando demonstrar[7] algum tipo de estranha *uniformidade* ambiente em diferentes tipos

---

7. (Talvez não seja essa a palavra exata — pedante demais; você pode querer usar as palavras *transmitir* ou *evocar* ou mesmo *retratar* (*palpar* já tem sido usada demais e é possível que o estranho exame psicoespiritual que você tenciona conotar com a analogia médica não se comunique absolutamente para ninguém, o que provavelmente esteja ok, porque palavras individuais o leitor pode de certa forma saltar e não se dar muito ao trabalho com elas, mas não faz sentido forçar a sorte e martelar *palpar* insistentemente). Se *retratar* não acabar parecendo excessivamente pretensiosa eu provavelmente ficaria com *retratar*.)

de relacionamentos[8] humanos, algum indizível, mas inescapável "*preço*" que todo ser humano se vê tendo de pagar em algum ponto se quer jamais verdadeiramente "estar junto"[9] com outra pessoa em vez de apenas usar essa pessoa de alguma forma (como, por exemplo, usar a pessoa apenas como plateia, ou como um instrumento para os seus fins egoístas, ou como alguma peça de equipamento de ginástica com que podem demonstrar seu caráter virtuoso (como nas pessoas que são generosas com outras pessoas só porque querem ser vistas como generosas e, portanto, secretamente ficam na verdade contentes quando as pessoas à sua volta se arruínam ou arrumam problemas porque isso quer dizer que podem acorrer generosamente e se mostrar atenciosas — todo mundo já viu gente assim), ou como uma projeção narcisisticamente

8. (Tenha em mente que esse termo passou a ser quase nauseante no uso contemporâneo, *relacionamento*, tornado piegas pelo mesmo tipo de gente que usa *parent* [parentear/ter filhos] como verbo e diz *compartilhar* em vez de conversar e para um leitor do final dos anos 1990 vai gotejar todo tipo de piegas associações politicamente corretas e New Age; mas se você decide usar a tática da pseudometa Quiz e a nua sinceridade que ela implica para salvar-se do fiasco você provavelmente vai ter de se pôr em campo e usá-lo, o odiado termo "R", aconteça o que acontecer.)

9. (*Ibid.* no uso do verbo *estar* nesta acepção culturalmente envenenada, também, como "Lá estarei para você", que se tornou uma espécie de fórmula vazia e melosa que não comunica nada a não ser um certo vigor irreflexivo de quem fala. Não sejamos ingênuos quanto ao que esta tática de "indagação ao leitor 100% sincera" vai custar a você se optar pela tentativa de usá-la. Você vai ter de engolir o grande sapo e seguir em frente, efetivamente usar termos como *estar junto* e *relacionamento* e usá-los com *sinceridade* — i.e., sem aspas de tom, nem ironias, nem qualquer tipo de piscada ou cotovelada — se vai ser inteiramente sincero na pseudometa Quiz em vez de apenas ironicamente sacudir o leitor (e ele será capaz de dizer o que você está fazendo; mesmo que não seja capaz de articular ele saberá se você está apenas tentando salvar seu rabo beletrista manipulando-o — pode crer no que eu digo).)

turbinada de si mesmas etc.),[10] um "preço" estranho e sem nome, mas aparentemente inevitável que pode efetivamente às vezes se igualar à própria morte, ou pelo menos geralmente se iguala à sua desistência de alguma coisa (ou uma coisa ou uma pessoa, ou um precioso "sentimento"[11] de muito tempo ou uma certa ideia de si mesmo e de sua própria virtude/valor/identidade) cuja perda dará a sensação, de um jeito verdadeiro e urgente, de uma espécie de morte, e dizer que o fato de que poderia haver (você sente) uma tal *uniformidade* sufocante e elementar em situações, *mise en scènes* e enigmas tão totalmente diferentes — isto é, essas "Pop Quizzes" aparentemente diferentes e formalmente (admita) meio forçadas, aparentemente ingênuas, podiam todas se reduzir finalmente à mesma pergunta (seja qual for exatamente essa pergunta) — parece a você urgente, realmente urgente, algo quase digno de subir por chaminés para gritar do telhado.[12]

10. Você pode querer ou não querer gastar uma ou duas linhas convidando o leitor a ponderar se é estranho que existam literalmente bilhões de vezes mais maneiras de "usar" alguém do que sinceramente apenas "estar junto" com eles. Isso depende de quanto tempo e/ou de quão envolvida você quer que a sua PQ9 seja. Minha própria inclinação seria pelo não (provavelmente mais por preocupação com a possibilidade de parecer potencialmente piedoso, óbvio ou enfadonho do que por qualquer preocupação desinteressada com a brevidade e o foco), mas isso será uma questão para você de certa forma tocar de ouvido.

11. *Ibid.* notas de rodapé 8 e 9 sobre *sentimento/sentimentos* também — olhe, ninguém disse que isto ia ser indolor, ou grátis. É uma última e desesperada tentativa de salvamento. Não isenta de riscos. Ter de usar palavras como *relacionamento* e *sentimentos* pode simplesmente tornar as coisas piores. Não há garantias. Tudo o que posso fazer é ser sincero e expor alguns dos preços e riscos mais horrendos para você e insistir que os considere com muito cuidado antes de decidir. Eu honestamente não vejo o que mais possa fazer.

12. Sim: você vai soar piedoso e melodramático. Engula essa.

O que quer dizer uma vez que você — o infeliz escritor de ficção — terá de perfurar a quarta parede[13] e entrar no palco nu (a não ser pelo chapéu na mão) e dizer tudo isso para uma pessoa que não conhece você, nem está particularmente dando a mínima para você de uma forma ou de outra e que provavelmente queria simplesmente voltar para casa, pôr os pés para cima ao final de um longo dia e relaxar de um dos poucos jeitos seguros e inócuos de relaxar que ainda existem.[14] Então você vai ter de perguntar diretamente ao leitor se ele sente isso também, essa curiosa inominável urgente uniformidade ambiente intra-humana. O que quer dizer que você vai ter de perguntar se ele acha que todo o áspero artificial vazio heurístico semiocteto "funciona" como um todo beletrista organicamente unificado ou não. Ali mesmo enquanto ele está lendo. De novo: considerar isso cuidadosamente. Você *não* deve desdobrar essa tática enquanto não tiver considerado sobriamente quanto isso pode custar. O que ele pode pensar de você. Porque se você for em frente e fizer isso (i.e., perguntar diretamente ao leitor), toda essa coisa de "indagação" não será mais um inócuo recurso beletrista formal. Será real. Você estará incomodando o leitor, da mesma forma que um advogado que telefona bem na hora que você está se sentando para relaxar com um bom jantar.[15] E considere o real tipo de pergunta com que você vai incomodá-lo. "Isto funciona? Você gosta disto?" etc. Considere o que ele

13. (entre outras coisas que terá de perfurar)

14. Sim: as coisas chegaram a tal ponto que a ficção beletrista é agora considerada *segura* e *inócua* (o primeiro predicado provavelmente incluído ou compreendido pelo segundo predicado, se você pensar um pouco), mas eu optaria por manter a política cultural de fora se fosse você.

15. ([...] Só que *pior*, na verdade, porque nesse caso seria mais como se você tivesse comprado um caro e elegante jantar para viagem em um restaurante, o levasse para casa e estivesse acabando de se sentar para degustá-lo quando o

pode pensar de você por simplesmente perguntar algo assim. Poderia muito bem fazer você (i.e., o escritor de ficção de *mise en scène*) parecer o tipo de pessoa que não só vai a uma festa todo obcecado sobre se vai ser apreciado ou não, mas efetivamente vai à festa, aborda estranhos e *pergunta* a eles se gostam ou não dela. O que pensam dela, que efeito está tendo sobre eles, se a maneira como a veem coincide com a complexa pulsação da ideia que você tem de si etc. Abordar seres humanos inocentes que só querem ir a uma festa e relaxar um pouco, talvez encontrar pessoas novas em um ambiente totalmente reservado e não ameaçador e entrar diretamente em seu campo de visão, romper todas as regras básicas não explicitadas da festa e a etiqueta do "primeiro encontro entre estranhos", interrogando-os explicitamente sobre a própria coisa sobre a qual você se sente debruçado e intimidado.[16] Tire um momento para imaginar a cara das pessoas em uma festa onde você fizesse isso. Imagine

---

telefone toca e é o *chef* ou o *restaurateur* ou seja lá de quem você comprou a comida agora telefonando e incomodando no meio da sua tentativa de comer o jantar para perguntar como está o jantar e se você está gostando, se aquilo "funciona" ou não como jantar. Imagine como você se sentiria a respeito de um *restaurateur* que fizesse isso com você.)

16. [...] e evidentemente essa é muito provavelmente também a questão sobre a qual *eles* estão intimidados — no tocante a eles mesmos ou se outras pessoas na festa estão gostando *deles* — e é por isso que constitui um axioma não expresso de etiqueta de festa você não fazer esse tipo de pergunta direta nem agir de qualquer forma que possa mergulhar a interação da festa nesse tipo de torvelinho de ansiedade interpessoal: porque se uma conversa de festa que seja atingisse esse tipo de nível urgente e sem máscaras de "exposição de seus mais íntimos pensamentos" a coisa se espalharia metastaticamente e logo todos na festa estariam falando de nada além de suas próprias esperanças e temores sobre o que as outras pessoas da festa poderiam estar pensando deles, o que quer dizer que todos os traços distintivos das personalidades superficiais das diferentes pessoas seriam obliterados e todo mundo na festa pareceria mais ou menos exatamente igual, a festa chegaria a essa espécie de homeos-

bem a expressão do rosto delas, em 3D, com cores vibrantes, e depois imagine a expressão dirigida a você. Porque esse será o risco a correr, o possível preço da tática da sinceridade — e tenha em mente que pode ser para nada: não está nada claro se o quarteto precedente de pequenos *quart d'heures* porca e parafuso não conseguiu "indagar" o leitor ou transmitir qualquer "uniformidade" ou "urgência", que sair com o chapéu na mão perto do fim e tentar interrogar o leitor diretamente vá induzir qualquer tipo de revelação da urgente uniformidade que então, de alguma forma, ressoará pelas peças do ciclo e o fará vê-los em uma luz diferente. Pode muito bem ser que tudo o que acontecerá será fazer você parecer um cretino voltado para si mesmo e tímido, ou apenas mais um bosta de artista manipulativo e pseudopós-moderno que está tentando se salvar do fiasco repousando numa metadimensão e comentando o fiasco em si.[17] Mesmo com a mais caridosa interpretação, isso vai parecer

---

tase entrópica da uniformidade auto-obsessiva nua e ficaria incrivelmente chata,* além do fato paradoxal de que as coloridas diferenças superficiais distintivas entre pessoas nas quais as outras pessoas baseiam o seu gostar ou desgostar daquelas pessoas teriam desaparecido e então a pergunta "Você gosta de mim" deixaria de admitir qualquer resposta significativa e toda a festa poderia muito bem sofrer algum tipo de estranha implosão lógica ou metafísica e nenhuma das pessoas na festa jamais conseguiria de novo funcionar significativamente no mundo exterior.**

    * [Talvez seja interessante notar que isto corresponde de perto à "ideia de céu" da maioria dos ateus, o que por sua vez ajuda a explicar a relativa popularidade do ateísmo.**]

    ** [Se eu fosse você, porém, provavelmente deixaria tudo isso implícito.]

17. Essa tática é, às vezes, nas convenções da ficção beletrista e em outras, chamada de *Carsoning* ou *A Manobra Carson* em honra ao fato de o antigo apresentador do *Tonight Show*, Johnny Carson, usar para salvar uma piada fraca uma expressão timidamente mortificada que de certa forma metacomentava a fraqueza da piada e demonstrava à plateia que ele sabia muito bem que era fraca, estratégia que ano após ano, década após década sempre

desesperado. Possivelmente patético. De qualquer forma, *não* vai fazer você parecer sábio, nem seguro, nem dotado, nem qualquer das coisas que os leitores geralmente querem fingir que acreditam que o artista literário que escreveu o que estão lendo é quando sentam para tentar escapar do insolúvel fluxo de si mesmos e entrar em um mundo de significado preestabelecido. Vai, sim, é fazer você parecer fundamentalmente perdido e confuso, amedrontado e sem certeza de realmente confiar em suas mais fundamentais intuições sobre a urgência, a uniformidade e se as outras pessoas lá no fundo experimentam as coisas de alguma forma semelhante à sua... mais como um leitor, em outras palavras, aqui embaixo tremendo na lama da trincheira junto com o resto de nós, em vez de um *Escritor*, que imaginamos[18] limpo, seco e radiante de presença impositiva e inabalável convicção quando coordena toda a campanha de algum cintilante e abstrato QG olímpico.

Então decida.

---

produziu risadas maiores e mais deliciadas da plateia do que a piada original teria produzido... e o fato de Carson estar lançando mão dessa Manobra em entretenimento comercial raso já no final da década de 1960 demonstra que não é exatamente um recurso de uma originalidade de tirar o fôlego. Você pode considerar a possibilidade de incluir parte desta informação na PQ9 a fim de mostrar ao leitor que está pelo menos consciente de que o metacomentário é hoje frouxo e superado e não pode, por si só, salvar muita coisa mais — isso pode emprestar credibilidade a sua colocação de que aquilo que está tentando fazer é na verdade bem mais urgente e real. Mais uma vez, isso você é que terá de decidir. Ninguém vai segurar sua mão.

18. (eu, pelo menos, imagino...)

Adult World (i)

PARTE UM. A SEMPRE CAMBIANTE POSIÇÃO
DO YEN

Durante os primeiros três anos, a jovem esposa se preocupou porque o amor que faziam era de alguma forma doloroso para o negocinho dele. A nudez, a suavidade, o sovado rosado da cabeça do negocinho dele. A ligeira contração quando ele entrava lá embaixo dela. O vago gosto de carne viva quando colocava o negocinho dele na boca — ela raramente o colocava na boca, porém; havia nisso alguma coisa da qual ela sentia que ele não gostava muito.

Pelos primeiros três anos, três anos e meio de casamento, essa esposa, sendo jovem (e cheia de si (só depois ela se deu conta disso)), acreditou que era algo com ela. O problema. Ela se preocupou achando que havia alguma coisa errada com ela. Com a sua técnica de fazer amor. Ou talvez que alguma estranha aspereza, grosseria ou coceira lá de baixo fosse difícil para o negocinho dele e machucasse. Ela tinha consciência de que gostava de apertar o osso púbico e a base do seu botão contra ele e roçar enquanto faziam amor, às vezes. Ela roçava nele o mais de leve possível quando conseguia lembrar, mas tinha consciência de que muitas vezes quando estava chegando perto de ter o seu clímax sexual algumas vezes esquecia, e, depois, sempre ficava preocupada de ter sido egoísta com o negocinho dele e ter sido muito dura com ele.

Os dois formavam um casal jovem, sem filhos, embora às vezes falassem de ter filhos, e de todas as inescapáveis mudanças e responsabilidades que isso lhes custaria.

O método de contracepção da mulher era um diafragma, até o dia em que ela começou a se preocupar achando que alguma coisa no desenho da borda do diafragma ou na maneira como ela o inseria ou usava podia estar errada e machucá-lo, podia piorar fosse o que fosse na vida amorosa deles que parece difícil para ele. Ela investigava o rosto dele quando ele entrava nela; lembrava-se de ficar de olhos abertos, procurando o menor sinal que pudesse ou não (só depois se deu conta disso, quando obteve uma perspectiva mais madura) ser realmente prazer, pudesse ser algum tipo de prazer revelador de estar juntos como dois corpos casados são capazes de estar e sentir o calor e a proximidade que tornava tão difícil manter os olhos abertos e os sentidos alertas a qualquer coisa que ela pudesse estar fazendo de errado.

Naqueles primeiros anos, a esposa sentia que era totalmente feliz com a realidade da vida sexual deles dois. O marido era um grande amante, sua atenção, gentileza e habilidade a deixavam quase louca de prazer, sentia a esposa. A única parte negativa era sua irracional preocupação de que houvesse algo errado com ela ou de que estava fazendo alguma coisa errada que o impedia de gozar a vida sexual conjunta tanto quanto ela gozava. Preocupava-se com a possibilidade de o marido ser cortês e desprendido demais para correr o risco de ferir os sentimentos dela mencionando o que pudesse estar errado. Ele nunca havia reclamado de ficar esfolado ou raspado, nem de se contrair ligeiramente quando entrava nela, nem dizia nada além de que a amava e adorava a parte lá de baixo dela mais do que podia dizer. Dizia que ela era indescritivelmente macia, quente e doce lá embaixo e que entrar dentro dela era indescritivelmente bom. Dizia que ela o deixava quase louco de paixão e de amor quando ela roçava contra ele ao se preparar para atingir o clímax sexual. Só dizia coisas generosas e inspiradoras sobre a vida sexual deles juntos. Sempre sussurrava elogios a ela depois de terem feito amor, abraçava-a, com toda consideração arrumava as cobertas em torno das pernas dela enquanto a taxa de batimentos cardíacos da esposa ia diminuindo e ela começava a sentir frio. Ela adorava sentir as pernas ainda tremendo ligeiramente debaixo do casulo de cobertas que ele gentilmente arrumava em torno dela. Desenvolveram também a intimidade de ele sempre pegar para ela os Virginia Slims e acender um para ela depois de terem feito amor juntos.

A jovem esposa sentia que o marido era simplesmente um maravilhoso parceiro sexual, cortês, atencioso, generoso, viril e doce, muito melhor do que ela provavelmente merecia; e quando dormiam, ou se ele se levantava no meio da noite para conferir os mercados externos e acendia a luz no banheiro principal ao lado do quarto deles e inadvertidamente a acordava (o sono dela era leve naqueles primeiros anos, ela entendeu depois), as preocupações da esposa enquanto ficava acordada na cama eram todas sobre si mesma. Às vezes, ela tocava em si mesma lá embaixo quando ficava acordada, mas não era de um jeito prazeroso. O marido dormia virado para o lado direito, de costas para ela. Ele tinha dificuldade para dormir devido ao stress da carreira e só conseguia adormecer em uma posição. Às vezes, ela ficava olhando ele dormir. O quarto principal tinha uma luz noturna perto do rodapé. Quando ele levantava de noite, ela achava que era para conferir a posição do yen. A insônia fazia com que ele fosse de carro até a empresa no centro da cidade no meio da noite. Havia a rúpia, o won e o baht para serem monitorados e conferidos também. Ele também tinha o encargo de fazer as compras da semana, que geralmente fazia tarde da noite. Surpreendentemente (ela só se deu conta mais tarde, depois que teve uma epifania e amadureceu rapidamente), nunca ocorreu a ela conferir nada.

Ela adorava quando ele lhe fazia sexo oral, mas se preocupava de ele não gostar tanto quanto ela quando ela retribuía e o tomava na boca. Ele quase sempre a detinha depois de um breve tempo, dizendo que isso o deixava com vontade de gozar dentro dela lá embaixo em vez de dentro de sua boca. Ela sentia que devia haver algo errado com sua técnica de sexo oral que o fazia não gostar tanto daquilo quanto ela gostava, ou que o machucava. Só duas vezes ele havia atingido o clímax sexual dentro de sua boca em sua vida de casados e ambas as vezes havia demorado muito para isso. Ambas as vezes demoraram tanto que ela ficou de pescoço duro no dia seguinte e preocupou-se de ele não ter gostado mesmo tendo dito que nem podia descrever em palavras o quanto havia gostado daquilo. Ela uma vez reuniu coragem, pegou o carro, foi até a Adult World e comprou um pênis de borracha, mas só para praticar a técnica de sexo oral. Sabia que era inexperiente naquilo. A ligeira tensão ou distração que sentia nele quando baixava na cama e tomava o negocinho do marido na boca podia não ser mais do que sua imaginação egoísta; o problema todo podia estar apenas em sua cabeça, pensava ela. Na Adult World ficara tensa e incomodada. A não ser pela moça do caixa, era a única mulher na loja e a caixeira lhe deu um olhar que ela não achou nem um pouco adequado nem profissionalmente cortês, e a jovem esposa levou o saco de plástico preto com o pênis artificial para o carro e saiu do estacionamento tão depressa que depois temeu ter feito os pneus guincharem.

O marido nunca dormia nu — usava sempre cueca e camiseta limpas.

Ela às vezes tinha pesadelos nos quais estavam indo de carro juntos para algum lugar e todos os outros veículos da rua eram ambulâncias.

O marido nunca falava nada sobre o sexo oral que faziam juntos, a não ser que a adorava e que ela o deixava louco de paixão cada vez que o tomava na boca. Mas quando ela o tomava na boca e abaixava a língua para evitar o bem conhecido Reflexo do Engasgo e mexia a cabeça para cima e para baixo o melhor que sua capacidade permitia, fazendo um anel com o polegar e o indicador para estimular a parte da haste do pênis que não cabia em sua boca, dando-lhe sexo oral, a esposa sempre sentia uma tensão nele; ela sempre achava que era capaz de detectar uma ligeira rigidez nos músculos do abdome e das pernas dele e achava que ele estava tenso ou distraído. O negocinho dele sempre tinha um gosto de carne viva ou de arranhado e ela se preocupava com que seus dentes ou saliva pudessem machucar ou roubar o prazer dele. Às vezes, durante o sexo oral, quando faziam amor, ela pensava que era como se ele estivesse tentando atingir o clímax sexual depressa para acabar o sexo oral o mais depressa possível e por isso é que ele não conseguia durante tanto tempo, em geral. Ela tentava fazer sons satisfeitos de prazer com a boca cheia com o negocinho dele; depois, deitada, acordada, ela às vezes se preocupava com que os sons que fizera pudessem ter soado estrangulados ou perturbadores, só aumentando assim a tensão dele.

Essa esposa imatura, inexperiente, emocionalmente instável ficou deitada sozinha na cama deles até muito tarde na noite do terceiro aniversário de casamento. O marido, cuja carreira era de alto stress e provocava insônia e despertares frequentes, havia se levantado, ido ao banheiro e depois para o estúdio do andar de baixo, e ela depois ouviu o som do carro deles. O pênis artificial, que ela mantinha escondido no fundo da gaveta perfumada com sachê, era tão desumano e impessoal, tinha um gosto tão ruim que ela tinha de fazer um esforço para praticar com ele. Ele às vezes ia até o escritório no meio da noite para conferir os mercados de ultramar com maior profundidade — o comércio nunca parava em algum lugar das muitas moedas do mundo. Com mais e mais frequência ela ficava acordada na cama, pensando. Ela ficara ligeiramente embriagada no jantar especial de aniversário e quase estragara a noite. Às vezes, quando estava com ele na boca, ficava quase tomada pelo medo de o marido não estar gostando, sentia um premente desejo de fazê--lo chegar ao clímax o mais depressa possível para ter alguma prova egoísta de que ele gostava de estar em sua boca, às vezes se perdia e esquecia as técnicas que havia praticado, começava a mexer a cabeça quase freneticamente, subindo e descendo o pulso freneticamente no negocinho dele, às vezes sugava de verdade o buraquinho do negocinho dele, exercia sucção real e se preocupava de que pudesse ter escoriado, entortado ou machucado o marido ao fazer isso. Ela se preocupava com a possibilidade de o marido sentir sua ansiedade em saber se ele gostava de estar com o negocinho em sua boca e com que isso efetivamente o impedisse de gostar do sexo oral tanto quanto ela gostava. Às vezes, ralhava consigo mesma por essas inseguranças — o marido já estava sob uma grande pressão devido a sua carreira. Sentia que seu medo era egoísta e se preocupava com que o marido pudesse sentir seu medo e egoísmo e que isso pudesse abrir um vácuo na intimidade deles. Havia também o riyal para conferir de noite, o dirham, o kyat de Burma. A Austrália usava o dólar, mas era um dólar diferente e tinha de ser monitorado. Taiwan, Cingapura, Zimbábue, Libéria, Nova Zelândia: todos emitiam dólares de valores flutuantes. Os determinantes da sempre cambiante posição do yen eram muito complexos. A promoção do marido resultara no novo título de carreira Analista de Moedas Estocásticas; seu cartão e seus papéis de carta traziam o título. Eram equações complexas. O domínio que o marido tinha dos programas de finanças do computador e dos softwares de moedas já era legendário na empresa, um colega disse a ela em uma festa enquanto o marido usava o banheiro mais uma vez.

Ela sentia que qualquer que fosse o problema com ela, a sensação que dava é que era impossível de equacionar racionalmente na cabeça de qualquer forma real. Não havia jeito de conversar sobre isso com ele — a esposa não conseguia sequer imaginar um jeito de começar essa conversa com ele. Ela às vezes pigarreava de um jeito especial que queria dizer que tinha algo em mente, mas então sua cabeça paralisava. Se ela perguntasse a ele se havia algo errado com ela, ele iria achar que ela estava pedindo reforço e imediatamente lhe daria reforço — ela o conhecia. A especialidade profissional dele era o yen, mas outras moedas tinham impacto sobre o yen e tinham de ser continuamente analisadas. O dólar de Hong Kong também era diferente e tinha impacto sobre a posição do yen. Às vezes, à noite, ela se preocupava achando que podia estar ficando louca. Já havia arruinado uma relação anterior com sentimentos e medos irracionais, sabia disso. Quase contra a vontade, ela voltou depois à mesma loja Adult World e comprou uma fita de vídeo pornográfica, que escondeu dentro da própria caixa comercial no mesmo esconderijo do pênis artificial, decidida a estudar e comparar as técnicas sexuais das mulheres do vídeo. Às vezes, quando ele estava dormindo de lado à noite, a esposa se levantava, dava volta à cama, ajoelhava-se no chão e observava o marido na penumbra da luz noturna, estudava seu rosto adormecido como se esperasse descobrir ali alguma coisa não dita que pudesse ajudá-la a parar de se preocupar e sentir-se mais segura de que a vida sexual deles juntos era tão satisfatória para ele quanto para ela. A fita pornográfica tinha já na caixa fotos coloridas explícitas de mulheres fazendo sexo oral com seus parceiros. *Estocástica* queria dizer randômicas, conjeturais ou contendo diversas variáveis que tinham de ser todas monitoradas de perto; o marido brincava às vezes que o que queria dizer de verdade era ser pago para enlouquecer.

A Adult World, que tinha um lado de acessórios matrimoniais e três lados de filmes pornográficos, além de um escuro corredorzinho que levava a algum outro lugar nos fundos e de um monitor passando uma cena de algum filme explícito acima do caixa, era dominada por um cheiro horrível que ela não conseguia comparar com absolutamente nada em sua experiência de vida. Ela depois embrulhou o pênis artificial em vários sacos plásticos e colocou no latão na véspera do Dia do Lixo. A única coisa significativa que aprendeu estudando os vídeos foi que os homens pareciam sempre gostar de olhar quando as mulheres os tomavam na boca e de ver o negocinho entrando e saindo da boca das mulheres. Ela acreditava que isso podia muito bem explicar o tensionamento dos músculos abdominais do marido quando o tomava na boca — podia ser que ele tentasse se levantar um pouco para olhar — e começou a debater consigo mesma se seu cabelo não estaria grande demais para permitir que ele visse o negocinho dele entrando e saindo de sua boca durante o sexo oral e começou a debater se devia ou não cortar o cabelo curto. Ela ficou aliviada de ver que não tinha nenhuma preocupação de ser menos atraente ou sexual do que as atrizes do vídeo pornográfico; aquelas mulheres tinham medidas grosseiras e implantes óbvios (além de sua própria parcela de ligeiras assimetrias, ela observou), e cabelos tingidos, descoloridos ou seriamente danificados que não pareciam absolutamente tocáveis ou acariciáveis. O mais notável era que os olhos daquelas mulheres eram vazios e duros — dava para perceber que não estavam experimentando nenhuma intimidade ou prazer e que não se importavam de seus parceiros estarem satisfeitos.

Às vezes, o marido se levantava de noite, usava o banheiro principal e ia para o seu ateliê que dava para a garagem, tentar relaxar por uma ou duas horas com seu hobby de reforma de mobília.

A Adult World ficava do outro lado da cidade, em um bairro sujo de fast food e comércio de carros ao lado da via expressa; nenhuma das vezes em que a jovem esposa saiu correndo do estacionamento viu carros que reconhecesse. O marido havia explicado antes do casamento que dormia de cueca e camiseta limpas desde criança — ele simplesmente não se sentia confortável de dormir nu. Ela tinha pesadelos recorrentes e ele a abraçava e a tranquilizava até ela conseguir dormir de novo. Os riscos do Jogo de Moeda Estrangeira eram altos e o escritório do andar de baixo ficava trancado quando não estava em uso. Ela começou a pensar em fazer psicoterapia.

A *insônia*, ele explicou, dizia respeito não a uma dificuldade para adormecer, mas a um despertar prematuro e irreversível.

Nem uma vez em seus três anos e meio de casamento ela perguntou ao marido por que seu negocinho estava machucado ou dolorido, ou o que ela poderia fazer diferente, ou o que provocava aquilo. Parecia simplesmente impossível fazer isso. (A lembrança desse sentimento paralisado assombraria toda a sua vida posterior, quando ela era uma pessoa muito diferente.) Dormindo, seu marido às vezes lhe parecia uma criança deitada de lado, toda enrolada em si mesma, um punho no rosto, o rosto afogueado e a expressão tão concentrada que parecia quase zangado. Ela se ajoelhava ao lado da cama a um certo ângulo do marido de forma que a luz fraca do rodapé banhava seu rosto e ficava olhando seu rosto, imaginando por quê, irracionalmente, parecia impossível simplesmente perguntar a ele. Ela não fazia ideia de por que ele a aguentava e o que via nela. Ela o amava muito.

Na noite de seu terceiro aniversário de casamento, a jovem esposa havia desmaiado no restaurante especial a que ele a levara para comemorar. Num minuto ela estava tentando engolir o sorvete, olhando o marido por cima da vela, no minuto seguinte estava olhando para ele ajoelhado ao lado dela perguntando o que havia acontecido, o rosto amassado e distorcido como um reflexo em uma colher. Ela estava assustava e envergonhada. Os pesadelos noturnos eram breves, perturbadores e pareciam sempre dizer respeito ao marido ou ao carro dele de um jeito que ela não conseguia definir. Em nenhum momento ela conferiu as faturas do cartão de crédito Discover. Nunca lhe ocorreu perguntar por que o marido insistia em fazer as compras sozinho à noite; ela só sentia vergonha pela maneira como a generosidade dele realçava o egoísmo irracional dela. Quando, depois (muito depois do sonho galvânico, do chamado, da reunião discreta, da pergunta, das lágrimas e da epifania dela à janela), ela refletiu sobre a gigantesca autoabsorção de sua ingenuidade naqueles dias, a esposa sempre sentiu uma mistura de desprezo e compaixão por ter sido tão absolutamente criança. Nunca fora o que se chamaria de uma pessoa burra. Ambas as vezes na Adult World havia pago em dinheiro. Os cartões de crédito estavam em nome de seu marido.

A maneira como ela finalmente concluiu que havia alguma coisa errada com ela foi: ou alguma coisa estava realmente errada com ela, ou alguma coisa estava errada com ela por se preocupar irracionalmente com a possibilidade de haver algo errado com ela. A lógica disso parecia perfeita. Ela ficou acordada de noite, pegou a conclusão mentalmente, virou para cá, para lá, ficou olhando enquanto fazia reflexos de si mesma dentro de si mesma como um belo diamante.

A jovem esposa havia tido apenas um outro amante antes de conhecer o marido. Era inexperiente e sabia disso. Desconfiava que seus breves pesadelos estranhos podiam ser o seu Ego inexperiente tentando transferir a ansiedade para o marido, para se proteger do conhecimento de que alguma coisa estava errada com ela e a fazia sexualmente machucadora e desagradável. As coisas terminaram mal com seu primeiro amante, disso ela sabia bem. O cadeado na porta de seu estúdio que dava para a garagem tinha razão de ser: ferramentas caras e antiguidades reformadas eram coisas valiosas. Em um de seus pesadelos, ela e o marido estavam deitados juntos depois de fazer amor, contentes e confortáveis, o marido acendeu um Virginia Slims e se recusou a dar para ela, segurando o cigarro longe dela até queimar inteirinho. Em outro, eles de novo estavam deitados contentes depois de fazer amor juntos e ele perguntou a ela se tinha sido tão bom para ele quanto para ela. A porta do estúdio era a única porta que ficava trancada — o estúdio continha uma porção de equipamentos sofisticados de computação e de telecomunicações, fornecendo ao marido informações minuto a minuto da atividade das moedas estrangeiras.

Em outro de seus pesadelos, o marido espirrava, depois continuava espirrando, insistentemente, e nada que ela fizesse conseguia ajudar ou fazer parar aquilo. Em outro, ela própria era o marido e estava penetrando sexualmente a mulher, colocado sobre a mulher na posição papai e mamãe, penetrando, e ele (isto é, a esposa, sonhando) sentia a mulher roçar o púbis incontrolavelmente nele, começando a gozar seu clímax sexual, e então começou a se mexer mais depressa de um jeito calculado, fazendo sons masculinos de satisfação de maneira calculada, depois fingindo atingir o próprio clímax sexual, calculadamente fazendo os sons e expressões faciais de quem está tendo um clímax, mas contendo o clímax, para depois ir até o banheiro principal e fazer horríveis caretas para si mesmo enquanto gozava na privada. A posição de algumas moedas podia flutuar violentamente no curso de uma única noite, o marido havia explicado. Sempre que ela acordava de um pesadelo, ele acordava também e a abraçava, perguntava qual era o problema, acendia um cigarro para ela ou acariciava o lado do corpo dela com muita atenção e a tranquilizava que estava tudo bem. Ele então levantava da cama, uma vez que estava agora acordado, e descia para conferir a posição do yen. A esposa gostava de dormir nua depois de fazerem amor juntos, mas o marido quase sempre colocava de volta a cueca limpa antes de usar o banheiro ou de se virar de lado para dormir. A esposa ficava deitada acordada e tentava não estragar algo tão maravilhoso enlouquecendo de preocupação. Ela se preocupava com que sua língua pudesse estar áspera e granulosa por causa do cigarro e raspar o negocinho dele, ou que sem que notasse seus dentes pudessem ter raspado o negocinho dele quando ela tomara o marido na boca para fazer sexo oral. Ela se preocupava com que o novo corte de cabelo ficara curto demais e fazia seu rosto ficar parecendo gorducho. Ela se preocupava com os seios. Se preocupava com a aparência do rosto do marido às vezes quando faziam amor.

Outro pesadelo, que ocorreu mais de uma vez, mostrava a rua do centro da cidade onde ficava a empresa do marido, uma vista da rua vazia tarde da noite, chuva leve e o carro do marido com a placa de licença especial que ela havia lhe dado de surpresa no Natal rodando muito devagar pela rua na direção da empresa, depois passando pela empresa sem parar e continuando pela rua molhada até algum outro destino. A esposa se preocupou com o fato de esse sonho perturbá-la tanto — não havia nada na cena do sonho para explicar a sensação de terror que lhe deu — e com o fato de não conseguir conversar abertamente com ele sobre nenhum dos sonhos. Ela temia que tivesse a sensação de que de algum jeito o estaria acusando. Não conseguia explicar essa sensação que remordia em si mesma. Nem conseguia pensar em nenhum jeito de perguntar ao marido sobre a possibilidade de explorar a ideia da psicoterapia — sabia que ele iria concordar de imediato, mas iria ficar preocupado, e a esposa abominava a sensação de não ser capaz de encontrar alguma explicação racional para aliviar a preocupação dele. Sentiu-se sozinha e presa em sua preocupação; estava sozinha naquilo.

Durante o ato amoroso deles juntos, o rosto do marido às vezes mostrava o que às vezes parecia a ela menos uma expressão de prazer do que de intensa concentração, como se ele estivesse a ponto de espirrar, tentando não fazê-lo.

Logo no começo do quarto ano de casamento, a esposa sentiu que estava começando a ficar obcecada com a suspeita irracional de que seu marido estava chegando ao clímax sexual na privada do banheiro principal. Examinava a beirada da privada e o lixo do banheiro cuidadosamente quase todo dia, fingindo limpar, sentindo-se cada vez mais descontrolada. O velho problema de engolir às vezes voltava. Ela sentiu que estava ficando obcecada com a suspeita de que o marido talvez não tivesse genuíno prazer em fazer amor com ela, concentrado apenas em fazer com que ela sentisse prazer, forçando-a a sentir prazer e paixão; acordada de noite, ela temia que ele obtivesse alguma forma tortuosa de prazer impondo o prazer a ela. E, no entanto, experiente o suficiente para estar cheia de dúvidas (e de si mesma) nesse momento inocente, a jovem esposa também acreditava que essas suspeitas e obsessões irracionais podiam ser meramente seu próprio ego juvenil autocentrado deslocando suas inadequações e temores de verdadeira intimidade para o marido inocente; e estava desesperada para não estragar a relação deles com suspeitas malucas deslocadas, do mesmo jeito que havia fracassado e arruinado o relacionamento com seu amante anterior por causa de preocupações irracionais.

Então a esposa lutou com todas as suas forças contra sua mente imatura e inexperiente (ela acreditava então), convencida de que qualquer problema real estava em sua própria imaginação egoísta e/ou em sua persona sexual inadequada. Ela lutou contra a preocupação que sentia pelo jeito como, quase sempre, quando baixava seu corpo pelo corpo dele na cama e o tomava na boca, o marido quase sempre (parecia-lhe então), depois de esperar com músculos abdominais tensos e rígidos pelo que parecia de alguma forma o tempo mínimo exato de consideração com seu negocinho em sua boca, puxava-a, gentil, mas com firmeza, de volta por seu corpo acima para beijá-la apaixonadamente e penetrar nela lá embaixo, olhando nos olhos dela com uma expressão muito concentrada enquanto ela montava em cima dele, sempre ligeiramente curvada por vergonha da ligeira assimetria dos seios. O jeito como ele expirava com ruído fosse de paixão ou de desprazer, baixava as mãos, levantava a esposa e deslizava o negocinho para dentro dela com um movimento seguro, aspirando o ar como se fosse involuntariamente, como se tentasse convencê-la de que meramente ter o negocinho dentro de sua boca o deixava louco de desejo de entrar inteiro dentro dela lá embaixo, dizia, e tê-la, dizia, "bem colada" nele em vez de "tão distante" lá embaixo em seu corpo. Isso quase sempre a fazia se sentir um tanto incomodada ao montar em cima dele, curvada, sacudindo, com as mãos dele em seus quadris, esquecendo às vezes e esfregando o osso púbico no púbis dele, temerosa de que a fricção, mais seu peso em cima dele pudessem machucar, mas sempre se abandonando e involuntariamente se curvando em um ligeiro ângulo, esfregando-se nele com menos e menos cuidado, às vezes até arqueando as costas, projetando os seios para serem tocados, até o momento em que ele quase sempre — nove em cada dez vezes, em média — de novo arfava de prazer ou de impaciência e rolava ligeiramente para o lado com as mãos nos quadris dela, rolando-a delicadamente, mas com firmeza por cima dele até ela estar inteiramente debaixo dele e colocava-se sobre ela, ainda com o negocinho inteiro fundo dentro dela ou entrando de novo suavemente nela, de cima; ele era muito suave e gracioso nos movimentos, nunca a machucava quando mudavam de posição, raramente tinha de reentrar nela, mas sempre causava na esposa alguma preocupação, depois, o fato de ele quase nunca atingir o clímax sexual (se é que ele realmente atingia o clímax) por baixo dela, de quando sentia o clímax chegando por dentro ele ter a necessidade aparentemente obsessiva de rodar e estar dentro dela por cima, na conhecida posição de dominação masculina papai e mamãe, que embora fizesse o negocinho dele parecer estar ainda fundo dentro dela lá embaixo, coisa de que a esposa gostava muito, despertava a preocupação de que o marido precisar tê-la por baixo no clímax sexual indicava que algo que ela fazia quando montada em cima dele e se mexendo ou o machucava ou negava a ele o tipo de prazer intenso que o levava ao clímax sexual; e então a esposa, para sua aflição, às vezes se via preocupada no mesmo instante em que terminavam e começava a ter outro pequeno choque pós-clímax enquanto roçava suavemente nele por baixo e procurava no rosto dele provas de um clímax efetivamente genuíno, às vezes gritando de prazer embaixo dele com uma voz que soava, ela às vezes pensava, menos e menos como a sua voz.

O relacionamento sexual que a esposa tivera antes de encontrar seu marido ocorrera quando era muito jovem — pouco mais que uma criança, ela entendeu isso depois. Havia sido uma relação monogâmica de compromisso com um rapaz de quem ela se sentira muito próxima e que era um amante maravilhoso, apaixonado, generoso e muito hábil (ela sentira) em técnicas sexuais, que era muito falante e afetuoso durante o ato amoroso, atencioso, que adorava estar em sua boca para o sexo oral, nunca parecia machucado nem dolorido nem distraído quando ela se abandonava e roçava nele e sempre fechava ambos os olhos em apaixonado prazer quando ela começava a se mexer incontrolavelmente em direção ao seu clímax sexual e que ela havia (em sua pouca idade) sentido que amava e com quem amava estar junto, podendo facilmente imaginar casar-se com ele e estabelecer uma relação de compromisso para sempre — tudo isso até ela começar, no final do primeiro ano de relacionamento, a sofrer irracionais suspeitas de que o amante imaginava estar fazendo amor com outras mulheres durante o amor que faziam juntos. O fato de o amante fechar ambos os olhos quando experimentava intenso prazer com ela, que de início a fizera sentir-se sexualmente segura e satisfeita, começou a preocupá-la muito e a suspeita de que ele estava imaginando estar dentro de outras mulheres quando estava dentro dela começou a se transformar mais e mais em uma horrenda convicção, mesmo que ela sentisse também que era infundada e irracional, coisa apenas de sua cabeça, que teria ferido os sentimentos de seu amante terrivelmente se lhe dissesse alguma coisa a respeito, até que finalmente isso se transformou em uma obsessão, embora não houvesse nenhuma prova tangível para isso e ela nunca tivesse dito nada a respeito;

e mesmo ela acreditando que a coisa toda estava, quase com certeza, apenas dentro de sua cabeça, a obsessão tornou-se tão terrível e dominante que ela começou a evitar fazer amor com ele, começou a ter súbitas explosões irracionais de emoção por questões triviais de seu relacionamento, explosões de raiva histérica ou lágrimas que eram de fato explosões de irracional preocupação de que ele estivesse tendo fantasias sobre encontros sexuais com outras mulheres. Ela sentira, quase no final do relacionamento, que era totalmente inadequada, autodestrutiva e louca, e saiu da relação com um terrível medo da capacidade que sua própria mente possuía de atormentá-la com suspeitas irracionais e envenenar uma relação de compromisso, e isso aumentou o tormento que sentia pela obsessiva preocupação que agora experimentava no relacionamento sexual com seu marido, um relacionamento que, de início, também parecera mais próximo, íntimo e satisfatório do que ela podia racionalmente acreditar merecer, sabendo sobre si mesma tudo aquilo que (ela acreditava) sabia.

Parte Dois. Yen4U

Ela, uma vez, quando adolescente, no banheiro feminino de uma parada em uma rodovia interestadual, havia visto, em uma parede acima e à direita das máquinas de venda de tampões e produtos de higiene femininos, cercada por declamações grosseiras e grosseiros desenhos de genitália e pelas simples e um tanto plangentes obscenidades ali inscritas em várias caligrafias anônimas, destacando-se tanto pela cor como pela força, uma quadrinha única em letras de forma escritas com pincel atômico:

NO TEMPO DE ANTIGAMENTE
QUANDO O HOMEM ERA VALENTE
E A MULHER AINDA NÃO EXISTIA
TODO MUNDO FAZIA UM FURO
NOS POSTES JUNTO DO MURO
E LÁ FICAVA,
NA MAIOR REGALIA [,]

minúscula, precisa e parecendo, de alguma forma — devido à minúscula precisão das letras contra todos os rabiscos circundantes —, menos grosseira ou amarga do que simplesmente triste, e nunca mais esquecera, às vezes pensava naquilo, sem nenhuma razão aparente, no escuro dos anos imaturos de seu casamento, embora, por tudo o que conseguia lembrar, a única significação real que podia atribuir à lembrança fosse o fato de ser bem engraçado o que gruda na gente.

Parte Três. Adult World

Enquanto isso, de volta ao presente, a esposa imatura caía mais e mais fundo dentro de si mesma, dentro de sua preocupação e ficava mais e mais infeliz.

O que mudou tudo e salvou tudo foi que teve uma epifania. Teve a epifania três anos e sete meses depois de se casar.

Em termos psicodesenvolvimentistas seculares, uma epifania é uma compreensão súbita, transformadora, que muitas vezes catalisa a maturação emocional da pessoa. A pessoa, em um relâmpago cegante, "cresce", "chega à maioridade". "Deixa de lado as coisas de criança." Abandona emoções que ficaram úmidas e azedas devido a anos de contenção. Transforma-se, para o bem ou para o mal, em um cidadão da realidade.

Na verdade, as epifanias genuínas são extremamente raras. Na vida adulta contemporânea, a maturação e a aquiescência à realidade são processos graduais, incrementais e muitas vezes imperceptíveis, não diferentes da formação de um cálculo renal. O uso moderno geralmente toma *epifania* como uma metáfora. Só em representações dramáticas, na iconografia religiosa e no "pensamento mágico" das crianças é a aquisição de insight comprimida em um súbito relance cegante.

O que precipitou a súbita epifania cegante da esposa foi o seu abandono da atividade mental em favor da ação concreta e frenética.[1] Ela abruptamente (horas apenas depois de decidir), freneticamente telefonou para o ex-amante com quem tinha antes tido uma relação de compromisso, agora segundo diziam todos um bem-sucedido sócio-gerente de uma loja de automóveis local, e implorou que concordasse em se encontrar com ela para uma conversa. Fazer esse telefonema foi uma das coisas mais difíceis e embaraçosas que a esposa (cujo nome era Jeni) jamais fez. Parecia irracional e corria o risco de parecer totalmente inadequado e desleal: ela era casada, aquele era seu antigo amante, não haviam trocado uma palavra em quase cinco anos, a relação deles terminara mal. Mas ela estava em crise — temia, como disse ao ex-amante pelo telefone, pela sanidade de sua mente e precisava da ajuda dele, se necessário imploraria por isso. O antigo amante concordou em encontrar a esposa para almoçar em um restaurante de fast food perto de sua loja de automóveis no dia seguinte.

A crise que havia galvanizado a esposa, Jeni Roberts, para a ação fora ela própria precipitada por nada mais que mais

1. (Nisto, a sua epifania concordava inteiramente com a tradição ocidental, na qual o insight é produto da experiência vivida mais que do mero pensamento.)

um pesadelo, embora um que compreendia uma espécie de compêndio dos muitos outros pesadelos que sofreu durante os primeiros anos de seu casamento. O sonho não era em si a epifania, mas seu efeito era galvanizante. O carro do marido passa lentamente pela empresa do centro da cidade e continua descendo a rua debaixo de uma chuva fina, é a placa YEN4U indo embora, seguida pelo carro de Jeni Roberts. Aí, Jeni Roberts está dirigindo no trânsito pesado da via expressa que circunda a cidade, tentando desesperadamente alcançar o carro do marido. O bater dos limpadores de para-brisa combina com o bater de seu coração. Ela não consegue ver o carro com sua placa de licença especial personalizada em nenhum lugar adiante, mas sente aquela ansiosa espécie de certeza especial dos sonhos de que ele está lá. No sonho, todos os outros veículos da via expressa estão simbolicamente associados a emergência e a crise — todas as seis pistas estão tomadas por ambulâncias, carros de polícia, camburões, carros de bombeiros, patrulhas rodoviárias e veículos de emergência de todas as descrições concebíveis, as sirenes todas cantando suas árias de parar o coração e todas as luzes de emergência ativadas, piscando na chuva, de forma que Jeni Roberts tem a sensação de que seu carro está nadando em cores. Uma ambulância diretamente à sua frente não a deixa passar; muda de pista sempre que ela muda. A ansiedade inominável do sonho é indescritivelmente horrenda — a esposa, Jeni, sente que simplesmente tem de (limpador) tem de (limpador) *tem* de alcançar o carro do marido a fim de evitar algum tipo de crise tão horrível que não tem nome. Um rio que parece juncado de Kleenex corre, soprado pelo vento, ao longo da via expressa; a boca de Jeni parece cheia de cruas feridas quentes; é noite, está úmido e toda a estrada nada nas cores da emergência — pinks batidos, vermelhos espancados, azuis da asfixia crítica. É quando estão molhados que você entende por que chamam os Kleenex de *tissue* [tecido, lenço], passando. Os limpadores combinam com seu urgente coração e a ambulância ainda, no sonho, não a deixa passar; ela bate freneticamente na direção, em desespero. E agora na janela de trás da ambulância, como uma resposta, aparece uma mão solitária espalmada no vidro, apertando e batendo no vidro, uma mão subindo de algum tipo de maca de emergência ou transportador, se abrindo como uma aranha para alisar, bater e apertar, branca, o vidro da janela de trás a plena vista dos faróis halogênicos retráteis do carro Accord de Jeni Roberts de forma que ela vê o anel muito característico no dedo anular da mão masculina estendida freneticamente contra o vidro de emergência e grita (no sonho) ao reconhecer a mão e corta à esquerda sem dar sinal, ultrapassando diversos outros veículos de emergência, para estacionar à frente da ambulância e mandar que pare, por favor, porque o marido estocástico que ela ama e tem de alcançar de alguma forma está lá dentro em cima de uma maca espirrando sem parar e batendo freneticamente no vidro para alguém que ele ama o alcançar e ajudar; mas então (é tal a força motivadora do sonho que a esposa efetivamente *molhou a cama*, ela descobre ao acordar) e então, quando ela avança pela esquerda da ambulância e baixa o vidro da janela de passageiro com o mecanismo automático do Accord na chuva e gesticula para o motorista da ambulância baixar o vidro para poder implorar a ele que pare (no sonho) é seu *marido* que está dirigindo a ambulância, é o perfil esquerdo dele à direção — que a esposa sempre soube de alguma forma que ele preferia ao seu perfil direito e como costumeiramente dormia do lado direito em parte com esse fato em mente, embora nunca tenham falado abertamente sobre as possíveis inseguranças do marido sobre seu perfil direito — mas então quando o marido volta o rosto para Jeni Roberts pela janela do motorista e pela chuva iluminada, enquanto ela gesticula parece ser ao mesmo tempo *ele* e *não ele*, o rosto familiar e muito amado do marido distorcido e pulsando com a luz vermelha, apresentando uma expressão facial que não pode ser descrita com nenhuma outra palavra senão: Obscena.

Era essa expressão no rosto que (lentamente) se virou para a esquerda e olhou para fora da ambulância — um rosto que do modo mais enurético e perturbador *era* e *não era* o rosto do marido que ela amava — que galvanizou Jeni Roberts, a fez ficar acordada e a levou a reunir toda a coragem e fazer o chamado freneticamente humilhante ao homem que um dia pensara seriamente desposar, um gerente de vendas associado e rotariano em período de experiência cuja assimetria facial — ele havia sofrido um sério acidente na infância que posteriormente fez com que a metade esquerda de seu rosto se desenvolvesse de modo diferente do lado direito do rosto; a narina esquerda era excepcionalmente mais larga e fendida, e o olho esquerdo, que parecia quase todo íris, era cercado de anéis concêntricos e bolsas de carne mole que tremiam constantemente e pulsavam quando os nervos irreversivelmente danificados disparavam ao acaso — era o que, Jeni concluiu depois que o relacionamento deles soçobrou, havia ajudado a alimentar a incontrolável suspeita de que ele tinha um segredo, uma parte impenetrável em seu caráter, que fantasiava fazer amor com outras mulheres enquanto seu saudável, perfeitamente saudável e aparentemente incólume negocinho estava dentro dela. O olho esquerdo de seu ex-amante também olhava e virava para uma direção nitidamente diferente do olho destro, mais normalmente desenvolvido, traço que era de alguma forma vantajoso para a sua carreira de vendedor de carros, como ele tentava explicar.

Mesmo com a crise galvanizadora, Jeni Roberts sentia-se estranha e bastante mortificada de vergonha quando ela e o ex-amante se encontraram e escolheram o que iam comer, sentados lado a lado em uma mesa de plástico junto à janela e entraram em uma radicalmente incongruente conversa mole enquanto ela se preparava para tentar fazer a pergunta que viria a precipitar acidentalmente sua epifania e todo um estágio novo, menos inocente e autoiludido de sua vida de casada. Ela pediu um café descafeinado e colocou no copo descartável seis embalagens individuais de creme enquanto seu antigo parceiro sexual ficava ali sentado com sua caixa de isopor de sua entrada fechada, olhando para ela e pela janela. Usava um anel no dedinho e o paletó esporte estava desabotoado, a camisa branca por baixo do paletó com as marcas nítidas do tecido de algodão acabado de retirar da embalagem comercial. O sol que entrava pela grande vitrine era cor de meio-dia e fazia o restaurante cheio parecer uma estufa; era difícil de respirar. O gerente de vendas associado observou enquanto ela abriu o alto das embalagens de creme com os dentes para preservar as unhas, colocou-as na parte aberta na bandeja de alumínio e verteu o creme das embalagens do tamanho de um dedal dentro do copo descartável, mexeu com um mexedor de ponta quadrada atrás do outro, a expressão em seu olhar progressista turvada de nostalgia. Ela ainda era perdulária com o creme. Usava uma aliança de casamento junto com um anel de brilhante de noivado e a pedra não era nada barata. O antigo amante sentiu dor no estômago e o tique repuxou a pele do olho com maior intensidade agora porque estavam agora nos detestados três últimos dias úteis do mês e a Hyundai de Mad Mike fazia incrível pressão sobre os representantes para deslocar unidades nos últimos três dias para poderem entrar no livro daquele mês e inflacionar os livros para os palhaços do escritório regional. A jovem esposa pigarreou diversas vezes daquele jeito especial do qual o homem que era o único responsável pelo desempenho de todos os representantes Mad Mike se lembrava bem, aquela coisa nervosa que ela fazia com a garganta para comunicar o fato de que reconhecia o quanto uma pergunta como aquela ia parecer inadequada naquela altura dos acontecimentos, com a história infeliz dos dois, agora nem distantemente mais ligados de forma nenhuma e ela bem casada, ela envergonhada, mas também em algum tipo de crise que ela estava dizendo ser uma situação interna sobre alguma coisa e desesperada — de um jeito que só problemas de crédito sérios faziam uma pessoa parecer tão desesperada e perdida assim —, os olhos dela com aquele ar de afogada implorando que ele não tirasse nenhuma vantagem de sua posição desesperada, nem mesmo julgá-la ou ridicularizá-la. Além disso ela bebia o café como sempre com as duas mãos em volta da xícara mesmo em lugares muito quentes como ali. O volume da Hyundai-USA, as margens e os termos de financiamento estavam entre as incontáveis condições econômicas afetadas pelas flutuações no valor do yen e das moedas do Pacífico a ele relacionadas. A jovem esposa havia passado uma hora na frente do espelho para escolher a blusa sem forma e a calça que estava usando, chegando a tirar as lentes de contato gelatinosas a fim de usar os óculos também e nada no rosto, à luz da janela, a não ser um toquezinho de brilho labial. O tráfego pesado da via expressa cintilava pela vitrine que iluminava o lado direito dela com o sol; e através do vidro a área da Mad Mike, com suas bandeirolas de plástico e um homem em uma cadeira de rodas com a esposa ou enfermeira sendo maltratada pelo gordo Kidder com a camisola de hospital e a prótese da flecha enfiada na cabeça que todos os representantes tinham de usar nos dias que Messerly aparecia lá para conferir as notas, isso também ficava dentro do campo de visão do lugar do antigo amante — que ainda amava Jeni Ann Orzolek de Marketing 204 e não sua atual noiva, ele compreendeu com a pontada dolorosa de uma ferida mortal reaberta — e um pouco além, cintilando no calor, o estacionamento da Adult World, com todos aqueles modelos e marcas de carros dia e noite, passando de um jeito que a Mad Mike Messerly só podia imaginar.

Adult World (II)

PARTE: 4
FORMATO: ESBOÇO
TÍTULO: UMA SÓ CARNE

"Por mais cegamente súbita e dramática que qualquer pergunta sobre a imaginação sexual de qualquer homem venha a parecer, não foi a pergunta em si que provocou a epifania de Jeni Roberts e seu rápido amadurecimento, mas o que ela viu diante dos olhos ao fazer a pergunta."

— 4 pts. epígrafe, no mesmo tipo magro de "Adult World (I)" [→ realça mudança de formato de dramático/estocástico para esquemático/ordenado]

1a. A pergunta que Jeni Roberts faz é se, na relação que viveram, o Antigo Amante realmente tinha fantasias sobre outras mulheres enquanto estava fazendo amor c/ ela.

1a(1) Inserida no começo da pergunta está a frase participial: "Depois de se desculpar pelo irracional e inadequado que poderia soar depois de todo esse tempo..."

1b. Em algum ponto durante a pergunta de J., J. segue o olhar de A.A. para fora da vitrine do restaurante de fast food & vê a placa especial do carro do marido entre os veículos do estacionamento da Adult World: → epifania. A epif se desdobra mais ou menos independente à medida que o rosto assimétrico do A.A. responde à pergunta de J.

1c. Narr direta descrevendo súbita palidez de J. & incapacidade de segurar sem tremer o café descafeinado quando J. sofre sbt e cgnt constatação de que mrdo é um Masturbador Compulsivo Secreto & que insônia/yen é cobertura para excursões secretas à Adult World para comprar/assistir/masturbar-se até ferir-se com filmes & imagens pornôs & que suspeitas da ambivalência do mrdo qto à "vida sexual em comum" foram de fato intuições & que mrdo vem claramente sofrendo de déficits internos/dor psíquica sobre as quais as ansiedades de J. consigo mesma impediram de formar qualquer ideia real [ponto de vista (1c) todo objetivo, desc exterior apenas].

2a. Enquanto isso A.A. está respondendo a pergunta orig de J. com veemente neg, lágrimas aparecendo nos olhos: porra, que merda, não, nossa, não, não, nunca, sempre amou a ela, nunca chegou tão completam/"*lá*" como quando ele & J. faziam amor [se do p.d.v. de J. inserir "juntos" depois de "fazer amor"].

    2a(1) No pico emocional do diálogo, lágrimas correndo por $^{1}/_{2}$ cara, o A.A. confessa/declara que ainda ama J., amou todo esse tempo, 5 anos, na verdade às vzs ainda pensa em J. quando está fazendo amor com atual noiva, o que o faz sentir culpa (i.e., "como se eu não estivesse *ali* de verdade") drnt o sexo c/ noiva. [Transcrição direta de toda a resposta/confissão do A.A. → foco emocional da cena sai de J. enquanto J. sofre o trauma de entender drpnt que marido é Masturbador Compulsivo Secreto → evita grande problema de tentar transmitir epifania com expos. narra.]

2b. Coincidência [N.B.: pesada demais?]: A.A. confessa que ele ainda se masturba secretamente com lembranças do amor que fazia c/ J., às vezes a ponto de ficar esfolado/dolorido. [→ a "confissão" do A.A. aqui ao mesmo tempo reforça a epifania de J. no tocante à fantasia masculina & fornece a ela mui necessária injeção de estima sexual (i.e., não era "culpa dela"). [N.B. ref. Tema: tristeza implícita de A.A. fazendo tocante confissão de amor enquanto J. está ½ perturbada por trauma da epifania de (1b)/(1c); i.e. = mais uma rede de equívocos, de assimetria emocional.]]

    2b(1) Tom da confissão de A.A. trmndmnt comovente & afetivo & J. (mesmo traumatizada n/t/a abalo de epifania (1b)/(1c) nunca nem por um nanoseg duvida da verdade do que A.A. diz; sente que "realmente conhecia de fato esse homem" &tc.

        2b(1a) Narr [*não* J.] nota súbita aparição de brilho vermelho & demoníaco na íris hipertrofiada do olho esquerdo ["ruim"?] de A.A., que pode ser tanto efeito de luz como genuíno brilho demoníaco [= mudança de p.d.v./intromissão do narr].

2c. Enqto isso A.A., interpretando a palidez & paralisia manual de J. como recompensa/resposta positiva a suas declarações de amor duradouro, suplica a ela que largue mrdo para ficar com ele, ou (*"pelo menos"*) que vá com ele ao Holiday Inn um pouco abaixo da via expressa passar resto da tarde fazendo amor apaixonado [→ c/ brilho dmnco e sinistro &tc.].

2d. J. (ainda 100% pálida à la Nastasya F. de Dostoiévski) repentinamente concorda n/t/a interlúdio adúltero no Holiday Inn [tom neutro = "'Hmm, ok', ela disse."]. A.A. afasta bandeja c/ entrada sem comer & xícara vazia & embalagens de creme &tc., acompanha J. até stcnmnto do restaurante fast food. J. fica esperando no Accord enquanto A.A. tenta tirar Ford Probe [N.B.: pesado demais?] do pátio de M.M. Hyundai sem que Messerly ou os reprs. de vendas o vejam saindo cedo em dia de alta pressão de vendas.

    2d(1) Deixar sem esclarecer mtvção exata para J. concordar com interlúdio no Holiday Inn [→ implica que (2d) está no p.d.v. de A.A. apenas]. Dscrção cômica de A.A. engatinhando de quatro no chão por fila de veículos em tentativa de entrar no Probe sem ser visto pelo showroom de M.M. tem corrente subjacente de babaquice [→ congruência c/ subtemas de segredo, incongruência babaca, vergonha opaca, "rastejamento"].

3a. Accord de J. acmpnha A.A. por via expressa até Hday. Inn. Chuva de verão força J. a ligar limpador de para-brisa.

3b. A.A. entra no estacionamento de Hday Inn, espera ver Accord de J. entrar atrás dele. Accord *não* entra, continua por rdv expressa. [Súbita mudança de p.d.v.→] J. dirigindo pela cidade para casa, imagina A.A. saltando do Probe & correndo dssprdmnte pelo estacionamento do Hday Inn debaixo de chuva para ficar à margem ruidosa da rdv expressa & vê Accord passar, desaparecendo gradualmente no tráfego. J. imagina a imagem molhada/abandonada/assimtrc de A.A. sumindo no espelho retrovisor.

3c. Quase em casa, J. se vê chorando por A.A. & imagem de A.A. sumindo em vez de por si mma. Chora por mrdo, "como deve ficar *solitário* com seus segredos" [p.d.v?] Nota isso & especula significado de "chora por" [= "em favor de"?] homens. Ao se iniciar (3c), pensamentos de J. & esp-clções rvlam nova sofisticação/compreensão/maturidade. Sobe entrada de carro de casa sentindo-se "[...] estranha-mente exultante".

3d. Intromissão narr, expos. sobre Jeni Roberts [mesmo tom objetivo & pedante de ¶s 3, 4, de "A. W. (I)" PT. 3]: enqto segue o Probe verde-água por rdv xprss J. não "mudou de ideia" sobre o sexo adúltero c/ A.A., mas simplesmente "... en-tendeu que era desnecessário". Entende que teve epifania transformadora, "... trans[f]ormou-se em mulher além de esposa" &tc. &tc.

> 3d(1) J. daqui para a frnt mencionada por narr como "Mrs. Jeni Orzolek Roberts"; mrdo mencionado como "o Masturbador Compulsivo Secreto".

4a(I) Expos. epílogo sobre J.O.R. → extensão do arco narrativo: "Mrs Jeni Orzolek Roberts, desse dia em diante, conservou a lembrança do ½ rosto molhado e desesperado de seu amante fielmente reproduzido dentro de si" &tc. Com-preende que mrdo tem "déficits interiores" que "... não t[êm] nada a ver com ela como esposa [/mulher]" &tc. Sobrevive a esse pós-choque da epifania, + vários outros pós-choques standard. [Possível mnção a psicoterapia, mas agora em termos otimistas: psctrpia por "livre escolha" em vez de "tábua de slvção".] J.O.R. faz uma carteira de inves-timento separada em ouro/futuros & grdes capts de mineração. Deixa de fumar c/ ajuda de adesivos intradérmicos. Entende/aceita gradualmente que mrdo ama sua solidão secreta & "déficits interiores" mais do que ama [/é capaz de amar] a ela; aceita sua "inalterável impotência" diante das cmplsões secretas do mrdo [possível menção a um esotérico Grupo de Apoio para esposas da M.C.S. — existe isso? "MastAnon"? "Co-Jack"? (N.B.: *evitar humor fácil*)]. Entende que verdadeiras fontes de amor, segurança, gratificação devem se originar dentro do *self*;[1] e c/ esse entendimento, J.O.R. junta-se ao resto da raça hmn, não mais "cheia de si"/"imatura"/"irracional"/"jovem".

4a(II) Casamento entra agora fase nova, mais adulta ["fim da lua de mel" humor fácil?]. Nem uma única vez em anos subsqnts de casamento J.O.R. e mrdo discutem a M.C.S. dele, nem sua dor/solidão/"déficits" [N.B.: insistir no trocadilho fiduciário]. J.O.R. não sabe se mrdo sequer desconfia que ela sabe que ele é M.C.S. nem despesas do cartão Discover na Adult World; ela descobre que não se importa. J.O.R. reflete c/ divertida ironia sobre nova "significação" de insistente lembrança de adlscnte de grafite em restaurante/parada. Mrdo [/"o M.C.S."] continua a levantar & sair do quarto altas horas; às vezes J.O.R. ouve a partida do carro ao "... se mexer só um pouquinho e voltar imediatamente a dormir" &tc. Cessa de se preocupar n/t/a mrdo gostar da "vida sexual" c/ ela; continua a amar [" "?] mrdo mesmo q. não acredite mais que ele é parceiro sexual "maravilhoso" [/"atencioso"?]. O sexo entre eles encontra seu lugar; por volta do 5° ano aprox. a cada 2 semanas. O sexo deles agora é caracterizado como

---

1. [N.B.: tom do narr aqui extrmmnte objetivo/frio/distante/seco → nenhum endosso discernível ao clichê.]

"bom" — menos intenso, mas também menos assustador [/"solitário"]. J.O.R. deixa de observar o rosto do marido drnte o sexo [→ metáfora: Tema → olhos fechados = "olhos abertos"].

4a(II(1)) Assumindo "autêntica responsabilidade por si mesma", J.O.R. "... começa gradualmente a explorar a masturbação como fonte de prazer pessoal" &tc. Revisita a Adult World dvrsas xs; torna-se quase uma frgsa. Comprou segundo pênis artificial [N.B.: pênis artificial agora sem maiúsculas], depois o pênis "Penetrator!!®" c/ vibrador, depois o "Pink Pistollero® Massageador com Punho de Pistola", por fim o "Vibrador Jardim Escarlate MX-1000® com Sucção Clitoridal e Estimulador Cervical Totalmente Eletrificado de 30 centímetros" ["$179.99 dólares à vista"]. Narr insere que a nova penteadeira/conjunto de toucador de J.O.R. não tem nenhuma gaveta de sachê. [Ironias: os novos aparelhos mstrbtrs hi-tech de J.O.R. são (a) manufaturados na Ásia & (b) expostos na Adult World na parede identificada como ACESSÓRIOS MATRIMONIAIS (pesado/óbvio D+?).] Por volta do 6º aniversário de casamento, mrdo frequentm. ausente em "viagens de emergência pelo Pacífico"; J.O.R. mstrb-se quase diariamente.

4a(II(1a)) Intromiss. do narr, expos.: a fantasia mastrbtria mais frequente/prazerosa de J.O.R. no 6º ano de casamento = uma figura masculina hipertrofiada, sem rosto que ama, mas não pode ter J.O.R. desdenha todas as mulheres viventes & escolhe em seu lugar masturbar-se diariamente

com fantasias de estar fazendo amor c/
J.O.R.

4a(III) Concl. ¶: 7º, 8º anos: mrdo se mstrba em segredo, J.O.R.
abertamente. O sexo deles, agora bimensal, é "... tanto a
rendição como a celebração de certas realidades livremente abraçadas". Nenhum dos dois parece se importar. Narr:
envolvendo os dois agora há aquela profunda e não pro-
nunciada cumplicidade que num casamento adulto é um
pacto/amor → "Eles estavam agora verdadeiramente casados, interpenetrados,[2] uma só carne, [uma união que] for-
necia a Jeni O. Roberts uma tranquila e constante alegria..."

4b. Concl. [embut.]: "... estavam prontos, assim, para começar
a discutir, com calma e respeito mútuo, a possibilidade de
terem filhos [juntos]."

2. [/"compenetrados"? (*evitar humor fácil*)]

O diabo é um homem ocupado

Há três semanas, fiz uma boa coisa para uma pessoa. Não posso dizer mais que isso, ou irá esvaziar o que fiz do seu verdadeiro e essencial valor. Só posso dizer: uma coisa boa. No contexto geral, tinha a ver com dinheiro. Não era uma questão deslavada de "dar dinheiro" para alguém. Mas chega perto disso. Seria mais classificável como "desviar" dinheiro para alguém "necessitado". Para mim, é o mais específico que posso ser.

Foi há duas semanas e seis dias que a coisa boa que fiz aconteceu. Posso também mencionar que eu estava fora da cidade — querendo com isso dizer, em outras palavras, que não estava onde vivo. Explicar por que eu estava fora da cidade, ou onde estava, ou qual era a situação geral que estava ocorrendo, porém, infelizmente, colocaria ainda mais em risco o valor do que eu fiz. Por isso, fui explícito com aquela senhora para que a pessoa que ia receber o dinheiro não soubesse de jeito nenhum quem havia desviado o dinheiro para eles. Foram tomados passos explícitos para que o anonimato fizesse parte integrante do arranjo que levou ao desvio do dinheiro. (Embora o dinheiro fosse, tecnicamente, não meu, o arranjo secreto que usei para desviá-lo era perfeitamente legal. Isso pode levar alguém a imaginar de que maneira o dinheiro era não "meu", mas, infelizmente, não posso explicar em detalhes. É verdade, porém.) Esta é a razão. A falta de anonimato de minha parte destruiria o valor intrínseco de uma boa ação. Querendo dizer com isso que iria contaminar a "motivação" de minha boa ação — querendo dizer, em outras palavras, que parte de minha motivação para isso seria não generosidade, mas o desejo de que resultasse em gratidão, afeto e aprovação para mim. Desesperançadamente, esse motivo egoísta esvaziaria a boa ação de seu valor intrínseco, e me faria mais uma vez fracassar em meus esforços de ser classificado como uma "boa" pessoa.

Por isso, fui muito intransigente sobre o segredo a respeito de meu nome no arranjo e a senhora, que era a única outra pessoa com qualquer informação sobre o arranjo (ela, devido a seu trabalho, poderia ser classificada como "o instrumento" para o desvio do dinheiro), concordou, por tudo que sei, inteiramente com isso.

Duas semanas e cinco dias depois, uma das pessoas para quem eu havia feito a boa ação (o generoso desvio de fundos foi para duas pessoas — mais especificamente, um casal casado pela lei consuetudinária— mas apenas um deles telefonou) telefonou e disse: "Alô", se havia alguma possibilidade de eu saber alguma coisa sobre quem era responsável por _____, porque ele queria dizer "obrigado!" àquela pessoa e contar a bênção de Deus que haviam sido aqueles _____ dólares que vieram, aparentemente, do nada pelas mãos de _____ e era etc.

Instantaneamente, tendo já cuidadosamente ensaiado muito para essa possibilidade, eu disse, tranquilo e sem emoção, "não" e que eles estavam acendendo a vela para o santo errado por tudo o que eu sabia. Internamente, porém, eu estava quase morrendo de tentação. Como todo mundo sabe muito bem, é tão difícil fazer uma coisa boa a alguém e não querer desesperadamente que eles saibam que a identidade do indivíduo que fez aquilo por eles é você, para que sintam gratidão, admiração por você, para que contem a miríades de outras pessoas o que você "fez" por eles, de forma que você possa ser amplamente reconhecido como uma "boa" pessoa. Como as forças das trevas, do mal e da desesperança no mundo em geral em si, a tentação a isso pode frequentemente vencer a resistência.

Portanto, impulsivamente, durante o telefonema agradecido, mas inquiridor, sem pressentir nenhum perigo eu disse, depois de dizer, muito friamente, "não" e "santo errado", que, embora não tivesse conhecimento, podia bem imaginar que fosse quem fosse, de fato, o misterioso responsável por _____ ele haveria de ficar entusiasmado de saber como o necessitado dinheiro que eles haviam recebido seria utilizado — querendo com isso dizer, por exemplo, se agora planejavam finalmente fazer um plano de saúde para o bebê recém-nascido deles, ou pagar a dívida em que estavam profundamente atolados etc.

O fato de eu enunciar isso, porém, foi, num instante fatal, interpretado pela pessoa como uma insinuação indireta de minha parte de que eu era, apesar de minhas negativas anteriores, de fato o indivíduo responsável pela generosa boa ação, e ele, ao longo de todo o restante do telefonema, passou a ser generoso com os detalhes de como o dinheiro seria aplicado a suas necessidades específicas, sublinhando o quanto aquilo havia sido uma bênção de Deus, com o tom de emoção na voz transmitindo ao mesmo tempo gratidão, aprovação e alguma coisa mais (mais especificamente, alguma coisa quase hostil, ou embaraçada, ou ambas as coisas, porém não consigo descrever o tom exato que trouxe essa emoção adequadamente à minha atenção). Essa onda de emoção da parte dele me fez, desagradavelmente, compreender, tarde demais, que o que eu havia acabado de fazer, durante o telefonema, era não fazê-lo saber que eu era o indivíduo responsável pelo gesto generoso, mas fazê-lo de uma maneira sutil, ardilosa que parecia estar, insinuantemente, eufemisticamente, quer dizer, empregando o eufemismo: "quem quer que seja o responsável por _____", o que, acrescido do interesse que revelei pelas maneiras como pretendiam "usar" o dinheiro, não poderia enganar ninguém, insinuando que eu era o responsável, e teve o efeito insidioso de insinuar que não só era eu a pessoa que havia feito uma coisa tão generosa e boa, mas que também eu era tão "bom" — querendo dizer, em outras palavras, "modesto", "desprendido" ou "imune ao desejo de gratidão" — que não queria nem que soubessem que era eu o responsável. E eu havia, desesperançadamente, além disso, feito essas insinuações tão "dissimuladamente" que nem mesmo eu, até muito depois — quer dizer, até o caso estar encerrado — sabia o que havia feito. Com isso, demonstrei uma habilidade inconsciente e aparentemente natural, automática, de enganar tanto a mim mesmo como aos outros, o que, no "nível motivacional", não só esvaziava completamente de qualquer valor verdadeiro a coisa generosa que eu tentara fazer, fazendo-me fracassar, mais uma vez, em minha tentativa de sinceramente ser o que alguém classificaria como uma pessoa verdadeiramente "boa", mas, desesperançadamente, me punha para mim mesmo sob uma luz que eu só podia classificar como "sombria", "má" ou "além de qualquer esperança de se tornar sinceramente boa".

Igreja não feita com mãos

(para E. Shofstahl, 1977-1987)

ARTE

Pálpebras fechadas uma tela de pele, pinturas de sonho deslizando pelo escuro colorido de Day. Hoje à noite, em um lapso imune ao agitar do tempo, ele viaja ao que parece para trás. Encolhe-se, alisa, perde a barriga e as tênues marcas de acne. Membros longos ossos de passarinho; cabelo cortado em cuia e orelhas de abano; a pele sorve o cabelo, o nariz recua no rosto; ele se enrola na calça e depois se enrola, cor-de-rosa, mudo e menor até sentir-se dividir em algo que se retorce e algo que gira. Nada se estica justo a nada mais. Um ponto negro gira. O ponto se abre, serrilhado. A alma dele viaja na direção de uma cor.

Pássaros, luz cinzenta. Day abre um olho. Está deitado metade para fora da cama onde Sarah respira. Vê os paralelogramos da janela, em ângulo.

Day fica à janela quadrada com uma xícara de alguma coisa quente. Um Cézanne morto faz este alvorecer de agosto em manchas de qualquer ângulo de vermelho nublado, um azul que escurece. Uma sombra de Berkshire se retrai para um mamilo embotado: fogo.

Sarah acorda ao menor toque. Ficam deitados de olhos abertos e silenciosos, clareando debaixo de um lençol. Pombos elaboram a manhã, soam de dentro da barriga. Os padrões impressos pelo lençol somem da pele de Sarah.

Sarah prende o cabelo para a missa matinal. Day faz outra mala para Esther. Veste-se. Não encontra um sapato. À beira da cama grande, um sapato no pé, ele olha a poeira de algodão flutuar nas colunas amarelo-manteiga de uma manhã que vai ficando tarde.

ARTE NEGRA

Nesse dia, ele compra uma vassoura de zelador. Varre a água da chuva da coberta da piscina de Sarah.

Nessa noite, Sarah fica com Esther. Toca metal a noite inteira. Day dorme sozinho.

Day fica parado diante de uma janela negra no quarto de Sarah. Sobre Massachusetts o céu está coalhado de estrelas. As estrelas deslizam devagar pelo vidro.

Nesse dia ele vai até Esther com Sarah. O aço da cama de Esther rebrilha no quarto claro. Esther sorri tolamente enquanto Day lê sobre gigantes.

"Eu sou um gigante", ele lê:

"Eu sou um gigante, uma montanha, um planeta. O resto

todo fica bem lá embaixo. Minhas pegadas são países, minha sombra um fuso horário. Olho de altas janelas. Olho de altas nuvens."

"Eu sou um gigante", Esther tenta dizer.

Sarah, alérgica, espirra.

Day: "É".

BRANCO E PRETO

"Toda arte verdadeira é música" (um outro professor). "As artes visuais não são mais que um canto do quarto todo-abrangente da verdadeira música" (ibid.).

A música se revela como uma relação entre uma clave e duas notas presas pela clave em dança. Ritmo. E nos pré-sonhos ampliados de Day também a música consome toda lei: o que é mais sólido se revela aqui como ritmos, nada mais. Ritmos são relações entre o que você acredita e o que você acreditava antes.

O clérigo aparece essa noite de monocromo e colarinho.

A bênção

Aceita esta mulher Sarah

Para ser minha

Por quanto tempo

Porque eu

desde sua última confissão a um corpo com o poder de absolver. Confissão necessária

Como eu àqueles que pescaram contra mim

estar vinculada à absolvição, desnudar, confissão na ausência de consciência do pecado,

A bênção padre porque não pode haver consciência do pecado sem consciência da transgressão sem consciência de limite

Cheia de Graça

não existe esse animal. Rezar juntos por uma revelação de limite

Nuvens vermelhas no café de Warhol

encontre em si mesmo uma consciência de.

UMA COR

Nesse dia ele volta à primeira semana de trabalho. A luz do sol inverte a SAÚDE rosa pelo para-brisa. Day dirige o carro do condado pela frente de uma fábrica.

"Habla español?", Eric Yang pergunta no lado do passageiro.

A fumaça de uma chaminé fica denteada quando Day sacode a cabeça.

"Queria que eu mostrasse cordas", Yang diz. Está de olhos fechados quando gira. "Vou mostrar uma corda. Habla?"

"É", Day diz. "Hablo."

Rodam diante de residências.

O talento especial de Eric Yang é a rotação mental de objetos tridimensionais.

"Este caso só fala espanhol", Yang diz. "O filho da senhora foi morto mês passado. No apartamento deles. Foi maus. Dezesseis anos. Coisa de gangue, coisa de droga. Mancha grande do sangue do menino no chão da cozinha."

Passam por capacetes e britadeiras.

"Ela diz que só isso sobrou dele!", Yang grita. "Não deixa a gente limpar. Diz que é ele", diz ele.

Rotação mental é o hobby de Yang. É conselheiro diplomado e auditor de casos.

"Sua tarefa hoje", Yang roda uma corda imaginária, laça algo mental no painel do carro, "é conseguir que ela faça um desenho dele. Nem que seja só o sangue. Ndiawar disse que não importa qual. Só para ela ter um quadro ele disse. Para a gente poder talvez limpar o sangue."

No espelho retrovisor, adiante dele, Day pode ver sua pasta de suprimentos no banco de trás. Não pode tomar sol.

"Faça ela desenhar o garoto", Yang diz, soltando uma corda que Day não enxerga. Yang fecha os olhos de novo. "Vou tentar rolar a conta do telefone deste mês."

Day passa por uma perua branca. As janelas escurecidas. Pires de ferrugem do lado.

"Hoje a gente vê a pobre senhora que ama sangue e o homem rico que pede tempo."

"Velho professor meu. Falei para Ndiawar." Day olha à esquerda. "Professor de arte em uma vida anterior."

"O problema no público, foi como Ndiawar chamou ele", diz Yang. Franze a testa, se concentra. "Vou rodar a lista de tarefas. Vamos direto para ele. Está bem no caminho. Mas não é o primeiro na lista."

"Foi meu professor", Day repete. "Estudei com ele na escola."

"Vamos seguir a ficha."

"Ele me influenciou. Meu trabalho."

Passam por um terreno seco.

ARTE

Hoje, à janela, debaixo de estrelas que se recusam a se mover, Day quase consegue e pintassonha acordado.

Ele pinta de tal forma que está parado na lona larga da piscina quando sobe para o céu da hora do almoço. Sobe sem peso, nem puxado de cima, nem empurrado por baixo, uma linha perfeita até um ponto no céu lá em cima. As montanhas jazem dormidas, a umidade se enrola nos vales como gaze.

Holyoke, depois Springfield, Chicopee, Longmeadow e Hadley são moedas lisas mal formadas.

Day sobe ao céu. O ar fica mais e mais azul. Algo no céu pisca e ele desaparece.

"Cores", diz ele à treliça negra da tela.

A tela respira menta.

"Ela reclama que eu mudo de cores no sono", Day diz.

"Alguma coisa entende", respira a tela, "claro."

Joelhos doloridos, Day sacode os bolsos com as mãos. Tantas moedas.

DUAS CORES

De olhos azuis por trás de sua mesa de Diretor de Saúde Mental do Condado, o dr. Ndiawar é um homem moreno careca de vago status estrangeiro. Gosta de fazer uma torre com as mãos e ficar olhando para ela enquanto fala.

"Você pinta", diz ele. "Quando estudante, havia escultura. Você estudou psicologia." Levanta os olhos. "Muito? Fala línguas?"

O lento aceno de cabeça de Day produz uma pinta da luz do escritório refletida na careca de Ndiawar. Day gera a pinta e mata. A mesa do Diretor é grande e estranhamente limpa. O currículo de Day parece minúsculo naquela expansão.

"Tenho dúvidas", diz Ndiawar, "cá comigo." Amplia ligeiramente o ângulo das mãos. "Não há dinheiro para pagar."

Day dá duas breves vidas à pinta.

"Porém o senhor diz que há meios independentes, através do casamento, para o senhor."

"E exposições", Day diz tranquilamente. "Vendas." Mentira descarada.

"O senhor vende arte que fez no passado, o senhor declarou", diz Ndiawar.

Eric Yang é alto, quase trinta, cabelo comprido e olhos mortiços, que abrem e fecham em vez de piscar.

Day aperta a mão de Yang. "Como vai."

"Surpreendentemente bem."

Ndiawar está curvado para abrir uma gaveta. "Seu novo encarregado de arteterapia", diz para Yang.

Yang olha Day nos olhos. "Olhe, cara", diz. "Faço a rotação de objetos tridimensionais. Mentalmente."

"Você e você, meio período, vão ser uma equipe de campo que vai girar pelo condado e arredores", Ndiawar lê para Day algo preparado. Ambas as mãos seguram a página. "Yang é o encarregado quando, juntos, visitarem os internos. Os que estão muito mal. Os que não têm espaço aqui."

"É um talento que eu tenho", Yang diz, penteando as mechas com quatro dedos. "Fecho os olhos e formo uma imagem detalhada perfeita de qualquer objeto. De qualquer ângulo. E faço a rotação."

"Vocês visitam as listas agendadas de internos", Ndiawar lê. "Yang, que é o encarregado, aconselha essas pessoas que estão mal, enquanto o senhor estimula, por meio do talento, a expressar os sentimentos desordenados através de atos artísticos."

"Posso ver as texturas, as imperfeições e o jogo de luz e sombra nos objetos que eu roto também", diz Yang. Está fazendo pequenos gestos de mão que não parecem significar nada em particular. "É um talento muito particular." Olha para Ndiawar. "Só quero ser sincero com o cara."

O dr. Ndiawar ignora Yang. "Influenciando-os a dirigir sentimentos aberrantes ou disfuncionais para coisas que construam artisticamente", lê em tom monótono. "Para objetos que não possam ser danosos. Este é um modelo de intervenção. Tal como barro, que como objeto é bom."

"Sou praticamente um doutor", Yang diz, um cigarro preso entre os dedos.

A torre reaparece quando Ndiawar se encosta na cadeira. "Yang é um auditor de casos que consome medicação. Porém custa barato e tem nesse peito dele um bom coração..."

Yang olha o Diretor. "Qual medicação?"

"... que se dedica aos outros."

Day se põe de pé. "Preciso saber quando começo."

Ndiawar estende ambas as mãos. "Compre barro."

Sarah passeia com Day até a piscina à noite na véspera de Esther se machucar. Pede a Day que toque a água iluminada por baixo por lâmpadas embutidas nos ladrilhos. Ele vê o ralo central e o que provoca na água em torno. A água é tão azul que até o contato é azul, diz ele.

Ela pede que ele entre na água na parte rasa.

Day e Sarah fazem sexo na parte rasa da piscina azul da casa de infância de Sarah. Sarah enrolada nele é água morna em água fria. Day tem um orgasmo dentro dela. O ralo bate e gorgoleja. Sarah começa a ter seu orgasmo, suas pálpebras tremulam, Day com dedos molhados mantém abertas as pálpebras dela, ela agarrada nele, as costas batendo contra o lado ladrilhado com um som rítmico de ventosa, sussurrando "Ah".

QUATRO CORES

"Não sei quem é Soutine", Yang diz quando saem de carro da casa da senhora que só fala espanhol. "Achou que parecia Soutine?"

A cor do carro é uma não cor, nem marrom, nem verde. Day nunca viu uma coisa daquelas. Limpa o suor do rosto. "Parecia." A mala de material está atrás debaixo da porta de aço. Um cabo de esfregão roça num balde. Sarah pagou pela mala e materiais.

Yang bate no alto do painel. O ar-condicionado emite um cheiro de mofo. O calor dentro do carro é intenso.

"Faça a conta de telefone", Day diz, se pondo atrás de um ônibus municipal emaranhado de tinta spray. A fumaça do ônibus é doce.

Yang baixa o vidro da janela e acende um cigarro. O sol deixa pálida sua exalação.

"Ndiawar me falou da menina de sua mulher. Desculpe por aquela piada sobre férias na sua primeira semana aqui. Desculpe, eu não sabia."

Day vê o perfil de Yang com o rabo dos olhos. "Sempre gostei do azul de uma conta de telefone."

O ar-condicionado começa a funcionar contra seu próprio cheiro.

Yang tem cabelo muito preto e uma gravata de lã estreita, olhos cor de truta. Fecha-os. "Agora dobrei a conta em triângulo. Mas um lado não chega até bem embaixo, não encontra a base. Mas mesmo assim é um triângulo. Uma coisa tipo ordem--no-caos."

Day vê alguma coisa amarela na estrada.

"Eric?"

"A conta está rasgadinha na perna direita do triângulo", Yang diz, "e é de sessenta dólares. O rasgo é minúsculo, branco e meio peludinho. Devem ser as fibras do papel ou algo assim."

Day acelera para ultrapassar uma picape cheia de galinhas. Um chafariz de milho e penas.

"Estou rotando o rasgo para fora de campo", Yang sussurra.

O lado do rosto se quebra em crescentes. "Agora tem só o azul da conta de telefone."

Ouve-se uma buzina e há o tranco de um desvio.

Yang abre os olhos. "Opa."

"Desculpe."

Passam por uns prédios escuros sem vidros nas janelas. Um menino sujo joga uma bola de tênis numa parede.

"Espero que eles", Yang está dizendo.

"O quê?"

"Peguem o motorista bêbado."

Day olha para Yang.

Yang olha para ele. "Aquele que pegou a sua filhinha."

"Que motorista?"

"Só espero que peguem o filho da puta."

Day olha para o para-brisa. "Esther teve um acidente na piscina."

"Vocês têm uma piscina?"

"Minha mulher tem. Houve um acidente. Esther foi ferida."

"Ndiawar me contou que ela foi atingida."

"O ralo ficou bloqueado. A sucção do ralo puxou a menina para baixo da água."

"Meu Deus do céu."

"Ela ficou muito tempo embaixo da água."

"Sinto muito."

"Eu não sei nadar."

"Nossa."

"Dava para ver embaixo da água muito bem. A piscina é muito transparente."

"Ndiawar disse que você disse que o motorista estava bêbado."

"Ela ainda está no hospital. Vai haver dano cerebral."

Yang está olhando para ele. "Você nem devia estar aqui hoje."

Day estica o pescoço para ver as placas da rua. Pararam num sinal. "Para onde?"

Yang olha a ficha presa ao visor. A banda de borracha um dia foi verde. Ele aponta.

MUITO ALTO

As pinceladas do melhor trabalho sonhado também são visíveis como ritmos. A pintura deste dia revela seus ritmos contra um terreno em que a luz é suscetível à influência do vento. É um vento que sopra duro e inconstante pelo campus da escola, assobiando contra o campanário de De Chirico do qual lavou todas as sombras. É um terreno em que se alternam calmarias e rajadas de luz. No qual espaços abertos lampejam como nervos doentes e árvores tortas oscilam com uma aura viscosa que baixa para tocar fogo de silicato de zinco na grama, em que rajadas de luz como folhas sopradas se acumulam ao pé de cercas, paredes, ondulam e fulguram. As bordas agudas do campanário transformam as trêmulas rajadas em espectros. Rapazes altos de blazer deslocam-se como facas por um brilho que some com cadernos de rascunho na altura do olho; suas sombras fogem adiante deles. Os ventos cintilantes param e se reúnem, parecem se enrolar, depois vociferam, assobiam, piscam e batem até quebrar em rosa pálido pela janela rosa do Salão das Artes. As notas esboçadas por Day se acendem. Nas telas iluminadas da frente, dois slides da mesma coisa projetam a sombra frágil e espalmada do professor de arte no pódio, um velho jesuíta seco sibilando seus esses no microfone mal instalado, lendo a palestra para um salão cheio pela metade de rapazes. A sombra dele é um inseto diante da Delft colorida por Vermeer que ele sente nos olhos.

O padre murcho lê sua palestra sobre Vermeer, sobre a limpidez e a luminosidade, sobre a luz como um complemento/vestimenta do contorno dos objetos. Morto em 1675. Obscuro em seu tempo, entendem, porque pintou muito poucos. Mas agora nós conhecemos, não conhecemos, ahm. Nuances azul-amarelas predominam diferente de ahm digamos de De Hooch. Os estudantes usavam blazeres azuis. A luz de representação sem paralelo serve para sutilmente glorificar a Deus. Ahm, embora alguns achem blasfêmia. Estão vendo. Não estão vendo. Um conferencista notoriamente desinteressante. Uma imortalidade conferida implicitamente ao observador. Estão ahm vendo. "A bela serenidade terrível de Delft" na frase seminal de. O salão está escuro atrás da fileira iluminada de Day. Os meninos têm permissão de alguma expressão pessoal na escolha da gravata. A irreal uniformidade de foco que transforma a pintura no que o vidro nos sonhos mais profundos do vidro pode desejar ser. "Janelas para interiores em que todos os conflitos foram resolvidos" são as mui citadas palavras de. Tudo iluminado e tornado cortantemente claro estão vendo e ahm. Encontram-se terças e quintas depois do almoço e do correio. Resolvendo conflito, tanto orgânico como divino. Carne e espírito. Day ouve um envelope sendo aberto. O observador vê como Deus vê, em outro ahm. Iluminado através do tempo estão vendo. Passado. Alguém estoura um chiclete. Risos baixinho em algum lugar numa das filas de trás. O salão está em penumbra. Um menino à esquerda de Day geme e se mexe em sono profundo. O professor, é verdade, é totalmente seco, por fora, morto. O menino ao lado de Day está desenvolvendo um profundo interesse por aquela parte do pulso que fica em volta do relógio.

O professor de arte é um homem virgem de sessenta anos de preto e branco que lê monotonamente como as pinceladas de um holandês em particular matam a morte e o tempo em

Delft. Cabeças de cabelos bem cortados se viram inclinadas para ver o ângulo dos ponteiros brilhantes do relógio. A notória eternidade das palestras do jesuíta. O relógio na parede do fundo, entre as janelas com cortinas de teatro que batem no vidro a cada rajada de vento.

O pequeno Day manchado pode ver que é o ângulo da brisa brilhante contra a tela que faz o rosto molhado acima da sombra iluminada do padre fulgurar. Grandes lágrimas gelatinosas em cima da palestra datilografada do velho. Day vê uma lágrima se fundir com outra lágrima na face do professor de arte. O professor continua lendo sobre o uso da paleta de quatro cores do reflexo do sol no rio de Delft, Holanda. As duas gotas se fundem, ganham velocidade ao longo do queixo, vão em direção ao texto.

QUATRO JANELAS

E agora na terceira *istoria* das pinturas iluminadas pelas estrelas o padre é muito velho. Professor em uma outra vida. Ele se ajoelha no campo delicado no limite de um parque industrial. As mãos juntas em uma atitude de piedade antiga: uma pose de patrono. Day, que falhou duas vezes, está um tanto externo à figura de três lados que as outras figuras do campo formam. Cigarras cantam no mato seco. O mato é de um amarelo morto e a extensão e os ângulos de suas sombras não fazem sentido; o sol de agosto tem ideias próprias.

"Enfrenta-se...", Ndiawar da cabeça cegante lê de um memorando preparado, ao sol. Yang protege o cigarro do vento.

"... confinamento como consequência natural por comportar-se de maneiras que, para outros, são aberrantes", Ndiawar lê.

O pequeno planeta branco numa haste que Day vê é uma margaridinha que secou.

Yang se senta numa tangente à sombra de pernas cruzadas, fumando. Sua camiseta tem escrito ME PERGUNTE DOS MEUS INIMIGOS INVISÍVEIS. Ele se penteia com uma mão. "É uma questão de cena do crime, meu senhor", diz ele. "Aqui assim, vira uma questão pública. Estou certo, dr. Ndiawar?"

"Informe a ele que uma comunidade de outras pessoas não é um vácuo."

"O senhor não está em um vácuo aqui", Yang diz.

"Direitos existem em um estado de tensão. Direitos necessariamente tensos." Ndiawar está refinando.

Yang enterra um toco de cigarro. "Tem uma coisa aqui, meu senhor, Padre se posso dizer assim. Se o senhor quer rezar para uma imagem do senhor rezando, tudo bem. Não tem problema. É seu direito. Só que não bem no lugar onde outras pessoas vão ver o senhor fazendo isso. Outras pessoas com seus próprios direitos de não ver uma coisa dessas contra a vontade, o que as perturba. Isso não é bem razoável?"

Day está observando a conversa por cima de seu picolé de neve. A tela está pregada a um cavalete com pesos no campo. Sua sombra quadrada distorcida. O antigo professor jesuíta de arte se ajoelha, na pintura.

"Enfrenta-se" — Ndiawar — "confinamento adicional como consequência de ficar publicamente nas esquinas pedindo aos transeuntes o presente de minutos de seu dia."

"Só um."

"Não existe o direito de interpelar, perturbar ou solicitar o inocente."

Yang não faz sombra.

"Um minuto", diz o professor de arte na pintura com pesos. "Decerto o senhor tem um minuto."

"A cena do crime mais a solicitação vai significar confinamento, meu senhor", diz Yang.

"Abordar e forçar a olhar — esses transeuntes são inocentes, diga a ele."

"Aceito o tempo que tiver. Diga quanto."

"Ser um interno de novo. Pergunte se ele gostaria. Lembre a ele os termos da liberdade condicional."

"Um vácuo é uma coisa", diz Yang, olhando brevemente por cima do ombro em um sinal para Day. "Só que não nas ruas." Mesmo Day não estando atrás dele.

O Diretor está substituindo o memorando em uma pasta de papelão. Um vestígio da torre enquanto ele examina o campo. Os olhos do jesuíta nunca deixam o quadrado do cavalete. Porque a tela é o ponto de acesso do observado para a pintura-sonho, a por assim dizer janela para a cena, os olhos dele assim estão em Day, um minúsculo globo seco entre eles. A perspectiva não faz sentido. A sombra sem cabeça de Ndiawar está agora sobre Day, sobre a bola branca seca, ele vê. "Precisam-se habilidades", Ndiawar diz, "urgentemente."

Ideias próprias.

Day respira e rompe a bola.

LIMITE

A cabeça de Esther está enrolada em gaze. A cabeça de Day inclinada sobre a página. A cabeça de Sarah está no colo do pastor no canto brilhante do quarto. O quarto é branco. A cabeça do clérigo está jogada para trás, os olhos no teto.

"Sinto muito", Sarah diz para o colo preto. "O telefone. A tampa. O ralo. A sucção. Ela fica branca e ele de todas as cores. Me desculpe."

"Mesmo os gigantes", Day está lendo em voz alta. "Mesmo os gigantes sendo todos do mesmo tamanho, eles têm muitas formas. Existem os Ciclopes gregos, o francês Pantagruel, o americano Bunyan. Existem amplos ciclos multiculturais que têm gigantes como colunas de fogo, como nuvens com perna, como montanhas que andam invertidas enquanto todo mundo dorme."

"Não, *eu* peço desculpas", diz a cabeça do pastor. Uma mão branca acaricia o cabelo preso de Sarah.

"Existem gigantes vermelhos de quentes, gigantes mornos", Day lê. "Existem também gigantes frios. São essas as formas. Uma forma de gigante frio é descrita em ciclos como um esqueleto de um quilômetro e meio de altura todo feito de vidro colorido. O gigante de vidro vive em uma floresta que é branca pura de gelo."

"Gigantes frios."

"O senhor primeiro", Sarah sussurra ao abrir a porta do quarto de Esther.

"É o senhor desta floresta."

A cabeça acima do preto e branco sorri. "*Você* primeiro."

"O passo do gigante de vidro tem um quilômetro e meio. Ele anda o dia inteiro, todo dia. Não para nunca. Não pode descansar. Porque vive com medo de sua floresta congelada derreter. O medo faz o gigante andar todo minuto."

"Não dorme", Esther diz.

"É, nunca dorme, o gigante de vidro anda pela floresta branca, o passo de um quilômetro e meio, dia e noite, e o calor dos seus passos derrete a floresta onde ele passa."

Esther tenta sorrir para a porta que se fecha. A gaze está imaculada. "O arco-íris."

"É." Day mostra a figura. "A floresta derretida chove e o gigante de vidro é o arco-íris. Esse é o ciclo."

"Derretido é chuva."

Sarah espirra, abafado, lá fora, no corredor. Day espera o clérigo dizer.

FECHE ISSO

"Marque o tempo da sua respiração", instrui o ressecado realmente velho ex-jesuíta. Yang e Ndiawar estão na espuma à beirada do mar azul do campo.

"Respire ar", o professor diz, fazendo a mímica do ato. "Cuspa água. Um ritmo. Para dentro. Para fora."

Day imita o ato.

Eric Yang fecha os olhos. "O rasgo na conta voltou."

A pintura-sonho do professor em incessante prece fica pregada ao mostrador com pesos. O vento aumenta; dentes-de-leão nevam sobre eles. Abelhas elaboram o amarelo do campo contra o azul crescente.

"Respire de cima. Expire de baixo", instrui o velho. "O engatinhar."

O campo seco é uma ilha. A água azul toda em torno está temperada de branco com ilhas secas. Esther está em uma fina cama de metal limpo na ilha próxima. A água se move no canal entre eles.

Day imita o ato. Suas mãos pronadas batem semente branca. Uma planta brotou em tempo nenhum. Sua haste já chega aos joelhos de Day.

Yang fala com Ndiawar sobre a textura da conta mental. Ndiawar reclama com Yang que a sua melhor igreja não deixa nenhuma mão livre para abrir a porta. O simbolismo da conversa é inequívoco.

O professor de arte saiu nadando de costas da ondulante planta negra. Day se debate no pólen, tentando estabelecer um ritmo.

Sarah flutua de costas no canal diante da ilha de Esther. Então a sombra da planta encobre a luz. A sombra é a coisa maior que Day já viu. A fachada dela sobe a perder de vista, pede o prefixo bronto-. O solo ribomba sob o peso de um esteio. O esteio se curva para cima a perder de vista na direção da fachada. Uma janela em roseta cintila no limite superior do céu. E cai. As portas da coisa saíram do nada, se contorcendo como lábios. Corre na direção deles.

"Socorro!", Esther grita, muito débil, antes de a igreja do quadro levá-los para dentro. Day ouve um gemido distante de crescimento contínuo. A igreja não construída está na penumbra, iluminada apenas através do vidro colorido. Suas portas correram atrás deles, sumiram de vista.

A janela em roseta continua a subir. É redonda e vermelha. Com raios refratários irradiando. Dentro da janela uma mulher triste tenta sorrir para abrir caminho pelo vidro.

Day ainda faz a pantomima do crawl, único estilo que sabe.

A janela deixa a luz entrar e nada mais, a colore.

"Feche os olhos que estão na sua cabeça", vem o eco de madeira de Ndiawar.

Yang olha a nave. "Feche isso."

Arcos se fecham escurecendo a roseta. A janela reverte toda revelação normal — tudo o que é sólido ali fica preto, tudo o que é leve, com cores brilhantes. Day, na respiração, consegue ver sua forma. A cor se encolhe na janela, se estreita até um raio refrator, a ponta um ponto escuro. Alguma coisa de branco circula em torno dele.

Day nada até a ponta aguda, subindo sem peso.

O professor de arte sem batina coloca o relógio à prova de água de Day em cima do altar. Ajoelha-se para ele, blasfemando.

Esther flutua enfaixada na ponta escura em cima da cor de forma dura da janela de roseta vermelha. Day vê o ponto através da cortina molhada de estrelas que seu braço puxou. O azul do ar olha para trás, ele nada através da cortina, estrelas chovem para cima a cada braçada dele. Ele faz a pantomima da braçada crawl pelas estrelas. Pode vê-la com clareza, girando.

"Não olhe!"

E mais uma vez é quando olha para baixo que ele falha. Querendo só ver onde subiu. O mero segundo — menos — que leva para tudo descer. Começa no ápice. Leste corre para oeste e a fachada oeste não aguenta, desmorona. As paredes parecem encolher quando caem sobre si mesmas. O ponto negro no raio vermelho se abre. Esther rodopia entre suas metades dentadas, caindo na direção da janela de roseta no instante em que a janela se inclina. É tudo claro como uma foto. Yang diz Whoa. O esteio curva-se para fora e tosa. A queda dela toma tempo. Seu corpo gira devagar no ar, deixando um rastro de cometa de gaze. A roseta corre subindo até ela. Um homem de um quilômetro e meio de altura poderia pegá-la e aninhá-la entre as estrelas cadentes; a gaze viria atrás. É a respiração falhada de Day que o deixa azul. O vidro cor de sangue segura a mãe do lado de dentro, esperando a criança libertá-la.

Há o som de impacto a uma grande altura de vidro: terrível, multimatizado.

ROTAR

O céu é um olho.

O anoitecer e o amanhecer são o sangue que alimenta o olho.

A noite é a pálpebra fechada do olho.

Cada dia a pálpebra torna a se abrir, revelando sangue e a íris azul de um gigante deitado de bruços.

Mais um exemplo da porosidade de certas fronteiras (VI)

TRANSCRIÇÃO RECONSTRUÍDA DO
FIM DO CASAMENTO DOS PAIS DE
MR. WALTER D. ("WALT") DeLasandro Jr., Maio 1956

"Não te amo mais."

"O mesmo para você."

"Me divorcio dessa sua merda."

"Por mim está ótimo."

"Só que como fica o *doublewide*?"

"Eu fico com o caminhão disso eu sei."

"Está dizendo que eu fico com o *doublewide* você com o caminhão?"

"Só estou dizendo é que aquele caminhão lá fora é meu."

"E o rapaz."

"Para o caminhão?"

"Quer dizer que quer ficar com ele?"

"O que mais você quer dizer?"

"Estou perguntando se você quer o rapaz."

"Está dizendo que você queria ele então."

"Olhe eu fico com o *doublewide* você fica com o caminhão jogamos moedinha pelo rapaz."

"É isso que você está dizendo?"

"Aqui e agora a gente tira o rapaz na moeda."

"Vamos ver."

"Pelo amor de Deus é só uma moeda de vinte e cinco centavos."

"Mas vamos ver."

"Nossa tá aí."

"Tudo bem então."

"Eu jogo você canta?"

"Que tal você joga e eu canto?"

"Não encha o saco."

Breves entrevistas com homens hediondos

B.E. nº 59 04-98
INSTITUTO DE CUIDADOS CONTÍNUOS
HAROLD R. E PHYLLIS N. ENGMAN
EASTCHESTER NY

"Em criança, eu assistia muita televisão americana. Aonde quer que meu pai fosse enviado, parece que a televisão americana estava sempre disponível, com suas gloriosas e poderosas estrelas femininas. Talvez essa fosse mais uma vantagem da importância do trabalho de meu pai para a defesa do Estado, pois tínhamos privilégios e vivíamos com conforto. O programa de televisão a que eu mais gostava de assistir era *A feiticeira*, com a atriz americana Elizabeth Montgomery. Foi em criança, enquanto assistia a esse programa de televisão, que experimentei minhas primeiras sensações eróticas. Só muitos anos depois, já avançada a minha adolescência, é que fui capaz, no entanto, de ligar minhas sensações e fantasias a esses episódios de *A feiticeira* no passado e minha experiência de espectador quando a protagonista, Elizabeth Montgomery, fazia um movimento circular com a mão, acompanhado do som de uma cítara ou harpa, e produzia um efeito sobrenatural em que todo movimento cessava e todos os outros personagens do programa de televisão de repente congelavam no meio do gesto e ficavam ausentes e rígidos, sem nenhuma animação. Nesses instantes o próprio tempo parecia parar, deixando Elizabeth Montgomery livre e sozinha para manobrar à sua vontade. Elizabeth Montgomery empregava esse gesto circular dentro do programa apenas como medida desesperada para ajudar a salvar seu marido industrial, Darion, dos desastres políticos que ocorreriam se viesse à tona que ela era feiticeira, uma ameaça frequente nos episódios. O programa A feiticeira era mal sonorizado e muitos detalhes da narrativa eu, na minha idade, não entendia. Porém meu fascínio estava ligado a esse grande poder de congelar o tempo do programa e de deixar todas as outras testemunhas congeladas e ausentes enquanto ela levava avante suas táticas de salvamento entre estátuas vivas que podia reanimar de volta com o gesto circular quando as circunstâncias pedissem por isso. Anos depois, comecei, como muitos rapazes adolescentes, a me masturbar, criando para isso fantasias eróticas de minha própria construção em minha imaginação. Eu era um adolescente fraco, não atlético e um tanto doentio, um jovem estudioso e sonhador mais parecido com meu pai, de constituição nervosa e pouco confiante, pouco afeito à vida social, naqueles anos. Não é de admirar que eu procurasse compensação para essas fraquezas em fantasias eróticas nas quais eu possuía poderes sobrenaturais sobre as mulheres de minha escolha nessas fantasias. Pesadamente ligado a esse programa de infância, A feiticeira, a ligação dessas fantasias masturbatórias com esse programa de televisão me eram desconhecidas. Eu havia esquecido disso. Porém, aprendi bastante bem as insuportáveis responsabilidades que acompanham o poder, responsabilidades cujo assombro aprendi desde então a declinar em minha vida adulta desde que aqui cheguei, mas isso é uma outra história para outra hora. Essas fantasias masturbatórias tiravam seu ambiente do ambiente de nossas existências reais nessa época, que eram localizadas em muitos postos militares diferentes aos quais meu pai, um grande matemático, nos levava junto, a sua família. Meu irmão e eu, com menos de um ano de diferença de idade, éramos mesmo assim muito diferentes em quase tudo. Muitas vezes, minhas fantasias eróticas provinham das Instalações de Exercícios do Estado que minha mãe, uma ex-atleta competitiva, frequentava religiosamente, exercitando-se entusiasticamente toda tarde independentemente de onde os deveres de meu pai nos levassem a viver daquela vez. Acompanhando-a de boa vontade a essas instalações a maioria das tardes de nossa vida estava meu irmão, uma pessoa atlética e vigorosa, e muitas vezes também eu, de início com relutância e força direta, depois, à medida que meus devaneios eróticos ali localizados se desenvolviam, ficavam mais complexos e poderosos, com uma boa vontade nascida de razões pessoais. Por costume, me era permitido levar meus livros de ciência e ficar sentado lendo quietinho em um banco acolchoado num canto da Instalação de Exercícios do Estado enquanto meu irmão e minha mãe faziam seus exercícios. Com o propósito de visualização, você pode imaginar essas Instalações de Exercícios do Estado como o spa de saúde de seu país hoje, embora o equipamento usado lá fosse menos variado e cuidado e o ar de grande segurança e seriedade se devesse aos postos militares aos quais as instalações estavam vinculadas para uso do pessoal. E a vestimenta atlética das mulheres nas Instalações de Exercícios do Estado eram muito diferentes de hoje, constituídas de costumes completos de tecido com cintos e faixas de couro não diferentes disto, que eram muito menos reveladores do que a roupagem de exercícios de hoje, deixando mais para o olho mental. Agora vou descrever a fantasia que se desenvolveu nessas instalações quando jovem e se tornou minha fantasia de masturbação naqueles anos. Você não se ofende com essa palavra, *masturbar*?"

P.

"E é essa a pronúncia correta?"

P.

"Na fantasia que estou descrevendo, eu me visualizaria numa tarde dessas nas Instalações de Exercícios do Estado e, ao me masturbar, visualizo a mim mesmo observando a quadra de vigorosos exercícios para fazer meu olhar pousar sobre uma mulher atraente, sensual, mas vigorosa, atlética e concentrada nos exercícios ao ponto de parecer hostil, como pareciam muitas mulheres jovens, atraentes, vigorosas e sem humor dos serviços de engenharia atômica civil ou militar que possuíam acesso a essas instalações e se exercitavam com a mesma intratável seriedade e intensidade de minha mãe e meu irmão, que passavam longos períodos de seu tempo jogando muitas vezes uma pesada bola medicinal de couro entre eles com força extrema. Mas em minha fantasia masturbatória, o poder sobrenatural de meu olhar abalava a atenção da mulher escolhida, ela levantava os olhos da peça de equipamento de exercício, olhava em torno da instalação em busca da fonte do irresistível poder erótico que havia penetrado sua consciência, por fim seu olhar me localizava no canto do outro lado da quadra cheia de atividade, de forma que o objeto do meu olhar e eu travávamos nossos olhos em uma expressão de forte atração erótica à qual o restante do pessoal que se exercitava vigorosamente na sala ficava alheio. Pois sabe, na fantasia masturbatória eu possuo um poder sobrenatural, um poder da mente, cuja origem e mecânica nunca são elaboradas, permanecendo misterioso até para mim que possuo esse poder secreto e posso utilizá-lo à minha vontade, um poder com o qual certo olhar expressivo, altamente concentrado de minha parte, dirigido à mulher que era objeto dele, a torna irresistivelmente atraída por mim. O componente sexual da fantasia, enquanto eu me masturbo, prossegue para revelar essa mulher escolhida e eu copulando em variações de frenesi sexual em cima de um colchonete de exercício no centro da sala. Não há mais quase nada nesses componentes dessa fantasia, componentes que são sexuais e adolescentes e que, olhando em retrospecto, são algo medianos, disso me dou conta agora. Não expliquei ainda a origem do programa americano *A feiticeira* de minha primeira juventude para essas fantasias de sedução. Nem o grande poder secundário que eu também possuía na fantasia masturbatória, o poder sobrenatural de suspender o tempo e magicamente congelar todos os outros ginastas da sala com um discreto movimento circular da mão, fazendo cessar todo movimento e atividade na Instalação de Exercícios do Estado. Você tem de visualizar isso: oficiais de mísseis pesadamente musculosos mantidos imóveis debaixo dos halteres levantados, navegadores em luta congelados completamente interligados, técnicos de computação girando cordas de pular congeladas em parábolas de todos os ângulos e a bola medicinal suspensa congelada entre os braços estendidos de meu irmão e minha mãe. Eles e todas as outras testemunhas na sala de exercícios são deixados petrificados e sem sentidos com um único gesto de minha vontade, de forma que a atraente, enfeitiçada, dominada mulher de minha escolha e eu continuamos animados e conscientes nesta escura sala de madeira com seus odores de linimento e suor sem lavar na qual todo o tempo agora cessou — a sedução ocorre fora do tempo e do movimento da física mais básica — e quando eu a atraio para mim com um olhar poderoso e talvez também um ligeiro movimento circular de apenas um dedo, ela, dominada por atração erótica, vem em minha direção, eu por minha vez me levanto também de meu banco no canto e vou também em direção a ela, até que, como num minueto formal, a mulher da fantasia e eu nos encontramos no colchonete de exercício no centro exato da sala, ela removendo as correias de sua roupagem pesada com um frenesi de mania sexual enquanto meu uniforme de colegial é removido com uma deliberação mais controlada e divertida, forçando-a a esperar numa agonia de ânsia erótica. Para encurtar o assunto, ocorre então a copulação em variadas posições e modos indistintos em meio às muitas outras figuras petrificadas, cegas, que eu paralisei no tempo com o grande poder de minhas mãos. Evidentemente é aí que você pode observar o vínculo com o programa A *feiticeira* de minhas sensações infantis. Porque dentro da fantasia esse poder adicional de congelar corpos vivos e suspender o tempo nas Instalações de Exercícios do Estado, que começou meramente como um artifício logístico, logo se transformou eu acho na fonte primordial de toda a fantasia masturbatória, uma fantasia masturbatória que era, como qualquer observador pode dizer com facilidade, muito mais uma fantasia de poder do que meramente de copulação. Com isso estou dizendo que, em relação aos meus grandes poderes — sobre a vontade e o movimento de cidadãos, sobre o fluxo de tempo, o congelamento total de testemunhas, sobre a possibilidade de meu irmão e minha mãe não poderem sequer mexer os corpos robustos de que tinham tão justo orgulho e vaidade —, eles logo formaram o verdadeiro núcleo da fantasia de poder e era, sem que eu soubesse, às fantasias desse poder que eu mais verdadeiramente me masturbava. Entendo isso agora. Em minha juventude eu não sabia. Quando adolescente, sabia apenas que para manter essa fantasia de dominadora sedução e copulação era necessária uma plausibilidade lógica estrita.

Estou dizendo que, a fim de me masturbar com sucesso, a cena exigia uma lógica racional segundo a qual a copulação com essa mulher que se exercitava era plausível em público na Instalação de Exercícios do Estado. Eu era responsável por essa lógica."

P.

"Isto pode parecer tão esquisito, claro, da perspectiva de que há muito pouca lógica em se imaginar um jovem doentio provocando desejo sexual apenas com um movimento de mão. Não tenho resposta para isso. O poder sobrenatural da mão era talvez a Primeira Premissa ou *axioma*, da fantasia, ele em si inquestionado, a partir do qual tudo mais devia então racionalmente derivar e estar em coerência. Aqui, você deve dizer que eu penso *Primeira Premissa*. E tudo deve manter coerência com isso, pois era filho de uma grande figura da ciência estatal, de forma que, se uma incoerência lógica no arranjo da fantasia me ocorresse, exigiria uma resolução coerente com a moldura lógica dos poderes da mão e eu era responsável por isso. Se não, me via distraído por insistentes pensamentos sobre a inconsistência e ficava incapaz de me masturbar. Está dando para acompanhar? Mas isto que estou dizendo, o que começou apenas como uma fantasia infantil de poder ilimitado se transformou em uma série de problemas, complicações, contradições e as responsabilidades de erigir soluções operacionais internamente coerentes com isso. Foram essas responsabilidades que rapidamente se expandiram até se tornarem insuportáveis demais mesmo dentro da fantasia para me permitir jamais exercitar de novo verdadeiro poder de qualquer tipo, colocando-me assim nas circunstâncias em que você me vê com clareza agora."

P.

"O verdadeiro problema começa para mim em logo reconhecer que as Instalações de Exercícios do Estado são na verdade públicas, abertas a todo o pessoal do posto com documentação adequada que deseje se exercitar; portanto, alguma pessoa podia a qualquer momento com facilidade entrar na instalação no meio de uma sedução manual, testemunhando a copulação em meio à cena surrealista dos atletas congelados, sem sentidos. Para mim isso não era aceitável."

P.

"Não tanto pela ansiedade de ser surpreendido ou exposto, que eram os temores de Elizabeth Montgomery no programa, mas no meu caso mais porque isso representava um fio perdido na trama da tapeçaria de poder que a fantasia masturbatória, evidentemente, representava. Parecia ridículo que eu, cujo poderoso gesto de girar a mão era tão total sobre a fisicalidade e a sexualidade da instalação, pudesse sofrer interrupção nas mãos de qualquer indivíduo militar que entrasse de fora querendo praticar calistenia. Esse era o primeiro estágio de indicação de que os poderes metafísicos de minha mão eram, embora sobrenaturais, limitados demais. Uma incoerência ainda mais séria me ocorreu logo na fantasia também. Pois as pessoas imóveis, alheadas na sala de exercícios — quando a mulher de minha escolha sob meu poder e eu próprio tínhamos agora nos saciado um ao outro e nos vestido, voltando a nossas duas posições de lados opostos da grande instalação, com ela relembrando ora o intervalo ora uma vaga mas poderosa atração erótica pelo pálido rapaz do outro lado da sala, o que permitira que a relação sexual ocorresse de novo em qualquer outro momento futuro que eu escolhesse e eu então realizasse o segundo gesto de mão invertido que permitia que o tempo e o movimento consciente na instalação recomeçasse — o pessoal agora retomando seus exercícios poderia, compreendi, com um mero olhar a seus relógios de pulso, tomar consciência de que um tempo inexplicável havia se passado. Estariam, portanto, não verdadeiramente alheios ao fato de que algo de incomum havia ocorrido. Por exemplo, tanto meu irmão como minha mãe usavam relógios de pulso Pobyeda. Todas as testemunhas não estavam verdadeiramente *alheias*. Essa incoerência era inaceitável na lógica da fantasia de poder total e logo tornou impossível o bom sucesso da masturbação. Você aqui vai dizer *distração*. Mas era mais que isso, sim?"

P.

"Expandir o poder imaginário da mão para deter todos os relógios de parede, cronômetros e relógios de pulso da sala foi a solução inicial, até ocorrer a aborrecida constatação de que, no momento em que o pessoal da sala, depois, saísse da Instalação de Exercícios do Estado e retomasse o fluxo externo do posto militar, à primeira olhada em algum outro relógio — ou, por exemplo, a censura por um compromisso com algum superior para o qual estava atrasado — os levaria a constatar que *algo* estranho e inexplicável havia ocorrido, coisa que mais uma vez comprometia a premissa de que estavam todos *alheios*. Esta, eu aborrecido concluí, era a incoerência mais séria da fantasia. Apesar de meu gesto circular e do breve som de harpa que acompanhava seu poder, eu não tinha, como ingenuamente acreditara no começo, feito o fluxo do tempo cessar, nem colocado a mim e à mulher atlética fora da física do tempo. Tentando me masturbar, ficava agitado com o fato de o poder de minha fantasia ter na realidade conseguido apenas suspender a *aparência* superficial do tempo e mesmo assim apenas na arena limitada da Instalação de Exercícios do Estado da fantasia. Foi nesse momento que o trabalho imaginativo dessa fantasia de poder se tornou exponencialmente mais difícil. Pois dentro da moldura da lógica da fantasia de poder, eu agora exigia que esse gesto circular da mão suspendesse todo o tempo e congelasse todo o pessoal de todo o posto militar do qual fazia parte a instalação de exercícios. A lógica dessa necessidade era clara. Mas também era incompleta."

P.

"Excelente, sim. Você vê aonde isso agora está levando, esse problema lógico cuja circunferência continuará a se expandir à medida que cada solução revelar mais incoerências e mais exigências para o exercício dos poderes de minha fantasia. Pois, é claro, devido ao fato de os postos a que o trabalho de meu pai com os computadores nos levava estarem em estratégica comunicação com todo o aparelho de defesa do Estado, eu logo me vi forçado a fantasiar que apenas um único gesto de mão meu — ocorrendo em apenas algum gélido posto avançado de defesa na Sibéria e com a finalidade de dobrar a vontade de apenas uma programadora ou auxiliar de escritório — devia mesmo assim obter o congelamento instantâneo de todo o Estado, suspender no tempo e na consciência quase duzentos milhões de cidadãos no meio de qualquer ação que pudessem estar executando em minha imaginação, ações tão diversas quanto descascar uma maçã, atravessar um cruzamento, remendar uma bota, enterrar um caixãozinho de criança, planejar uma trajetória, copular, remover o aço recém-usinado de uma forja industrial e assim por diante, infindáveis e inúmeras coi..."

P.

"Sim sim e como o Estado em si existia em íntima aliança ideológica e defensiva com Estados satélites vizinhos e, claro, estava também em comunicação e comércio com incontáveis outras nações do mundo, eu, logo, como adolescente, tentando meramente me masturbar em particular, descobri que a minha simples fantasia de sedução não sabida fora do tempo exigia que toda a população do mundo fosse congelada com um único gesto de mão, todos os relógios e atividades do mundo, das atividades agrícolas de cultivo do inhame na Nigéria até aquelas de influentes ocidentais comprando blue jeans e Rock and Roll e assim por diante e assim por diante... e você vê, claro, é, não apenas todo movimento humano e marcação de tempo, mas, é claro, os próprios movimentos das nuvens oceanos e ventos principais da Terra, pois não seria coerente reanimar a população da Terra para retomar o horário de duas horas com as marés e o clima, cujos ciclos foram cientificamente catalogados com extrema especificidade, agora em condições correspondentes às três ou quatro horas. Era a isso que eu me referia quanto às *responsabilidades* que vêm com esses poderes, responsabilidades que o programa A *feiticeira* suprimiu ou negligenciou inteiramente durante a minha audiência infantil. Pois esse trabalho de congelar e manter suspenso cada elemento do mundo natural da Terra que se intrometia para ocorrer a mim quando eu estava apenas tentando imaginar os atraentes, atléticos, incontroláveis gritos de paixão debaixo de mim no colchonete usado — esse esforço de imaginação estava me exaurindo. Episódios de fantasia masturbatória que costumavam tomar apenas quinze breves minutos agora exigiam muitas horas e enorme esforço mental. Minha saúde, que nunca foi boa, declinou de modo dramático nesse período, a tal ponto que eu ficava muitas vezes preso ao leito e ausente da escola e da Instalação de Exercícios do Estado que meu irmão frequentava com minha mãe no período depois da escola. Além disso, meu irmão começou por essa época a se transformar em um competitivo levantador de pesos na divisão dos pesos ligeiros para sua idade e peso, em competições às quais nossa mãe quase sempre comparecia, viajando com ele, enquanto meu pai ficava a postos com os programas de *targeting* e eu na cama em nossas acomodações vazias, sozinho durante dias e dias seguidos. A maior parte do meu tempo sozinho na cama em nosso quarto na ausência deles era dedicada não à masturbação, mas ao trabalho de imaginação para reconstruir um planeta Terra suficientemente imóvel e atemporal que permitisse a minha fantasia simplesmente acontecer. Na verdade, não me lembro agora se a doutrina implícita do programa americano exigia o movimento circular da mão de Elizabeth Montgomery para suspender a animação de toda a humanidade e do mundo natural fora da casa suburbana onde ela morava com Darion. Mas me lembro vividamente de que um outro ator, diferente, assumiu o papel de Darion no final de minha infância, perto do fim da disponibilidade do programa americano nos transmissores das Aleutas e do meu incômodo, mesmo ainda criança, diante da incoerência de Elizabeth Montgomery não reconhecer que seu companheiro industrial e parceiro sexual era um homem totalmente diferente. Ele não parecia em nada com o outro e ela continuava alheia a esse fato! Isso me provocou um grande incômodo. Claro, havia também o sol."

P.

"Nosso sol lá em cima, no alto, cujo aparente movimento pelo horizonte do sul foi, claro, a primeira medida de tempo entre os homens. Isso também precisava ser suspenso em seu movimento aparente, pela lógica da minha fantasia, o que, na realidade, implicava imobilizar a rotação da própria Terra. Muito bem me lembro do momento em que mais essa incoerência me ocorreu, na cama, e dos trabalhos e responsabilidades que implicava em minha fantasia. Bem me lembro, também, dessa inveja que senti de meu abrutalhado e pouco imaginativo irmão, com quem a excelente formação científica de tantas escolas dos postos era inteiramente desperdiçada, ele não se abalaria o mais mínimo pelas consequências de entender o seguinte: que a rotação da Terra era apenas uma parte de seus movimentos temporais e que a fim de não trair a Primeira Premissa da fantasia provocando incongruências nas medições cientificamente catalogadas do Dia Solar e do Período Sinódico, a órbita elíptica da Terra em torno do Sol precisava ser suspensa pelo gesto de mão sobrenatural, uma órbita cujo plano, para meu azar, eu havia aprendido na infância, compreendia um ângulo de 23,53 graus do eixo do movimento da Terra, possuindo também variações equivalentes na medição do Período Sinódico e do Período Sideral, que exigiam então a imobilização rotacional e orbital de todos os outros planetas e satélites do Sistema Solar, cada um dos quais me forçava a interromper a fantasia masturbatória a fim de realizar pesquisas e cálculos baseados nas diferentes variações de rotação e ângulos com respeito aos planos de suas órbitas em torno do Sol. Isso era laborioso naquela era de calculadoras manuais muito simples apenas... e além disso, pois você vê onde esse pesadelo está levando, uma vez que, sim, o Sol em si encontra-se em muitas órbitas complexas em relação a estrelas próximas como Sírius e Arcturus, estrelas que precisam agora ser colocadas sob a hegemonia do poder do gesto circular da mão, assim como a Galáxia da Via Láctea, em cuja borda o aglomerado de estrelas próximo que inclui o nosso próprio sol ao mesmo tempo orbita e gira complexamente em relação a muitos outros aglomerados semelhantes... e assim por diante e assim por diante, um pesadelo sempre mais abrangente de responsabilidade e trabalho, porque, sim, a Galáxia da Via Láctea em si também orbita o Grupo Local de galáxias em contraponto com a Galáxia de Andrômeda distante mais de duzentos milhões de anos-luz, uma órbita cuja paralisação implica também uma paralisação do Desvio Para o Vermelho e assim o comprovado e medido deslizamento das galáxias ora conhecidas umas em relação às outras em um desabrochar de expansão do Universo Conhecido, com inúmeras complicações e fatores que compreendiam os cálculos noturnos que me roubavam o sono que a minha exaustão cada vez mais reclamava, tal como, por exemplo, o fato de galáxias distantes como a 3C295 recuarem em rápidas proporções superiores a um terço da velocidade da luz enquanto galáxias muito mais próximas, inclusive a problemática NGC253 a meros treze milhões de anos-luz, pareciam matematicamente estar se *aproximando* da Galáxia da Via Láctea por meio de sua própria força cinética mais rapidamente do que as expansões maiores do Desvio Para o Vermelho podiam impeli-las a se afastar de nós, de forma que agora a cama está tão tomada por pilhas de volumes científicos, periódicos e pilhas de folhas de meus cálculos que não haveria espaço para eu me masturbar mesmo que eu conseguisse fazê-lo. E foi então que me dei conta, em meio a um agitado meio-sono em minha cama juncada de coisas, de que todos os dados e cálculos desses muitos meses haviam sido, tão burramente, baseados em observações astronômicas publicadas sobre uma Terra cuja rotação, órbitas e posições siderais estavam no modo naturalmente não congelado, o modo sempre cambiante da realidade, e que tudo isso deveria portanto ser recalculado a partir das suspensões teóricas do meu gesto sobre a Terra e os satélites vizinhos para que a sedução e a copulação em meio ao alheamento imobilizado de todos os cidadãos evitassem uma desesperadora incoerência — foi então que me afastei disso. O fantasioso gesto simples da mão de um adolescente mostrava compreender uma responsabilidade infinitamente complexa mais adequada a Deus do que a um mero menino. Isso me quebrou. Foi nesse momento que renunciei, desisti, tornei-me de novo apenas um jovem doentio e inseguro. Abdiquei aos dezessete anos, quatro meses e 8,40344 dias, estendendo alto agora ambas as mãos para fazer o gesto invertido de círculos interligados que colocaria tudo livre uma vez mais em um desabrochar de renúncia que começava em nossa cama e ia se abrindo rapidamente para abranger todos os corpos conhecidos em movimento. Acho que você não faz a menor ideia do que isso me custou. Delírio, confinamento, decepção de meu pai

— mas tudo isso era nada comparado com o preço e as recompensas do que sofri nesse tempo. Esse programa americano *A feiticeira* foi meramente a fagulha por trás dessa infinita explosão e contração de energia criativa. Iludido, quebrado ou não quebrado — mas quantos outros homens sentiram o poder de se tornarem Deus, e renunciaram a isso tudo? Esse é o tema do meu poder sobre o qual você disse que quer que eu fale: *renúncia*. Quantos conhecem o verdadeiro significado disso? Nenhuma das pessoas aqui, isso posso lhe garantir. Realizando seus inconscientes movimentos fora daqui, atravessando ruas, descascando maçãs, copulando sem pensar com mulheres que acreditam amar. O que eles sabem de amor? Eu, que sou por escolha um celibatário por toda a eternidade, sozinho vi o amor em todo o seu horror e poder incontrolado. Só eu tenho qualquer direito de falar disso. Todo o resto é mero ruído, radiações de um fundo sonoro que mesmo agora está se retraindo para mais e mais longe. E que não pode ser detido."

B.E. nº 72 08-98
NORTH MIAMI BEACH FL

"Adoro mulheres. Adoro mesmo. Amo as mulheres. Tudo delas. Nem posso descrever. As baixas, as altas, as gordas, magras. Das moscas-mortas às comuns. Para mim, êi: toda mulher é bonita. Não canso delas nunca. Alguns dos meus melhores amigos são mulheres. Adoro olhar as mulheres se movimentarem. Adoro ver como são todas diferentes. Adoro a gente não conseguir nunca entender as mulheres. Adoro adoro adoro as mulheres. Adoro ouvir elas rirem, os sonzinhos diferentes. Como é impossível impedir as mulheres de fazer compras por mais que a gente faça. Adoro quando elas batem os olhos, fazem biquinho, dão aquele olhar. O jeito delas de salto alto. A voz delas, o cheiro. Aqueles bolinhas vermelhas porque rasparam as pernas. Os delicados inomináveis delas e os produtinhos femininos especiais na loja. Tudo delas me deixa louco. Quando se trata de mulher me vejo perdido. Basta elas entrarem na sala que eu morro. O que seria do mundo sem mulheres? Seria... Ah, não, de novo não, atrás de você, *cuidado*!"

B.E. nº 28 02-97
YPSILANTI MI [SIMULTÂNEO]

K...: "O que a mulher de hoje quer. Essa é a grande questão."

E...: "Concordo. Essa é a grande questão mesmo. É a como se diz mesmo..."

K...: "Ou em outras palavras, o que a mulher de hoje *pensa* que ela quer versus o que elas querem *lá no fundo*."

E...: "Ou o que elas acham que elas *devem* querer."

P.

K...: "De um homem."

E...: "De um cara."

K...: "Sexualmente."

E...: "Em termos da velha dança de acasalamento."

K...: "Pareça ou não de Neandertal, eu ainda digo que essa é que é a grande questão. Porque o problema todo virou uma tamanha bagunça."

E...: "Eu assino embaixo."

K...: "Porque agora a mulher moderna tem uma quantidade sem precedentes de coisas contraditórias colocadas em cima dela sobre o que ela deve querer e como se espera que ela se comporte sexualmente."

E...: "A mulher moderna é um monte de contradições que elas colocam em cima delas mesmas e deixam elas malucas."

K...: "Isso que torna tão difícil saber o que elas querem. Difícil, mas não impossível."

E...: "Tipo pegue a clássica contradição Madona versus puta. A boa menina versus a vagabunda. A garota que você respeita e leva para casa para conhecer a Mamãe versus a garota que você só come."

K...: "Mas não vamos esquecer que por cima disso existe a expectativa feminista-traço-pós-feminista de que as mulheres são agentes sexuais também, iguais aos homens. Que é legal ser sexual, que é legal assobiar para a bunda de um homem, ser agressiva e ir atrás do que você quer. Que é legal sair trepando por aí. Que para a mulher de hoje é quase *obrigatório* sair trepando por aí."

E...: "Quando, por baixo, ainda existe aquela coisa da menina-respeitável-versus-vagabunda. É legal sair trepando por aí se você é uma feminista, mas também não é legal sair trepando por aí porque a maioria dos caras não é feminista e não respeita elas e não telefona de novo se elas trepam."

K...: "Fazer sem fazer. Uma dupla servidão."

E...: "Um paradoxo. Fodido dos dois jeitos. A mídia reforça isso."

K...: "Dá para imaginar a carga de stress interno que isso bota em cima da psique delas."

E...: "Não progrediu muito, meu bem, nem fodendo."

K...: "Por isso que tem tanta maluca."

E...: "Piradas de stress interno."

K...: "E nem é culpa delas de fato."

E...: "Quem não fica pirado com essa carga de contradição nas costas o tempo todo na cultura da mídia de hoje?"

K...: "A questão é que isso é que deixa as coisas tão difíceis quando, por exemplo, você está interessado sexualmente em uma delas, saber o que ela quer de fato de um homem."

E...: "É uma confusão total. O cara fica maluco tentando entender que rumo tomar. Ela pode gostar disto, pode não gostar. A mulher de hoje é foda. É igual a tentar resolver um koan zen. Quando se trata do que elas querem, o melhor mesmo é o cara fechar os olhos e pular."

K...: "Eu não concordo."

E...: "Eu estou falando metaforicamente."

K...: "Eu não concordo que é impossível dizer o que elas querem de verdade."

E...: "Acho que eu não falei *impossível*."

K...: "Mas eu concordo, sim, que na era pós-feminista de hoje está mais difícil que nunca e exige um poder de fogo e imaginação bem sérios."

E...: "Quer dizer, se fosse mesmo literalmente *impossível* onde é que a gente ia estar como espécie?"

K...: "E concordo que não dá para seguir necessariamente só o que elas *dizem* que querem."

E...: "Porque elas dizem isso só porque acham que devem dizer?"

K...: "Minha posição é que na verdade a maioria das vezes *dá*, sim, para entender o que elas querem, quer dizer, deduzir isso quase logicamente, se você está disposto a fazer o esforço de entender as mulheres e entender a situação impossível em que elas estão."

E...: "Mas não dá para ir pelo que elas dizem, essa é que é a grande questão."

K...: "Com isso eu tenho de concordar. O que uma feminista-traço-pós-feminista moderna vai *dizer* que quer é reciprocidade e respeito por sua autonomia individual. Se vai acontecer sexo, dizem elas, tem de ser por consenso mútuo e desejo entre dois iguais autônomos que são ambos igualmente responsáveis por sua própria sexualidade e sua expressão."

E...: "É quase palavra por palavra o que ouvi elas dizerem."

K...: "E é uma babaquice total."

E...: "Elas com certeza já aprenderam bem aprendido o dialeto do poder com toda certeza."

K...: "É fácil perceber a babaquice que é contanto que o cara comece identificando a impossível dupla servidão de que a gente já falou."

E...: "Não é tão difícil assim de perceber."

P.

K...: "Que ela esperava ser ao mesmo tempo sexualmente liberada, autônoma e assertiva, e ao mesmo tempo ainda tem consciência da velha dicotomia garota-respeitável-versus--vagabunda, e sabe que algumas garotas ainda se deixam usar sexualmente devido a uma falta básica de autorrespeito e ela ainda recua diante da ideia de ser vista como esse tipo patético de mulher vadia."

E...: "Além disso, lembre que a garota pós-feminista sabe que o paradigma sexual masculino e o paradigma sexual feminino são fundamentalmente diferentes...."

K...: "*Marte e Vênus.*"

E...: "Certo, exatamente, e ela sabe que como mulher está naturalmente programada para ser mais elevada e duradoura quanto a sexo e para pensar mais em termos de relacionamento do que só em termos de trepar, de forma que se ela só ceder imediatamente e trepar com você ela sente que em algum nível ainda estão tirando vantagem dela, ela pensa."

K...: "Isso, claro, é porque a era pós-feminista de hoje é também a era pós-moderna de hoje, na qual em princípio todo mundo agora sabe de tudo sobre o que está realmente acontecendo sob todos os códigos semióticos e convenções culturais e todo mundo em princípio sabe a partir de quais paradigmas todo mundo está operando e então nós todos como indivíduos somos considerados muito mais responsáveis pela nossa sexualidade, uma vez que tudo o que nós fazemos é agora consciente e informado como nunca antes."

E...: "Enquanto, ao mesmo tempo, ela está ainda debaixo dessa incrível pressão biológica para encontrar um macho e assentar, fazer um ninho e procriar, por exemplo vá ler essa coisa de *As regras* e tente achar alguma outra explicação para a popularidade do livro."

K...: "A questão é que se espera da mulher hoje que ela agora seja responsável tanto para a modernidade como para a história."

E...: "Sem falar da biologia."

K...: "A biologia já está incluída no âmbito do que eu quero dizer por *história*."

E...: "Então você está usando *história* mais em um sentido foucaultiano."

K...: "Estou falando da história como um conjunto de respostas intencionais humanas a toda uma gama de forças da qual a biologia e a evolução fazem parte."

E...: "A questão é que isso é uma carga intolerável para as mulheres."

K...: "A questão real é que de fato elas são apenas logicamente incompatíveis, essas duas responsabilidades."

E...: "Mesmo que a modernidade *em si* seja um fenômeno histórico, diria Foucault."

K...: "Só estou apontando que ninguém pode honrar dois conjuntos logicamente incompatíveis de responsabilidades percebidas. Isso não tem nada a ver com história, é lógica pura."

E...: "Pessoalmente, eu coloco a culpa na mídia."

K...: "Então qual a solução?"

E...: "O discurso esquizofrênico da mídia exemplificado, tipo, por exemplo, pela *Cosmo* — por um lado, seja liberada, por outro, tenha certeza de arranjar um marido."

K...: "A solução é entender que a mulher de hoje está numa situação impossível em termos de quais são as suas responsabilidades sexuais percebidas."

E...: "Posso trazer para casa o bacon mm *mm* mm *mm* fritar numa panela mm *mm* mm *mm*."

K...: "E que elas naturalmente vão querer o que qualquer humano confrontado com dois insolucionáveis conjuntos de responsabilidade vai querer. O que quer dizer que o que elas realmente vão querer é alguma *saída* dessas responsabilidades."

E...: "Uma portinhola de saída."

K...: "Psicologicamente falando."

E...: "Uma porta dos fundos."

K...: "Daí a intemporal importância de: *paixão*."

E...: "Elas querem ser ao mesmo tempo responsáveis e apaixonadas."

K...: "Não, o que elas querem é experimentar uma paixão tão vasta, dominadora, poderosa e irresistível que oblitere qualquer culpa, tensão ou culpabilidade que elas possam sentir por trair as responsabilidades percebidas."

E...: "Em outras palavras o que elas querem de um cara é *paixão*."

K...: "Querem ser tiradas do chão. Querem voar. Ser levadas nas asas de alguma coisa. O conflito lógico entre as responsabilidades delas não pode ser resolvido, mas a *consciência* pós-moderna que elas têm desse conflito, sim."

E...: "Dá para fugir. Negar."

K...: "O que quer dizer que, no fundo no fundo, elas querem um homem que seja tão loucamente apaixonado e poderoso que elas sintam que não têm escolha, que essa coisa é maior que ambos, que podem até esquecer que existe uma *coisa* como responsabilidades pós-feministas."

E...: "No fundo, elas querem ser irresponsáveis."

K...: "Acho que de certa forma eu concordo, embora eu não ache que elas possam realmente ser responsabilizadas por isso, porque não acho que seja consciente."

E...: "Isso reside como um grito lacaniano no inconsciente infantil, diria o jargão."

K...: "Quer dizer, dá para entender, não dá? Quanto mais essas responsabilidades lógicas incompatíveis são impostas às mulheres de hoje, mais forte o desejo inconsciente que elas têm de um homem dominadoramente forte, apaixonado, que possa tornar irrelevante a dupla servidão dominando inteiramente as mulheres com paixão de forma que elas possam se permitir acreditar que não dava para evitar, que o sexo não é uma questão de escolha consciente pela qual possam ser responsabilizadas, que em última análise se *alguém* fosse responsável seria o *homem*."

E...: "O que explica por que quanto maior a pretensa feminista, mais ela gruda em você e fica seguindo você depois que você dorme com ela."

K...: "Não sei se concordo com isso, não."

E...: "Mas conclui-se que quanto mais feminista, mais grata e dependente ela vai ser depois que você montou o seu corcel branco e aliviou as costas dela de toda responsabilidade."

K...: "Eu discordo é do *pretensa*. Não acredito que as feministas de hoje estejam sendo conscientemente insinceras em tudo o que dizem sobre autonomia. Assim como não acredito que sejam estritamente culpadas pela terrível sujeição a que estão submetidas. Embora lá no fundo eu talvez tenha de concordar que as mulheres são historicamente mal equipadas para assumir genuína responsabilidade sobre si mesmas."

P.

E...: "Acho que nenhum de vocês viu onde ficava o quarto das Little Wranglers aqui neste lugar."

K...: "Não digo isso como nenhum tipo de 'mais um estudante do último ano da graduação subestimando as mulheres porque é inseguro demais para encarar a subjetividade sexual delas'. E faria o impossível para defender as mulheres do desdém e da culpa por uma situação que evidentemente não é culpa delas."

E...: "Porque está chegando a hora de responder ao chamado da natureza, se você está me entendendo."

K...: "Quer dizer, basta um simples olhar para o aspecto evolucionário e você tem de concordar que uma certa falta de autonomia-traço-responsabilidade era uma óbvia vantagem genética no tocante à fêmea humana primitiva, uma vez que um senso de autonomia fraco atraía a fêmea primitiva para um macho primitivo que lhe provesse comida e proteção."

E...: "Enquanto o tipo mais autônomo, mais truculento de mulher estaria lá fora caçando sozinha, na realidade competindo com os machos pela comida."

K...: "Mas a questão é que as fêmeas menos autossuficientes, menos autônomas é que encontraram parceiros e se reproduziram."

E...: "E criaram seus filhos."

K...: "Assim perpetuando a espécie."

E...: "A seleção natural favoreceu aquelas que encontraram parceiros em vez de sair para caçar. Quer dizer, quantas pinturas de caverna mostrando caçadoras *mulheres* você já viu?"

K...: "Historicamente, devíamos observar talvez que uma vez que a fêmea, abre aspas fecha aspas, fraca se casava e se reproduzia, ela demonstrava quase sempre um espetacular sentido de responsabilidade no que diz respeito a seus filhotes. Não que as fêmeas não tenham capacidade de responsabilidade. Não é disso que nós estamos falando."

E...: "Elas dão grandes mães."

K...: "Estamos falando aqui é de mulheres solteiras adultas pré-primíparas, sua capacidade genética-traço-histórica de autonomia, de digamos assim *auto*rresponsabilidade, no trato com os machos."

E...: "A evolução eliminou isso delas. Olhe as revistas. Olhe os romances românticos."

K...: "O que a mulher de hoje quer, em resumo, é um homem que tenha ao mesmo tempo uma sensibilidade apaixonada e o poder de fogo dedutivo para discernir que todos os pronunciamentos dela sobre autonomia são na verdade gritos desesperados no deserto dessa dupla servidão."

E...: "Todas querem isso. Elas só não *dizem* isso."

K...: "Colocando você, o macho interessado de hoje, no papel quase paradoxal de quase terapeuta ou padre delas."

E...: "Elas querem absolvição."

K...: "Quando elas dizem *"Eu sou a minha própria pessoa"*, *"Não preciso de um homem"*, *"Sou responsável pela minha própria sexualidade"*, estão na verdade dizendo simplesmente o que elas querem que você faça elas esquecerem."

E...: "Elas querem ser salvas."

K...: "Elas querem que você, em certo nível, concorde de todo o coração e respeite o que elas estão dizendo e em outro nível, mais profundo, reconheça que é uma total babaquice você galopar seu corcel branco e dominá-las com paixão, como os machos vêm fazendo desde tempos imemoriais."

E...: "Por isso é que não se pode aceitar o que elas dizem literalmente, senão você pira."

K...: "Basicamente, é tudo ainda um elaborado código semiótico, com os novos *semions* pós-modernos de autonomia e responsabilidade substituindo os velhos *semions* pré-modernos de cavalheirismo e corte."

E...: "Eu realmente preciso ver um homem em cima de um pônei empinado."

K...: "O único jeito de não se perder no código é abordar a questão toda logicamente. O que ela está dizendo de verdade?"

E...: "*Não* não quer dizer sim, mas também não significa não."

K...: "Quer dizer, a capacidade para a lógica é que nos distingue dos animais."

E...: "Lógica que, não se ofenda, não é exatamente o ponto forte da mulher."

K...: "Se bem que, se toda a *situação* sexual for ilógica, dificilmente faria sentido culpar a mulher de hoje por ser fraca na lógica ou por emitir uma barragem constante de signos paradoxais."

E...: "Em outras palavras, elas não são responsáveis por não serem responsáveis, K... estava dizendo."

K...: "Estou dizendo que é complicado e difícil, mas que se você usar a cabeça não é impossível."

E...: "Porque pense um pouco: se fosse *impossível* mesmo onde estaria toda a espécie?"

K...: "A vida sempre acha um jeito."

TriStan: eu vendi Sissee Nar para Ecko

O nebuloso epiclésico Ovídio, o Obtuso, cronista sindicalizado do comércio do entretenimento em órgãos de baixo custo por todo o país, mitologiza as origens do fantasmagórico duplo que sempre faz sombra às figuras humanas nas bandas de transmissão UHF da seguinte maneira:

Movimentava-se & tremia, Antes do Cabo, um esperto & vivo executivo de programação chamado Agon M. Nar. Este Agon M. Nar era reverenciado em toda a bacia fluorescente da Califórnia medieval pela viva esperteza & *cojones* com que presidia a divisão de Recombinação de Programação dos Estúdios Telephemus da TriStan Entretenimento Iltda. O *arche* programador de Agon M. Nar era a metástase da originalidade. Ele era capaz de embaralhar & recombinar fórmulas de entretenimento comprovadas que permitiam que a musa da Familiaridade aparecesse fantasiada de Inovação. Agon M. Nar era também um devotado homem de família. & então veio a acontecer que, enquanto seu *Brady Bunch* [O bando de Brady] & *All in the Family* [Tudo em família] floresceram & geraram *Family Ties*

[Caras e caretas], *Diff'rent Strokes* [Traços diferentes], *Gimme a Break* [Dá um tempo] & *Who's the Boss?* [Quem é o chefe?], de cujos cenhos brotaram, como de uma hidra, *Webster & Mr. Belvedere & Growing Pains* [Cada vez dói mais] & *Married... With Children* [Um amor de família] & *Life Goes On* [A vida continua] & o mítico *Cosby*, todos com anúncios infinitum, Agon M. Nar na vida privada familiar gerou três semi-independentes veículos, filhas, donzelas, Leigh & Coleptic & Sissee, que então cresceram & progrediram como trepadeiras entre as palmeiras, shopping centers, praias & templos da fluorescente bacia.

Tão favorecido foi Agon M. Nar, diz a lenda, pelos altos executivos da companhia Stanley, Stanley & Stanley, assim como por Stasis, Deus da Recepção Passiva em pessoa & também tão abençoado com percepção, que, no momento em que suas três adoráveis donzelas — que ele agora via & adorava a cada três fins de semana — se submeteram ao seu primeiro Realce Cirúrgico, Agon M. Nar havia efetivamente derrotado o voraz, famoso e duro Reggie Ecko de Venice como Chefe Recombinador de toda a TriStan, com R. Ecko de V. caindo então suavemente de volta para a terra pastel da bacia, deposto & apenas imperialmente puto, sob a égide de um paraquedas de seda dourada.

& Agon M. Nar administrou os negócios da TriStan Entretenimento com visão & esperteza de fato; &, como dizem os registros, recombinações de derivações de arremedos de consequência de apagadas imitações vieram a dominar & aplacar as antes caóticas ondas MHz, Antes do Cabo.

& enquanto a recombinação, enquanto *ethos* metastatizado, aplacava & remunerava por toda a paisagem rosa-alaranjada da CA medieval, as não comprovadas filhas de Agon M. Nar desabrocharam em ninfetude. Sempre um homem de visão,

Agon M. Nar sabiamente providenciou um tributo mensal ao Deus do Realce Cirúrgico da bacia fluorescente, o esfericamente crispado & antiquadamente vestido, mas plasticamente agradável Herm ("Afro") Deight, MD, ele das calças boca de sino com pregas & jaleco lavanda; & H. ("A.") D.MD, D. do R.C., bem satisfeito com tal tributo, modelou as filhas de Agon M. Nar em ninfetas muito, muito mais adoráveis do que as pétreas vicissitudes da Natureza poderiam ter feito por si sós. A Natureza ficou meio chateada com isso, mas já tinha mais do que suficiente em seu prato na CA medieval. De qualquer forma, Leigh & Coleptic Nar acabaram desabrochando em líderes de torcida da USC, atendentes pós-vestais no templo de sábado dos acolchoados deuses Ra & Sisboomba; sobre suas carreiras subsequentes Ovídio, o Obtuso, se cala.

Mas foi a filha mais nova de Agon M. Nar, sua Baby, seu Docinho Adorado, sua Princesinha — daí Sissee, única aspirante à arte de Téspis na família Nar, frequentadora de testes para comerciais & seriados diurnos —, que se tornou Projeto Pessoal & favorita de Herm ("Afro") Deight o *techneco* do Realce; & depois de muito tributo não-HMO, mais rituais & procedimentos medonhos a ponto de exigir contenção de expressão, a Sissee Nar quase 100% Realçada resultante suplantou tão totalmente suas irmãs acrobáticas & todas as outras donzelas da bacia fluorescente, que parecia, segundo a *Varietae*, "... uma verdadeira deusa em consórcio com mortais".

& era *muito* consórcio. Pois quando a notícia de seus encantos transumanos se espalhou pelas bacias & cordilheiras & sertões interiores da CA medieval, homens bronzeados com furinhos no queixo & cabelo rígido de lugares tão distantes quanto a Terra dos Grandes Pinheiros Vermelhos viajaram em ruidosas & excepcionais carruagens fálicas para olhar a forma envolta em Spandex com deslumbramento, excitação glandular &

consórcio. O trágico historiador Dirk de Fresno registra que tão vertiginosamente protuberante era o busto de Sissee Nar que ela precisava de ajuda para se reclinar, tão salientemente sepulcrais as maçãs de seu rosto que ela lançava sombras predatórias & tinha de passar pela porta de perfil, & tão perfeitamente do outro mundo seus dentes & bronzeado que as demiurgas a.C. Carie & Erythema, mortalmente ofendidas & blasfemadas, entraram com um processo por justiça estética (causa específica: um feio ataque de cravinhos pretos & gengivite recessiva) junto a Stasis — sim, o Stasis, Senhor Supremo de San Fernandus, Presidente *ex off* da TriStan matriz, a Família Sturm & Drang das Companhias Excepcionais; Stasis, como *summum solo*, Supervisor Olímpico, Deus da Recepção Passiva & universal Criador de Mitos. A causa de Carie & Erythema nunca chegou sequer ao sumário olímpico, porém; pois Stasis, D. da R.P., havia olhado pessoalmente & admirado Miss Sissee Nar & em seu módulo de entretenimento doméstico mantinha registros de vídeos à distância da fascinante donzela a todos os momentos via *technai* manual de ponta de seus factótuns com asas de espuma, Nike & Fila (com marchas duplas).

É justamente por aqui que o tom de Ovídio, o O., muda para Lamento. Pois, oh!, o imortal S.O. do Deus Stasis, a Deusa Rainha da bacia, Codependae, ficou seriissimamente descontente de Stasis passar mais tempo de qualidade admirando a imagem gravada em VT de Sissee Nar de seu posto no exerciclo modular do que sequer se dava ao trabalho de passar negando a Codep. o seu entusiasmo com a mui Realçada donzela à mesa do café da manhã turbinada a aveia do casal olímpico. A negativa de Stasis era a ambrosia de Codependae & ela achava sua ausência inadequada & irritante ao extremo. & mais ainda quando ela saía da sauna & encontrava o Deus da Recepção ao celular fazendo levantamento de preços de aluguel de fantasia de cisne — bem, compreensivelmente era impossível desligar-se disso; & Codependae jurou vingar-se dessa mortal & ondulante prostituta diante de todo o seu Grupo de Apoio. A ensandecida Rainha começou a fazer conferências telefônicas com as ofendidas demiurgos Carie & Erythema, fez também seu assistente administrativo contatar o assistente administrativo da Natureza & marcou um brunch para discutir; & Codep. conseguiu basicamente que todos esses transmortais, com sua autoestima comprometida pelos encantos Realçados & Passivamente Recebidos de Sissee Nar, declarassem uma ação encoberta contra Sissee & seu mui favorecido pai, Agon M. Nar da TriStan Iltda. Ter três divindades, mais a Natureza, todas zangadas com você ao mesmo tempo simplesmente não é bom carma de jeito nenhum, mas a mortalmente ingênua Sissee & o workaholic Agon M. ignoraram súbitos aumentos nos seus prêmios de seguro & seguiram adiante com seus negócios de mudar, sacudir, recombinar, submeter-se a Realce, fazer testes, consorciar-se & evitar qualquer coisa nos moldes de autorreflexão mais ou menos como sempre. I.e., estavam despreocupados.

Logo veio a ocorrer que Codependae & Cia., depois de muita interface, instalaram-se em um veículo de vingança. Tratava-se do Telefemicamente destronado, paraquedado e altamente vingativo Reggie Ecko de Venice, que sofrera um maciço deslocamento de autoestima, havia vendido sua casa, seu tanque de carpas com pedigree & mudado para um pulgueiro de inaladores de cocaína em um infame hotel residencial de Venice conhecido nas sarjetas como O Templo das Orações Muito Curtas & agora gastava todo seu tempo & indenização pelo contrato mandando ver no cachimbo de alcaloide & bebendo Crown Royal direto do saco de veludo, atirando dardos em ampliações 8 × 10 de Agon M. Nar & assistindo quantidades maciças de programas de televisão sindicalizada tarde da noite, rilhando os dentes cada vez mais descoloridos, totalmente amargurado. Uma estratégia ativa encoberta entrou em ação. Enquanto a demiurgo Erythema começou a aparecer para Reggie Ecko na forma mortal de Robert Vaughan conduzindo o *Hair Loss Update* [Atualização da perda de cabelos] toda noite das 4 às 5 da manhã no canal 13 & a trabalhar em cima dele, a própria Codependae começou a trabalhar no coração, mente & *cojones* de Agon M. Nar, se insinuando no estágio REM dele entre 4-5 da manhã, como a imagem cerbérica dos três altos executivos Stanley da TriStan, antigos cabalistas do entretenimento que nunca deixavam seu centro de vídeo & repartiam um único monitor CCTV de tela grande & o controle remoto. Sob a direção de Codependae, as imagens deles começaram a espionar a psique de Nar & a Predizer. Neste ponto, há longos, longos versos ovídicos sobre os vingativos cantos de sereia da Deusa, mediados pelos altos executivos, para o oniricamente impressionável A.M.N. ... tão longos, na verdade, que os de Ovídio copiados em um certo órgão brilhante acabaram deletando grandes porções do arquivo Sereia.SNG do epiclésico. A força do que restou, porém, é que o plano acobertado de Cod. começa, oh!, a se desdobrar com toda a sombria lógica de uma genuína inspiração do mercado do entretenimento.

Essa inspiração — a tese que Nar pensou ser sua, mortalmente, ao despertar — parecia tão inevitável quanto o papel de sua Realçada filha Docinho Adorado na coisa. Agora, os Estúdios Telephemus & a TriStan Entretenimento, ao consultar as vestais de manto do Oráculo de Nielsen, Deus da Vida em Si, ficaram muito vexados pelo recente avanço da Televisão a Cabo & a proporção geométrica da expansão do eterno retorno do sindicato granuloso. A Turner, a Rede ESP e o Super 9 de Chicago estavam no útero, então. A indústria estava fervendo. Falou-se que o Próprio Stasis havia colocado pessoalmente brilhantes aparelhos TelSat no céu sufocado de estrelas, com uma estrutura de taxa por uso. São agora 4-5 da manhã. Oh, deveras deve a TriStan meter o pé na porta do andar térreo do Cabo enquanto ainda é tempo, canta a sereia de três cabeças; & Agon M. Nar, dormindo & nistagmático, pode sentir a epifania do que os três Ss predizem, o melhor de ambos os mundos possíveis: nada de Sermonete, nada de indiano chorando a ninhada, nada de hinos, bandeiras ou Encerramento do Dia de Transmissão, *nada de Encerramento do Dia de Transmissão*: em vez disso, flutuando baixo, um anel de alguma coisa tão arcaica que pareça vanguarda, & não em "cabo" nenhum, mas no próprio ar. A sereia canta para Nar sobre a previsão oracular, dando o tom com tabelas & ponteiro: o Cabo não oferece nada de novo ou melhorado & morre ao nascer enquanto a hiperbórea TV por MHz se expande até a mais tardia das horas tardias via reciclagem preto e branco. & não apenas reciclando *Hazel* ou *I Married Joan* [Casei com Joan], não, o cálido & três vezes disfarçado C. efetivamente cantou sobre a Reprise Final, 100% de eco: *mito*, clássico & *mito* clássico: rico, ambíguo, arquetípico, cosmológico, polivalente, suscetível de infindável renovação, sempre fresco. A aguda canção de sonho era complexa & quase toda em Dó maior. Sementes encobertas foram assim semeadas junto ao abajur noturno de A.M.N.: um anel repetidor moebiano que se transformou em seu próprio mantra REM: ENDÍMION PÍRAMO FAETON MARPESSA EURÍDICE LINO TOR EXU PÓLUX TISBE BAAL EUROPA NIBELUNGO PSIQUE DEMÉTER ASMODEUS ENDÍMION VALQUÍRIA PÍRAMO ET CETERA.

Despertando assim em fugas e paroxismos, Agon M. Nar efetivamente consultou a esse respeito Oráculos mediados, ofereceu elevados tributos a imagens de Nielsen & Stasis & sacrificou duas caixas inteiras de charutos Davidoff 9" Deluxe na pira de oferendas de Emme, Deusa Alada da Vitória. Houve muita pesquisa de mercado. Por fim, indo pessoalmente ao centro de vídeo unimonitor de Stan 1 a 3 & (ajudado por tabelas & ponteiro) entoando sua epifania para os garotões, Agon M. Nar encontrou o ICOP Executivo da TriStan & S.&D. bastante satisfeito. Codependae ficou interceptando chamadas de emergência para o pager de Stasis.

& veio a ocorrer que, na mesma semana em que o nariz de Sissee Nar foi Realçado para eterna aquilinidade, nasceu & foi licenciada para transmissão analógica a muito vaiada *Rede Sátiro-Ninfa* de Nar & TriStan. Em resumo, a RS-N compreendia um anel baixo de 24 horas engenhosamente simples de mitopeia minerada a 10 centavos/1 dólar do rico estoque do período toga & folha de parreira da BBC, 1961-67. Aqui o epiclésio pré-feminista Ovídio, o O., usurpa e ditirambiza — sem créditos, nem tributos — o relato da filosofia da RS-N do historiador Dirk de Fresno, o invejoso canto de Codependae, o lance de lançar a maior rede cabalística de toda a era a.C. oniricamente inspirada a Agon M. Nar — a Rede Sátiro-Ninfa: ... basicamente um engenhosamente simples anel de 24 horas remontado com mitopeia colhida nos grávidos depósitos de antiguidades da BBC dos anos 1960 & voltados para aquela inquietamente neoclássica classe demográfica que já consumia reprises sem nem mastigar. Essa solitária & insone plateia encontrou a uniformidade invariável do circuito RS-N dos esquetes míticos p/b britânicos — seriados sobre lendas de Endímion, Píramo, Faeton, Baal, Marpessa e surrealistas Nibelungos com pronúncia cockney — bom: confiável, familiar, hipnótico & delicioso como o gosto de suas próprias bocas. Para Agon M. Nar, esse apetite por eco repetitivo soava como inspiração divina — nas palavras de microecon estatística, *Demanda autogenerativa*. Pois não só a RS-N se alimentava na manjedoura sindicalizada da fome dos espectadores por familiaridade, como a familiaridade alimentava a mitopeia que alimentava o mercado: pesquisas feitas pelo método duplo-cego revelaram que em uma nação cujo grande mito formador é que não existe nenhum grande mito formador, a familiaridade era igual a eternidade, onisciência, imortalidade, uma fagulha do Divino delegado.

" ... que A.M.N., quando dormindo profundamente, ouvindo atento a canção de uma Deusa invejosa com três cabeças grisalhas & um controle remoto Curtis Mathers, começou realmente a acreditar que podia explicar a própria nação em cujo ombro esquerdo ele se movia & sacudia. Existia hoje, cantavam os três falsos Stans, um mercado ainda não aproveitado para o mito. A história estava morta. A linearidade era um beco sem saída. Novidade era notícias de ontem. O *Eu* nacional agora dizia respeito a fluxo & eterno refluxo. Diferença na igualdade. 'Criatividade' — veja por exemplo o eu recombinante de Nar — está agora na manipulação de temas recebidos. & logo, a sereia do Dó maior Predisse, isso seria reconhecido, essa apoteose de fluxo estático & seria ela própria colocada em uso cínico daquilo apenas que reconhecia, seria um funil que cai para dentro de si mesmo. '*Breve, mitos sobre mitos*' era a profecia e a proposta a longo prazo da sereia. Shows de televisão sobre shows de televisão. Pesquisa sobre a confiabilidade das pesquisas. Logo, talvez, órgãos de alta arte respeitados & brilhantes poderão até começar a convidar espertos pequenos ironistas para contemporizar & miscigenar mitos a.C.; e toda essa ironia pop colocaria uma máscara de alegria na terrível vergonha da fome & carência da nação: tradução, *informação* genuína, seria abandonada, escondida & nutritiva, dentro da barriga de madeira do ridículo paródico.

"I.e., o Meio passaria a P.R. da Mensagem.

"& para o vivo & esperto Agon M. Nar, já começou. Esse processo. Pois é claro que Codependae estava fazendo para Agon M. Nar o que a RS-N estava fazendo para o florescente mercado a.C., a saber, convencê-lo de que aqueles *pharmaka* mais ambivalentes, presentes de duplo sentido tão terrivelmente preciosos & tão pesados para o coração que mil anos de choro sem dormir não seriam capazes nem de começar a pagar o seu preço... convencer A.M.N & os EUA de que os presentes inconquistáveis da inspiração eram nada mais que produtos de seu próprio gênio mortal, embora recombinação. Agon M. Nar foi convidado, em resumo, a imitar Deus. Para re-presentar a história. Para, vamos dizer, por exemplo, combinar a queda de Lúcifer & a ascensão de Épito em uma parábola tipo *Dinastia* sobre o parricídio de Cronos. Oprah como Ísis, Sigurd como JFK & *tudo de brincadeira*, é isso aí. Tudo bem leve, autogozativo, Codependae canta na voz de sonho triStanley de Nar. Que os heróis contem sua 'própria história' & sua confabulação de mito com fato & de clássico com pós-Iluminismo revelará significado & atrairá o mercado. & poderá haver jovens atualizações de comerciais, populares cantos de glória a Baco, a Helena, ao ultrabofe Tor e as rendas das velhas fitas cafonas da BBC podem então ser redirecionadas para deliberadamente baratas & artificiais reproduções do mito RS-N/ Telephemic, com remakes originais que podem eles próprios ser repetidos incessantemente, bem tarde da noite, digamos das 4 às 5 da manhã, focalizados por laser naqueles repetifílicos que não conseguem deixar de ficar de barato só de assistir.

"'Isso quer dizer', a encoberta Codependae soletra por trás do guincho multitabela de A. M. Nar para os três antigos Stanley cuja aparência ela usou para possuir Nar, compondo assim seu próprio anel insidioso, invisível, 'que a RS-N irá fornecer mito & taxa de imposição ao fornecer mito sobre a transmogrificação de mito 'eterno' em imagem cafona contemporânea.

Todo um novo tipo de ritual narrativo, nem Velha Comédia, nem Nova Tragédia — a *sit-trag.** Lenda Pura: sobre si mesma, lenda, roubo, repetição eterno retorno, autorregeneração, como perda da autorregeneração. Uma espécie de cósmica cena cortada, deuses atrapalhando as falas, caindo na gargalhada, fazendo careta para a câmera.' Et cétera."

Tudo isso segundo Dirk de Fresno.

& a Rede Sátiro-Ninfa veio a existir, eis a questão. Três trêmulos polegares com manchas de fígado se levantaram antes de retomar a eterna luta pelo único controle remoto dos Stan. A RS-N foi hasteada ao mastro da E-M & pronto. *Sine* custos de produção nem satélites no céu, mas *cum* um olímpico orçamento de publicidade, a RS-N deu muitos chutes em muitas bundas 24 horas. As tragédias de situação da BBC ressuscitadas viraram clássicos instantâneos da ordem de *Rascals* & Caesar/ Coca. Obscuros intérpretes contratados pela BBC nos sindicatos menores da R.S.C., agora já bem avançados na senescência representativa, conquistaram seguidores cultuadores & súbitos cachês por reapresentação. Uma companhia de amortecedores assinou um contrato vitalício com um Midas cockney sem dentes & assim prosperou; um Sansão careca & de óculos trifocais fazia comerciais de uma academia de ginástica; etc. Todo mundo saiu ganhando. TriStan passou a ser um membro ainda mais orgulhoso da Família Sturm & Drang da E.F.C.; Agon M. Nar recebeu um Emm? honorário & foi esperta & sabiamente humilde a respeito disso; Sissee Nar continuou a Realçar, a se bronzear, aerobicar, florescer & consorciar; Reggie Ecko de Venice entrou & saiu de clínicas de desintoxicação, sempre voltando ao seu cachimbo de alto-N, Crown de veludo,

---

* *Sitting tragedy*, em oposição a *sitcom*, abreviação de *sitting comedy*, referência ao cenário típico das séries de televisão americanas gravadas em estúdio que reproduz uma sala de estar e que passou a designá-las. (N. T.)

Templo das Orações Muito Curtas & televisor Trinitron para esperar, via o hirsutamente penteado Robert Vaughan, a transformação de ira abismal em sentido narrativo.

Mais ou menos nesse ponto, Codependae, Carie & Erythema se acomodaram para observar a Natureza, ainda mais incitada pela retórica *brunch* de Codep., tomar seu lugar ao leme retributivo.

Ai de mim, não dizemos mais "ai de mim" com uma cara séria, mas "ai de mim" costumava, segundo a lenda, ser o que se dizia com grande tristeza estoica diante de tragédias inelutáveis, no grande *telos* negramente implacável do desdobrar-se falhado da Natureza. Portanto, *ai de mim*: pois dada a pulcritude deighteana de Sissee Nar & sua modesta graça alheia ao espelho sob a grande pressão da beleza técnica & dada a posição presciente de seu pai, seu prestígio e visão de marketing, mais a devoção a sua Princesinha (para não falar de seu duplo investimento tanto na Rede Sátiro-Ninfa como na *techne* estética de Herm ("A.") D. MD), era ao mesmo tempo naturalmente & tragicamente inelutável que certa Sissee Nar, atriz aspirante, antes que duas Vitórias Nielsenianas marcassem o circuito de estações, fizesse testes de palco, testes cinematográficos, sobrevivesse a duas convocações &, sim, finalmente pegasse um papel estelar na primeiríssima reprodução mítica original da RS-N/ TriStan. Era uma atualização recombinante de *Endimion*, uma das mais populares das velhas produções-sandália teatrais da BBC. A reprodução, *Beach Blanket Endymion* [Endímion Toalha de Praia], não apenas ocorreu com seu orçamento baratíssimo, como sua estreia no horário nobre quase ameaçou a supremacia dos *quase oitenta* da NBC, uma falsificação anos *trintaealgumacoisa* sobre prostitutas e atrizes lutando para encontrar a si mesmas & à continência sustentada no contexto de um asilo moderno.

& tanto os Grupos Focus como o correio confirmaram: Miss Sissee Nar, na repro original da RS-N, era um fenômeno. Era, sim, inegável que ela não conseguia representar & que sua voz impossível de Realçar era como pregos raspando uma lousa. Mas essas falhas não eram fatais. Pois o papel título de Sissee Nar, contracenando com a logos-lenda contemporânea Vanna das Mãos Brancas como a lunar Selene nesse resumo sáfico de um bem conhecido minimito, exigia apenas catatonia. Sissee revelou-se um talento natural. Sempre adormecida na praia um tanto incongruente do Monte Latmus, tinha apenas de ficar deitada lá, travestida, Realçada & imortalmente desejável; sua beleza antinatural bastava. Ela era poesia em imobilidade. Apesar de uma ligeira tendência a tremer as pálpebras, seus olhos fechados tinham mágica. Espectadores há muito cansados ficaram tomados, ela roubou o show de Vanna, os críticos foram indulgentes & os patrocinadores ficaram loucos. Stasis até gravou em fita a coisa, em sua casa. Sissee Nar ganhou uma capa da *Guide* & e um perfil na *Varietae*. Ela se tornou, como a *B.B.E.* mostrava como um relógio a cada 23 horas, uma luz alta-RF no firmamento da telinha, apesar de um tanto presa ao tipo: pois os fãs-F.G. da TriStan afirmaram todos a uma só voz que amavam Sissee *por causa*, não apesar, de sua estranha representação do estado vegetativo. Ao que parece, sua passividade morfética tocava um nervo cavalheiresco. Um mercado para Romance com R maiúsculo. Espectadores com tendências clássicas sonhavam com uma donzela comatosa, gloriosamente inconsciente — pois quem pode ser mais remota & inatingível & assim desejável do que as adormecidas? O editorial do próprio Dirk de Fresno neste ponto é que parece haver algo que tende à morte no próprio coração de todo Romance ("... toda história de amor é também [uma] história de fantasma...") & que a voluptuosa reclinação de Sissee Nar falava desse escuro tanaticismo do *Geist* erótico contemporâneo. Fosse qual fosse a fonte do fascínio inconsciente de Sissee, a indústria achou que isso era bom & portanto recombinável. Uma refilmagem "original" da RS-N sobre o mito nórdico de Siegfried com Sissee como uma Brunhilda narcoléptica entrou rapidamente em produção. Homens dispépticos em ternos de lã viajaram de longe, de avião, para sentir ambos os Nars em ação renegociando acordos, pois a Boneca Oficial de Sissee Nar — gloriosamente desprovida de qualquer função — parecia um sucesso natural.

Pode-se dizer que mesmo o sábio, esperto, mundano & equilibrado Agon M. Nar ficou extremamente satisfeito.

Nossa, satisfeito demais. Pois destacando-se entre os arrebatados fiéis noturnos que se ligavam para assistir Sissee como Endímion lá atraentemente deitada enquanto Selene cuidava saficamente dela insistentemente nas horas mais tardias de transmissões estava o irritado & malevolente Reggie Ecko de Venice, ex-TriStan & patriarca recombinante, mais recentemente da obscuridade & da clínica B. Ford & ainda mais recentemente da sibilante & iáguica campanha noturna do eritêmico Robert Vaughan. As visitas de Erythema haviam ficado progressivamente mais eficazes: depois de muitos litros & quartos de onça & orações muito curtas no cachimbo de vidro & na chama, as relações diplomáticas entre R. Ecko & a realidade haviam sido praticamente rompidas. & então aconteceu de, no fim da linha de sua sanidade farmacológica uma manhã, Ecko assistir pela primeira vez a performance androssupina de Sissee Nar no *Beach Blanket Endymion* da RS-N, na mesmíssima hora em que viu também Natureza & Codependae se insinuarem na sala cloacal dele, com bigodes colados & travestidas de, respectivamente, entregador da Domino & um assertivo associado de certo credor químico conhecido apenas como "Javier J." ... & quando o litorâneo *Endymion* tão gloriosamente deixou de se desdobrar começaram a trabalhar a sério na psique dele — assim como também, sem saber, o fez Sissee Nar, ali na tela do Trinitron.

Tanto Ovídio, o Obtuso, como seu usualmente confiável Hollinshed D. de F. deixaram no escuro a dramática questão de saber se Ecko de Venice caiu de amores românticos pela comatosa imagem 2-D de Sissee Nar por causa das partenoicas lisonjas de N. & C. ou por causa da febre dionisíaca associada à ingestão crônica de $C_{17}H_{21}NO_4$, ou porque estava simplesmente confuso & no fim da linha, ou se porque o antes altivo Reggie Ecko havia caído na invisibilidade corporativa & via em Sissee Nar a apoteose da imagem comercial; ou se, por outro lado, era apenas um daqueles amores românticos de recepção inicial com R maiúsculo, matéria do mito cavalheiresco, mergulho do tipo fodam-se Tristão/Lancelote, raio siciliano, *Liebestod* wagneriano. O que importa, oh!, é o que esse eros provocou.

Malignamente serenateado por Vaughan, Domino & credor latino, além, é claro, de não ser estranho à obsessão desde seu deslocamento & queda luciferiana no que começara como mera recreação, R. Ecko de Venice estava pronto para se metamorfosear em um daqueles mais detestados monstros a.C. da bacia fluorescente: o fã lunático do tipo perseguidor. A pouca psique que restava nele estava num estado tremulante consumida & possuída pela imagem do que via ali deitada passivamente no Latmus diante dele. Começou a viver apenas & exclusivamente para a reprise de *Beach Blanket Endymion* toda manhã às 4-5 PT, ao mesmo tempo que começou a ver a própria tela catódica como uma barreira dimensional que impedia a sua união 3-D com a imagem 2-D tão Realçada de Sissee Nar. Ele quebrava o Sony em ataques de raiva & saía correndo para comprar outro. Aquela coisa de sempre de amor e ódio. Escrevia cartas horripilantes sem pontuação para a RS-N & TriStan (com crayon vermelho), fazia telefonemas suplicantes/beligerantes. As cartas horripilantes ele chegava a assinar como "Seu Acteon, o Caçador". Usava sua fartura de alcaloide para atrair & interrogar aqueles jovens Adônis com quem S. Nar havia se consorciado em seu caminho ao estrelato recombinante. Além disso, começou a fazer aquele errante diário clínico que se espera do fã tipo perseguidor. Nele, se apresentava como um Cavaleiro Errante deslocado de seu próprio tempo & lugar, envolto em sua busca amorosa basicamente demoníaca do passado cavalheiresco, porém muito atormentado por sua consciência pós-romântica de como era quimérica a própria busca: sabia perfeitamente bem que seu amor transdimensional era demoníaco, irreal, pueril, compensatório, wertheriano — i.e., "de FICÇÃO não FRICÇÃO" em sua frase vulgata —, mas estava impotente, tomado, possuído, como se encantado & por esse enfeitiçamento culpava ambos os Nar, *pater et filia duae*: os dois haviam criado, para ele, na Sissee da *B.B.E.*, o Objeto Erótico Último da indústria contemporânea: de proporções ideais, esteticamente sem jaça, hermafroditamente vestida, arrebatadoramente passiva &, mais feiticeira ainda, absolutamente 2-D, dimensionalmente inatingível, *ergo* uma tela em branco para as imemoriais fantasias projetadas de todo homem com um carro vermelho & óculos escuros & uma atitude que escondia um coração louco para se entregar sem reservas àquilo que já era tarde demais para se acreditar verdadeiramente. Reggie escreveu que, ao assistir, tinha ouvido Sissee cantar, tinha ouvido uma trenodia à prova de água em dó maior enquanto seu pastor de seios grandes jazia acariciado pela lua no fulgor do pulso catódico. Mais assombroso — ele *sabia* que o papel dela era mudo, mas *sentiu* seus lábios imóveis ventriloquamente se mexendo em canção, para R.E. do Templo de V.S.P. apenas; & só porque ele assim o quis. (Ovídio toma um momento retórico para ponderar: seria essa interface eritmicamente inspirada? Codependeanticamente? Irreal? Será?) Reggie Ecko registra ter cantado duetos flogísticos com a comatosa imagem de TV &, com aquela silhueta flácida, atingido picos de paixão inimagináveis que só se atingem com bonecas & sonhos — sonhos de inatingível morte em vida. Divindades malignas ou não, a pane de Ecko era do tipo mais classicamente romântico: a agonia da inatingibilidade de Sissee Nar era dentro dele como um pescador que colhia todas as dores, frustrações, vexames & terrores na rede escura de vinho de sua psique e apresentava o arraste em uma insuportável carga anatemática, fazendo-o soçobrar. E assim inalava cocaína em quantidades assustadoras do produto, compunha horripilantes poemas com Crayola, comungava com C. & Co. & através de seu abrandamento aceitou inteiramente todo esse acordo de disfuncionalidade-codependente-da-criança-interior em moda na CA medieval inteiramente banal & moderno, essa coisa tanatófila do tipo homem-que-ama-demais-e-sem-sabedoria em que ele acreditava não só que a passiva Sissee Nar de 2-D era o objeto intemporal & ideal de seus mais fundos anseios, mas que esse amor era, por natureza, impossível de ser consumado à impiedosa luz diurna da realidade 3-D. (Alanon da área de LA diagnosticaria isso como uma combinação letal de Grandiosidade & Autopiedade.)

... sendo que a opinião final de Ovídio é que Ecko de Venice & T.V.S.P. decide que ele pode "obter" Sissee apenas na fusão sindicalizada que é o boa-noite da morte. Tanto Robert Vaughan como suas sereias de voz aguda afirmam essa decisão como acertada e serena (Codependae o chama de "esse").

Codependae então elege afligir Agon M. Nar com o seguinte sonho. Leigh & Coleptic, as filhas Pac 10 de A.M.N., são mantidas como reféns por alguns militantes hispânicos da CA extremamente sérios que ameaçam enforcá-las em suas próprias lustrosas melenas se Nar não completar o trabalho de telemarketing único que exigem: tem de encontrar o avatar hipnótico do Narciso grego antigo & colocá-lo no ar, i.e., transmitir sua irresistível imagem repetidamente, a fim de colocar os Anglos da CA medieval no transe de vítrea narcose que os transformará em presas fáceis para os esguios bárbaros esfaimados do sul latino. Suas vozes no celular de Nar são agudas. Agon M. vai, como sempre, buscar conselho no videônico HQ da TriStan, mas os três Stan antigos não conseguem se concentrar no problema dele: só têm um de tudo para os três & quando dois ou mais deles têm de visitar o banheiro executivo ao mesmo tempo ocorre sempre uma briga infernal sobre tempo, comércio & A. Nar, naquela afásica frustração tão comum aos pesadelos, não consegue se fazer ouvir em meio à barulheira empedocliana pela porcelana & parte. Por fim, um misterioso guarda hispânico de pele marcada pela varíola faz aquele *psst* na porta, sem contexto nem explicação, informa a Nar que consultou o Oráculo de Stasis & que as entranhas ortolanas previram que Agon M. Nar jamais será capaz de encontrar a tempo um homem qualificado para Narciso II (nenhum homem moderno, mesmo na mui Realçada bacia fluorescente, de aspecto divino o suficiente para atrair o olhar arrebatado de demográficos milhões), mas que um autêntico objeto *feminino* de grau narcísico poderá, ironicamente, ser encontrado por Nar não mais longe que no berço de vime de sua própria casa neocolonial ou na capa do *Guide* da semana passada: sim, sua Queridinha, *esse*, sua Princesinha, que se mostrará, porém, afirma o guarda que assim fala o oráculo de $ 88,95 em termos muito claros, a causa do fim pessoal de Nar — desaparecendo então com uma assustadora & não tão hispânica nem masculina risada. Contudo, adequadamente assustado com a profecia, o Nar ainda sonhador (sim, isto tudo ainda está no sonho, com o qual Codependae não poupou esforços nem despesas), o ainda sonhador A.M.N. remaneja a nova reprodução norueguesa de Sissee para o purgatório da posição das 4-5 da manhã, quando mesmo a demografia do anel das 24 horas é baixa. Porém, fatalisticamente, oh, essa posição das horas mais isoladas é também a posição na qual sintonizam fielmente aqueles insones realmente sérios, os drogados & neurastênicos, lunáticos & surtados fãs da RS-N do tipo perseguidores; & nada menos que quatrocentos diferentes fãs lunáticos do tipo perseguidor começam a perseguir sua narcoBrunhilda baby, às vezes se trombando fisicamente em meio à perseguição na frente do camarim de Sissee na RS-N; & por fim só em sonho um dos perseguidores finalmente cumpre sua missão & ela morre numa rajada de balas com ponta de gás de armas a laser semiautomáticas; & mesmo que no resto do sonho o próprio Agon M. Nar não seja morto (de forma que a profecia do guarda carbuncular não se cumpre dentro do próprio sonho), A.M.N. sente-se tão horrível & tresnoitado ao fim do ciclo de REM que tem toda certeza, ao acordar às 5 da manhã, de que se o epílogo do sonho não tiver sido cumprido pelo suave toque de seu guarda hispânico Nar também o teria assumido por mera dor & culpa laiosianas.

A questão aí é que Agon M. Nar fica colossalmente assustado & perturbado pelo sonho (executivos de programação de a.C. tendem a atribuir grande importância à oniricomancia) & imediatamente suspende a pré-reprodução da coisa Siegfried & passa uma mensagem para Sissee Nar convocando-a a voltar & se esconder na casa de praia dela em Venice, mantendo um perfil muito discreto & distante das janelas por algum tempo... coisa que Sissee faz imediatamente, porque ela é bastante passiva nos movimentos & faz tudo aquilo que A.M.N mandar, também porque tem um ego extremamente pequeno devido a nunca ter visto a si mesma em um espelho. Só que é brincadeira de criança para o nativo de Venice Reggie Ecko — que agora colocou no prego seu Trinitron & comprou um AK-47 de um estande de armas automáticas na praia de Dockweiler em Playa del Sol — descobrir exatamente onde mora a Sissee que não está no catálogo: seu rosto sonolento está gravado a fogo na consciência da CA & e basta ele mostrar uma 4 × 5 brilhante nas várias academias & atacadistas de silicone para que moças & rapazes igualmente imediatamente reconheçam a imagem da garota RS-N não catalogada que está morando discretamente junto a umas certas dunas.

& então Reggie Ecko, adornado em seu melhor Alfani & óculos que negam a luz, sofrendo de poderosa abstinência de coca & frenesi desiderativo geral, vai direto para a casa de praia em tons de violeta de Sissee &, depois de verificar se todas as persianas das janelas estão fechadas & de sacudir repetidamente a areia dos sapatos, depois de tocar a campainha Cyndi Lauper, arromba a porta, rompe a pateticamente ingênua corrente de segurança & lá está Sissee inocentemente passando seu tempo com Walkman & uma fita de aeróbica Bumbum de Aço; &, conforme as melhores autoridades forenses puderam depois determinar, Ecko — ao invadir & ver Sissee Nar não apenas de pé & desperta mas naquilo que para todo mundo pareceria como um vigoroso movimento voluntário — por um breve momento de fraqueza humana hesitou em apontar & realmente atirar & assim Sissee teve um momento para fugir & escapar do fatal tributo de tipo perseguidor, só que, aparentemente, ela viu de relance uma dupla imagem de si mesma refletida nos óculos espelhados que Ecko usava para proteger suas remelentas retinas românticas da horrenda luz do dia 3-D & ao que parece Sissee ficou assim totalmente imobilizada com sua imagem humana, literalmente congelada por uma coisa que deve ter sido a revelação de seus transumanos & Realçados encantos no primeiro espelho de qualquer tipo que ela jamais olhou & aparentemente ali ficou tão absolutamente extática, passiva & atacada de choque que o coração de Ecko tornou a se intumescer de um insuportável e fatal amor de tipo R maiúsculo ária em dó maior, a inundar seu destruído SNC tão completamente que ele de repente voltou a si/perdeu-se de si mesmo de novo & ventilou Sissee Nar liberalmente, depois de alguma forma baleou a si mesmo não uma, mas três vezes, na cabeça.

... c/ tragicômica ironia, aqui o sonho pirado & retrogradamente romântico de Ecko unir-se a Sissee na morte *realizou-se*. Pois S. Nar & Ecko foram recombinadamente ligados exatamente no mundo 2-D que ele havia previsto como sua única união possível. Pois os veículos sindicalizados *Donahue!* & *Entertainment Tonight* [Entretenimento hoje] & seus muitos avatares como *Oprah & Geraldo! & A Current Affair* [Um caso em andamento] & *Inside Edition* [Fique por dentro] & *Unsolved Mysteries* [Mistérios não esclarecidos] & *Sally Jessy! & Solved But Still Really Interesting Mysteries* [Mistérios esclarecidos mas ainda muito interessantes] prestaram rico & repetitivo tributo ao agora trágico épico da ascensão cosmética de Sissee Nar & a queda de Reggie Ecko nas mãos do pai de Sissee & os sonhos laiosianos & epifânicos do pai & a paralisia de Sissee nas lentes dos óculos de Ecko & a ventilação de alto calibre & terrível morte com o Walkman ainda na cabeça & convidando o primeiro policial a chegar à cena para Dobrar Aquele Fundamento & o misterioso suicídio tribalista de Ecko & o diário escrito em Crayola descoberto subsequentemente. & a famosíssima foto da *Varietae* de uma Sissee Endimiônica inconsciente & uma foto de Reggie Ecko fazendo jet ski com Ricardo Montalban da época em que ele estava vivo & sacudido no auge da TriStan — essas duas imagens eram sempre justapostas na tela & colocadas lado a lado atrás das cabeças variegadas dos comentadores; & o *Enquirer* até trabalhou direitinho & montou os negativos juntos & afirmou que tinham sido amantes o tempo todo, Ecko & Sissee, com um fetiche por travestismo & esportes aquáticos... & então o fã/amante & a estrela/objeto foram, de um jeito cinicamente cafona, mas ainda contemporaneamente profundo & mítico, reunidos, fundidos na morte, em 2-D, em lendas & nas telas.

& então, quando o gregário rolfista de Ovídio, o Obtuso, estava discutindo sua própria obsessão com o celebrado caso um dia durante um alinhamento espinhogravitacional, dizendo (o rolfista dizendo) que parecia uma coisa terrivelmente insensível & medonha de dizer, mas que Ecko e Sissee Nar pareciam, na justaposição de 2-D, exatamente o tipo de casal perfeitamente condenado que todo bom americano de a.C. de qualquer credo erótico ouvia, lia & fantasiava romanticamente desde o tempo, digamos, dos Contos de Grimm... nesse ponto, Ovídio, o O., teve a ideia de transformar o caso todo num tipo de peça de entretenimento ironicamente contemporânea & autoconsciente, mas ainda assim miticamente ressonante & altamente lírica. O fato de Agon M. Nar — agora peripecialmente devastado ao ponto de ter amaldiçoado os Deuses publicamente via Declarações Preparadas & tendo cessado toda recombinação comovente/abaladora & permitiu que a RS-N fosse suplantada nas cotações por um rústico imitador a cabo, Ted da Rede Hit ou Mito de Atlante —, o fato de Nar mandar seus advogados dizerem a Ovídio, o Obtuso, que qualquer material não autorizado sobre Sissee daria origem a processos legais, não deteve O., o O., em absolutamente nada. Procurando, conforme coloca o seu lapidar resumo de solicitação, "... renovar nossa insistente perplexidade com tal sofrimento", Ovídio propôs reconstituir & apresentar a história como "... um elevado metamito de miscigenação de arquétipos românticos", uma espécie de incesto de *swingers* de hidromassagem entre Tristão & Narciso & Eco & Isolda; & no resumo ele não só confirmou, como de fato plagiou a teoria de Dirk de Fresno de que foi tamanha a tristeza de Stasis, o Deus da P. Recepção, com a morte de seu mortal Sabor-do-mês & tal a sua ira com o apaixonado ex-executivo que a matou que negou à alma três vezes ferida de Reggie Ecko a paz de qualquer tipo de visto para o Submundo, que em vez disso Stasis condenou a alma de Ecko a assombrar para sempre as faixas de ondas UHF mais ultra da transmissão televisiva, a ali residir incomodativamente e imperfeitamente justaposto a todas as figuras & imbricadamente sobrepor & imitar seus movimentos na tela como irritante eco visual para ajudar os mortais impressionáveis a lembrar que aquilo que nos fascina é artificial & mediado por *techne* imperfeita. (Como se já não soubéssemos. (Porém, a recepção a Cabo já era quase perfeita nessa época.))

& apenas um final & epizeuxiano "oh". Pois tal mostrou-se o decantado amor de Ovídio por refletir em suas próprias teorias perifrásicas sobre o que fez Agon M. Nar & Stasis & Codependae & a Rede Sátiro-Ninfa & a popularização de mentiras intemporais ressoarem esteticamente que ele deixou de fazer qualquer menção substantiva ao fato de que Sissee Nar havia de fato sido condicionada skinnerianamente para temer, evitar & religiosamente fugir de todos os espelhos, de qualquer superfície reflexiva, temendo seu sábio & esperto pai, mesmo que um tanto behaviorista, temendo que a beleza sempre Realçada de sua imagem pudesse, uma vez vista, torná-la nada atraentemente narcisista, entorpecida de autoamor; & Ovídio negligenciou revelar como a verdadeira razão para A.M.N. ter escolhido o papel comatoso para a estreia de Sissee foi para que seus olhos pudessem continuar modestamente fechados durante a filmagem & ela fosse poupada de qualquer relance de si mesma em monitores ou fitas etc.; que se A.M.N. tivesse talvez permitido que sua Realçada Docinho tivesse um ou dois rápidos relances mitridáticos de si mesma em espelhos — permitindo assim que colhesse uma parca ideia que fosse do que os Realces estéticos de Herm Deight, MD, haviam engendrado — antes que finalmente os óculos espelhados de Ecko de Venice a lançassem na visão despreparada, ela não teria ficado tão imobilizada & chocada com uma imagem que na verdade apenas ela em toda a bacia fluorescente veria na verdade como *imperfeita*, não, *falhada* & inadequadamente Realçada & totalmente, tortuosamente, *mortal* & ela poderia ter mantido controle físico suficiente para correr como louca & escapar das intenções wagnerianas semiautomáticas do lunático futuro fantasma da UHF. Então, Ovídio acabou tendo de enfiar todo esse pano de fundo narrativamente importante bem no final, pretensiosamente se referindo a ele como um epizeuxe & o Editor Comprador do respeitado órgão popular a que ele havia oferecido o texto ficou insatisfeito e o órgão acabou não comprando a coisa final, embora Ted da Rede Hit ou Mito de Atlante tenha comprado os direitos do conceito geral de Ovídio para um daqueles especiais de homenagem do tipo "Lembrando Sissee" que permite que você use um grande bloco de imagens de domínio público repetidamente sob o argumento de Encômio; & muito embora "Lembrando Sissee" não tenha efetivamente chegado a ser transmitido via cabo (a Hit ou Mito estava então processando 660 recombinações de conceitos míticos por dia), seu Pagamento de Opção para Ovídio ficou longe de desonroso & entre isso & a Percentagem de Segurança do respeitado órgão popular, Ovídio, o Obtuso, acabou ganhando bastante bem pela coisa toda; não se preocupem com Ovídio.

Em seu leito de morte, segurando sua mão, o pai do novo aclamado jovem autor da Off-Broadway implora uma bênção

O PAI: Escute: eu tinha desprezo mesmo por ele. Tenho.

[PAUSA para episódio de oftalmorragia; auxiliar lava/enxágua globo ocular direito; troca de curativo]

O PAI: Por que ninguém conta para você? Por que todo mundo vê isso como um acontecimento abençoado? Parece haver quase uma conspiração para manter você no escuro. Por que ninguém puxa você de lado e conta o que está para acontecer? Por que não contam a verdade? Que a sua vida está para ser confiscada? Que o que se espera agora é que você desista de tudo e não só não receba nenhum agradecimento como nem espere nenhum? Nem um. Que suspenda o essencial toma lá dá cá que você passou anos aprendendo que era a vida e agora não queira nada? Vou te dizer, pior que nada: que você não terá mais vida que seja *sua*? Que tudo o que você desejou para si mesmo espera-se que você agora deseje a ele? De onde vem essa expectativa? Soa razoável de se esperar? De um ser humano? Não ter nada e não querer nada para *você*? Que toda a sua natureza humana de alguma forma mude, se altere, como por mágica, no momento em que ele emerge dela depois de causar a ela tamanha dor e deformar o corpo dela tão profundamente que ne... que ela própria de alguma forma alterará a si mesma dessa forma automaticamente, como por mágica, no instante que ele emergir, como por algum feitiço glandular, mas que você, que não o levou dentro do corpo nem ficou a ele ligado por tudo, vá permanecer, por dentro, como sempre foi e mesmo assim se espere que mude também, desista de tudo, voluntariamente? Por que ninguém fala disso, dessa loucura? Que o fato de você não ter se colocado de lado, mudado tudo e ficado delirante de alegria com... que isso seja julgado. Não como um entre aspas pai, mas como um homem. Seu valor humano. O ar pretensioso e hipócrita daqueles que julgariam pais, que os julgariam por não mudarem como por mágica, não abrindo mão instantanea-mente de tudo que sempre desejaram para o futuro e — *securus judicat orbis terrarum*, Padre. Mas Padre devemos mesmo todos acreditar que é tão óbvio e natural que ninguém sinta sequer alguma *necessidade* de contar para você? Instintivo como piscar? Nunca pensar em avisar você? A mim não pareceu óbvio, posso lhe garantir. Você alguma vez já viu de fato um pós-parto? olhar de boca aberta aquilo emergir e cair no chão, o que eles fazem com aquilo? Ninguém me disse, posso lhe garantir. Que a pró-pria esposa julgue você deficiente por continuar sendo o homem com quem ela se casou. Eu sou o único que não sabia de nada? Por que esse silêncio quando...

[PAUSA para episódio de dispneia]

O PAI: Desprezei o bebê desde que vi pela primeira vez. Não estou exagerando. Desde o primeiro momento em que finalmente acharam que podiam me deixar entrar e olhei para baixo e vi o menino já ligado nela, já chupando. Chupando nela, esvaziando o corpo dela e o rosto dela virado para cima — ela, que havia deixado muito claro o que achava sobre chupar partes do corpo, eu posso... o rosto dela tinha mudado, virado uma abstração, A Mãe, o rosto natal tomado, radiante, como se nada invasivo nem grotesco tivesse acontecido. Ela havia gritado na mesa, *gritado* e agora onde estava aquela garota? Nunca tinha visto nela esse ar tão... o termo corrente é "alheia", não é? Alguém já pensou nessa expressão? no que ela sugere de fato? Naquele instante, entendi que tinha desprezo por ele. Não existe outra palavra. Desprezível. A coisa toda daí em diante. A verdade: eu não achava nem natural, nem gratificante, nem bonita, nem justa. Pensem de mim o que quiserem. É a verdade. Era tudo desagradável. Incessante. O ataque sensorial. Não dá para saber. A incontinência. O vômito. O cheiro simplesmente. O barulho. O sono roubado. O egoísmo, o horrendo egoísmo do recém-nascido, você não faz ideia. Ninguém nos prepara para nada disso, para o quanto isso tudo é simplesmente *desagradável*. A louca despesa com coisas plásticas em tom pastel. O fedor de cloaca do quarto do bebê. As infindáveis lavagens de roupa. Os cheiros e ruídos constantes. A fragmentação de qualquer horário possível. A baba, o terror, os gritos penetrantes. Como uma agulha aqueles gritos. Talvez se alguém tivesse nos preparado, nos avisado. A infinita reconfiguração de todos os horários em torno dele. Em torno dos desejos dele. Ele comandava daquele berço, comandava desde o primeiro dia. Comandava a ela, reduzia e refazia a ela. Mesmo em bebezinho o poder que tinha! Aprendi a sua gula sem fim. De meu filho. A arrogância além do que se possa imaginar. A régia gula, a impensada desordem e a descuidada crueldade — a literal *desconsideração* dele. Alguém já pensou na significação real dessa expressão? A *desconsideração* com que ele tratava o mundo? O jeito como jogava coisas e agarrava coisas, o jeito como quebrava coisas e simplesmente saía andando. Em bebê engatinhando. Difíceis Dois mesmo. Eu olhava outras crianças; estudava outras crianças da idade dele — algo nele era diferente, estava faltando. Psicótico, sociopata. A grotesca falta de cuidado com aquilo que nós dávamos para ele. Acredite. Claro que era proibido dizer "Isto custou dinheiro! Trate com cuidado! Mostre um mínimo de respeito pelas coisas além de você mesmo!". Não, isso nunca. Isso nunca. Seria coisa de monstro. Que tipo de pai pede um momento de consideração pela origem das coisas? Nunca. Nem um pensamento. Passei anos de queixo caído de perplexidade, horrorizado demais até para saber o que... nenhum lugar de que se possa falar. Ninguém mais sequer preparado para ver aquilo. Ele. Uma perturbação essencial de caráter. Uma ausência de tudo o que se chama de "humano". Uma psicose que ninguém ousa diagnosticar. Ninguém diz — que você terá de viver para e servir a um psicótico. Ninguém menciona o abuso de poder. Ninguém menciona que haverá ataques psicóticos durante os quais você vai querer que... até a cara dele, eu detestava, detestava a cara dele. Aquela carinha macia e úmida, não humana. Um círculo de queijo com traços iguais a beliscões apressados em alguma horrível massa. Eu sou... eu era o único? Que um rosto de criança não é de forma alguma reconhecível, não um rosto humano — é verdade —, então por que todo mundo junta as mãos e chama de bonito? Por que não admitir uma feiura que pode muito bem ser superada? Por que uma tal... mas o jeito como desde o começo o olho dele... o olho direito de meu filho... era saliente, sutilmente, sim, ligeiramente maior que o esquerdo e piscava de um jeito meio paralisado e rápido demais, como as faíscas de um circuito defeituoso. Aquela piscada tremulante. O sutil, mas uma vez visto nunca mais esquecido volume desse mesmo olho. Sua saliência sutil, mas agressiva. Era para ser tudo dele, aquele olho traía o... um triunfo nele, uma exultação vítrea. O termo pediátrico era "exoftalmia", em princípio inofensiva, corrigível com o tempo. Nunca contei a ela que eu sabia: não corrigível, não um sinal acidental. Aquele era o olho para se olhar, dentro dele, se se quisesse ver o que ninguém mais queria ver nem admitir. A única abertura da máscara. Escute só. Eu abominava o meu filho. Abominava o olho, a boca, o lábio, o focinho contraído, o lábio úmido pendurado. A própria pele era uma aflição. "Impetigo" é o termo, crônico. Os pediatras não encontravam a razão. O seguro um pesadelo. Passava metade dos meus dias ao telefone com essa gente. Usando uma máscara de preocupação para combinar com a dela. Nunca uma palavra. Um filho doente, fraco, branco como leite, cronicamente congestionado. As feridas supuradas do impetigo crônico, a crosta. As infecções rompidas. "Supuração": o termo quer dizer vazar. Meu filho vazava, exsudava, descamava, supurava, babava por todos os lados. Com quem se pode falar disso? Que ele me ensinou a desprezar o corpo, o que é ter um corpo — a sentir nojo, repulsa. Muitas vezes, eu tinha de desviar os olhos, me abaixar e sair, virar a esquina correndo. O inconsciente beliscar, coçar, tocar e brincar, a fascinação narcisista sem fim com o próprio corpo. Como se suas extremidades fossem os quatro cantos do mundo. Um escravo de si mesmo. Uma máquina de vontade inconsciente. Um reino de terror, me acredite. Os ataques insanos quando sua vontade não era respeitada. Quando alguma gratificação era negada ou atrasada. Era kafkiano — você era punido por protegê-lo de si mesmo. "Não, não, meu filho, não posso deixar você enfiar a mão no vaporizador de água quente, as lâminas do ventilador da janela, não beba o solvente de limpeza" — um ataque. A loucura disso. Não dava para explicar, nem entender. Só dava para se afastar, horroriza-do. Fazer um esforço para não deixar simplesmente que ele fizesse da próxima vez, não sorrir e deixar, "Tome o solvente, meu filho", para aprender do jeito mais difícil. Os choramin-gos, chantagens, repuxões e raivas monumentais. Não realmen-te psicótico, vim a perceber. Louco como uma raposa. Uma porção de coisas por trás de cada explosão. "Excitação demais, cansaço, cólica, está febril, precisa deitar um pouco, está só frustrado, foi um dia longo" — a litania das desculpas que ela usava com ele. A manipulação emocional sem fim que ele fazia com ela. O interminável e a reação desumana dela: mesmo quando admitia o que ele estava aprontando ela desculpava o menino, ficava encantada pelo desnudamento da insegurança dele, aquilo que ela chamava de "necessidade" que tinha dela, o que chamava de "necessidade de se afirmar" de meu filho. Necessidade de se afirmar? Afirmar o quê? Ele nunca duvidava. Sabia que tudo pertencia a ele. Nunca duvidava. Como se lhe fosse devido. Como se merecesse. Insanidade. Solipsismo. Ele queria tudo. Tudo o que eu tinha, tinha tido, nunca teria. Não acabava nunca. Apetite sem razão, cego. Vou dizer: mau. Pron-to. Posso imaginar a sua cara. Mas ele era mau. E só eu sabia disso. Ele me afligia de mil maneiras e eu não podia dizer nada. Meu rosto chegava a doer no fim do dia por causa do controle que eu era forçado a exercer sobre... até a menor nota de reclamação que se podia ouvir na respiração dele. As olhei-ras escuras de incansável apetite debaixo dos olhos dele. A exalação um gemido. Os dois olhos diferentes, o olho terrível. A vermelhidão e a flacidez da boca e o jeito como o lábio esta-va sempre molhado independentemente de quanto se limpasse para ele. Uma criança inerentemente úmida, sempre pegajosa, o cheiro dele vagamente fúngico. O vazio de seu rosto quando ficava absorto em algum prazer. A absoluta falta de vergonha de sua ambição. A sensação de ter direito absoluto. Quanto tempo levamos para conseguir ensinar para ele um superficial obrigado. E ele nunca agradeceu com sinceridade e ela não ligava. Ela... nunca ligava. Era uma serva dele. Mentalidade escrava. Não era a mulher que eu tinha pedido em casamento. Era escrava dele e acreditava que só tinha alegrias. Ele brincava com ela como um gato brinca com um rato e ela sentia alegria. Loucura? Onde estava minha esposa? O que era essa criatura que ela acariciava enquanto a chupava? A maior parte da infância dele... a lembrança disso — a maior parte se reduz a me ver parado alguns metros distante, olhando para ele com aterrorizada perplexidade. Por trás do meu sorriso devido. Fraco demais para jamais me revelar, para pedir. Essa era a minha vida. Essa é a verdade que eu escondi. Bondade sua ouvir. Mais importante do que imagina. Falar disso. *Te ju* — julgue-me como quiser. Não, não. Estou morrendo — não, eu sei — preso ao leito, quase cego, destripado, catarro, morrendo, sozinho e com dor. Olhe essa porcariada de tubos. Uma vida de tamanho silêncio. E esta é minha confissão. Sorte sua. Não o que você... não é só o seu perdão que eu... só ouvir a verdade. Sobre ele. Que eu tinha desprezo por ele. Não existe outra palavra. Muitas vezes fiz um esforço para desviar os olhos dele, olhar para outro lado. Esconder. Descobri por que pais se agarram ao jornal da tarde desse jeito.

[PAUSA para o PAI tentar a pantomima de segurar um objeto aberto diante do rosto]

O PAI: Estou me lembrando agora de um em... alguma coisa, um ataque sobre uma coisa ou outra depois do jantar uma noite. Eu não queria que ele comesse na nossa sala de estar. Nada demais, acho. A sala de jantar era para comer;

eu tinha explicado a ele o sentido etimológico e prático de "sala de *jantar*". A sala de estar, que eu reservava para mim apenas meia hora com o jornal depois do jantar — e lá estava ele, de repente ali, na minha frente, em cima do tapete novo, comendo seu doce na sala de estar. Eu não era razoável? Ele havia recebido o doce por ter comido bem no jantar que eu havia trabalhado para comprar para ele e ela trabalhado para preparar para ele — percebe? a ideia, o incômodo? que não se pode nunca dizer nada, nunca mencionar que se pagou, que os recursos limitados foram dedicados a... isso seria egoísta, não? um mau pai, não? mesquinho? *egoísta*? E no entanto eu havia, havia pagado pelo chocolatinho colorido, pelos doces que ele ali estava virando o saquinho para conseguir colocar os doces todos ao mesmo tempo naquela boca, nunca um a um, sempre todos os doces ao mesmo tempo, tantos e tão depressa quanto possível não importa que derramasse, daí o meu sorriso de dentes cerrados e o cuidadoso e gentil lembrete da etimologia de "sala de *jantar*" e muito menos uma ordem do que — sempre pensando na reação dela — um *pedido* que, por favor, doce aqui não... e com a boca cheia de doce, mastigando os doces ainda quando o ataque começou, se debatendo, batendo os pés e berrando agora no topo da voz na sala com a boca ainda cheia de chocolate, aquela boca vermelha aberta cheia de doces misturados com saliva e que enquanto ele urrava escorriam da boca enquanto ele urrava e pulava para cima e para baixo, escorrendo pelo queixo, pela camisa, e olhando timidamente por cima do jornal que eu segurava como um escudo, eu ali sentado fazendo um esforço para continuar na poltrona e não dizer nada, olhando agora enquanto a mãe se abaixava em cima de um joelho tentando limpar a baba de chocolate do queixo dele enquanto ele berrava com ela e jogava longe o guardanapo. Quem poderia ver uma coisa dessas e não ficar horrorizado?

Quem poderia... onde é que está escrito que esse tipo de coisa é aceitável, que uma criatura dessas deve ser não apenas tolerada, não, mas *acalmada*, na verdade *aplacada* como ela estava fazendo, de joelhos, ternamente, em grosseira contradição com a inaceitabilidade daquilo que estava acontecendo. Que tipo de loucura é essa? Que eu possa ouvir os suaves sons melodiosos que ela usava para tentar acalmar o bebê — para *quê*? — ela pacientemente pegando de volta o guardanapo, uma e outra vez quando ele atira longe e grita que odeia ela. Não estou exagerando; ele disse isso: que odeia ela. *Odeia? Ela?* De joelho no chão, fingindo que não escuta, que não é nada, está nervoso, dia cansativo, que... que feitiço existe por trás dessa paciência? Qual ser humano pode continuar de joelhos limpando baba causada pela violação *dele*, cometida por *ele* a uma simples e razoável proibição contra exatamente esse tipo de bagunça desagradável na sala em que nós só procuramos *viver*? Que abismo de loucura existia entre nós? O que era essa criatura? Por que continuávamos com aquilo? Como eu podia de alguma forma ser culpado de levantar o jornal da tarde para obscurecer essa cena? Ou eu desviava os olhos ou o matava ali mesmo. Como fazer o que é preciso fazer para controlar minha... como isso é igual a eu estar distante ou fechado ou Deus nos proteja "cruel"? Cruel com o *quê*? Por que "cruel" é aplicado apenas àquele que paga os chocolatinhos que ele vomita na camisa pela qual você pagou que ele baba no tapete pelo qual você pagou e pisa com o sapato pelo qual você pagou pulando com fúria diante do seu brando pedido de que ele tome os devidos cuidados para evitar justamente o tipo de confusão que está causando? Será que eu sou o único para quem essas coisas não fazem sentido? Que fica revoltado, horrorizado? Por que não é permitido nem falar dessa repulsa? Quem fez essa regra? Por que sou eu que tenho de ser visto e não escutado? De onde vem essa inversão na minha própria criação? Qual impensável disciplina meu próprio pai teria...

[PAUSA para episódio de dispneia, blenorragia]

O PAI: Sim. Às vezes fiz isso, sim, não, literalmente não conseguia olhar para ele. Impetigo é doença de pele. As feridas na cabeça dele supuravam e formavam uma casca. A casca aí ficava amarela. Uma doença de pele de criança. Doença de criança. Quando ele tossia chovia casca amarela. O olho ruim dele chorava constantemente, uma coisa viscosa que não tem nome. Os cílios dele na hora do café da manhã que a mãe havia preparado estavam cobertos com uma crosta pálida que alguém ia ter de limpar com um pano enquanto ele se retorcia reclamando de estarem limpando aquela crosta repelente. Havia em torno dele um cheiro de estragado, de embolorado. E ela fungava nele só para sentir o cheiro. O nariz escorrendo sem cessar e sem razão, fazendo aparecerem feridinhas vermelhas inchadas nas narinas e no lábio superior dele que produziam mais crostas. Infecções de ouvido crônicas significavam não só mais uma razão para a incidência de ataques, mas um cheiro, uma descarga cujo odor, vou poupar vocês da descrição. Antibiótico. Ele era uma verdadeira placa de petri de infecção, erupções, escorrimentos, brancos como ranho, manchados, úmidos, como algo que está num porão. E no entanto todo mundo que olhava para ele juntava as mãos e soltava uma exclamação. Criança linda. Anjo. Graça. Delicado. Paixão. A palavra "bonito" era usada. Eu simplesmente ficava ali — o que podia dizer? Minha expressão cuidadosamente satisfeita. Mas se vissem aquela carinha de vômito desumana durante uma infecção, um ataque, uma explosão, a gulosa malevolência dela, a cobrança truculenta, a rapacidade. A feiura. "E se espalhou como uma vil lepra de escamas"* — a feia verdade. Muco, pus, vômito, fezes, diarreia, urina, cera, cuspe, crostas varicoloridas. Esse era o dote dele para... os presentes que nos dava. Espernear no sono ou na febre, agarrar o próprio ar como se quisesse puxar para si. E sempre lá ao lado da cama, ela, dele, em servidão, enfeitiçada, limpando, esfregando, acariciando, cuidando, sem uma palavra de agradecimento pelo mero horror que ele produzia e esperava que ela limpasse. A infindável expectativa sem agradecimento. Nunca um reconhecimento. A garota com quem eu casei teria reagido de maneira muito, muito diferente a essa criatura, pode crer. Tratando os seios dela como se fossem dele. Propriedade. Os mamilos dela cor de joelho esfolado. Agarrando, apertando. Soltando ruídos gulosos. Sendo grosseiro com ela. Roncando, chiando. Inteiramente absorto nas próprias sensações. Sem nenhuma reflexão. Em casa no próprio corpo como só alguém que não tem de cuidar do próprio corpo pode estar. Cheio de si, até a borda, como um poço inundado. Ele *era* o corpo dele. Eu muitas vezes não conseguia olhar. Até a taxa de crescimento dele aquele primeiro ano — estatisticamente excepcional, observaram os médicos —, uma taxa que era daninha, agressiva, uma imposição de si mesmo no espaço. O olho direito lacrimejando, saliente. Às vezes, ela fazia uma careta com o peso dele, agarrada nele, levantando, até ela pegar a breve careta e apagá-la — eu tinha certeza de ter visto aquilo — substituída imediatamente por aquela expressão de narcótica paciência, de abstrata servidão, eu a vários metros de distância, extrorso, tentando não...

[PAUSA para episódio de dispneia; auxiliar aplica cateter de sucção traqueobronquial]

* *"Barked about most lazar-like with vile"* — parte da fala do Fantasma do Rei na cena V, do Ato I, de *Hamlet*, de W. Shakespeare. (N. T.)

O PAI: Nunca aprendeu a respirar, por isso. Horrível eu dizer isso, certo? E é claro sim irônico, uma vez que... e ela caía morta na hora se me ouvisse dizer isso. Mas é verdade. Um pouco de asma crônica e uma tendência para bronquite, sim, mas não é isso que eu... quero dizer, nasal. Nada estruturalmente errado com o nariz dele. Paguei diversas vezes para fazer exames, testar, todos concordavam, nariz normal, a maior parte da oclusão devida a simples desuso. Crônico desuso. A verdade: ele nunca se deu ao trabalho de aprender. De fato. Por que se dar ao trabalho? Respirava pela boca, que, claro, era mais fácil a curto prazo, exige menos esforço, maximiza a aspiração, consegue tudo de uma vez. E é assim, meu filho, ele respira até hoje por sua frouxa e muito amada boca de adulto, que, consequentemente, está sempre um pouco aberta, essa boca, mole e úmida e uma espuminha rançosa e branca se acumula nos cantos e claro que dá muito trabalho estar sempre conferindo num espelho de lavatório e cuidar disso discretamente em particular para poupar os outros da visão das gotículas de pasta nos cantos de sua boca, forçando todo mundo a não dizer nada e fingir que não viu. O equivalente a unhas compridas, sujas, ou unhas compridas em homem, que eu não me cansava de explicar que era para o próprio bem dele manter cortadas e limpas. Quando penso nele é sempre com a boca meio aberta, o lábio inferior úmido, pendurado, se projetando para a frente muito mais do que deveria, um olho fosco de gula o outro paralisado no inchaço. Soa feio? Era feio. Ponha a culpa no mensageiro. Ponha. Cale minha boca. Diga a palavra. Verdade, Padre, mas feiura de quem? Pois ela é.... que ele era uma criança doente em criança que... sempre na cama com asma ou dor de ouvido, bronquite e febre de cabeça constante, ligeira asma crônica, sim, verdade, mas na cama dias e dias de cada vez quando um pouco de sol e ar fresco pod... chama, machuca... ele tinha um sininho de

306

prata no nariz do foguete que ele tocava para chamar a mãe. Não uma cama normal de criança, uma cama de catálogo, azul navio de batalha eles chamavam Acabamento Prateado Autêntico mais frete e montagem com barbatanas e focinho, exigia montagem e as instruções praticamente em escrita cirílica e, claro, quem você acha que ia... o tilintar prateado do sininho e ela voava, voava até ele, se dobrava incomodamente por cima das barbatanas da cama, barbatanas frias de metal, e cuidav... tocava e tocava.

[PAUSA para episódio de oftalmorragia; auxiliar limpa/enxágua globo ocular direito; troca curativo facial]

O PAI: Sinos empregados, claro, ao longo de toda a história para chamar criados, domésticas, uma observação que eu guardei para mim mesmo quando ela comprou o sino para ele. A versão oficial era que o sino devia ser usado quando ele não pudesse respirar, em lugar de gritar. Era para ser um sino de emergência. Mas ele abusava. Sempre que estava doente tocava continuamente o sino. Às vezes, só para obrigá-la a ir sentar ao lado da cama. A presença dela era exigida e lá ia ela. Mesmo no sono, se o sino tocava, mesmo de leve, ligeiramente, soando mais como um desejo do que como um toque, ela ouvia e saía da cama, ia para o corredor sem nem vestir um roupão. O corredor sempre frio. A casa mal isolada e ferozmente cara de aquecer. Eu, quando acordava, levava para ela o roupão, o chinelo; ela nunca pensava nisso. Ver quando se levantava ainda sonolenta com aquele tilintar enlouquecedor era ver o controle mental em seu nível mais elementar. Esse era o gênio dele: *precisar*. O sono que roubava dela, impositivo, diariamente, durante anos. Ver o rosto e o corpo dela despencarem. O corpo nunca teve chance de se recuperar. Às vezes, ela parecia uma velha. Olheiras horríveis debaixo dos olhos. Pernas inchadas. Ele roubou anos da vida dela. E ela juraria que deu esses anos voluntariamente. Jurava. Não estou falando agora do *meu* sono, da *minha* vida. Ele nunca pensou nela a não ser em referência a si mesmo. Essa é a verdade. Eu conheço meu filho. Se você visse como estava no funeral. Em criança ele... ela ouvia o sino e sem nem acordar direito corria para a pia e abria todas as torneiras para encher o lugar de vapor enquanto ele dormia... isso a obrigava a trocar o descanso dela pelo dele, noite após... e aquilo era não só a água quente toda que usaríamos na manhã seguinte acabada, mas o vapor constante se infiltrava no andar de cima e tudo ficava constantemente encharcado de vapor e no tempo de calor vinha um cheiro azedo de mofo que ela teria ficado horrorizada se eu tivesse abertamente atribuído a sua verdadeira origem, o foguete e sino dele, toda a madeira em toda parte inchando, o papel de parede descolando. Os presentes que ele dava. Aquele filme de Natal... a piada deles era que ele estava dando asas para os anjos toda vez. Não que ele às vezes não ficasse doente de verdade, não seria verdade fazer uma acusação de... mas ele *usava* isso. O sino era só uma das coisas mais óbvias... e ela acreditava que era tudo ideia dela. Orbitar em torno dele. Alterar, ceder a si mesma. Desaparecer como pessoa. Transformar-se em uma abstração: a Mãe, Apoiada Em Um Joelho. Essa era a vida depois que ele veio... ela orbita em torno dele, eu mapeio os movimentos dela. Que ela possa ter dito que ele era uma bênção, o sol no céu dela. Não era mais a garota com quem eu tinha casado. E ela nunca descobriu como senti saudade daquela garota, como chorei por ela, como meu coração doía por aquilo em que ela se transformou. Foi fraqueza minha não contar a verdade para ela. Desprezava meu filho. Não conseguia. Essa era a parte insidiosa, a parte que eu desprezava de verdade, que ele *me* dominava também, apesar de eu enxergar como ele era. Não havia como evitar. Depois que ele veio abriu-se um abismo entre nós. Minha voz não conseguia atravessar esse abismo. Quantas vezes, tarde da noite eu encostava, fraco, na porta do banheiro, enxugando o vapor dos meus óculos com o cinto do roupão, tão desesperado para dizer, para colocar em palavras: "E *nós*? Onde foi parar a *nossa* vida? Por que essa coisa engasgada, sugadora, mal-agradecida significa mais que nós? Quem decidiu que tem de ser assim?". Implorar a ela para sair disso, para mudar. Em desespero, fraco, não falava.... ela não teria me ouvido. Por isso não falava. Medo de que o que ela fosse ouvir seria... ouvir apenas um mau pai, um homem deficiente, indiferente, *egoísta*, e aí a última ligação escolhida livremente entre nós dois teria se rompido. Ela teria escolhido. Ah, eu estava condenado, sabia disso. Meu respeito próprio era um brinquedo naquelas mãozinhas meladas também. O *gênio* da fraqueza dele. Nietzsche não fazia *ideia*. Que se dane toda a razão para — e esse, esse é o meu agradecimento — os ingressos grátis? Que triste piada. *Grátis* ele diz? E o bilhete aéreo para vir e bater palmas, moldar o sorriso da minha cara para fingir com o resto dos... *esse* é o meu agradecimento? Ah, a infindável cobrança. Infindável. Que você entenda condenação eterna em todas as doentias horas tardias da noite forçado a sentar de lado em cima da barbatana daquela ridícula cama em forma de foguete que ele arrancou dela... mais brinquedo que cama, instruções de montagem impossíveis, eu de joelhos com a ferramenta errada, ele parado na frente da luz... a barbatana de ferro não mais larga que um presunto, mas eu é que não ia me ajoelhar do lado daquela cama mal montada. Minha função era manter o vaporizador e aplicar panos molhados, monitorar a respiração e a febre com ele agarrado ao sino enquanto ela mais uma vez estava fora inquieta no frio até a farmácia vinte e quatro horas para se curvar ali em cima da barbatana de mentira banhada no cheiro de gel mentolado, eu bocejando, consultando meu relógio, olhando para ele dormindo de boca molhada aberta, vendo o peito que fazia um mínimo esforço tímido para subir e descer enquanto ele com aquele tremor da pálpebra direita olhando sem expressão ou fazendo um reconhecimento de... voltando então de um quase onírico devaneio para entender que eu estava desejando era que aquilo cessasse, aquele peito, parasse seu lento movimento debaixo da manta de Gêmeos que ele exigia usar em... sonhando que ela caía, imobilizada, o sino cessando o seu aristocrático toque, o último estremecimento daquele peito fraco e onipotente e, sim, eu então bateria em meu próprio peito, atravessado assim...

[Fraca pantomima do PAI batendo no próprio peito]

... me castigando pelo desejo, envergonhado, a tal ponto chegava minha servidão a ele. Ele meramente olhando frouxamente minha autopunição com aquele lábio vermelho molhado pendurado umidamente, espuma rançosa, crosta igual a lepra, saliva no queixo, fedor de unguento de mentol no peito, uma gotinha cremosa de ranho aparecendo, aquele olho branco escorrendo como um bulbo mau — acabe com isso! acabe com isso!

[PAUSA para auxiliar remover, limpar e recolocar tubo de
O_2 na narina do PAI]

O PAI: Que torcido ali naquela barbatana, limpando ternamente a testa dele, enxugando um pouco do cuspe no queixo, sentado olhando aquilo no lenço, tentando... e... é, no travesseiro, olhando o travesseiro, olhando para ele e através dele, como rapidamente... como poucos movimentos seriam necessários não apenas para querer, mas para fazer acontecer, para impor minha própria vontade como ele tão descuidadamente sempre fazia, deitado ali, fingindo estar febril demais para me ver... mas era, era patético, nem... eu pensava em meu peso no travesseiro como um homem com pagamentos atrasados pensa em súbita fortuna, loterias, herança. Sonhando acordado. Eu acreditava na época que estava lutando com a minha vontade, mas era mera fantasia. Não vontade. Veleidades de Aquino. Faltava-me tudo o que parece ser necessário para ser capaz de... ou talvez me faltasse a falta do que é preciso, certo? Eu não podia ter. Querendo, mas não... tanto decência *como* fraqueza talvez. *Te judice*. Padre, certo? Sei que eu era fraco. Mas ouça: eu desejei mesmo aquilo. Isto não é nenhuma confissão, só a verdade. Eu desejei. Eu tinha mesmo desprezo por ele. Sentia falta dela e me entristecia. Me ressenti... não consegui perceber por que a fraqueza dele permitiria que ele vencesse. Era loucura, não fazia sentido... com base em que mérito ou capacidade *ele* deveria vencer? E ela nunca soube. Isso foi o pior, o *lèse majesté* dele, imperdoável: o abismo que ele abriu entre ela e eu. Meu infindável fingimento. Meu medo de que ela me considerasse um monstro, deficiente. Eu fingia amar o menino como ela amava. Confesso isso. Eu a sujeitava a um... os últimos vinte e nove anos de nossa vida conjunta foram uma mentira. Minha mentira. Ela nunca soube. Eu conseguia fingir com o melhor deles. Nenhum adúltero era mais dissimulado que eu. Eu ajudava minha mulher a tirar o agasalho, pegava a sacolinha da farmácia e sussurrava meu dedicado relatório sobre o estado da respiração e da temperatura dele durante toda a ausência dela, ela ouvindo, mas olhando adiante de mim, para ele, sem nem notar como a minha expressão de preocupado combinava com a dela. Eu modelava meu rosto pelo dela; ela me ensinou a fingir. Isso nunca ocorreu a ela. Consegue entender o que isso fazia comigo? Ela nunca por um momento ter duvidado que eu sentia a mesma coisa, que eu me entregava como... que eu também estava enfeitiçado pela coisa sugadora?

[PAUSA para episódio de severa dispneia; enfermeiro aplica cateter de sucção traqueobronquial]

O PAI: Que ela desde então nunca me conheceu? Que minha esposa deixou de me conhecer? Que eu deixei que ela fosse embora e fingi que ia me juntar a ela? Se eu esperasse que alguém pudesse imaginar a...

[PAUSA para episódio de movimento ocular; auxiliar enxágua/remove resíduo oftalmorrágico; troca de curativo ocular]

O PAI: Fazíamos amor e depois ficávamos enrolados juntos na nossa posição especial esperando para dormir e ela não ficava quieta, sussurrando e sussurrando sobre ele, todo pensamento passageiro sobre ele, preocupações e desejos, uma conversa de mãe — e tomava meu silêncio por concordância. A essência do abismo era que ela acreditava não haver abismo. A largura de nossa cama aumentava dia a dia e ela nunca... nunca ocorreu a ela. Eu entendia isso e abominava o menino. Eu não só não participava do enfeitiçamento dela, como ficava horrorizado com ele. Era culpa minha, não dela. Vou lhe dizer: ele era o único segredo que eu tinha com ela. Ela era o próprio sol no meu céu. A solidão do segredo era uma agonia mais... ah, eu amava tanto minha mulher. Meus sentimentos por ela nunca vacilaram. Amei minha mulher desde o começo. Nós estávamos destinados a ficar juntos. Ligados, unidos. Eu sabia desde o momento em que... a vi de braços dados com aquele idiota do Bowdouin com sua gola de pele. Segurando a bandeira como se segura um guarda-sol. Senti o amor por ela ali mesmo. Eu tinha bastante sotaque na época; ela caçoava de mim por causa disso. Ela me imitava e eu ficava zangado... só o amor da vida da gente pode fazer isso — a raiva desaparecia. O jeito como ela me afetava. Ela acompanhava o futebol americano e tinha um filho que não podia jogar, depois, quando ele misteriosamente parou de ficar doente e ficou esperto e vigoroso, não queria jogar. Em vez disso, ela ia ver ele nadar. Os diminutivos nauseantes, Wuggums, Tigreurso. Ele nadava na escola pública. O fedor do cloro barato nas instalações, mal dava para respirar. E ela perdia um evento que fosse? Quando ela parou mesmo de acompanhar, o futebol do mal alinhado Zenith a gente assistia juntos... segure bem, o... fazendo amor e se enrolando como gêmeos no útero, falando tudo. Eu podia contar tudo para ela. Quando isso tudo acabou então. Quando foi que ele tirou isso de nós. Por que não consigo me lembrar? me lembro do dia em que nos conhecemos como se fosse ontem, mas me atrapalho para lembrar o dia de ontem. Patético, desagradável. Eles não se importam, mas se soubessem que... sentia doer para respirar. Enleada em tubos. Filhos da puta, sangrando todas... é, eu olhei para ela e ela olhou para mim, a bandeira levada com graça, eu era novo e não conseguia... nossos olhos se encontraram, todos os clichês viraram verdade instantaneamente... eu sabia que era ela que ia ter tudo de mim. Um foco de luz iluminava onde ela ia pelo gramado. Eu simplesmente entendi. Padre, esse foi o auge da minha vida. Olhando... que "ela era a garota para ter tudo de mim/minha vida indigna toda para ela" (melodia desconhecida, dissonante). Parar na frente da igreja e dos homens e jurar. Desembrulhar um ao outro como presentes dados por Deus. A duração da conversa. Se você tivesse visto como ela estava no nosso casamento... não claro que não, parece que ela... para mim apenas. Amar com tal profundidade. Não tem melhor sentimento em toda a criação. Ela inclinava a cabeça assim quando estava se divertindo. Se divertia com tanta coisa. Nós ríamos de tudo. Éramos o nosso segredo. Ela me escolheu. Um ao outro. Dizia coisas para ela que nunca tinha dito nem para meu irmão. Pertencíamos um ao outro. Eu me sentia escolhido. Quem escolheu *ele*, diga? Quem informou que era consentido perder tudo desde então? Eu desprezava o menino por me forçar a esconder o fato de que sentia desprezo por ele. O correr normal da vida é uma coisa, com seus juízos, a exigência de ver você carregar, falar mansinho e jogar a bola. Mas ela? Que eu tivesse de usar esta máscara para ela? Soa monstruoso, mas é verdade: culpa dele. Simplesmente não podia. Contar para ela. Que eu... que na verdade ele era abominável. Que eu lamentava amargamente ter deixado que ela concebesse. Que ela não o *via* de verdade. Que confiasse em mim, que estava sob um encantamento, fora de si. Que tinha de voltar atrás. Que eu sentia tanta falta dela. Nada. E não por mim, acredite... ela não teria aguentado. Teria destruído minha mulher. Ela teria se destruído e por causa disso. Eu fiz isso. Torci tudo do jeito dele. Coloquei um feitiço nela. Temi que ela... "Coitadinho do meu Wuggums indefeso seu pai tem um lado monstruoso desumano indiferente que eu nunca tinha visto mas que nós vemos isso agora não vemos mas nós não precisamos dele precisamos: não agora deixe eu compensar isso para você até cair de tanto tentar." Sentir falta de alguma coisa. "Não precisamos dele não é? pronto pronto." Orbitando em torno dele. Pensando nele em primeiro e em último. Tinha deixado de ser a garota que eu... era agora A Mãe, fazendo seu papel, um conto de fadas, esvaziando tudo para... Não, não é verdade que teria destruído minha mulher, não restava nada nela que chegasse sequer a entender, que pudesse sequer *ouvir* o... ela teria inclinado a cabeça assim e olhado para mim sem nenhuma compreensão absolutamente. Seria o mesmo que dizer para ela que o sol não nasce todos os dias. Ele tinha se tornado o mundo dela. A *dele* é que era a mentira real. Ela acreditava na mentira *dele*. Ela acreditava: o sol só se levantava e se punha...

> [PAUSA para episódio de dispneia, evidência visual de eritropsia; enfermeiro localiza e limpa obstrução piúrica do cateter urinário; desinfecção genital; auxiliar religa o cateter urinário e o medidor]

O PAI: O problema. O atrito. Apague o resto todo. Por isso. A grande enorme mentira negra que eu por alguma razão só eu pareço ter compreendido... compreendido, como em um pesadelo.

> [PAUSA para episódio de severa dispneia; enfermeiro aplica cateter de sucção traqueobronquial, controle da pressão pulmonar; auxiliar (1) aplica lavagem forcipital; localização e tentativa de remoção de obstrução de muco na traqueia do PAI; enfermeiro (2) administra adrenalina nebulizada; expulsão pertusiva de massa de muco; auxiliar (2) remove a massa em Recipiente para Detritos Médicos autorizado; auxiliar (1) recoloca alimentador de O_2 na narina do PAI]

O PAI: Servidão. Escute. Meu filho é mau. Sei muito bem como isso pode soar, Padre. *Te judice.* Estou bem além do seu julgamento, como pode ver. A palavra é *"mau"*. Não estou exagerando. Ele sugou alguma coisa dela. Alguma função discriminatória. Ela perdeu o senso de humor, esse foi um sinal claro a que me apeguei. Ele lançou alguma névoa misteriosa. Enlouquecedor entender isso e não poder... e também não foi só ela, Padre. Todo mundo. Sutil de início, mas oh digamos no ensino médio ficou manifesto: o enfeitiçamento do mundo em geral. Ninguém parecia capaz de *enxergar* o menino. Comecei então, anulado de choque ao lado dela, a suportar os surrealistas solilóquios arrebatados de instrutores e diretores, treinadores e comissários, diáconos e mesmo clérigos que a lançavam em arrebatamentos maternais enquanto eu ficava mordendo a língua sem poder acreditar. Era como se tivessem todos se transformado na mãe dele. Ela e eles entravam numa cumplicidade de felicidade total sobre meu filho enquanto eu, ao lado dela, sacudia a cabeça com uma expressão cuidadosa, devidamente satisfeita, que havia aperfeiçoado ao longo de anos de prática, alheio enquanto continuavam. Então, voltávamos para casa e eu inventava alguma desculpa e ia sentar sozinho no meu covil com a cabeça entre as mãos. Ele parecia capaz de fazer isso à vontade. Todo mundo à nossa volta. A grande mentira. Ele dominou o maldito mundo. Não estou exagerando. Você não estava lá para ouvir, de queixo caído: ah, tão brilhante, tão sensível, tal discernimento, precocidade sem ostentação, uma alegria tão grande em conhecer, tão promissor, tão infinitamente dotado. Sem parar, sem parar. Uma *participação* tão inestimável, uma *alegria* tão grande ter em nosso registro, em nosso time, em nossa lista, em nossa equipe, em nosso painel dramatúrgico, em nossas mentes. *Dotes tão ilimitados*, fecha aspas. Você não pode imaginar a sensação de ouvir isso: "*dotes*". Como se fossem dados grátis, como se não... se eu tivesse tido pelo menos uma vez a coragem de pegar um deles pelo nó da gravata e puxar para mim e rugir a verdade na cara dele. Aqueles sorrisos fixos. Servidão. Se pelo menos eu próprio pudesse ser arrebatado. Meu filho. Ah, fui, rezei por isso, ponderei e procurei, examinei e estudei a ele e procurei sem cessar, rezando para ser arrebatado e enfeitiçado, para permitir que as escamas deles cobrissem as minhas também. E examinei meu filho de todos os ângulos. Procurei diligentemente por aquilo que eles acreditavam ver, *natus ad glo* — diretor nos puxando de lado naquela função para nos puxar de lado e com hálito de gim nos dizer que ele era o melhor e mais promissor aluno que tinha visto em seu tempo de ensino médio, atrás dele uma fila de viris instrutores animados e estimulados com... uma alegria tão grande de vez em quando o trabalho vale a pena com alguém tão... dotes ilimitados. A careta sustentada que eu havia moldado para parecer um sorriso enquanto ela com as mãos juntas diante do corpo agradecia a eles, agradecia... entende, eu *li* com o menino. Longamente. Experimentei o menino. Sentei tentando ensinar soma para ele. E ele ficava beliscando o impetigo olhando a página com ar vazio. Observei circunspectamente enquanto ele tentava batalhava para ler alguma coisa e depois examinava o que tinha aprendido rigorosamente. Eu ocupei e examinei meu filho, sutilmente, rigorosamente e sem preconceitos. Por favor, me acreditem. Não havia uma única fagulha de brilhantismo em meu filho. Juro. Era uma criança cujo auge intelectual era uma razoável competência para somas adquirida através de infindáveis esforços para que ele captasse as operações mais elementares. Cujo S de forma continuou invertido até a idade de oito anos apesar de... que pronunciava "sumário" como um dáctilo. Um jovem cuja persona social era uma afabilidade em branco e em quem uma percepção pronta ou uma apreciação das nuances da rica prosa inglesa estavam inteiramente ausentes. Nenhum pecado nisso, claro, um menino medíocre, comum... mediocridade não é pecado. Não, mas de onde vinha toda essa alta estima? Quais *dotes*? Repassei todos os temas dele, todos, sem esquecer nenhum, antes de eles serem entregues. Fiz questão de dedicar meu tempo. A esse estudo dele. Me forcei a suspender o preconceito. Me escondia nas portas e observava. Mesmo na universidade esse era um rapaz para quem a *Orestíade*, de Sófocles, significou semanas de trabalho desanimado. A *Orestíade* não é uma obra difícil ou inacessível. Procurei sem cessar, em segredo, por tudo o que pareciam ver. E uma *tradução*. Semanas de ingentes esforços e nem mesmo o grego de Sófocles, alguma pábula adaptação, parado lá, sem ser visto e horrorizado. E conseguiu — enganou a todos. A todos eles, uma grande plateia. Pulitzer mesmo. Ah eu sei muitíssimo bem como soa isso; *te jude*, Padre. Mas saiba a verdade: conheço o meu filho, por dentro e por fora, e esse era o seu único e verdadeiro dote: isto: uma capacidade de, de alguma forma, *parecer* brilhante, *parecer* excepcional, precoce, dotado, promissor. Sim, ser *promissor*, eles, todos eles acabaram dizendo isso, "ilimitadamente *promissor*", pois era esse o seu dote e você vê aí a arte sombria, o gênio de manipular a plateia? Seu dote era de alguma forma despertar admiração e elevar a estima de todos por ele e as expectativas de todos por ele e assim forçar você a rezar para ele triunfar, estar à altura e justificar essas expectativas para poupar não apenas a ela, mas a todos que foram levados a acreditar em suas promessas ilimitadas a esmagadora decepção de ver a verdade de sua mediocridade essencial. Percebe o gênio perverso que há nisso? O sutil tormento? De me forçar a rezar por seu triunfo? A desejar a manutenção de sua mentira? E não por ele, mas pelos outros? Por ela? Isso é brilhantismo de um certo tipo muito particular, perverso, desprezível, sim? Os áticos chamavam os dotes ou gênio particular de alguém de *techno*. O que é *techno*? Uma palavra estranha para "dote". Você declina no genitivo? Que ele atrai tudo para a sua rede desse jeito, *dotes ilimitados*, expectativas de brilhante sucesso. Assim eles passam não só a acreditar na mentira, mas a contar com ela. Fileiras inteiras deles em roupa de noite se levantando e aplaudindo a mentira. Meu devidamente orgulhoso... coloque a máscara e seu rosto acaba se encaixando nela.

Evita todos os espelhos como se... e não, pior, a terrível ironia: agora a esposa e as meninas também estão enfeitiçadas desse jeito agora também, sabe. Como a mãe dele... a arte que ele aperfeiçoou em cima dela. Vejo isso na cara delas, no jeito comovente como olham para ele, contendo ele inteiro nos olhos. Naqueles olhos infantis perfeitamente confiantes, adoradores. E ele recebendo, casualmente, passivamente, nunca... como se realmente *merecesse* esse tipo de... como se fosse a coisa mais natural do mundo. Ah, como eu senti vontade de gritar a verdade e expor tudo, romper esse encantamento que ele lançou sobre todo mundo que... esse encantamento de que ele nem tem *consciência*, nem tem consciência do que faz, o que tão sem esforço ele lança sobre seus... como se esse tipo de amor lhe fosse *devido*, por si mesmo, por natureza, inevitável como o nascer do sol, nunca um pensamento, nunca um momento de dúvida sobre se ele merece isso tudo e mais. A simples ideia disso me sufoca. Quantos anos ele tirou de nós. Nosso dote. Genitivo, ablativo, nominativo — a flexão de "dote". Ele chorou no leito de morte dela. Chorou. Pode imaginar? Que *ele* tivesse o direito de chorar a perda dela. Que *ele* tivesse esse direito. Fiquei ao lado dele, mergulhado em um choque abjeto. A arrogância. E ela naquela cama sofrendo tanto. A última palavra consciente dela... para ele. *Ele* chorando. Foi o mais próximo a que eu cheguei. *Pervigilium*. Por falar isso. A verdade. Chorando, aquela cara mole macia vermelha os olhos apertados como uma criança que perdeu os doces todos, devorados, como uma obscena rosada... boca aberta e lábio molhado, um pingo de muco pendurado sem perceber e a esposa dele — esposa *dele* —, o braço amoroso em volta dele, consolando, confortando a *ele* à perda *dele* — imagine. Que agora até mesmo a minha perda, as minhas lágrimas sem nenhuma vergonha, a perda da única... que mesmo a minha dor deva ser usurpada, sem um pensamento, nem um reconhecimento, como se fosse direito dele chorar. Chorar por ela. Quem disse a ele que tinha esse direito? Por que só eu não estava iludido? O que... que pecados em minha pequena e triste vida mereciam essa maldição, ver a verdade e ser impotente para falar? Do que era eu culpado para que isso caísse sobre mim? Por que ninguém jamais perguntava? Qual acuidade faltava a eles, com a qual eu era amaldiçoado, para perguntar por que ele nasceu? ah, por que ele nasceu? A verdade teria matado minha mulher. Compreender que toda sua vida havia sido dada para... cedida a uma mentira. Ela teria caído morta ali mesmo. Eu tentei. Cheguei perto uma ou duas vezes, uma vez no casamento dele... não estava em mim fazer isso. Procurei por dentro e não encontrei em mim. Aquela lasca de aço que exige que se faça o que tem de ser feito aconteça o que acontecer. E ela morreu contente mesmo, acreditando na mentira.

[PAUSA para o auxiliar trocar o depósito da ileostomia e a barreira de pele; examinar o orifício; banho de esponja parcial]

O PAI: Ah, mas *ele* sabia. Ele sabia. Que por trás da minha cara eu tinha desprezo por ele. Só meu filho sabia. Só ele me enxergava. Daqueles que eu amava eu escondia — a qualquer custo, vida e amor eu sacrificava pela necessidade de poupar a todos, de esconder a verdade —, mas apenas ele percebia. Não tinha como esconder dele a quem eu desprezava. Aquele instável olho saltado caía sobre mim e lia o meu ódio pela mentira viva que eu havia engendrado e dado à vida. Aquele horrível olho saliente adivinhava a repulsa secreta que sua própria repulsão causava em mim. Padre, está vendo a ironia. Ela própria era cega para mim, perdida. Só ele via que só eu via a ele como era.

A nossa era uma negra intimidade forjada em torno daquele conhecimento secreto, pois eu sabia que ele sabia que eu sabia e ele que eu sabia que ele sabia que eu sabia. A profundidade de nosso conhecimento comum e a cumplicidade nesse conhecimento voavam entre nós — "*eu conheço você*"; "*É e eu a você*" — uma terrível voltagem carregava o ar quando... se nós dois estávamos sozinhos, longe dos olhos dela, o que era raro; ela raramente nos deixava juntos sozinhos. Às vezes — raramente — uma vez — foi no nascimento da primeira menina dele, quando minha esposa estava encostada na cama abraçando a filha dele e eu atrás olhando para ele e ele fez menção de estender para mim o bebê, os olhos pregados em mim, prendendo meus olhos nos dele e a verdade se arqueando entre nós na cabeça instável daquela linda criança que ele estendia como se fosse dele para dar de presente e não consegui nem me impedir de deixar escapar o mais breve relance de reconhecimento da verdade com um esgar do lado direito de minha boca, um escuro meio-sorrisinho, "*Eu sei o que você é*", que ele recebeu com aquele frouxo meio-sorriso dele, que sem dúvida todos na sala perceberam como filial graças ao meu sorriso e à bênção que parecia sugerir e... você vê agora por que eu abominava meu filho? O insulto total? Que apenas ele sabia o que me ia no coração, sabia a verdade, que daqueles a quem eu amava eu morria por dentro para esconder? Uma carga terrível, meu ódio por ele e o inconsequente prazer dele com a minha dor secreta oscilando entre nós e deformando o próprio ar de qualquer espaço onde estivéssemos juntos que começou por volta, vamos ver, logo depois da crisma dele, na adolescência, quando ele parou de tossir e ficou esperto. Embora tenha ficado sempre pior à medida que ele ficava mais velho, consolidava seus poderes e mais e mais o mundo caía diante dos... arrebatados.

[PAUSA]

O PAI: Raro ela nos deixar sozinhos em uma sala juntos, porém. A mãe dele. Uma relutância. Estou convencido de que ela não sabia por quê. Alguma inquietação instintiva, intuição. Ela acreditava que ele e eu nos amávamos do jeito tenso e forçado de pais e filhos e que por isso tínhamos tão pouco para dizer um ao outro. Ela acreditava que o amor era não dito e tão intenso que nos estranhava um do outro. Costumava ralhar suavemente comigo na cama por aquilo que chamava de minha "falta de jeito" com o menino. Ela raramente saía de uma sala, acreditava que tinha de mediar entre nós de algum jeito, o circuito tenso. Mesmo quando ensinei para ele — ensinei a somar, ela achou jeitos de se sentar à mesa para... ela sentia que tinha de nos proteger, os dois. Isso me partia... ah... me partia o... ah ah meu Deus do céu por favor toque a...

[PAUSA para o auxiliar remover o depósito da ileostomia e a barreira de pele; para o PAI evacuar os gases digestivos; sucção com cateter de partículas edemáticas; dispneia moderada; enfermeiro observa re fadiga e recomenda interrupção da visita; PAI explode com enfermeiro, auxiliar, enfermeira encarregada]

O PAI: Ela morrer sem saber o que me ia pelo coração. Sem a inteireza de união que havíamos prometido um ao outro diante de Deus e da Igreja, dos pais dela, de minha mãe e de meu irmão de pé ao meu lado. Por amor. Foi, Padre. Nosso casamento uma mentira e ela não sabia, nunca soube que eu estava tão sozinho. Que eu me arrastava por nossa vida em silêncio e sozinho. Minha decisão, poupar a ela. Por amor. Meu Deus, como eu amava essa mulher. Um tal silêncio. Eu era fraco. Horrenda, patética, trágica essa fraque... porque a verdade podia ter trazido ela para perto de mim; eu poderia de alguma forma ter mostrado nosso filho para ela. O verdadeiro dote dele, como ele era de fato. Poucas chances, concordo. Grande dificuldade. Nunca capaz. Eu era fraco demais para arriscar provocar qualquer dor a ela, uma dor que teria sido por causa dele. Ela orbitava em torno dele, eu dela. Meu ódio por ele me deixava fraco. Eu vim a conhecer a mim mesmo: sou fraco. Deficiente. Desgostoso agora com minha própria deficiência. Espécime patético. Sem tutano. Nem ele tampouco tem tutano, nenhum, mas não precisa de nenhum, uma nova espécie, não precisa ficar de pé: é sustentado por outros. Engenhosa fraqueza. O mundo deve amor a ele. O dom dele em que o mundo de alguma forma também acredita. Por quê? Por que *ele* não paga nenhum preço por sua fraqueza? Em que esquema isso pode ser justo? Quem deu a ele a minha vida? Por qual lei? Porque ele vem, ele vem aqui hoje, aqui, mais tarde. Prestar seus respeitos, apertar minha mão, fazer seu papel solícito. Flores novas, cartões feitos pelas filhas. A generosidade dele. Não pulou nem um dia desde que estou aqui. Deitado aqui. Só ele e eu sabemos por quê. Trazem as meninas aqui para me ver. Filho amoroso diz a equipe inteira, família adorável, que sorte, tanta coisa a agradecer. Bênçãos. Traz as filhas dele, levanta para eu ver direito. Acima das guardas. Da proa à popa. Do barco à praia. Diz que as meninas são as maçãs dele. Pode estar em trânsito neste... enquanto estamos aqui conversando. Apelido apropriado. "Maçãs." Ele devora pessoas. Suga. Obrigado a você por ouvir. Devorou a minha vida e me deixou com minha. Estou repulsivo, deitado aqui. Bondade sua ouvir. Caridosa. Irmã, peço um favor. Quero tentar... tentar encontrar a força. Estou morrendo, eu sei. Dá para sentir chegando, sabe, a gente sabe que está vindo. Estranhamente familiar essa sensação. Um amigo muito velho que vem prestar suas. Peço um favor à senhora. Não vou dizer uma indulgência. Uma bênção. Escute. Ele logo vai chegar e com ele vai trazer a moça adorável que casou com ele, que adora ele, que entorta a cabeça quando ele a diverte, que adora ele e chora sem nenhuma vergonha ao me ver deitado aqui nessa teia de tubos e as duas meninas que com tanta perfeição ele demonstra amar — *"as maçãs do meu pomar"* — e que adoram o pai. Adoram. Como vê a mentira continua. Se eu for fraco ela sobrevive a mim. Vamos ver se tenho tutano para causar dor à moça, que acredita que ama a ele. Ser considerado um homem mau. Quando eu fizer. Um velho amargo e desprezível. Sou tão fraco que espero em parte que seja tomado por delírio. Sou fraco a esse ponto. Que ela me amar, me escolher, casar comigo e ter o filho dela comigo pode bem ter sido erro dela. Estou morrendo, ele deve estar chegando. Tenho mais uma chance — a verdade, de falar alto, de expor meu filho, romper a servidão, mudar a balança, alertar os inocentes que ele arrebatou. Sacrificar a opinião que tenham de mim pela verdade, por amor daquelas crianças inocentes. Se você visse o jeito como ele olha para elas, as maçãzinhas dele, com aquele olho, o triunfo arrogante, a pálpebra fraca repuxada para trás para expor o... sem nunca duvidar que ele merece essa alegria. Tomando a alegria como devida a ele não importa o. Vão estar logo aqui parados aqui. Segurando minha mão como a senhora. Que horas são? Que horas a senhora tem? Ele está em trânsito agora, eu sinto. Vai me olhar de cima outra vez nesta cama, entre estas guardas, intubado, incontinente, sujo, abalado, lutando até para respirar e o vazio intrínseco da cara dele vai uma vez mais disfarçar para todos os olhos, menos o meu, a exultação dos olhos dele, ambos os olhos, me vendo assim. E ele não vai nem saber que exulta, a tal ponto é cego a respeito de si mesmo, ele próprio acredita na mentira. Essa é a real afronta. Esse é o *coup de théâtre* dele. Que seja tão voltado para si mesmo, que também acredite que me ama, acredita que ama. Também por ele eu faria isso. Diria. Quebraria o encanto que ele lança até sobre si mesmo. Esse é o verdadeiro mal, nem *saber* que se é mau, não? Salve a alma dele, a senhora diria. Talvez. Se eu tivesse o tutano. Veleidade. Podia encontrar o aço. Liberta a pessoa, não? Não é isso que é prometido, Padre? Em verdade vos digo. Certo? Me perdoe, porque. Irmã, quero fazer as pazes. Fechar o círculo. Lançar isso no ar da sala: que eu sei o que ele é. Que ele me desgosta e desesp... me repele e que sinto desprezo por ele e que o nascimento dele foi um borrão, insuportável. Talvez sim até sim pudesse levantar os dois braços quando eu... a piada terrível de eu estar aqui agora sufocando como ele deve saber que devia sufocar há muito tempo naquele foguete que eu paguei sem...

[PAUSA]

O PAI: Meu Deus, Ésquilo. A *Orestíade*. A porta dele, pescando a si mesmo em tradução. Ésquilo, não Sófocles. Patético.

[PAUSA]

O PAI: Unhas compridas em homem são repelentes. Mantenha as unhas curtas e mantenha limpas. Esse é o meu lema.

[PAUSA para episódio de oftalmorragia; auxiliar limpa/enxágua globo ocular direito; troca o curativo facial]

O PAI: Agora e agora já fiz. Minha confissão. Às senhoras, misericordiosas Irmãs de Caridade. Não, não que tenha desprezo por ele. Pois eu conhecia ele. Se a senhora visse o que eu via, teria sufocado o menino com o travesseiro há muito tempo, acredite. Minha confissão é que a fraqueza danada e o amor mal orientado me mandem para o céu sem ter falado a verdade. A verdade proibida. Ninguém nem diz em voz alta que você não deve dizer isso. *Te judice*. Se eu pudesse. Ah, como eu desprezo a minha falta de força! Se soubesse o que é esta dor... como ela... mas não chore. Chore não. Não chore. Não por mim. Eu não mereço... por que está chorando? Não ouse ter pena de mim. O que eu preciso de... não é pena que eu preciso de você. Não porque. Longe de... por favor pare, não quero ver isso. *Pare*.

VOCÊ [cruelmente]: Mas Pai, sou eu. Seu próprio filho. Todos nós, aqui presentes, amando tanto você.

O PAI: Pai bom e porque eu fui, sim, sim, preciso de uma coisa de você. Padre, escute. Isso não pode vencer. Esse mal. A senhora... a senhora ouviu a verdade agora. Bondade sua. Faça o seguinte: odeie ele por mim depois que eu morrer. Imploro à senhora. Pedido de um moribundo. Serviço pastoral. Caridade. Como a senhora ama a verdade, como Deus o... porque eu confesso: não vou dizer nada. Eu me conheço e é tarde demais. Não está em mim. Mera fantasia pensar. Porque ele agora mesmo está em trânsito, trazendo presentes. As maçãs dele para me manter vivo. Sonhando acordado, me levantar como Lázaro com a vil e odiosa verdade para todos... onde está o meu sino? Eles vão se reunir em volta da cama e o olho fraco dele cairá sobre mim em meio à tagarelice uxórica da esposa dele. Ele estará com uma filha nos braços. O olho dele vai encontrar o meu e o lábio molhado vermelho molhado dele vai curvar invisivelmente em secreto reconhecimento entre ele e eu e eu vou tentar e tentar e não vou conseguir levantar os braços para quebrar o encantamento com meu último alento, para depor... para expor a ele, para censurar o mal que há tanto tempo ele usou a ela para me fazer ajudá-lo a construir. Pai *judicat orbis*. Eu nunca implorei antes. Apoiado em um joelho agora para... não me abandone. Eu imploro. Despreze ele por mim. Em meu lugar. Prometa que vai fazer isso. Isso tem de sobreviver. Por mim eu sou fraco carregar a minha carga salve seu servo *te judice* pois o seu é... não...

[PAUSA para severa dispneia; esterilização e anestesia parcial do globo ocular direito; chamado para médico de plantão]

O PAI: Não me deixe. Seja o meu sino. Vida indigna para todos vós. Imploro. Não morrer neste silêncio horrendo. Este vácuo grávido e carregado a toda volta. Esse buraco sugador molhado e aberto debaixo daquele olho. Aquele terrível olho ameaçando. Tanto silêncio.

Suicídio como uma espécie de presente

Era uma vez uma mãe que tinha muitas dificuldades mesmo, emocionalmente, por dentro.

Na lembrança dela, sempre havia tido dificuldades, mesmo em criança. Lembrava-se pouco das especificidades da infância, mas o que lembrava eram sentimentos de repulsa por si mesma, terror e desespero que pareciam ter estado sempre com ela.

De um ponto de vista objetivo, seria inacurado dizer que essa futura mãe tivera uma merda psíquica muito pesada jogada em cima dela quando pequena e que parte dessa merda pudesse ser qualificada como abuso paterno. A infância dela não foi tão ruim quanto outras, mas não foi nenhum piquenique. Tudo isso, mesmo exato, não seria a questão.

A questão é que, desde quando ela consegue lembrar, essa futura mãe tinha repulsa por si mesma. Via tudo na vida com apreensão, como se cada ocasião e oportunidade fosse uma espécie de exame terrivelmente importante para o qual ela era preguiçosa ou burra demais para se preparar convenientemente. A sensação era que tinha de ter um resultado perfeito em tal exame para evitar algum castigo avassalador.[1] Ela tinha medo de tudo e medo de demonstrar isso.

A futura mãe sabia perfeitamente bem, desde muito cedo, que essa horrível e constante pressão que sentia era uma pressão interna. Que não era culpa de ninguém. Por isso ficava com ainda mais repulsa de si mesma. A expectativa que tinha consigo mesma era de perfeição absoluta e cada vez que se sentia abaixo da perfeição ficava cheia de um pesado e insuportável desespero que ameaçava despedaçá-la como se fosse um espelho barato.[2] Essa expectativa muito alta aplicava-se a todos os departamentos da vida da futura mãe, particularmente àqueles departamentos que tinham a ver com a aprovação ou desaprovação dos outros. Ela era tida, na infância e na adolescência, como inteligente, atraente, popular, impressionante; era comentada e aprovada. Surgiram companheiras que invejavam sua energia, ânimo, aparência, inteligência, disposição e infalível consideração pelas necessidades e sentimentos dos outros;[3] ela possuía poucos amigos chegados. Ao longo de toda a adolescência, autoridades como professores, empregadores, líderes de grupo, pastores e consultores da F.S.A. [*Federal Students Aid* — Auxílio Federal para Estudantes] da Faculdade comentavam que a jovem futura mãe "parece ter expectativas muito, muito altas de si mesma" e embora esses comentários fossem sempre feitos com um espírito de carinhosa preocupação ou censura, não havia como não perceber neles aquela ligeira e inquestio-

---

1. Os pais dela, por sinal, não batiam nela, nem mesmo a disciplinavam de fato, nem faziam qualquer pressão.

2. Os pais dela tinham sido pessoas de baixa renda, fisicamente imperfeitos e não muito inteligentes — coisas que a criança censurava a si mesma por perceber.

3. As expressões *relaxa* e *sai dessa* ainda não eram correntes nessa época (na verdade, nem *merda psicológica*; nem *abuso paterno*, nem *perspectiva objetiva*).

nável nota de aprovação — de um juízo distanciado, objetivo, de autoridade e da decisão de aprovar — e de qualquer modo a futura mãe sentia-se (de momento) aprovada. E sentia-se vista: seus padrões *eram* altos. Tinha uma espécie de orgulho abjeto pela impiedade que exercia sobre si mesma.[4]

Quando se viu crescida, seria acurado dizer que a futura mãe estava tendo grandes dificuldades interiores mesmo.

Quando se tornou mãe, as coisas ficaram ainda mais difíceis. As expectativas maternas sobre o bebê também se mostraram impossivelmente altas. E toda vez que a criança ficava aquém, sua tendência natural era recusá-la. Em outras palavras, toda vez que ela (a criança) ameaçava comprometer os altos padrões que a mãe sentia ser tudo o que ela realmente possuía, por dentro, a autorrepulsa instintiva da mãe tendia a se projetar para fora sobre a própria criança. Essa tendência combinava-se ao fato de que, na cabeça da mãe, existia apenas uma separação indistinta e muito pequena entre sua própria identidade e a do bebezinho. A criança parecia em certo sentido ser o reflexo da própria mãe em um espelho de diminuição e profundamente defeituoso. Assim, toda vez que a criança era rude, gulosa, suja, lenta, egoísta, cruel, desobediente, preguiçosa, tola, voluntariosa ou infantil a tendência mais profunda e natural da mãe era recusá-la.

Mas não podia recusá-la. Nenhuma boa mãe pode recusar seu filho ou julgá-lo ou abusar dele ou desejar-lhe mal de qualquer forma. A mãe sabia disso. E seus padrões para si mesma como mãe eram, como se podia esperar, extremamente altos. Assim, toda vez que ela "escorregava", "explodia", "perdia a pa-

---

4. De fato, uma explicação que os pais da mãe-em-breve davam para a disciplinarem tão pouco era que sua filha parecia tão impiedosa nas reprimendas a si mesma por qualquer deficiência ou transgressão que castigá-la seria "um pouco como chutar um cachorro".

ciência" e expressava (ou mesmo sentia) recusa (por breve que fosse) pela criança, a mãe caía instantaneamente em um tal abismo de autorrecriminação e desespero que sentia que simplesmente não dava para suportar. Consequentemente, a mãe estava em guerra. Suas expectativas estavam em um conflito fundamental. Era um conflito em que ela sentia que sua própria vida estava em jogo: não conseguir superar sua insatisfação instintiva com a criança resultaria em um terrível, avassalador castigo que ela sabia que ela mesma aplicaria, por dentro. Estava decidida — desesperada — a conseguir, a satisfazer as próprias expectativas como mãe, a qualquer custo.

De um ponto de vista objetivo, a mãe era loucamente bem-sucedida em seus esforços de autocontrole. Em sua conduta externa com a criança, a mãe era incansavelmente amorosa, compassiva, dedicada, paciente, cálida, efusiva, incondicional e despida de qualquer capacidade aparente de julgamento, reprovação ou de faltar com seu amor de qualquer forma. Quanto mais repulsiva era a criança, mais amorosa a mãe exigia-se ser. Sua conduta era impecável, por quaisquer padrões do que seria uma mãe excepcional.

Em troca, a criancinha, enquanto crescia, amava a mãe mais do que todas as outras coisas do mundo juntas. Se tivesse a capacidade de falar por si mesma com sinceridade de alguma forma, a criança teria dito que se sentia uma criança muito má, repulsiva, que por algum imerecido golpe de boa sorte teve a melhor, mais amorosa, paciente e bonita mãe de todo o mundo.

De fato, à medida que a criança crescia, a mãe encheu-se de autorrepulsa e desespero. Sem dúvida, sentia ela, o fato de a criança mentir, enganar e aterrorizar os animaizinhos da vizinhança era culpa sua; sem dúvida a criança estava simplesmente expressando para todo o mundo ver suas próprias grotescas e patéticas deficiências como mãe. Então, quando a criança roubou o dinheiro do Unicef de sua classe, ou quando girou um gato pelo rabo e bateu com ele repetidamente em uma quina dura da casa de tijolos vizinha, ela tomou as grotescas deficiências da criança como falha sua, recompensando as lágrimas e autorrecriminações da criança com um perdão amoroso incondicional que a fez parecer para o filho seu único refúgio em um mundo de expectativas impossíveis, juízos impiedosos e infindável merda psíquica. À medida que ele (o filho) crescia, a mãe tomou tudo o que nele era imperfeito no fundo de si mesma, tudo assumiu e assim o absolveu redimiu e renovou, mesmo aumentando assim o seu próprio fundo interno de repulsão.

Assim continuou, durante toda a infância e adolescência dele, de forma que, quando o filho tinha idade suficiente para tirar todas as carteiras e documentos, a mãe estava quase inteiramente tomada, lá no fundo, de repulsão: repulsa por si mesma, pelo filho delinquente e infeliz, por um mundo de expectativas impossíveis e juízos impiedosos. Ela não podia, claro, expressar nada disso. E então o filho — desesperado, como todos os filhos, para retribuir o amor perfeito que só podemos esperar das mães — expressou isso tudo a ela.

Breves entrevistas com homens hediondos

B.E. nº 20 12-96
NEW HAVEN CT

"E no entanto eu não me apaixonei por ela até ela contar a história daquele inacreditável e horrível acidente em que foi brutalmente assaltada, mantida prisioneira e quase morta."

P.

"Deixe eu explicar. Sei o que deve parecer, pode crer. Posso explicar. Juntos na cama, reagindo a algum tipo de estímulo ou associação, ela relatou um episódio sobre carona quando uma vez pegou o carro de alguém que acabou sendo um maníaco sexual psicótico serial que a levou a uma área isolada, a estuprou e quase com certeza a teria matado se ela não tivesse conseguido se segurar diante do enorme medo e stress. Independe do que eu possa achar da qualidade e substância do pensamento que permitiu que ela o convencesse a deixá-la viva."

P.

"Nem eu. Quem haveria de, em uma época em que todo...

em que assassinos seriais psicóticos têm até cartão de visita? No clima de hoje, estou preocupado em manter distância de qualquer sugestão de alguém abre aspas que pede isso, não vamos nem chegar lá, mas pode ter certeza de que é preciso parar para pensar sobre as capacidades e julgamento em questão, ou no mínimo a ingenuidade..."

P.

"Só que era talvez um tanto menos inacreditável no contexto do tipo dela, na medida em que se pode chamar de abre aspas Granola Cruncher, ou pós-hippie, New Age, sei lá, na faculdade onde a pessoa muitas vezes é exposta a taxonomias a gente chamava esse tipo de Granola Cruncher ou só Cruncher, termo que compreende as prototípicas sandálias, fibras não refinadas, arcanos idiotas, incontinência emocional, cabelos compridos ondulantes, extrema liberalidade em questões sociais, apoio financeiro dos pais que elas xingam, pés descalços, obscuras religiões importadas, indiferença à higiene, vocabulário meloso e um tanto padronizado, toda aquela dicção previsível de paz e amor pós-hippie que im..."

P.

"Um grande festival comunitário concerto-traço-performance ao ar livre num parque no centro da cidade onde... foi um programa, puro e simples. Não vou tentar representar isso aí como nada mais legal que isso, nem mais perigoso. E vou admitir o risco de parecer mercenário porque a morfologia prototípica da Cruncher que ela era já era evidente de cara, dava para ver do outro lado do palco da banda e ditou os termos da aproximação e da tática do convite em si, deixou a coisa toda quase criminosamente fácil. Metade das mulheres... é uma tipologia menos incomum entre garotas educadas por aqui do que se pode imaginar. Você não vai querer saber que tipo de festival, nem por que nós três estávamos lá, pode crer. De um ponto de vista político confesso que eu a classificava estritamente como um objetivo de uma noite só e que meu interesse nela era quase inteiramente devido ao fato de ela ser bonita. Sexualmente atraente, sexy. Tinha um corpo fenomenal, mesmo debaixo do poncho. Foi o corpo dela que me atraiu. O rosto era um pouco estranho. Não caseiro, excêntrico. A avaliação do Tad foi que ela parecia uma garota sexy mesmo. Mesmo assim, não me defendo da acusação de que quando a vi em cima do cobertor no concerto pulei carnivoramente em cima dela abertamente com o objetivo de uma noite só. E tendo já tido experiência com o gênero Cruncher antes disso, a condição de uma noite só devia-se principalmente ao quanto era horrendamente inimaginável ter de *conversar* com uma partidária da New Age por mais de uma noite. Independente de você aprovar ou não acho que podemos concluir que você entende."

P.

"Aquela coisa *fofinha* de 'no fundo a vida não é mais que um coelhinho bonitinho' que elas têm que torna tão extremamente difícil levar essas meninas a sério ou não acabar sentindo que você está explorando elas de algum jeito."

P.

"Fofice, burrice, flacidez intelectual ou uma ingenuidade um pouco pretensiosa. Escolha o que ofende menos. E, claro, não se preocupe, tenho plena consciência de como soa isto tudo e posso imaginar os julgamentos que você está fazendo por causa do jeito como estou caracterizando o que me atraiu para ela, mas se tenho mesmo de explicar isto para você como solicitado então não tenho escolha senão ser brutalmente sincero em vez de respeitar as pseudossensíveis amenidades de eufemismo sobre a maneira como um homem razoavelmente experiente, educado, vai avaliar uma garota excepcionalmente bonita cuja filosofia de vida é fofinha e desconsiderada e se é para falar mesmo pra valer um tanto desprezível. Vou lhe fazer o elogio de não fingir que estou me preocupando de você estar entendendo o que estou dizendo sobre a dificuldade de não sentir impaciência e mesmo desprezo... a hipocrisia, a tosca autocontradição, o jeito como você sabe de cara que vai encarar os entusiasmos de praxe pela floresta tropical, pela coruja malhada, pela meditação criativa, pela psicologia do bem-estar, pela macrobiótica e a desconfiança radical pelo que consideram autoridade sem evidentemente nem parar para pensar no rígido autoritarismo implícito na rígida uniformidade do entre aspas uniforme não conformista, no vocabulário, nas atitudes. Na posição de alguém que passou pela faculdade e agora já está há dois anos na pós-graduação tenho de confessar uma distância quase... esses meninos ricos de jeans rasgado cujo jeito de protestar contra o apartheid foi boicotar a maconha sul-africana. Silverglade chama essa gente de Cativo Interior. A ingenuidade arrogante, a condescendência na entre aspas compaixão que sentem por aqueles que estão entre aspas presos ou escravos das escolhas do estilo de vida ortodoxo americano. E por aí vai. O fato de os Cativos Interiores nunca considerarem que é a probidade e economia do re... não ocorre a eles que eles próprios transformaram a eles próprios no destilado de toda a cultura que ridicularizam e contra a qual se declaram, o narcisismo, o materialismo, a complacência e a conformidade inconsciente — nem a ironia de que a risonha teleologia dessa entre aspas iminente New Age é exatamente o mesmo deslize permissivo que foi o *Manifest Destiny*, ou o Reich, ou a dialética do proletariado, ou a Revolução Cultural — tudo a mesma coisa. E nem ocorre a eles nunca que a certeza de que são diferentes é o que faz eles serem iguais."

P.

"Você ficaria surpreso."

P.

"Tudo bem e o quase desprezo aqui na maneira como você pode ir chegando e se abaixar perto da manta para puxar conversa, brincar com a franja da manta e com a maior facilidade criar uma sensação de afinidade, de identificação que permite que você ganhe a menina e de alguma forma até sinta culpa de ser tão fácil fazer a conversa rolar para uma sensação de identificação, como você se sente explorador quando é tão fácil conseguir que esse tipo de garota veja você como uma alma gêmea — você quase sabe o que vai ser dito em seguida sem ela nem ter de abrir aquela boca linda. Tad disse que ela era uma espécie de peça de pseudoarte em branco, perfeita, que você sente vontade de comprar para poder levar para casa e dest..."

P.

"Não, absolutamente, porque estou tentando explicar que a tipologia aqui ditou a tática do que pareceu ser uma mistura de confissão envergonhada e candura brutal. No momento que o clima de conversa íntima tinha sido estabelecido para fazer uma entre aspas confissão parece até remotamente plausível que eu tenha desenrolado uma expressão sensível-traço-dolorida e aspas confessado que na verdade eu não estava só passando pela manta dela e tinha até sentido, mesmo a gente não se conhecendo, uma misteriosa, mas inelutável urgência de me aproximar e dizer Oi, mas não algo nela que tornava totalmente impossível desenvolver qualquer coisa menos que total sinceridade me forçou agora a confessar que eu tinha de fato deliberadamente me aproximado da manta dela e puxado conversa porque eu a tinha visto lá do outro lado do palco da banda e sentido uma energia sensual misteriosa, mas inelutável parecendo emanar do próprio ser dela e tinha sido inevitavelmente atraído por isso e me aproximado, me apresentado e começado uma conversa com ela porque queria entrar em contato e fazer um amor mutuamente enriquecedor e especial com ela e sentia vergonha de admitir esse desejo natural, então tinha enrolado no começo ao explicar minha aproximação, se bem que agora uma misteriosa gentileza e generosidade de alma que eu intuía nela agora me permitiam me sentir sereno o suficiente para confessar que eu antes tinha enrolado. Note a mistura retórica específica de dicção infantil como *Oi* e *enrolar* ao lado de flácidas abstrações como *enriquecedor*, *energia* e *sereno*. Essa é a *lingua franca* dos Cativos Interiores. Na verdade, eu tinha gostado mesmo dela, descobri, como indivíduo... a expressão divertida dela durante toda a conversa tornou difícil não retribuir o sorriso e uma necessidade involuntária de sorrir é um dos melhores sentimentos que existem, não? Reabastecer? É hora de reabastecer, certo?"

P. ...

"É e essa experiência anterior tinha ensinado que a garota Granola Cruncher tende a se definir em oposição àquilo que ela qualifica como atitudes desconsideradas e hipócritas das aspas mulheres burguesas e é assim essencialmente impossível de ofender, rejeita todo o conceito de decoro e insulto, vê a chamada honestidade mesmo do tipo mais brutal ou repelente como prova de sinceridade e respeito, caindo na, aspas, real, a impressão de que você respeita a individualidade dela demais para incomodá-la com ficções implausíveis e deixar energias e desejos naturais muito básicos incomunicados. Sem falar... para deixar sua própria indignação e incômodo completos, tenho certeza... que mulheres extremamente bonitas, fora de série de quase todos os tipos têm, na minha experiência, tendem todas a ter uma obsessão uniforme com essa ideia de *respeito* e farão quase qualquer coisa em qualquer lugar para qualquer sujeito que fornecer a elas uma sensação suficiente de serem profunda e totalmente respeitadas. Não creio que eu precise apontar que isso nada mais é que uma variante feminina particular da necessidade psicológica de acreditar que os outros levam você tão a sério quanto você se leva a sério. Não há nada particularmente errado com isso, no que diz respeito a necessidades psicológicas, mas é claro que é preciso lembrar que uma necessidade profunda de qualquer coisa vinda de outras pessoas faz de nós vítimas fáceis. Posso dizer pela sua expressão o que *você* acha de candura brutal. O fato é que ela tinha um corpo que o meu corpo achava sexualmente atraente e queria ter relação com ele e realmente não era nada mais nobre nem complicado que isso. E devo acrescentar que ela realmente acabou se revelando saída direto do Elenco Central da Granola Cruncher. Tinha algum tipo de ódio monomaníaco pela indústria madeireira americana e professava ser membro de uma daquelas religiões cheias de apóstrofes do Oriente Próximo que desafio qualquer um a pronunciar direito e acreditava firmemente que as vitaminas e minerais em suspensão coloidal tinham mais valor do que na forma de comprimidos etecétera e então, depois que uma coisa foi tranquilamente levada a outra de minha parte, lá estava ela em meu apartamento e tínhamos feito o que eu tinha sentido vontade de fazer com ela, havíamos trocado os cumprimentos e elogios horizontais de praxe, ela começou a falar das posições de sua obscura seita levantina em relação a campos de energia, almas e ligação entre almas por intermédio do que chamava a toda hora de aspas foco e usando a, bom, a própria palavra aspas começada com A diversas vezes sem ironia e nem mesmo nenhum sinal evidente de que essa palavra, através de um tático excesso de uso, havia se tornado banal e exige aspas invisíveis em torno dela agora, no mínimo e acho que devo lhe dizer que estava planejando desde o começo dar a ela o número falso especial quando trocamos números de telefone de manhã, coisa que apenas uma muito pequena e cínica minoria sempre quer. Trocar números de telefone. O tio-avô ou os avós ou alguma coisa de um cara do grupo de delito civil do Tad têm uma casa de veraneio nos arredores de Milford e nunca vão lá, com um telefone, sem secretária nem serviço de atendimento, então quando alguém para quem você deu o número especial telefona para o número especial, simplesmente fica tocando, tocando, então durante vários dias geralmente não fica evidente para a garota que o que você deu para ela não é o seu número de verdade e durante alguns dias permite que ela imagine que talvez você simplesmente esteja extremamente ocupado e indisponível e que talvez por isso também você não tenha telefonado para ela. O que evita a possibilidade de ferir sentimentos e é, portanto, admito, uma coisa boa, embora eu possa bem imag..."

P.

"O tipo de garota gloriosa que tem beijo com gosto de bebida quando ela não tem nenhuma bebida para beber. Cassis, amora, bala de goma, tudo vaporoso e macio. Abre aspas fecha aspas."

P. ...

"É e então no episódio lá está ela, alegremente pedindo carona numa estrada interestadual e naquele dia em especial um sujeito no carro que para quase no mesmo momento em que ela mostra o polegar acontece de... ela disse que sabia que tinha cometido um erro no momento em que entrou. No carro. Só pelo que ela chamou de campo de energia dentro do carro, ela disse, e que a alma dela ficou tomada de medo no momento em que ela entrou. E, evidentemente, o sujeito no carro logo sai da rodovia e entra em uma espécie de área isolada, que parece ser o que os criminosos sexuais psicóticos sempre fazem, você está sempre lendo *área isolada* em todos os relatos de aspas *ataques sexuais violentos* e *horripilantes descobertas* de *restos mortais não identificados* por algum grupo de escoteiros ou botânico amador etecétera, conhecimento comum que pode ter certeza de que ela estava repassando na cabeça, horrorizada, enquanto o sujeito ficava cada vez mais assustador e psicótico mesmo ainda na interestadual e aí logo saiu para a primeira área isolada que encontrou."

P.

"A explicação dela foi que ela não sentiu de fato o campo de energia psicótica até fechar a porta do carro e estarem rodando, quando já era tarde demais. Ela não foi melodramática a respeito, mas se descreveu como literalmente paralisada de terror. Se bem que você possa estar pensando, como eu pensei, quando a gente ouve casos como esse, por que a vítima simplesmente não pula fora do carro no minuto que o sujeito começa a sorrir feito um maníaco ou agir estranho ou contar casualmente o quanto ele odeia a mãe e sonha violentar a mãe com lixadeira aprovada pela LPGA e depois esfaqueá-la 106 vezes etecétera. Mas aí ela apontou que a perspectiva de saltar de um carro em movimento e atingir o asfalto a noventa quilômetros por hora era... no mínimo você quebra uma perna ou algo assim e depois, quando está tentando se arrastar para o matagal da beira da estrada claro que nada impede o cara de virar e voltar para te pegar, o que além disso não vamos esquecer que ele agora vai estar ainda mais furioso pela rejeição implícita no fato de você preferir se jogar no macadame a 90 km/h em vez de ficar na companhia dele, uma vez que esses maníacos sexuais psicóticos têm uma tolerância à rejeição sabidamente baixa e tal."

P.

"Alguma coisa no aspecto dele, os olhos, o aspas campo de energia no carro — ela disse que percebeu instantaneamente no fundo de sua alma que a intenção do cara era de estuprar brutalmente, torturar e matar, ela disse. E eu acredito nela aí, que se pode intuitivamente captar o epifenômeno do perigo, sentir a psicose pelo aspecto de uma pessoa... não precisa acreditar em campos de energia, nem em ESP [*Extra Sensory Perception* — Percepção Extrassensorial] para aceitar uma intuição mortal. Nem vou tentar começar a descrever a aparência dela enquanto contava a história, revivendo, ela nua, com o cabelo caído nas costas, sentada meditativamente de pernas cruzadas no meio da desarrumação da cama, fumando Merits Ultralight dos quais retira o filtro porque diz que são cheios de aditivos e perigosos — perigosos enquanto ela está sentada ali *acendendo um no outro,* o que era tão patentemente irracional que eu não conseguia... é e algum tipo de bolha no tendão de Aquiles dela, por causa da sandália, com a parte de cima do corpo inclinada para acompanhar a oscilação do ventilador, ela então entrando e saindo de uma nesga de luar cujo ângulo de incidência se altera à medida que a lua sobe e atravessa a janela — só posso te dizer é que ela estava sozinha. As solas dos pés sujas, quase pretas. A lua tão cheia que parecia ingurgitada. E o cabelo comprido todo espalhado, mais que... cabelo bonito, brilhante, que faz a gente entender por que as mulheres usam condicionador. O parceiro de Tad, Silverglade, me dizendo que parece que ela é que nasceu do cabelo e não o contrário e perguntando quanto tempo dura o cio na espécie dela e ri ho ho. Minha memória é mais verbal que visual, acho. Fica no sexto andar e meu quarto fica abafado, ela tratou o ventilador como se fosse água gelada e fechou os olhos quando soprou em cima dela. E quando o cara psicótico em questão sai para uma área isolada e finalmente sai fora e declara qual a verdadeira intenção dele... aparentemente detalhando certos planos, procedimentos e implementos específicos... ela não fica nem um pouco surpresa, disse que sabia o tipo de energia de alma hediondamente distorcida que tinha captado dentro do carro, o tipo de psicótico impiedoso e implacável que ele era e o tipo de interação para o qual estavam se encaminhando nessa área isolada, concluindo que ela ia virar apenas mais uma horripilante descoberta de algum botânico amador uns dias adiante, a menos que conseguisse focalizar sua vontade no tipo de ligação anímica profunda que tornasse difícil o cara matá-la. Foram essas as palavras dela, esse o tipo de terminologia pseudoabstrata que ela... e ao mesmo tempo eu estava agora tão cativado pelo episódio que simplesmente aceitei a terminologia como um tipo de língua estrangeira sem tentar julgar nem pedir esclarecimentos, simplesmente resolvi supor que *foco* era o eufemismo para oração na obscura religião dela e que numa situação desesperada como essa quem estaria realmente em condição de julgar o que seria uma reação sadia ao tipo de choque e terror que ela devia estar sentido, quem poderia dizer com qualquer certeza que a oração não seria apropriada. Trincheiras, ateus e etc. O que eu lembro melhor é que nesse momento, pela primeira vez, não estava mais sendo tanto esforço ouvir o que ela dizia... ela tinha uma capacidade inesperada de contar de uma tal forma que deslocava a atenção dela e focalizava o máximo de atenção no episódio em si. Devo confessar que foi a primeira vez que achei que ela não era nem um pouquinho chata. Aceita mais uma?"

P.

"Que ela não era melodramática a respeito da coisa, do episódio, enquanto contava, sem fingir uma calma antinatural do jeito que algumas pessoas fingem um controle antinatural quando estão narrando um incidente que tem por finalidade realçar a dramaticidade da história e/ou fazer com que pareçam indiferentes e sofisticadas, sendo que uma coisa ou outra são sempre a parte mais chata de se ouvir no jeito como certo tipo de mulher bonita estrutura uma história ou um episódio... que elas estão acostumadas a um alto grau de atenção e precisam se sentir no controle, sempre tentando controlar precisamente o tipo e o grau da sua atenção em vez de simplesmente confiar que você está prestando o devido grau de atenção. Tenho certeza de que você mesmo já notou isso em mulher muito bonita, que quando se presta atenção nelas elas imediatamente começam a fazer pose, mesmo que a pose delas seja a indiferença com que tentam se mostrar como mulheres que não fazem pose. A coisa fica chata bem depressa. Mas ela era, ou parecia, estranhamente desprovida de pose para alguém tão atraente e com essa história dramática para contar. Me pegou, ouvir ela contando. Ela parecia realmente sem pose enquanto contava, aberta a atenção, mas não exigente — nem desdenhosa de atenção, nem fingindo desdém ou desprezo, que eu detesto. Algumas mulheres bonitas, alguma coisa errada com a voz, guinchada ou sem inflexão ou risada de metralhadora e você foge horrorizado. A voz dela falando é de soprano neutro sem guinchar, sem arrastar nos Os nem aquele vago ar de gemido anasalado que... também abençoadamente econômica nos *tipo* e *entende?* que faz você morder a língua com esse tipo. Ela não dava risadinhas também. A risada dela era completamente adulta, cheia, gostosa de ouvir. E que essa foi a minha primeira pista de tristeza ou melancolia, enquanto ouvia com atenção crescente o episódio, que as qualidades que eu me via admirando na narração que ela fazia do episódio eram as mesmas qualidades que eu desdenhava nela quando me aproximei dela no parque."

P.

"A principal — e digo isso sem ironia — era que ela parecia, aspas, *sincera* de um jeito que podia, de fato, ser ingenuidade arrogante, mas que mesmo assim era atraente e muito poderoso no contexto de ouvir sobre o seu encontro com o psicopata, na medida em que achei que me ajudava a focalizar quase totalmente no episódio em si e assim me ajudava a imaginar de um jeito quase aterrorizador, vívido, realista, como devia ter sido para ela, para qualquer um, se ver por nada além de uma coincidência entrando em uma área isolada de bosque na companhia de um homem sombrio de macacão que diz que ele é a sua morte encarnada e que alterna risadas de alegria psicótica com desvarios, parecendo ter sua primeira onda de satisfações ao cantar de um jeito horripilante os vários implementos agudos que tem no porta-malas do Cutlass, contando em detalhes o que fez com cada uma delas nas outras e agora planeja em requintados detalhes fazer com você. Foi como um tributo a... à estranha sinceridade não afetada dela que me vi ouvindo expressões como *o medo agarrando minha alma*, fecha aspas, cada vez menos como clichês de televisão ou melodrama e sim como tentativas sinceras, se não particularmente artísticas, de descrever como deve ter sido, a sensação de choque e irrealidade se alternando com ondas de puro terror, a simples *violência* emocional dessa dimensão de medo, a tentação de se retirar na catatonia, no choque, no delírio... ceder à sedução da ideia, indo mais fundo na área isolada, de que deve haver algum erro, que alguma coisa tão simples e eventual como entrar em um Cutlass marrom 1987 com escapamento ruim que foi por acaso o primeiro carro a parar no acostamento de uma interestadual qualquer não podia resultar na morte não de alguma outra pessoa abstrata, mas na sua própria morte pessoal e nas mãos de alguém cujas razões não têm absolutamente nada a ver com você, nem com o conteúdo do seu caráter, como se tudo o que lhe disseram sobre a relação entre caráter, intenção e resultado fosse uma absurda ficção do começo ao..."

P.

"...ao fim, que você sente se alternar a histeria e a dissociação, lutando pela vida como se fosse nas trincheiras ou simplesmente apagar numa catatonia e se recolher ao ronco dentro da sua cabeça da ideia ramificante de que a sua vida aparentemente randômica, um tanto flácida e autoindulgente, mas mesmo assim comparativamente inocente estava de alguma forma ligada o tempo todo a uma corrente terminal que de alguma forma se justificou ou de alguma forma se ligou, causativamente, para levar você inevitavelmente a esse ponto terminal irreal, que o aspas *ponto* da sua vida, o seu por assim dizer ponto afiado ou final e que clichês como *o medo me dominou* ou *isto é uma coisa que só acontece com os outros* ou mesmo *momento da verdade* agora assume uma horrenda ressonância e vitalidade neural quando..."

P.

"Não de... só ser deixada narrativamente sozinha na autossuficiência do seu aspecto narrativo para considerar o quanto você estaria *apavorada* em nível de criança, o quanto você detestaria e desprezaria esse merda doente e deturpado ao seu lado falando loucuras que você mataria sem hesitação se pudesse, mas ao mesmo tempo sentindo involuntariamente o maior respeito, quase uma deferência... o simples *poder* ativo de alguém que é capaz de fazer você sentir esse medo, que pode levar você a esse ponto simplesmente desejando isso e que agora pode, se quiser, fazer você ir além disso, além de si própria, de transformar você em uma *horripilante descoberta, violento assassinato sexual* e a sensação de que você faria absolutamente qualquer coisa, diria ou daria qualquer coisa para convencê-lo simplesmente a ficar com o estupro e deixar você ir embora, ou mesmo torturar, disposto até a colocar na barganha um pouquinho de tortura não mortal se ele concordar em machucar você e depois escolher por qualquer razão pegar o carro, ir embora e deixar você machucada e respirando no mato, soluçando para o céu e traumatizada além de qualquer possibilidade de recuperação em vez de *um nada*, é, sim, um clichê, mas será que isso é *tudo? isso é o fim?* e nas mãos de alguém que provavelmente nem terminou a Escola Secundária de Trabalhos Manuais e não tinha nada semelhante a uma alma reconhecível ou capacidade de empatia com ninguém mais, uma feia força cega como a gravidade ou como um cachorro louco e no entanto era ele que queria que aquilo acontecesse e que possuía o poder e decerto os instrumentos para fazer aquilo acontecer, instrumentos que ele enumera em uma enlouquecedora cantilena sobre facas, esposas, foices, bonecas, furadores, enxós, picaretas e outros implementos cujos nomes ela não reconheceu, mas mesmo assim *soavam* como se..."

P.

"É e um bom pedaço da parte do meio do episódio, a aceleração da ação, detalhava essa luta interior entre entregar-se ao medo histérico e manter o controle para focalizar a concentração dela na situação e inventar alguma coisa engenhosa e convincente para dizer ao psicótico sexual enquanto ele vai indo mais para dentro da área isolada olhando sinistramente em torno à procura de um lugar propício e ficando cada vez mais abertamente perturbado e psicótico alternando sorriso, desvario, invocação a Deus e à memória de sua mãe brutalmente assassinada, agarrado com tanta força à direção do Cutlass que seus dedos estavam cinzentos."

P.

"Isso mesmo, o psicopata é mulato, sim, embora com nariz aquilino e feições quase femininas de tão delicadas, um fato que ela omitiu ou escondeu por um bom trecho do episódio. Ela disse que não tinha lhe parecido tão importante. No clima de hoje ninguém iria fazer uma crítica muito dura à ideia de alguém com um corpo daqueles entrar num automóvel estranho com um mulato. De certa forma é preciso aplaudir a abertura de cabeça. No momento do episódio eu nem notei realmente que ela tinha omitido o detalhe étnico durante tanto tempo, mas existe aí algo a ser aplaudido também, você há de concordar, mesmo que você..."

P.

"A questão crucial é que apesar do terror ela de alguma forma é capaz de pensar depressa e pensa tudo e determina que sua única chance de sobreviver a esse encontro é estabelecer uma aspas conexão com a aspas alma do psicopata sexual enquanto ele vai indo cada vez mais longe na área isolada arborizada procurando o lugar certo para estacionar e brutalmente partir para cima dela. Que o objetivo dela é focalizar muito intensamente o mulato psicótico como uma pessoa dotada de alma e com todo o direito de ser bonita mesmo que atormentada em vez de meramente uma ameaça a ela ou uma força do mal ou a encarnação de sua morte pessoal. Tente colocar entre parênteses qualquer pieguice New Age na terminologia e focalize na estratégia tática em si se puder porque eu sei muito bem que o que ela está para descrever não é nada mais que uma variante do embolorado lugar-comum de O Amor Tudo Vence, mas por enquanto coloque entre parênteses qualquer desprezo que você possa sentir e tente ver as ramificações mais concretas de... nessa situação em termos do que ela tem a coragem e aparente convicção de realmente tentar ali, porque ela diz que acredita que amor e foco suficientes são capazes de penetrar até a psicose e o mal e estabelecer uma aspas conexão de alma, fecha aspas, e que se o mulato pode ser levado a sentir um mínimo que seja dessa conexão de alma existe alguma chance de ele não ser capaz de ir até o fim com o assassinato dela. O que é, claro, em um nível psicológico, não de todo implausível, uma vez que psicopatas sexuais são bem conhecidos por despersonalizar suas vítimas e equipará-las a objetos ou bonecas, o que quase sempre é a explicação que dão para serem capazes de infligir brutalidade tão inimaginável a um ser humano, especificamente que eles não veem as vítimas como seres humanos absolutamente, mas simplesmente como objetos das necessidades e intenções do psicopata. E no entanto amor e empatia desse tipo de magnitude de conexão exigem entre aspas foco total, disse ela, e o terror dela e a preocupação, totalmente compreensível, consigo mesma estavam nesse ponto para dizer o mínimo perturbados ao extremo, então ela se deu conta de que estava diante da batalha mais difícil e importante da vida dela, ela disse, uma batalha que tinha de ser assumida completamente dentro dela mesma e das capacidades de sua própria alma, ideia essa que nesse momento achei extremamente interessante e cativante, principalmente porque ela é tão sem afetação e aparentemente sincera quando *a batalha pela vida de alguém* é uma indicação tão gritante de melodrama e manipulação do ouvinte, tentando fazer com que ele sente na beira da cadeira e tal."

P.

"Observo com interesse que você agora está me interrompendo para fazer exatamente as mesmas perguntas com que eu a interrompia, o que é precisamente o tipo de convergência de..."

P.

"Ela disse que o melhor jeito de descrever foco para uma pessoa que não passou por aquilo que aparentemente constituía uma série de lições e exercícios concentrados e demorados de sua seita era conceber o foco como intensa concentração muito aguda e intensificada até um único ponto, visualizar uma espécie de agulha de atenção concentrada cuja extrema finura e fragilidade eram também, claro, sua capacidade de penetrar e que a exigência de excluir toda preocupação externa e manter a agulha finamente focalizada e precisamente dirigida era extrema mesmo na melhor das condições, coisa que essa situação aterrorizante evidentemente não era."

P.

"Então, no carro, sob o que, não vamos esquecer, é agora uma enorme tensão e pressão, ela se concentra. Olha diretamente dentro do olho direito do psicopata sexual — o olho que está acessível a ela em seu perfil aquilino enquanto ele dirige o Cutlass — e se concentra para manter o olhar diretamente em cima dele a todos os momentos. Ela se concentra para não chorar, nem implorar, mas meramente usar seu foco penetrante na tentativa de sentir e simpatizar com a psicose, a raiva, o terror e o tormento psíquico do tarado sexual, e diz que visualiza seu foco perfurando o véu de psicose do mulato e penetrando diversas camadas de raiva, terror, ilusão para tocar a beleza e a nobreza da alma humana genérica por baixo de toda psicose, forçando uma conexão nascente, baseada na compaixão entre as almas deles dois, e ela focaliza o perfil do mulato muito intensamente e diz para ele o que viu na alma dele, que ela insiste era a verdade. Era a batalha máxima da vida dela, disse e com todo o, nessas circunstâncias, perfeitamente compreensível terror e repulsa do criminoso sexual que ameaçava diluir seu foco e romper a conexão. Mas ao mesmo tempo os efeitos do foco dela na cara do psicótico estavam ficando óbvios — quando ela conseguiu manter o foco e penetrar dentro dele e manter a conexão de alma o mulato à direção foi gradualmente parando de falar loucuras e ficando tensamente silencioso, como se estivesse preocupado, e o perfil direito dele se tensionou e endureceu hipertonicamente e o olho direito morto encheu-se de ansiedade e conflito ao sentir o delicado início do tipo de conexão com outra alma que ele havia sempre desejado e sempre temido também no fundo da sua psique, claro."

P.

"Só que é amplamente reconhecido que uma razão primária para o protótipo do assassino sexual estuprar e matar é que ele vê o estupro e o assassinato como o único meio viável de estabelecer algum tipo de conexão significativa com sua vítima. Que isso é uma necessidade humana básica. Quero dizer uma espécie de conexão, claro. Mas também assustadora e facilmente suscetível de ilusão e psicose. É a maneira tortuosa de ele ter uma, aspas, relação. Ele tem terror das relações convencionais. Mas com uma vítima, estuprando, torturando e matando, o psicótico sexual é capaz de forjar uma espécie de entre aspas conexão pela via da sua capacidade de fazer ela sentir medo e dor intensos, enquanto sua exultante sensação de completo controle divinal sobre ela — o que ela sente, se ela sente, respira, vive — isso permite a ele certa margem de segurança na relação."

P.

"Simplesmente que isso é o que de início pareceu de alguma forma engenhoso na tática da garota, por mais bobos que sejam os termos — que se dirigia à fraqueza íntima do psicótico, à sua grotesca *timidez* por assim dizer, o terror de que qualquer conexão convencional, que exponha a alma a outro ser humano, ameaçará engolfá-lo ou/e obliterá-lo, em outras palavras que *ele* se transformaria na vítima. Que na cosmologia dele é comer ou ser comido — meu Deus, que solidão, você sente? —, mas que o controle bruto que ele e seu implemento agudo mantêm sobre a própria vida e morte dela permitem ao mulato sentir que aqui ele está cem por cento no controle da relação e assim que a conexão que ele tão desesperadamente deseja não irá expô-lo, engolfá-lo ou obliterá-lo. Nem é isso tão substantivamente diferente de um homem avaliando uma garota atraente, se aproximando dela, artisticamente desenrolando a retórica certa, apertando os botões certos para induzi-la a ir para casa com ele, sem dizer nada nem tocá-la de nenhuma forma que não seja inteiramente gentil, agradável e aparentemente respeitosa, levando-a gentil e respeitosamente para a sua cama de lençóis de cetim e à luz do luar fazendo um amor especial e atento com ela, fazendo ela gozar muitas vezes, até ela aspas pedir para parar e estar inteiramente sob o controle emocional dele e sentir que ela e ele devem estar profunda e indissociavelmente conectados nessa noite para ter sido assim tão perfeito, mutuamente respeitoso, satisfatório e então acendendo os cigarros dela e se envolvendo em uma ou duas horas de bate-papo pós-coito pseudoíntimo na cama desarrumada dela e aparentemente muito próximos e contentes quando o que ele realmente quer é estar em algum lugar absolutamente antípoda de onde ela estiver de agora em diante e está pensando como dar para ela o número de um telefone desligado e nunca mais entrar em contato com ela de novo. E que uma parte absolutamente óbvia da razão para o comportamento frio, mercenário e talvez um tanto vitimizado dele seja que a potencial profundidade da própria conexão que ele trabalhou tanto para fazer ela sentir o aterrorize. Sei que não estou lhe dizendo nada que você já não tenha resolvido que sabe. Com seu sorrisinho gelado. Não é só você que consegue ler as pessoas, sabe. Ele é um bobo porque pensa que fez ela de boba, você está pensando. Como se ele tivesse conseguido se safar com alguma coisa. O macho saturossáurio sibarita heterosapiens, o tipo que vocês queimadoras de sutiãs catameniais de cabelos curtos conseguem ver chegando a um quilômetro. É patético. Ele é um predador, vocês acreditam e ele também pensa que é um predador, mas *ele* é que está realmente assustado, *ele* é que está fugindo."

P.

"Estou convidando você a pensar que não é a *motivação* que é a parte psicótica. A permuta é simplesmente a permuta psicótica de trocar estupro, assassinato e terror abalador por um ato sexual especial e dar um número falso cuja falsidade não é tão imediatamente evidente que seja necessário ferir os sentimentos de alguém e causar desconforto."

P.

"E por favor saiba que estou bem familiarizado com a tipologia por trás dessas suaves expressõezinhas suas, as perguntinhas neutras. Sei o que é um excurso e sei o que é humor cáustico. Não pense que está tirando de mim coisas ou admissões de que eu não tenha consciência. Só considere a possibilidade de que eu entendo mais do que você pensa. Mas se você quiser mais uma eu pago outra para você, não tem problema."

P.

"Tudo bem. Mais uma, devagar. Que literalmente matar em vez de meramente correr é o jeito que o assassino tem psicoticamente de resolver literalmente o conflito entre sua necessidade de conexão e seu terror de ser, de alguma forma, conectado. Especialmente, é, a uma mulher, conectar a uma mulher que a vasta maioria dos psicóticos sexuais detesta e teme, muitas vezes devido a relações distorcidas com a mãe em criança. O assassino sexual psicótico muitas vezes está assim então aspas matando simbolicamente a mãe, que ele odeia e teme, mas é claro que não pode matar literalmente, porque ainda está preso à crença infantil de que sem o amor dela ele de alguma forma morrerá. A relação do psicótico com ela é ao mesmo tempo de ódio aterrorizado, de terror e de carência desesperada. Ele acha esse conflito insuportável e deve assim simbolicamente resolver esse conflito através de crimes sexuais psicóticos."

P.

"A fala dela tinha pouco ou nenhum... ela parecia simplesmente relatar o que havia acontecido sem comentar para um lado ou outro, sem reagir. Embora não estivesse nem dissociada nem monótona. Havia uma ausência de ingenui... uma equanimidade nela, uma sensação de estar em si mesma, ou um tipo de ausência de artifício que parecia, parece, que é como se fosse uma concentração intensa. Isso eu havia notado no parque logo que a vi, cheguei e me abaixei ao lado dela, uma vez que um alto grau de atenção não consciente de si mesma e de concentração não é exatamente uma coisa que se encontre normalmente em uma bela Granola Cruncher sentada em cima de uma manta de lã com as..."

P.

"Bom, mesmo assim, porém, não é exatamente o que se chamaria de esotérico, não é?, já que está muito no ar, é conhecimento comum sobre a conexão da infância com crimes sexuais adultos na cultura popular de hoje em dia. É só ligar no jornal, pelo amor de Deus. Não precisa ser um Von Braun para conectar problemas de conexão com mulheres com problemas em uma relação de infância com a mãe. Está tudo no ar."

P.

"Que foi um esforço titânico, ela disse, dentro do Cutlass, entrando cada vez mais na área isolada, porque sempre que por um momento o terror levava a melhor com ela ou, por alguma razão, ela perdia a intensidade do foco no mulato, mesmo que fosse só por um momento, o efeito da conexão ficava obviam... o perfil dele relaxava num sorriso, o olho direito ficava de novo vazio e morto enquanto ele recrudescia e começava mais uma vez a entoar psicoticamente a lista de implementos no porta-malas e o que estava reservando para ela assim que achasse o ponto isolado ideal e ela era capaz de dizer que na oscilação da conexão de alma ele revertia automaticamente para a resolução dos conflitos de conexão do único jeito que conhecia. E me lembro claramente dela dizendo que nessa altura, sempre que ela sucumbia e perdia o foco por um momento e o olho e o rosto dele revertiam para aquele horripilante júbilo psicótico sem conflitos, ela se surpreendia de se ver se sentindo não mais paralisada de terror pelo próprio destino, mas com uma tristeza quase dolorosa por ele, o mulato psicótico. E então mais ou menos nesse ponto da história que eu estava ouvindo, ainda nu na cama, que comecei a admitir para mim mesmo que aquilo não só era uma excepcional conversa pós-coito, como aquela era, de certa forma, uma mulher bastante especial e que eu estava um pouco triste ou melancólico por não haver notado esse tipo de excepcionalidade nela quando me senti atraído por ela no parque. Isso foi quando o mulato encontrou um lugar que atende ao seu critério e estacionou triturando as pedras ao lado da estrada da área isolada e pede a ela, num tom meio de desculpa ou ambivalente, ao que parece, para descer do Cutlass e deitar de bruços no chão e colocar as mãos atrás da cabeça na posição das prisões da polícia e das execuções de gangues, uma posição bem conhecida evidentemente e escolhida, sem dúvida, por suas associações com a intenção de enfatizar ambas as ideias de dominação punitiva e morte violenta. Ela não hesita, nem implora. Resolveu faz tempo que não deve ceder à tentação de implorar, pedir, protestar, ou parecer resistir a ele de qualquer forma. Ela estava apostando todas as fichas nessa ideia aparentemente boba de conexão, nobreza, compaixão como componentes da alma mais fundamentais e primários que a psicose ou o mal. Observo que essas convicções parecem bem menos idiotas ou frouxas quando alguém parece estar disposto a colocar a vida em risco por elas. Isso foi enquanto ele manda ela deitar de bruços no chão e vai para o porta-malas para procurar na coleção de implementos de tortura. Ela diz que nessa hora conseguiu sentir com muita clareza que seus poderes conectivos de foco agudo estavam sendo auxiliados por recursos espirituais muito maiores que os dela, porque mesmo estando deitada de bruços, com o rosto e os olhos nos trevos ou no flox do cascalho ao lado do carro os olhos fechados com força podia sentir a conexão de alma ainda firme e até ficando mais forte entre ela e o mulato, pôde ouvir o conflito e a desorientação nos passos do maníaco sexual quando foi para o porta-malas do Cutlass. Ela estava experimentando toda uma nova profundidade de foco. Eu ouvi muito intensamente. Não era suspense. Deitada lá, desamparada e conectada, ela diz que os sentidos tinham adquirido a acuidade quase insuportável que associamos com drogas ou estados meditativos extremos. Podia distinguir os aromas de lilás e sorgo dos cheiros do flox e da tiririca, do mentolado aquoso do trevo acabado de crescer. Usando um colant *corbeau* por baixo de um vestido de cintura solta e aberto dos lados, um pulso cheio de pulseiras de cobre. Era capaz de separar o cheiro do cascalho em seu rosto do úmido solo de primavera abaixo do cascalho e distinguir a pressão e a forma de cada pedrinha de cascalho contra seu rosto e seus grandes seios através do colant, o ângulo do sol nas suas costas e o sopro ligeiro da brisa intermitente que vinha da esquerda para a direita por cima da leve camada de suor em seu pescoço. Em outras palavras, o que se poderia chamar quase de uma acentuação alucinatória de detalhes, da forma como em certos pesadelos lembramos a forma precisa de cada folha de grama do jardim de nosso pai no dia em que nossa mãe foi embora e levou você para morar com a irmã dela. Parece que muitas daquelas pulseiras baratas eram presentes. Ela conseguia escutar o tique-taque da ventoinha de refrigeração do carro, as abelhas, as moscas varejeiras e os grilos estridulando na linha de árvores à distância, revoluteando naquelas árvores a mesma brisa que sentia em suas costas, e pássaros... imagine a tentação de se desesperar ao som dos pássaros e dos insetos livres a uma distância de metros quando você está ali pronta para o colchete... de passos hesitantes e respiração entre o bater dos implementos cujas formas podiam ser visualizadas a partir dos sons que faziam batendo uns contra os outros quando manipulados por uma mão conflituada. O algodão da saia dela daquele algodão bem fininho não refinado que é quase igual a gaze."

P.

"É um gancho de açougueiro. Para pendurar pelas patas de trás e sangrar. É da palavra hindu para perna. Nunca ocorreu a ela levantar e tentar sair correndo. Certa porcentagem de psicóticos corta o tendão de Aquiles das vítimas para aleijar e impedir de fugir, talvez ele soubesse que não era preciso com ela, pudesse sentir que ela não estava resistindo, nem pensando em resistir, usando toda a energia e foco que ela tinha para sustentar a sensação de conexão com o desespero conflituado dele. Ela diz agora que sentiu terror, mas não o dela mesma. Podia ouvir o som do mulato finalmente tirando do porta-malas uma espécie de machete ou facão, depois um breve meio balanço quando ele tentou voltar pela lateral do Cutlass até onde ela estava de bruços e então ouviu o gemido e a escorregada de lado quando ele caiu de joelhos no cascalho ao lado do carro e passou mal. Vomitou. Já imaginou. Que *ele* começou a vomitar de terror. Ela diz que nessa hora alguma coisa tinha vindo em sua ajuda e que estava completamente focalizada. Que nessa hora ela era o próprio foco, tinha se fundido na conexão mesmo. A voz dela no escuro não tem inflexão sem ser indiferente — soa direta como um sino soa direto. Dá a sensação de que ela está de volta lá na beira da estrada. Uma espécie de escotoftalmia. Como no estado alterado de atenção realçada em que ela estava a tudo em torno ela diz que o trevo tem cheiro de menta fraca, o flox de feno cortado e ela sente que ela, o trevo, o flox, o verdor úmido debaixo do flox e o mulato vomitando no cascalho e mesmo o conteúdo do estômago dele são todos feitos precisamente da mesma coisa e estavam conectados por alguma coisa muito mais profunda e mais elementar do que aquilo que nós, na nossa limitação, chamamos de entre aspas amor, que do ponto de vista dela ela chama de conexão e que ela podia sentir o cara psicótico sentindo a verdade disso ao mesmo tempo que ela e podia sentir o pesado terror e o conflito infantil que essa sensação de conexão despertava na alma dele e afirmou de novo sem drama nem convencimento que ela também podia sentir esse terror, não dela, mas dele. Que quando ele veio até ela com o facão ou machete e uma faca de caça no cinto e agora com um tipo de desenho ou símbolo ritualístico como um samekh ou ômicron tremido desenhado na testa tenebrosa com o sangue ou o batom da vítima anterior e virou o corpo dela em posição supino pronta para o estupro em cima do cascalho ele estava chorando e mordendo o lábio inferior como uma criança assustada, fazendo uns barulhinhos. E que ela manteve os olhos firmes nos olhos dele quando ele levantou o poncho e a saia fina e cortou o colant e as roupas de baixo e a estuprou, coisa que, dada a espécie de clareza sensual surrealista que ela estava sentindo naquele estado de foco total, imagino como isso deve ter sido para ela, ser estuprada em cima do cascalho por um psicopata chorando com o cabo da faca que ele tem na cintura cutucando a cada movimento e o som das abelhas, dos passarinhos do bosque e o rumor distante da interestadual, a machete dele batendo com ruído surdo nas pedras a cada movimento, ela dizendo que não foi esforço nenhum abraçar o cara enquanto ele chorava e resmungava enquanto estuprava ela, fazer carinho na nuca dele e sussurrar pequenas sílabas consoladoras com uma voz maternal e confortadora. Nessa hora, descobri que mesmo estando intensamente focalizado na história dela, no estupro à beira da estrada, minha cabeça e minhas emoções estavam também girando e fazendo conexões e associações, por exemplo me ocorreu que esse comportamento dela durante o estupro era uma maneira não intencional mas taticamente engenhosa de, sob certo aspecto, impedir, ou transfigurar o estupro, transcender o ataque perverso ou violação, uma vez que se a mulher quando o estuprador vem para cima dela e monta nela brutalmente ela consegue de alguma forma escolher se *dar*, sinceramente, compassivamente, ela não pode ser realmente violada ou estuprada, não? Que por meio de algum truque de mágica da psique ela agora estava se entregando em vez de ser aspas tomada à força e que dessa maneira engenhosa, sem resistir de jeito nenhum, ela havia negado ao estuprador a capacidade de dominar e tomar. Não, a julgar pela sua expressão, não estou sugerindo que isso é o mesmo que se ela tivesse pedido pelo estupro ou resolvido que queria ser estuprada fecha aspas, isso não impede o estupro em si de ser um crime, não. Nem ela havia de forma alguma tencionado usar aquiescência ou compaixão como tática para esvaziar o estupro da sua força de violação, nem o foco e a conexão de alma em si como táticas para provocar nele conflito, dor e terror absoluto, de forma que em algum ponto durante o estupro transfigurado e sensualmente agudo, quando ela entendeu isso, viu os efeitos do foco e os resultados incríveis que a compaixão e a conexão estavam tendo na psicose e na alma dele e a dor que estavam de fato provocando nele, a coisa ficou complexa... a motivação dela havia sido apenas criar dificuldades para ele matá-la e romper a conexão de alma, não provocar agonia nele, de forma que no momento em que o foco compassivo dela abrangeu não só a alma dele mas o efeito do foco compassivo em si sobre essa alma ficou tudo dividido e duplamente complexo, um elemento de auto-consciência tinha sido introduzido e agora era em si um objeto de foco, como alguma espécie de difração ou regressão de auto-consciência e de consciência da autoconsciência. Ela não falou dessa divisão ou regressão em termos que não fossem emocionais. Mas estava continuando — a divisão. E eu estava experimentando a mesma coisa escutando. Em um nível minha atenção estava intensamente focalizada na voz e na história dela. Em outro nível eu... era como se na minha cabeça estivesse acontecendo um bazar de garagem. Ficava me lembrando de uma piada fraca que ouvi durante uma avaliação religiosa quando calouro que todos nós tínhamos de fazer como estudantes: o místico chega numa barraquinha de cachorro-quente e fala para o vendedor: Me dê um com tudo. Não era o tipo de divisão de atenção em que eu estava ao mesmo tempo ouvindo e não. Estava ouvindo tanto intelectual como emocionalmente. Eu... essa avaliação religiosa era popular porque o professor era muito animado, perfeito exemplo estereótipo da mentalidade dos anos 1960, várias vezes durante o semestre ele voltou ao ponto de que a distinção entre as ilusões psicóticas e certos tipos de iluminação religiosa era muito ligeira e esotérica e usava a analogia da lâmina de uma navalha afiada para demonstrar a espessura da linha que existia entre as duas, a psicose e a revelação e ao mesmo tempo eu estava me lembrando também em detalhes quase alucinatórios do concerto e festival ao ar livre daquela noite e das configurações das pessoas na grama, as mantas, o desfile de cantoras folclóricas lésbicas no palco com amplificação muito pobre, a própria configuração das nuvens no céu e a espuma na xícara de Tad e o cheiro de vários repelentes de insetos convencionais e não aerosol, o perfume de Silverglade, a comida do churrasco, as crianças queimadas de sol, que quando a vimos pela primeira vez ela estava sentada encolhida atrás e entre as pernas de um vendedor de kebab vegetariano ela estava comendo uma maçã de supermercado com a etiquetinha de preço do supermercado ainda colada na fruta e olhei para ela com uma espécie de afastamento divertido para ver se ela ia comer a etiqueta sem tirar. Ele levou um longo tempo para se aliviar e ela ficou abraçada nele, olhando para ele amorosamente o tempo todo. Se eu tivesse feito para ela uma pergunta direta do tipo se ela estava realmente *sentindo* amor pelo mulato que a estava estuprando ou se estava meramente *se conduzindo de uma maneira amorosa* ela teria olhado para mim sem expressão, sem fazer a menor ideia do que eu estava falando. Me lembro de chorar no cinema em filmes de animais quando era criança, mesmo quando alguns desses animais eram predadores e dificilmente o que você consideraria um personagem simpático. Num nível diferente, isso parecia ter ligação com a maneira como eu notei a indiferença dela com a higiene básica no festival comunitário e formei juízos e tirei conclusões com base apenas nisso. Do mesmo jeito que vejo você formando juízos com base na abertura das coisas que estou descrevendo e que impedem você de ouvir o resto que eu vou tentar descrever. É por influência dela que isso me deixa triste com você em vez de puto. E tudo isso estava acontecendo ao mesmo tempo. Eu me sentia cada vez mais triste. Fumei meu primeiro cigarro em dois anos. O luar tinha se deslocado dela para mim mas eu ainda conseguia ver o perfil dela. O círculo de fluido do tamanho de um pires no lençol havia secado e desaparecido. Você é o tipo de ouvinte para quem os retóricos inventaram o exórdio. Ela por baixo no cascalho sujeita o psicótico mulato ao bem conhecido Olhar Feminino. E ela descreve a expressão facial dele durante o estupro como a coisa mais dolorosa de todas. Que era menos expressão do que uma espécie de antiexpressão, vazia de tudo quando ela não premeditadamente o havia roubado da única maneira que ela havia encontrado para se conectar. Os olhos dele eram buracos no mundo. Ela sentiu seu coração quase partir, disse, quando se deu conta de que o foco e a conexão estavam causando muito mais dor no psicótico do que ele tinha causado a ela. Foi assim que ela descreveu a divisão — um buraco no mundo. Comecei no escuro do nosso quarto a sentir uma tristeza e um medo terríveis. Tive a sensação de que tinha havido muito mais emoção genuína e conexão naquele antiestupro que ela havia sofrido do que em qualquer momento do pretenso fazer amor que eu passava o tempo procurando. Agora tenho certeza de que você sabe do que eu estou falando agora. Agora estamos na sua terra firme. O protótipo completo da síndrome do macho prototípico. Eric Arrasta Sara Pra Tenda Pelo Cabelo. O bem conhecido Privilegiamento do Sujeito. Não pense que não consigo falar a sua língua. Ela terminou no escuro e só na memória é que a via com clareza. O bem conhecido Olhar Masculino. A pose dela sentada um contraposto protofeminino com um quadril na manta nicaraguense com um cheiro forte de lã não refinada com as pode crer no que eu digo pernas de tirar o fôlego meio enroladas para o lado de forma que o peso dela ficava em cima de um braço dobrado para trás e a outra mão segurando a maçã — estou descrevendo direito? você consegue... a saia de pano fino, cabelo que quase chegava até a manta, a manta verde-escura com filigranas amarelas e uma espécie de franja roxa nojenta, camiseta de linho, colete de imitação de camurça, sandálias dentro da bolsa de palha, os pés descalços com as solas fenomenalmente sujas, sujas de não dar para acreditar, as unhas como as unhas da mão de um trabalhador. Imagine ser capaz de consolar alguém que está chorando por causa do que está fazendo com você enquanto você consola ele. Isso é uma maravilha ou é doente? Já ouviu falar da *couvade*? Nenhum perfume, o ligeiro aroma de algum sabão não refinado como aquelas pedras de sabão de lavar roupa amarelo-escuras que a tia da gente tentava... Entendi que nunca havia amado ninguém. Não é banal? Como uma frase chavão? Está percebendo como estou me abrindo com você aqui? E quem ia se dar ao trabalho de fazer kebab só de vegetais? Eu tinha de respeitar os limites da manta dela, na abordagem. Não se pode simplesmente aparecer e pedir para sentar na manta de lã de uma pessoa. Com esse tipo, limite é uma coisa importante. Assumi uma espécie de posição de cócoras respeitosa na beiradinha com o peso em cima dos dedos de forma que minha gravata ficava pendurada bem entre nós como um contrapeso. Quando conversamos, um papo casual e eu desdobrei a minha tática de dolorosa-confissão-das-verdadeiras-razões olhei o rosto dela e achei que ela entendeu exatamente o que eu estava fazendo e por que e ficou ao mesmo tempo divertida e receptiva, dava para ver que ela havia sentido uma afinidade imediata entre nós, uma aura de conexão e é triste lembrar o jeito como entendi a aquiescência dela, o fato da reação dela, um pouco decepcionado por ela ser tão fácil, a facilidade dela ao mesmo tempo decepcionante e interessante, que ela não era uma daquelas garotas de tirar o fôlego que acham que são lindas demais para se aproximar e automaticamente consideram qualquer homem como um idiota suplicante ou libidinoso, as frescas, e que exigem tática de atrito mais que de afinidade fingida, uma afinidade que é dolorosamente fácil de fingir, devo admitir, se você conhece suas tipologias femininas. Posso repetir isso se quiser, se quiser anotar com exatidão. A descrição que ela fez do estupro, certa logística que estou omitindo, foi longa e detalhada e retoricamente inocente. Eu fui ficando cada vez mais triste de ouvir, tentando imaginar o que ela havia conseguido realizar e ficando cada vez mais triste porque ao sairmos do parque eu havia sentido aquela pontadazinha de decepção, talvez mesmo raiva, querendo que ela fosse mais difícil. Que a vontade e os desejos dela tivessem se oposto aos meus só mais um pouquinho. Isso, por sinal, é conhecido como Axioma de Werther, segundo o qual a intensidade de um desejo D é inversamente proporcional à facilidade da gratificação de D. Conhecido também como Romance. E cada vez mais triste de não haver nem uma vez, parece — você vai gostar disso —, nem uma vez me ocorrido antes como era vazia essa maneira de chegar nas mulheres. Nem perversa, nem predatória, nem sexista — vazia. Olhar e não ver, comer e não se saciar. Não só sentir, mas *ser* vazio. Enquanto, dentro da narrativa em si, ela, ainda profundamente dentro do psicótico cujo pênis ainda está dentro dela, percebe a membrana da palma da mão com que ele tentou acariciar a cabeça dela, viu um corte recente no polegar e entendeu que o sujeito havia usado seu próprio sangue para fazer a marca na testa. Que não era nenhuma runa nem hieróglifo, eu sei, mas apenas um simples círculo, o vazio de Ur, o zero, o axioma do Romance que chamamos também de matemática, de lógica pura, segundo o qual um não é igual a dois, nem pode ser. E que a aspas cor de café do estuprador e seus traços aquilinos podiam muito bem ser brâmanes em vez de negroides. Em outras palavras, arianos. Esses e outros detalhes ela calou — não tinha nenhuma razão para confiar em mim. E nem tenho eu... não consigo, pela minha vida, lembrar se ela comeu a etiqueta de preço, nem o que aconteceu com a maçã, se ela jogou fora ou não. Termos como *amor*, *alma* e *redenção* que eu achava que só se podiam usar entre aspas, clichês exauridos. Acredite que eu senti a tristeza sem fundo do mulato, então, eu..."

    P.

    "Não é uma boa palavra, eu sei. Não é aspas tristeza do jeito que se sente tristeza em um enterro ou em um filme. Uma qualidade mais pesada. Uma intemporalidade ligada a ela. O jeito como fica a luz no inverno um pouco antes do anoitecer. Ou que — tudo bem — digamos, no pico do ato amoroso, no pico mesmo, quando ela está começando a gozar, quando ela está realmente reagindo a você agora e você vê na cara dela que ela está começando a gozar, os olhos abrindo daquele jeito que é ao mesmo tempo de surpresa e reconhecimento, que nenhuma mulher viva consegue falsificar ou imitar se você está olhando mesmo intensamente nos olhos dela e *vê* a mulher de fato, você sabe do que eu estou falando, aquele momento de ápice de máxima conexão sexual humana quando você se sente mais próximo dela, *com* ela, tão mais próximo, mais real e mais extático do que o seu próprio gozo, que sempre parece mais com perder o apoio da pessoa que segurou você para não cair, um simples espirro neural que não fica nem na mesma área de jogo do gozo *dela* e — eu sei o que você vai concluir disso mas vou dizer mesmo assim — mas como até esse momento de máxima conexão, de triunfo conjunto e alegria de fazer a mulher começar a gozar tem esse vazio de penetrante tristeza dentro dele, de perda delas nos olhos delas quando os olhos delas começam a abrir até o máximo e quando elas começam a gozar começam a fechar, fechar, os olhos, e você sente aquela agulhinha conhecida da tristeza dentro da sua exultação quando elas arqueiam e os olhos delas fecham e você sente que elas fecharam os olhos para deixar você do lado de fora, você se transformou em um intruso, a união delas agora é dentro do sentimento em si, o clímax, que atrás daquelas pálpebras fechadas os olhos estão agora totalmente virados e olhando intensamente para dentro, para algum vazio onde você que as levou até lá não pode acompanhá-las. Isso está uma merda. Não estou falando direito. Não dá para fazer você sentir o que eu senti. Você vai transformar isso em Homem Narcisista Quer o Olhar da Mulher Nele na Hora do Clímax, eu sei. Bom não me importa contar para você que eu comecei a chorar, no clímax do episódio. Não alto, mas chorei. Nenhum de nós dois estava fumando na hora. Estávamos os dois encostados na cabeceira da cama, olhando na mesma direção, embora na minha lembrança estivéssemos costas com costas na última parte da história, quando eu chorei. A lembrança é uma coisa estranha. Me lembro de ouvir ela mencionar que eu estava chorando, e sentir vergonha — não por estar chorando, mas por querer tanto saber como ela reagiu àquilo, se aquilo me fez parecer solidário ou egoísta. Ela ficou ali onde o sujeito a deixou o dia inteiro, deitada de costas no cascalho, chorando, ela disse, e agradecendo aos princípios e forças da religião dela. Quando na verdade como eu tenho certeza de que você podia prever eu estava chorando por mim mesmo. Ele largou a faca e foi embora no Cutlass, deixando ela ali. Pode ser que tenha dito para ela não se mexer nem fazer nada durante um tempo determinado. Se disse, sei que ela obedeceu. Ela disse que ainda sentia o sujeito dentro da alma, o mulato — era difícil romper o foco. Eu fiquei com a certeza de que o psicótico foi para algum lugar para se matar. Parecia claro desde o começo do episódio que alguém ia ter de morrer. O impacto emocional da história em cima de mim foi profundo, sem precedentes, e não vou nem tentar explicar isso a você. Ela disse que chorou porque entendeu que quando parou para pedir carona as forças espirituais da religião dela tinham levado o psicótico até ela, que ele tinha servido de instrumento para o crescimento dela na fé, na capacidade de focalizar e alterar campos de energia pela ação da compaixão. Ela chorou foi de gratidão, disse. Ele deixou a faca enfiada até o cabo no chão perto dela onde havia enfiado, aparentemente esfaqueando o chão dezenas de vezes com desesperada selvageria. Ela não disse uma palavra sobre o meu choro nem o que aquilo significava para ela. Eu demonstrei muito mais emoção do que ela. Ela aprendeu mais sobre amor aquele dia com o maníaco sexual do que em qualquer outro estágio da viagem espiritual dela, disse. Vamos nós dois tomar uma última e aí chega. Que a vida dele inteira havia inexoravelmente conduzido os passos dela para aquele momento em que o carro parou e ela entrou, que era na verdade uma espécie de morte, mas não do jeito que ela havia imaginado ao entrar na área isolada. Foi o único comentário que ela se permitiu, bem no fim do episódio. Para mim não importava se era aspas verdade. Dependia do que se entende por verdade. Simplesmente não me importou. Eu estava comovido, transformado — acredite se quiser. Minha cabeça parecia estar indo aspas à velocidade da luz. Era tão triste. E isso independente de ter ou não acontecido o que ela acreditava que aconteceu — parecia verdade mesmo que não fosse. Que mesmo que toda a teologia da conexão de alma e do foco, que mesmo que isso não passasse de bobagem característica da New Age, a crença dela nisso aí havia salvado a sua vida, então se era ou não besteira passa a ser irrelevante, não? Dá para você entender por que isso, entender isso, fazia você se sentir conflituado de... de entender que toda a sua sexualidade, a sua história sexual tinha menos conexão genuína ou sentimento do que eu senti deitado ali ouvindo ela falar sobre estar ali deitada entendendo a sorte que ela havia tido de algum anjo a visitar disfarçado de psicótico para mostrar a ela o que ela havia passado a vida inteira rezando para ser verdade? Você acha que estou me contradizendo. Mas dá para imaginar como eu me sentia diante de tudo isso? Ver a sandália dela no chão do outro lado do quarto e lembrar o que eu tinha pensado não fazia nem duas horas? Eu ficava dizendo o nome dela e ela dizia O quê? e eu dizia o nome dela de novo. Não tenho medo do que você vá pensar disso. Não tenho mais vergonha.

Mas se você pudesse entender, se eu... dá para entender por que não havia como deixar ela simplesmente ir embora depois disso? Por que eu sentia esse ápice de tristeza e medo diante da ideia de ela pegar a bolsa, as sandálias, a colcha New Age e ir embora e rir quando eu agarrasse a barra do vestido dela e implorasse para ela não ir embora, dizendo eu te amo e ela fechando a porta suavemente, seguindo o corredor descalça e eu nunca mais a ver de novo? Por que não tinha importância ela ser fofa, ou não ser terrivelmente inteligente? Nada mais importava. Aquela mulher tinha toda a minha atenção. Estava apaixonado por ela. Acreditava que ela podia me salvar. Sei como isso soa, pode crer. Conheço o seu tipo e sei o que você é capaz de perguntar. Pergunte agora. É a sua chance. Senti que ela podia me salvar eu disse. Pergunte agora. Diga. Estou aqui nu na sua frente. Me julgue, sua babaca gelada. Sapatona, vaca, bucetuda, babaca, puta, racha. Está contente agora? Tudo em cima? Pode rir. Não me importa. Sei que ela podia. Sei que eu amava. Fim da história."

Mais um exemplo da porosidade de certas fronteiras (XXIV)

Entre uma janela de cozinha fria que ficou opaca com o calor úmido do fogão e o nosso hálito, uma gaveta aberta e o ferrótipo dourado de meninos idênticos ladeando um pai cego de colete pendurado num nicho quadrado acima do suporte do rádio, minha Mãe parada, cortando meu cabelo comprido no calor irregular. Havia o hálito e a umidade dos corpos mais a força do fogão quente na nuca do meu pescoço emergente; havia o estalido lunático do movimento do rádio entre estações da cidade, Da procurando uma melhor recepção. Eu não podia me mexer: em volta de mim as toalhas prendendo os cabelos na pele dos meus ombros e a Mãe girando a cadeira, cortando junto à borda da tigela com tesouras cegas. Num dos extremos da minha visão uma gaveta de utensílios aberta, no outro o começo de Da, cabeça inclinada adiante do dedo no mostrador luminoso. E em frente, diante de mim e centralizado no brilho do oleado da mesa, como uma língua entre os dentes das portas abertas da despensa, o rosto de meu irmão. Eu não podia mexer a cabeça: o peso da tigela e das toalhas, as tesouras da Mãe e a mão firmando — ela, de olhos baixos, concentrada na tarefa rude, não podia ver a cara de meu irmão emergir contra o preto da despensa. Eu tinha de ficar sentado quieto e direito como um soldadinho de chumbo e olhar a cara dele assumir, instantaneamente e com o empenho que se reserva à pura crueldade, qualquer expressão que meu próprio rosto emergente traísse.

O rosto na fresta das bem azeitadas portas pendurado, eu inerte o rosto sem pescoço e flutuando sem suporte na fenda das portas em ângulo, a concentração de seu fingimento entre brincadeira e ataque, a cabeça despenteada de Da inclinada e cega diante do mostrador, dois compassos de cordas distorcidas pela tempestade de retalho de vozes encontrado e perdido de novo; e a Mãe concentrada na minha cabeça, incapaz de ver a cara emoldurada de cabelos brancos reproduzindo meu próprio rosto, me copiando — porque era assim que chamávamos aquilo, "copiar", e ele sabia o quanto eu detestava isso — para eu ver apenas. E com tamanha intensidade e um atraso tão pequeno no imitar que o rosto dele menos imitava do que satirizava o meu, tornava instantaneamente distendida e obscena qualquer posição que as peças de meu rosto assumissem.

E agora ficou pior, então, naquela cozinha de cobre, ladrilho, pinho, vapor de turfa, estática e chuva na janela em ondas ondulantes, o ar frio à minha frente e fervente atrás: enquanto eu ficava mais agitado com a copiagem e a agitação registrava — eu sentia — na minha cara, a cara de meu irmão imitava e satirizava essa agitação; eu sentindo então aumentada a agitação na gêmea imitação da aflição do meu rosto, ele registrando e distorcendo essa nova aflição, tudo à medida que eu ficava mais e mais agitado debaixo do pano que a Mãe havia amarrado na minha boca para protestar por eu incomodar a afirmação das tesouras dela sobre os verdadeiros contornos do meu rosto. A coisa crescia por níveis: o camafeu de Da recuado contra o fulgor do mostrador, a gaveta de utensílios puxada além de seu suporte, o rosto sem corpo de meu irmão imitando e distorcendo minhas desesperadas tentativas de fazer com expressões apenas a Mãe levantar os olhos de mim e vê-lo, eu não mais sentindo os movimentos de meus traços e sim vendo-os no rosto branco contorcido contra o negro da despensa, os olhos saltados de afogado e as bochechas saltadas pelo aperto da mordaça, a Mãe se abaixando ao lado da cadeira para acertar as orelhas, meu rosto diante de nós mais e mais fora do meu próprio controle enquanto eu via no rosto gêmeo dele o que todo moleque melado de pirulito deve ver na galeria de espelhos do parque de diversões — a grosseira e impiedosa *identidade*, a distorção que está lá, minúscula, no centro, algo cruelmente verdadeiro sobre os nós que caçoamos e nos enrolamos em pescoços de palito e crânios côncavos, olhos saltados que incham nos cantos — enquanto a imitação ia subindo outros níveis para finalmente se transformar no burlesco de uma úmida histeria que grudava as mechas cortadas numa testa branca e molhada, os soluços do homem estrangulado bloqueados pelo pano, o ressoar da tempestade, o chiado elétrico e o resmungo de Da contra o blá-blá-blá das tesouras de cortar lã de carneiro, um ataque não visto que levou meus olhos para cima uma e outra vez em seus brancos chocados, sabendo sem olhar que o rosto de meu gêmeo mostraria a mesma coisa, para caçoar — até que o último refúgio fosse lasseado, entregando a alma completamente a um olhar impensado de uma frouxa máscara neutra amordaçada — não vista e não vendo — em um espelho que eu não podia conhecer nem me sentir dele fora. Não, nunca mais.

Agradecimentos

O autor agradece o apoio generoso e tolerante de The Lannan Foundation, The John D. and Catherine T. MacArthur Foundation, *The Paris Review* e do staff e administração do Denny's 24-Hour Family Restaurant, Bloomington, Illinois.

Também agradece às seguintes publicações, onde partes deste livro apareceram em outras versões: *Between C&D, Conjunctions, Esquire, Fiction International, Grand Street, Harper's,* Houghton Mifflin's *Best American Short Stories 1992, Mid-American Review, New York Times Magazine, Open City, The Paris Review, Ploughshares, Private Arts, Santa Monica Review, spelunker flophouse* e *Tin House.*

1ª EDIÇÃO [2005] 3 reimpressões

ESTA OBRA FOI COMPOSTA EM ELECTRA PELO ACQUA ESTÚDIO
E IMPRESSA EM OFSETE PELA GRÁFICA PAYM SOBRE PAPEL PÓLEN NATURAL
DA SUZANO S.A. PARA A EDITORA SCHWARCZ EM JUNHO DE 2023

A marca FSC® é a garantia de que a madeira utilizada na fabricação do papel deste livro provém de florestas que foram gerenciadas de maneira ambientalmente correta, socialmente justa e economicamente viável, além de outras fontes de origem controlada.